国家社会科学基金重点项目“世界华文微型小说百家创作年谱”
(18AZW024)阶段性成果

高军文学年谱初编

贺可进　著

山东大学出版社
SHANDONG UNIVERSITY PRESS
·济南·

图书在版编目(CIP)数据

高军文学年谱初编/贺可进著.—济南:山东大学出版社,2022.4
ISBN 978-7-5607-7522-7

Ⅰ.①高… Ⅱ.①贺… Ⅲ.①高军—文学研究—年谱 Ⅳ.①I206.7

中国版本图书馆 CIP 数据核字(2022)第 081791 号

策划编辑 唐 棣
责任编辑 郭凯迪 孙艳凤
封面设计 王秋忆

出版发行 山东大学出版社
社 址 山东省济南市山大南路 20 号
邮政编码 250100
发行热线 (0531)88363008
经 销 新华书店
印 刷 济南巨丰印刷有限公司
规 格 880 毫米×1230 毫米 1/32
10.625 印张 275 千字
版 次 2022 年 4 月第 1 版
印 次 2022 年 4 月第 1 次印刷
定 价 52.00 元

1962

2021

前　言

沂南县位于鲁中地区，隶属临沂市。这里是诸葛亮的出生地，诸葛亮一生中四分之一的时间在这里度过。这里山清水秀，环境优美，境内文脉不断，代有人才出。高军就诞生、成长在这里。

高军自幼就表现出了聪慧和善于学习、思考的良好品质。他从母亲那里听到了很多民间故事，从小学起就开始阅读大量文学作品，并一直坚持，年复一年，除了写作，就是买书、藏书、读书。他学习、研究、创作的领域很宽。一直到参加工作，高军写了大量文学作品，虽未公开发表，但为他后来的成长做了很好的准备。教学期间，高军对语文教学的研究倾注了很多心血，发表了一系列学术论文，如《如何把握指导自读课文的突破口》发表于全国中学语文教研会、辽宁教育学院的《语文教学论坛》，《谈语文教师的课堂应变能力》发表于西南师范大学的《语文》杂志，可以说是一位研究型语文老师。后来，他到乡镇党委担任秘书，因为工作需要，发表了大量通讯等新闻作品和时政论文，重要作品如《孟良崮上的喜鹊多了》《“沂蒙绿嫂”李翠芳》《回村打工妹办起幼儿园》《书记镇长赶集》《沂蒙山人手捧盆花走亲戚》和论文《围绕发展市场经济为农民搞好服务》等，可以说是一位出色的新闻工作者。在这个时期，高军把更多精力和视线放在了当时的文学界，写了很多文学评论文章，其中文学评论《形式批评的新探索》被《人大报刊复印资料》（出版工作、图书评价）1998 年第 3 期全文转载。所有这些积累、理论思考、研究，都为他成为一位小说家打下了坚实基础。高军还是诸葛亮研究专家，先后发表了《略论诸葛亮与佛教之关系考》

《浅论诸葛亮廉政思想与蜀汉现实的矛盾》《诸葛亮阳都至南昌行踪考》等，出版了研究专著《诸葛亮二十八讲》等。

高军还是一位地域文化研究专家，在地方志、地域文化、民间文学研究、民间文学作品搜集整理方面，做了很多开创性工作，先后出版了《沂南文化记忆》，主编了《沂南地名故事》《八楼刘故事》《汶河岸边：依汶故事》《双堠民间故事》《蒲汪民间故事》并在其中撰写了十几篇至几十篇不等的民间故事和地域文化整理、考证文章，参与了《界湖街道志》《双堠镇志》《沂南县国有林场志》《沂南县畜牧志》《沂南县方志》的撰稿和编纂工作。

高军一直未停止学术研究，研究领域涉及汉语言文字学、汉语词汇学等，先后发表了《“庐墓”新解》《也释“自名”》《说“不知有汉”的“有”字》《它们是短语吗？》《谈“新拟”的表现作用》《读〈汉语大词典〉词目商补》《〈汉语大字典〉义项设置存在的问题及其修订对策研究——以〈《汉语大字典》(第二版)疏证札记〉为例》等学术论文。尤为可贵的是，他独立编著了《沂南文学史》。这部文学史在2013年10月出版后，百花洲文艺出版社出版的《2013中国当代文学年鉴》在“2013年中国文学大事记”中称其为“国内首部县级文学史专著”，并作了近六百字的详细记录，同时给予高度评价：“在全国尚属首次”，“最大特点是从宏观把握，微观观照”，“体例完备，资料运用得当，体现了显明的地域特色和时代特色，是广大读者全面了解沂南文学史的可信赖的著作”。

《山东经济日报》1996年9月4日第4版发表的小说《神药》，是他第一次在公开发行的报纸上发表的作品，随后《神药》被当年的《小小说选刊》第22期转载。1997年1月，小说《画鸭》发表于《黄河文学》，接着被《小小说选刊》(半月刊)第6期转载。2月，小说《神笔》发表于《小小说月报》第2期，被第5期《传奇文学选刊》选载。

创作伊始，高军就显示出了不俗的成绩。在二十多年的时间里，他的小说被转载了200余篇（次）。其中，到2019年，被中国作家协会的《小说选刊》转载8篇，它们分别是《重新学话》（2013年第1期）、《险方》（2014年第1期）、《人面疮》（2015年第10期）、《花鼓桥》（2016年第2期）、《天水栈》（2016年第9期）、《忘不了的人》（2017年第4期）、《学武》（2019年第5期）、《推磨》（2019年第8期）。高军创作的小说，到2021年上半年，据不完全统计，收入各大出版社出版的重要选本400余篇（次）。长江文艺出版社、漓江出版社、花城出版社、北岳文艺出版社等年度选本，近百次收入他的小说作品。更重要的是，其中《石蛹》收入《中国新文学大系（1976～2000）》微型小说卷。《中国新文学大系》以百卷的皇皇巨册，荟萃了我国20世纪新文学的精华；同时，它又是几代编辑家、作家以接力棒的形式在近百年时间里陆续完成的，是我国出版界少有的一项世纪工程。《掌声》被收入长江文艺出版社出版的《新中国60年文学大系》，这是中国作家协会为向新中国成立六十周年献礼而编纂的重要文学选本，由王蒙担任主编，从新中国成立60年以来发表的作品中精选一部分，具有极高的权威性。小说《画鸭》入选《新中国七十年微小说精选》。该书作为新中国七十年华诞献礼，由《小说选刊》杂志社、中国微型小说（小小说）创作基地主编，收入新中国成立七十年来最有影响的中国微型小说139篇，代表着新中国微小说的创作成果。小说《支撑》《军礼》收入百花洲文艺出版社《寻找证明——庆祝中国共产党成立100周年微型小说作品精选》。小说《迎亲》被《中国当代文学选本》2021年第6辑转载。《中国当代文学选本》是中国言实出版社为“中国政府出版品国际营销平台”量身定做的文学板块，其目的是及时向海外读者推荐和介绍中国当代最新文学创作成果，推动中国文学更好地走向世界。入选该书的文学作品，均为新近在国内报刊公开发表过且在广大读者中有一定影响的优秀作品。

难能可贵的是，高军创作的小说《紫桑葚》被选入语文出版社出版的S版《小学》语文教科书第九册，与《七律 · 长征》《狼牙山五壮士》《小英雄雨来》《我的战友邱少云》共同组成一个单元，成为以“革命传统教育”为中心，以“难忘的岁月”为话题，注重爱国主义和革命传统教育，培养学生爱国主义情感为教学目的的文章单元。全国通用的小学《语文》课本有人教版、语文S版、北师大版等几个版本，其中语文S版小学《语文》教材是著名语言学家王均和语文出版社总编辑杨曙望挂帅担任主编，语文出版社语言学专家、教育学专家、资深编辑联合安徽、福建、河北、河南、湖北、湖南、吉林、辽宁、山西、陕西、四川、云南等12省优秀教学研究人员与一线特级、优秀教师组成小语教材编写委员会，在吸取以上12省协作编写、语文出版社出版的全国小学《语文》“注音识字，提前读写”实验教材20年来的编写经验基础上，遵照《基础教育课程改革纲要(试行)》的精神，依据《义务教育语文课程标准(实验稿)》，针对我国大多数地区的教学实际而编写的，经全国中小学教材审定委员会审定后，列入教育部“义务教育课程标准实验教学用书目录”，多年来在全国各地广泛使用。《掌声》被收入“语文课外读本”《放飞理想》(九年级上册)，由山东科学技术出版社出版，多年来为学生人手一册的课外读物。

高军已出版的小说集有《紫桑葚》(黄河出版社)、《一辈子也不说》《真爱不留缝隙》《租用蓝天》《红唇印》《青苹果》《咱们来个约定》《重新学话》《把母爱还给你》及《紫桑葚》(江西高校出版社)等10种。其中，小说集《一辈子也不说》被列入重大出版工程“中国小小说名家档案”(收入100位小小说作家的100本小小说集)由吉林出版集团在2010年出版，该书出版了两次，第二次出版时封面上有“中国现代文学馆馆藏图书”字样；《租用蓝天》列入“中国新锐作家校园文学经典”丛书；《红唇印》列入“课本作者小小说”丛书；《青苹果》列入“青春校园名家小小说”丛书；《把母爱还给你》列入“少年梦·青春梦·中国梦：中国故事”丛书。

在小说创作中，高军有意识地构建了“乡镇干部系列”“校园题材系列”“沂蒙红色题材系列”“中医中药系列”“书法绘画系列”等系列作品，数量与质量兼备，策划与创作匠心独具，自成一体。特别是“沂蒙红色题材系列”“中医中药系列”“书法绘画系列”等，逐渐虚拟了文化意义上的阳都。在这个虚拟的地域里面，高军不断塑造或者说创作着自己的人物，把不同的人物置放到这个环境里，让他们繁衍生息，构成了一幅烟火味很浓的人文景观，具有深厚的民族文化底蕴，深度体现着文化的内在力量，犹如一幅幅精雕细刻的民俗画，把这种文体的优势开掘得淋漓尽致，为广大读者津津乐道。

高军的小说还被翻译到国外。小说《肉食人》《忘不了的人》《斑疹先生》被京极健史翻译为日文，分别发表于《莲雾》杂志 2016 年第 9 号及 2019 年第 12 号、第 13 号。小说《改方》《大鞭子》分别收入加拿大黄俊雄(Harry J. Huang)博士英译巨著《新编中国小小说选集》(*A New Anthology of Chinese Short-Short Stories*)三部曲之第二卷《讽刺、爱情与婚姻》(*Satire, Love and Marriage*)和第三卷《惊奇、智慧与哲理》(*Surprises, Wisdom and Philosophy*)。

最后，我还想说明两点：一是写作本书的缘起，二是关于本书的书名。高军正值创作盛年，未来可期，写作本书主要目的是存史。关于书名，我很是困惑，前已述及，高军的研究和创作范围很广，以文学年谱来命名，显然是不全面的，但也只能这样了。

贺可进

2022 年 1 月 1 日

Preface

Yinan County, a part of Linyi City, is located in the Central Shandong area. This is the birthplace of Zhuge Liang, who spent a quarter of his life here. It has a pleasant environment with beautiful mountains and rivers. It constantly nurtures talented people. Gao Jun was born and grew up here.

Gao Jun has shown merits of being intelligent and adept at learning and critical-thinking since he was a child. He heard a lot of folk tales from his mother. He began to read a lot of literary works since elementary school and kept the habit of reading ever since. He spent all his time writing, buying books, collecting books, and reading books year-around. His study, research and creation span a wide range. By the time he started to work, Gao Jun had written a lot of literary works, which were not published but made a good preparation for his later development. During the teaching period, he devoted a lot of effort to the research of Chinese teaching. As a research-oriented Chinese teacher, he published a series of academic papers at this time, such as "How to Grasp the Breakthrough of Guiding Self-reading Texts" published in the National Middle School Chinese Teaching and Research Association and the Chinese Teaching Forum of the Liaoning Institute of Education and "On the Classroom Adaptability of Chinese Teachers" published in the *Chinese* magazine of Southwest Normal University.

Later, he worked as a secretary of the township communism-party committee. Due to the needs of his work, he published a large number of news works such as newsletters and current affairs papers, the important works of which included "Returning to the Village to Start a Kindergarten", "Secretary and Mayor Going to the Market", "Yimeng Mountain People Holding Potted Flowers to Visit Relatives", the paper "Serving Farmers Well around the Development of Market Economy" and so on. It can be said that he is an outstanding journalist.

During this period, Gao Jun was more devoted to the literary world and wrote many literary review papers. Among these papers, the literary review "New Exploration of Form Criticism" was published as a full text reprint by Renmin University of China, No. (publishing work, book evaluation). All these accumulations, theoretical thinking and research have laid a solid foundation for him to become a novelist. Gao Jun is also an expert in the study of Zhuge Liang, and has successively published "A Brief Discussion on the Relationship between Zhuge Liang and Buddhism", "A Brief Discussion on the Contradictions between Zhuge Liang's Incorrupt Government Thought and the Reality of Shu Han", "A Study of Zhuge Liang Yang's Whereabouts in Nanchang", and a book titled *Twenty-eight Lectures by Zhuge Liang*, etc.

Gao Jun is also an expert in regional culture research. He has done a lot of pioneering work in collecting and sorting local chronicles, regional culture, folk literature research, and folk literature works. He has published *Yinan Cultural Memory* and edited books of *Yinan Place Name Stories*, *The Eighth Floor Liu Story*, *The Bank of the Wen*

River: *The Story of Yiwen*, *The Folk Story of Shuanghou*, and *The Folk Story of Puwang*. He also wrote dozens to dozens of folk stories, geographical cultures, and verification articles in each book. In addition, he participated in the writing and compilation of *Jiehu Street Chronicle*, *Shuanghao Town Chronicle*, *Yinan County State-owned Forest Farm Chronicle*, *Yinan County Animal Husbandry Chronicle*, and *Yinan County Local Chronicle*.

Gao Jun has never stopped doing academic research, which involves Chinese philology, Chinese lexicology, etc. He has successively published articles such as "A New Explanation to 'LuMu'", "Another Explanation to 'Name Oneself'", "On '有' in the short phrase '不知有汉'", "Are They Short Phrases?", "Talking About the Expressive Effect of 'New Draft'", "Reading Word List Supplement of *Chinese Dictionary*", "Study on the Existing Problems and Revision Countermeasures of Definition Set-up in *Great Chinese Dictionary*: A Case Study of *Annotation Note of Great Chinese Dictionary* (*second edition*)". What is particularly valuable is that he independently edited the book titled *Yinan Literary History*. After its publication in October 2013, *2013 Chinese Contemporary Literature Yearbook* (Baihuazhou Literature and Art Publishing House) recorded this book in details for as many as almost 600 words with a title of "the first county-level literary history monograph was born". In this article, it was highly praised, e.g., "It is the first time in the country", "What is most distinctive is that it combines micro and micro", "The system is comprehensive and the data are used properly. It reflects the obvious regional characteristics and features of the times. It is a reliable work for readers to fully understand the history of Yinan literature."

On September 4, 1996, the fourth edition of *Shandong Economic Daily* published his novel *Magic Medicine*, which was the first time he published a novel in a public newspaper. Subsequently, the "Selected Novels" reprinted this novel in its 22nd issue. In January 1997, the novel *Painting Ducks* was published in *Yellow River Literature*, and then was reprinted in the sixth issue of *Small Novels* (semimonthly). The novel *Magic Pen* was published in the second issue of *Little Novel Monthly* in February, and was selected in the fifth issue of *Legendary Literature Selected*. From the beginning of the creation, it has shown excellent performance. Moreover, his novels have been reproduced for more than 200 times during the following twenty years. Among these novels, eight were reprinted by *Selected Novels* of the Chinese Writers Association by 2019, i.e., *Sore* (2015 No. 10), *Hua Drum Bridge* (2016 No. 2), *Tian Shui Zhan* (2016 No. 9), *Unforgettable People* (2017 No. 4), *Learning Martial Arts* (No. 5, 2019), *Pulling the Mill* (No. 8, 2019).

By the first half of 2021, according to incomplete statistics, his novels have been included in the important collections of various publishing houses for more than 400 times. Changjiang Literature and Art Publishing House, Lijiang Publishing House, Huacheng Publishing House, Beiyue Literature and Art Publishing House and other annual anthologies have included his novels for nearly 100 times. More importantly, *Stone Chrysalis* was included in the miniature fiction volume of *Chinese New Literature Series* (1976-2000). *The Great Series of Chinese New Literature* is a magnificent volume of 100 volumes, which gathers the essence of our country's new literature in the twentieth century. Furthermore, it is finished by several generations of editors and writers with a consecutive effort for almost a hundred years. The Great Series is a rare century project in my country's publishing industry. *Applause* was included in the "60 Years of New China Literature Series" that is published by Changjiang Literature and Art Publishing House. *New China* 60 *Years Literature Series* is an important literary anthology compiled by the Chinese Writers Association as a celebration of the 60th anniversary of the founding of the People's Republic of China. The Writers Association's Creation Research Department organizes the selection, with Wang Meng serving as the editor-in-chief. The articles involved are selected from the works published since 60 years ago when the People's Republic of China was established, and are thus extremely authoritative. The novel *Painted Duck* was selected into *The Seventy Years of New China's Micro-Fiction Selection*. As a gift to the 70th birthday of People's Republic of China, a book was edited by the *Fiction Selection* magazine and the Chinese Micro-Fiction (Small Novel) Creation Base. 139 of the most influential Chinese micro-fictions since the founding of New China seventy years ago were included. It represents the creative achievements of New China's micro-fiction. The novels *Support* and *Military Rites* were collected in Baihuazhou Literature and Art Publishing House's *Searching for Proof — Celebrating the 100th Anniversary of the Founding of the Communist Party of China*. The novel *Welcome to the Family* is reprinted by the sixth series of *Anthology of Contemporary Chinese Literature*, which was officially founded in June 2021. *Anthology of Contemporary Chinese Literature* is a literary section tailored by China Yanshi Publishing House for the "International Marketing Platform of Chinese Government Publications". Its purpose is to promptly recommend and introduce the latest Chinese contemporary literary creations to oversea readers and promote Chinese literature to the world. The literary works selected for this book are all excellent works that have recently been published in domestic newspapers and magazines and have had a certain impact on the readers.

What is particularly remarkable is that his novel *Purple Mulberry* was selected into the ninth volume of the S-version Chinese textbook of primary school published by the Ministry of Education's Language Publishing House. This novel is in the same unit with *Seven Lumbars · Long March*, *Five Heroes of Langya Mountain*, *Little Hero Yulai* and *My Comrade-in-arms Qiu Shaoyun*. With "unforgettable years" as the topic, this unit centers on "revolutionary traditional education", focuses on patriotism and revolutionary traditional education, and cultivates students' patriotism as the teaching purpose article unit. There are several versions of the nationally-used primary school Chinese textbooks, such as the Renjiao version, the Chinese S version, and the Beijing Normal University version. The S version of the Chinese textbook for primary school is edited by Wang Jun, the famous linguist, and Yang Shuwang, the editor-in-chief of the Ministry of Education Chinese Publishing House. Excellent teaching and research personnel from 12 provinces such as Hunan, Jilin, Liaoning, Shanxi, Shaanxi, Sichuan, and Yunnan, together with distinguished and excellent teachers, formed a compilation committee to jointly compile this textbook. The S version of the compulsory-education curriculum-standard experimental Chinese textbook for primary school by the Chinese Press is based on the 20 years of experience in compiling the experimental textbooks of the national primary school Chinese "Phonetic Literacy, Advance Reading and Writing" that is jointly compiled by the above 12 provinces and published by the Chinese Press. The S version of the compulsory-education curriculum-standard experimental Chinese textbook for primary school by the Chinese Press also adheres to the spirit of "Basic Education Curriculum Reform Outline (Trial)" and "Compulsory Education Chinese Curriculum Standard (Experimental Draft)". It is a national curriculum-standard experimental textbook compiled for the teaching practice in most areas of our country. This set of textbooks has passed the final review by the National Primary and Secondary School Textbook Approval Committee, and has been included in the Ministry of Education's Catalogue of Standard Experimental Teaching Books for Compulsory Education. This set of textbooks has been widely used throughout the country for many years. *Applause* was included in the Chinese Extracurricular Reader. *Flying Ideals* (Volume 1 for Grade 9), which was published by Shandong Science and Technology Press has been an extracurricular reading for middle-school students for many years in Shandong Province.

He has completed 10 novel books, including *Purple Mulberry* (Yellow River Publishing House), *Never Talk in a Lifetime*, *True Love Leaves No Gap*, *Renting the Blue Sky*, *Red Lips*, *Green Apple*, *Let's Make a Promise*, *Learn Talking Again*, *Return Mother's Love to You*, *Purple Mulberry* (Jiangxi University Press).

Preface

The collection of novels *Never Talk in a Lifetime* was listed in the major publishing project titled "Archives of Famous Chinese Novels" published by Jilin Publishing Group. "Archives of Famous Chinese Novels" consisted of 100 collections of short stories by 100 novel writers. The first version was printed in May, 2010. *Never Talk in a Lifetime* is divided into four parts: Work Collection, Work Review, Creative Experience and Creation Chronology. The first part contains 68 novels, and the second part contains 5 articles by 5 critics. There is also a piece of author's own experience of creation and a chronology of creation, which is highly informative. *Never Talk in a Lifetime* was published for the second time in June 2017. What differs from the first version is the cover, which has the words "Books in the Collection of the Museum of Modern Chinese Literature". This is the author's fourth book. *Renting the Blue Sky* is included in the "Campus Literature Classics by Chinese Emerging Writers". *Red Lips* is included in the "Textbook Authors' Short Novels" series. *Green Apple* is listed in the "Teenagers and campus mini-novels by famous writers". *Return Mother's Love to You* is listed in the book series titled "Youth dreams, Teenager dreams, and Chinese dreams: Chinese stories". The book series are oriented to young readers.

During novel creation, Gao Jun consciously constructed a series of works such as "Township Ministrator Series", "Campus Theme Series", "Yimeng Red-Army Theme Series", "Traditional Chinese Medicine Series", "Calligraphy and Painting Series", forming a series of works with both quantity and quality. The creation of the series of novels is unique and self-contained in planning and creation. In particular, "Yimeng Red-Army Theme Series", "Traditional Chinese Medicine

Series" , "Calligraphy and Painting Series" , etc., gradually virtualized Yangdu in the cultural sense, where characters were shaped and created by the author himself. He placed them in such a virtual environment and allowed them to prosper. This formed a worldly human landscape which has a profound national cultural heritage and deeply reflects the inner strength of culture. Similar to a finely carved folk painting, it takes a full advantage of this writing style and is popular among readers.

His novels have also been translated to other languages and sold abroad. The novel *Meat Eater* was translated into Japanese and published in Japan's *Lianwu* magazine (issued in September 2016). The translator was Kenshi Kyogoku. *The Unforgettable Man* was translated into Japanese and published in the *Lianwu* magazine (issued in November 2019) sponsored by the Japan World Chinese Miniature Fiction Research Association. The novel *Mr. Spot* was translated into Japanese as "Mr. Rash" , and was published in the *Lianwu* magazine of the Japan World Chinese Miniature Fiction Research Association. This is the third novel to be translated into Japan. The novels *Gai Fang* and *Big Whip* were included in the masterpiece trilogy of "New Chinese Small Novels" by Dr. Harry J. Huang of Canada. Among these two novels, *Gai Fang* was included in the second volume of "A New Anthology of Chinese Short-Short Stories: Satire, Love and Marriage" . *Big Whip* was included in the third volume of "A New Anthology of Chinese Short-Short Stories: Suprises, Wisdom and Philophy" .

Finally, I would like to clarify two points: one is the origin of writing this book, and the other is the title of the book. Gao Jun is highly productive currently, and his future is promising. The main purpose of writing this book is for record. Regarding the title of the book, I am very confused. As mentioned above, the range of Gao Jun's research and creation is very wide. Therefore, it is obviously not comprehensive to name it as a literary chronology. However, it seems this is the best solution so far.

He Kejin

January 1,2022

目录

目录

1962年　农历壬寅年

出生

8月17日（农历七月十八日），高军出生于山东省临沂市沂南县孟良崮林场（孙祖镇书堂村）。父亲高开芳，大庄镇茶臼庄村人，1933年9月30日（农历八月十一日）出生，1952年底到孙祖苗圃工作，1958年2月到书堂村筹建孟良崮林场，此后一直在这里工作；母亲宋开兰，孙祖镇代庄村人，1934年2月1日（1933年农历十二月十八日）出生，农业户口，结婚后，户口迁至书堂村。高军出生后，户口随母亲落于书堂村。

父亲很年轻的时候就离开家到孙祖苗圃参加了工作，作为一个年轻的小伙子他充满朝气，工作积极，不怕吃苦受累，受到了领导和同事以及孙祖当地百姓的称赞。父亲与孟良崮的结缘始于1958年。这年的4月上旬，孟良崮要作为临沂地区治山的样板山进行治理，所以地县领导高度重视，县委书记李守克坐镇孟良崮，地委常委、副专员张清波亲自率工作组参加战斗，驻临沂的解放军6085部队近2000名官兵也开上了孟良崮，和当地百姓一起，经过15天突击，5天扫尾，投工20多万个，完成了1万多亩的治山任务，被称为是打的第二次孟良崮战役。

——高军：《春树暮云》，《临沂广播电视报》2019年4月25日第17版（《沂南通讯》2019年5月10日第4版“阳都风”）

母亲的娘家在代庄，后来经别人介绍和在林场工作的父亲组建了家庭，于是我们家就在林场的两间草房里安落下来。

——高军:《苹果树》,《临沂日报》2019 年 5 月 24 日第 7 版“银雀”

我从小就生活在大山下。 ——那是一座进行过一场激烈战斗的大山，那是一座并因之走进了长篇小说《红日》的大山。

——高军:《紫桑葚》“代后记”《弯弯的山路》,黄河出版社 2003 年版(《中国当代小小说作家百家创作自述》,《百花园》1999 年增刊;《沂蒙生活报》2003 年 10 月 30 日)

我小时候一过代庄村前的小河，山岭上就都是密密麻麻的树林，一直到孟良崮，都是交织在一起的刺槐、紫穗槐、赤杨、五角枫等，当然最多的是马尾松树林。 只有中间一条小公路在密林深处向前延伸着，风声在林间肆虐着，发出长长短短的怪叫声，貔虎、獾等野物在林间随意游动着。 任何一条小沟里，都有清水流淌着，树枝向水面上任意伸展着。

——高军:《苹果树》,《临沂日报》2019 年 5 月 24 日第 7 版“银雀”

家东边一个很小的汪塘，伴随我一块长大，留下很多难忘的事儿。我们住的是林场里早期盖的房子，那排草房一共九间。 从我记事开始我们家就住在最西头的两间里，直到后来(1983 年)林场里才又给了紧靠着东边的那一间，并简单给翻盖了一下。 往东那些房间有林场里盛草料的，有养猪场盛饲料的、熬猪食的。 最东头一间没有门，里面拴着两头驴，有木头钉成的驴槽，喂驴的草料就放在里面。 在拴驴的这间屋向西紧挨着的两间里，曾经住过一户林业职工，后来住的是林场饲养员刘如厚。 他大我十多岁，但我和他一直是很好的朋友。 在这排房子的东山墙，隔着一条南北小路，再向下就是我说的那个小汪。

——高军:《小汪》,《鲁南商报》2017 年 7 月 2 日第 8 版“沂蒙文学”

小时候，家中院子里，有一棵奇特的榆树。 它皮糙，树干黑，枝叶茂密。奇怪的是，它与一般的榆树不同，大多数榆树春天先长榆钱儿，然后才长榆叶，它却是春天先发芽、长叶，慢慢长成一朵绿云，到了初秋，才在苍绿的榆叶间，长出嫩绿的榆钱儿。

——高军:《院中的榆树》,《山东经济日报》1995 年 10 月 24 日第 4 版(收入散文集《昭示人格的火焰》,九州出版社 2015 年版,第 8 页)

在林场居住的时候，家西面有一段水泥砌石建成的水渠，我们一直叫它水道。西边窗口往前五六米远处紧靠水道长着一棵法桐树，自然兀立，高大挺拔。再往前又有一棵榆树，独特之处是春天长叶秋天长榆钱。这是另一种榆树品种，俗名叫作要榆。“要”或者应该是“拗”的音变，口语变音成了“要”也未可知，反正就是颠倒、别扭的意思。因为住的是苹果园里公家的房子，并没有院墙遮拦，父亲在屋前墙与法桐树之间扯上了一根铁丝，白天可以晾晒衣服，晚上将我家喂的黄狗拴在铁丝上的一个套环中，让它能顺着铁丝来回跑动着给我们看家护院。这棵法桐树没有经过任何人为扭曲，长得高大自然，充满生机和活力。……院子中的这棵法桐树和我们家的生活有着密切的关系。……我有可能不是出生在这房中，但我从记事时候就在树下嬉戏玩乐。它一直伴随我们不断成长，最后我们都是从这棵树下走向远方的。……那时候生活困难，我们家的房子又是林场里早期盖的，破破烂烂，低矮幽暗。门窗陈旧不堪，窗子上在很长的时间里都没有玻璃，就是用木条钉死的。

——高军:《法桐树下》,《沂南通讯》2019 年 4 月 19 日第 4 版“阳都风”

那时我父亲在一个林场当工人，母亲和我们六个孩子的户口落在附近的村里。父亲每月仅有三十多元钱的工资，每年要向生产队里交二百六十元左右的口粮钱，才能参与生产队的分配。

——高军:《院中的榆树》,《山东经济日报》1995 年 10 月 24 日第 4 版(收入散文集《昭示人格的火焰》,九州出版社 2015 年版,第 8 页)

从我记事起我们家的前后左右就都是苹果树，四周的苹果树就是我们家的院墙，我们是等于在果园里安了家。……苹果树林中的这个家给我带来了很多美好的感受。春天看花开花落，蜂飞蝶舞，颇能怡人情怀；初夏傍晚到果树下捉我们叫节溜龟的知了猴，早起拿一根杆子到树下将刚出来尚不能飞的嫩蝉戳下来，都是很有趣的。

——高军：《苹果树》，《临沂日报》2019 年 5 月 24 日第 7 版“银雀”

石头墙的房屋漏风撒气，一豆煤油灯下，母亲在纺线车前摇动着嗡嗡响的纺车，摇出我们身上穿的冬棉夏单。

——高军：《法桐树下》，《沂南通讯》2019 年 4 月 19 日第 4 版“阳都风”

1965 年　农历乙巳年

3 岁

6 月

父亲高开芳接受丛竹、浩然两位记者采访。

平时一提起孟良崮，我马上就会把这座挺拔的大山与父亲的身影联系在一起，甚至恍惚中会觉得我的父亲已经彻底融入和消失在这座高高的山峰之中，和大山完全融汇在一起了。“林场工人高开芳说：‘英雄们能在这里消灭敌人，我们就能把这里建设好！’”这是《大众日报》在1965 年 7 月 3 日第 2 版发表的通讯《今日的孟良崮》（丛竹、浩然）中对父亲身影的一份珍贵记录。

——高军：《春树暮云》，《临沂广播电视报》2019 年 4 月 25 日第 17 版（《沂南通讯》

2019年5月10日第4版“阳都风”）

1967年　农历丁未年

5岁

林场对场医的批斗会和代庄集上对一位出身不好的青岛知青的批斗会给其留下深刻的印象。

1970年　农历庚戌年

8岁

在书堂村开始上小学，先后担任学习委员、班长。

1974年　农历甲寅年

12岁

在《语文》课本上读到北京市中关村第一小学五年级学生黄帅写的

《一个小学生的来信和日记摘抄》，感到很困惑。

1975 年　农历乙卯年

13 岁

夏天，小学毕业。

整个小学期间，听到很多精彩的故事，购买了一些小人书，阅读了长篇小说，受到文学熏陶。

我在母亲的纺车声里，听到了《梁山伯与祝英台》《牛郎织女》《孟姜女》《秃尾巴老李》《八仙》《井台会》等优美的民间故事。

——高军：《母亲的纺车》，《山东经济日报》1996 年 12 月 10 日第 4 版（收入散文集《昭示人格的火焰》，九州出版社 2015 年版，第 7 页）

夏天的晚上在四开敞亮的天井里铺下一领席子，卧看银河、北斗星和牵牛织女星，大人们会讲出一段段动人的故事。

——高军：《苹果树》，《临沂日报》2019 年 5 月 24 日第 7 版“银雀”

几年里，在流萤飞舞的夏秋之夜，大人小孩们都围坐在我家后一退休老人的场院里，听他拉呱一个又一个引人入胜的故事。 在我十一二岁的时候，有一夜听到老人讲了一段小马的故事后，总感到意犹未尽，回家后显得焦躁不安。 父亲问我怎么啦，我说我想知道以后是怎么样了，可他却不讲了。 父亲笑笑说，都在书本上写着，有本事自己去看。 随后，父亲踩着凳子从屋内山墙上的一个担板上拿下了全部的 4 本书：《儿女风尘记》《新儿女英雄传》《苦菜花》《战斗的青春》。

我如获至宝，立即就像走山路一样，磕磕绊绊地读了起来，原来小马的故事就出自张孟良的小说《儿女风尘记》一书。从此，我到处找小说读，拿到就不放手。那时有一批知识青年在我们这里上山下乡，我去他们那里最经常，就因为他们有一些书籍。甚至不顾白眼和斥责，软缠硬磨地借书看。且边读边胡思乱想，印象最深的是读《红日》《苦菜花》时不自量力地在心里暗暗地说我也要写这样的书。

——高军:《关于小小说的断想》,《一辈子也不说》,吉林出版集团有限责任公司2010年版,第219～220页

小时候生活在孟良崮下一个小山村里，离最近的代庄集有八九里路，作为学生平常是没有机会赶集的。唯有学校放假后，到了腊月二十四的集日，父母会挤出两毛零钱让我到集上自由支配。……我奔向的下一个目标是说书场子。在集市的另一角，有一个说书人会使劲拍着渔鼓，用“瞎汉腔”唱说着精彩故事。那个年代，平常并没有什么书读，所以到集上听说书就是很高档的享受了。说书人腔调独特有味道，故事又精彩，我在围着的一大圈人中使劲伸着耳朵，生怕漏掉一个字。可是，总是听到精彩处，说书人就突然停了下来，双手捧着一个簸箕，围着人群转圈了:“各位父老乡亲好，在家靠父母，出门靠朋友，在下俺出来混江湖也不容易，有钱的帮个钱场，你要是真没钱就帮个人场，在下也是感激不尽的……”……我手中的两毛钱其实早就有打算了，那是为了去供销社买小人书的。那柜台里面会有很少的一些小人书摆放在那里。那时候很少有书可读，就是有卖的我手中也不会有一元左右的大额资金可去买书，每年能买上一本小人书就是一件很奢侈的事情了。我兴冲冲地跑到供销社里，隔着柜台使劲翘着脚跟眼睛直直地盯着那些封面花花绿绿的小人书……还好，一问服务员，价格是一毛一分钱，我的两毛钱是绰绰有余了。……这本小画册让我翻了无数遍，也让我和其他同学交换着看了几十本不同的小人书，整整一年的时

间里，我的精神生活是那么的充实。

——高军：《难忘少时赶年集》，《日照日报》2018 年 6 月 3 日第 A3 版“文苑”（《年集的变迁》，《沂南通讯》2019 年 1 月 30 日第 4 版“阳都风”）

9 月

进入孙祖中学（又名沂南五中，后为代庄中学，今为孟良崮实验学校）（初中）学习。

1975 年，我上初中了，学校离家十里多路。由于学校房屋非常紧张，我们只好跑校。所谓跑校，就是每天下午放学后回家住，第二天早晨再早去学校上课，每天一个来回。……我去学校上学，每天天不亮就得起，走到学校刚好大明天，跟早操，上早自习。为了让我准时起床，父亲每天早晨起来观察启明星——他那时管它叫“心白”，以启明星的高度确定叫醒我的时间。他总是提前起床，轻轻拉开房门，看看启明星，若时间还早，就回去斜倚在床头上，把他的烟袋锅装满土烟，点上，一口口地抽着，烟锅里的火炭儿一闪一闪的，抽完一袋，磕磕烟灰，又走出门外，再看看星。直到他觉得应叫我起床了，才来到我的床前，在我身边叫道：“起啊，得起了。”我眼皮发涩，“嗯”一声，翻身又睡了。他就耐心地轻轻晃我一晃：“起啊，得上学啦。”我起来时，他含在嘴上的烟袋锅仍一闪一闪的。我背起书包走时，他总是嘱咐道：“叫上你的同学一路，别害怕。”然后磕掉烟灰，再回到床上躺一会儿。在我多年后的记忆里，每天早晨我上学走的时候，父亲床前总是有一堆烟灰。偶尔有一天早晨，不用父亲叫我就醒了。看着父亲吸的烟袋锅一闪一闪的，我就问：“爸，我起吧？”他就说：“再睡一霎儿，还犟早点。”我有时真的就又睡了，但大多时候是再也睡不着了，我攥紧拳头，心里默默地说：我得好好上学。

——高军：《父亲的烟袋锅》，《山东经济日报》1995 年 6 月 29 日第 4 版（收入散文集《昭示人格的火焰》，九州出版社 2015 年版，第 2～3 页）

1975 年，我到离家十多里外的中学上初中了，每天得拿两顿饭。……母亲喂了几只鸡，下的蛋从来不舍得吃，全都拿到门市部换油换盐。这时，母亲每天总是给我煎上一只鸡蛋，拿上几块咸菜、六个煎饼，她说："上学得用脑子，光吃野菜和树叶不行！"

——高军：《院中的榆树》，《山东经济日报》1995 年 10 月 24 日第 4 版（收入散文集《昭示人格的火焰》，九州出版社 2015 年版，第 9 页）

1976 年　农历丙辰年

14 岁

7 月

28 日，河北省唐山市丰南一带发生了强度里氏 7.8 级（矩震级 7.5 级）地震，震中烈度 11 度，震源深度 12 千米，地震持续约 23 秒。地震造成重大人员伤亡。临沂地委、行署发文要求开展防震工作。

父亲开始在石水渠西侧搭建团瓢屋防震棚，后来高军在这个防震棚里住了多年，伴着棚内的灯光，读了很多书。

9 月

9 日，毛泽东去世，全国各地组织悼念活动，在学校参加了追悼会。

10 月

粉碎"四人帮"。21～30 日，全国各地举行盛大集会和游行，坚决拥护党中央粉碎"四人帮"的果断决策，热烈庆祝粉碎"四人帮"的历史性胜利。

1977 年　农历丁巳年

15 岁

春，加入共青团。

夏，初中毕业。

在两年的初中学习生活中，在学校图书室借阅了大量文学书籍。

9 月

进入孙祖中学（高中）学习，担任学习委员，负责办黑板报，偶尔会写诗登在黑板报上。

10 月

各大媒体公布了恢复高考的消息，并透露本年度的高考将于一个月后在全国范围内进行。570 多万人走进曾被关闭了十余年的高考考场。高考制度的恢复，使中国的人才培养重新步入了健康发展的轨道。学校老师及时传达了这一消息，鼓励学生好好学习。

1978 年　农历戊午年

16 岁

1 月

《人民文学》1978 年第 1 期发表徐迟的报告文学《哥德巴赫猜

想》，学校老师经常讲主人公陈景润刻苦钻研成才的故事，鼓励学生学习。

5月

《人民教育》1978 年第 4～5 期合刊发表的《手执金钥匙的人们——记北京景山学校几位小学教师》一文报道了北京景山学校马淑珍、郑俊选、方碧辉、周淑溪等小学教师的教学事迹。他们坚持教学改革实验，分别在小学低年级识字教学、数学教学、外语教学以及作文教学方面取得了突出成绩。此篇通讯得到了邓小平、方毅（时任副总理）等领导同志的圈阅、批示，新华社发了通稿，《人民日报》等几十家报纸先后予以转载，产生了很大的影响。学校老师多次在课堂上朗读并讲解，进一步鼓舞学生的学习热情。

学校老师还多次讲中国科技大学少年班的少年大学生宁铂、谢彦波等的故事，给学生鼓劲。

平时除了认真学习文化知识外，还积极阅读文学书籍。

十二三岁的时候，我从父亲钉在墙上的一个小小担板上找到四本“文革”前出版的书，其中就有《战斗的青春》（下册）……我手头的《战斗的青春》（下册）就是作家出版社和上海文艺出版社先后并入人民文学出版社后以作家出版社上海编辑所名义编辑出版的。我的这本书一开头就是第六章了。……在好几年的时间里，我一直想找到这本书的上册但始终不能如愿，直到 1977 年秋天我上高中后不久才终于在一个女同学那里找到。那个时候新时期刚刚到来，《战斗的青春》还没有重新出版，可是我们的校园生活已经充满积极向上的气氛，同学们都努力地学习文化知识了。有一次我和其他同学高谈阔论这本书，并说了始终没有见到上册的遗憾，很多同学当时并不知道有《战斗的青春》这本书。坐在我前排桌上的是一个姓于的漂亮女同学，我们后面两个男生偶尔恶作剧偷偷地快速扯下她一根头发，她会回过头来气恨恨地瞪我俩一眼，但我俩早已装作若无其事的样子在认真看书了，她也就毫无办法了。过了一两天，这个女同学在没有别人的情况下悄悄告诉我说她有《战斗的青春》上册，可以借给我看。从来不正经搭理女同学的我，一下子就不自觉地态度大变，讨好地笑着让她尽快拿来。她轻轻笑笑："下次回家拿饭的时候，我给你拿来。"我激动得心怦怦跳，随后的几个晚上在宿舍里都不能睡好，总觉得时间过得太慢了，盼着回家拿饭的时刻早一点到来。终于在几天后，这个女同学悄悄把这本书递给了我。我宝贝似的拿过来一看，竟然正好和我收藏的那本是同一版本同一次印刷的一套。这本书很快就被我如饥似渴地读完了，我心中有些痒痒地想据为己有，所以并没有立刻还给她。但是，我这位女同学也很喜欢这本书，过了不久就不客气地向我讨要了。我只好恋恋不舍地将书还给了她。

——高军:《天会越来越亮》,《日照日报》2018 年 4 月 22 日第 A3 版"读书"(《沂南通讯》2021 年 6 月 9 日第 4 版"阳都风")

读中学后，他仍然时常沉浸于自己的梦想里，但那时看不到几本书。有一次他发现一位女同学有本《战斗的青春》(上)，就激动得不得了。那时候男女同学都不说话，但他还是在回家路上鼓起勇气向女同学借书。

——高薇:《浓浓红土情——高军革命题材小说创作浅评》,《临沂日报》2021 年 1 月22 日第 A5 版"银雀"(《浓浓红土情——高军革命题材小说创作侧记》,《沂南通讯》2021 年 1 月 15 日第 4 版"阳都风")

上中学时候借灯光读书的经历让我一直记忆如昨，如在眼前。那时，学校里还没有通电，我们上晚自习点的是汽灯，那是一种将煤油燃料汽化后燃烧来照明的灯。……入学第一学期期中考试我考得不理想，当时很郁闷。……心里发狠我得抓紧补好初中的课程。具体的行动就是自己用墨水瓶做了一个小煤油灯，在学校的汽灯按时熄灭后，先在教室里点上学习一会儿，但时间长了学校是不允许的。于是再回到宿舍在床头上再次偷偷点起来，若是老师检查就吹灭，检查过后再让它亮起来。有时候正看着书睡着了，墨水瓶盖会被烧坏，后来我就琢磨着改为用铁片替换掉塑料瓶盖。从此，我开始用睡觉前的时间恶补初中数理化了，第二天早上起来擤出的鼻涕吐出的痰都被小煤油灯熏成了黑色的。那个时候记忆力好，精力也充沛，好像用了几个月的时间，我就持续地把初中这些内容彻底复习了一遍。记得那时候一本本书好似都背过了，一涉及某个内容连在哪一页都会清晰地在大脑中浮现出来。多亏了这一线微弱的煤油灯光，让我牢牢地把初中的底子打结实了，所以白天学习的高中内容就越来越得心应手了。……学校对我们上一级的高八级学兄学姐们予以特别照顾，允许他们延迟一两个小时后熄灭汽灯，因为他们马上面临升学考试了，希望都寄托在他们身上呢。这种情况让我眼热不已，非常羡慕他们能在明亮的灯光下多学习那么长时间。我们虽然回到了宿舍，但并不能立即睡着，心里总是想着高八级教室里的灯光，在床上辗转反侧。……在班里的灯光熄灭后，不是立刻回宿舍去了，而是拿着本书磨磨蹭蹭走在后面，等其他同学都走了，周边也安静下来的时候，再偷偷来到高八级教室的后窗台下。……用胳膊肘支撑在外窗台上，借隔着一层玻璃映照出来的汽灯光线，开始了接续的阅读活动。我是在窗外继续复习白天学的课程，很随意也很杂乱，但收获并不小。……借一线灯光学习的经历，让我补好了不扎实的初中基础课程，还在不影响正常学习的情况下阅读了一些课外书籍，丰富了知识结构。所以在高中毕业时以较高的成绩考学走了出来，让命运得以彻底改变。在随后的人生道路上，这一线灯光体现出的刻苦学习精神也一直保持了下来，让书籍陪伴自己成了我的日常生活状态和自觉行为。那一线灯光，当时虽然暗弱，但是后来在头脑深处却越来越明亮了。

——高军:《借你一缕灯光》,《沂南通讯》2020 年 5 月 15 日第 4 版“阳都风”

在恢复高考后，我在我的同学中学得得心应手。

——高军：《父亲的烟袋锅》，《山东经济日报》1995 年 6 月 29 日第 4 版（收入散文集《昭示人格的火焰》，九州出版社 2015 年版，第 3 页）

下半年，进入学校大专班学习，准备冲刺翌年的大学招生考试。

1978 年下半年，学校将我们分成大专班、中专班，就是准备报考大学的进入大专班，准备报考中专的进入中专班。我们有近五十个同学报名进入大专班，准备冲刺翌年的大学招生考试。

——高军：《难忘老校长》，《沂南通讯》2015 年 10 月 30 日第 4 版“月末”

经过了三个班并行、分出一个重点班的几次组合，最后我们十几个人组成的一个班级在靠近操场的三间教室里安顿了下来。我们仅有十多个人，教室里也就安放了两排桌凳，由于学生少显得很空旷。后面靠墙的地方学校放置了一个大大的乒乓球桌，桌子后面还放着一张排椅。这张乒乓球桌就成了放杂物和我们男生吃饭的地方……当时好像是我也有可能是另外的哪个同学，提出了一个很好的建议，就是每次吃饭时候由一个人晚吃一会儿，让他来读书而大家一边用餐一边听，谁最先吃完了就再接过去继续读，直到大家都吃完饭再停下来。记得当时的场面是非常安静的，只听到各人的咀嚼声，好像《万山红遍》就是这样率先被我们读完了的。

——高军：《餐间读书会》，《沂南通讯》2020 年 4 月 24 日第 4 版“阳都风”

1979年　农历己未年

17岁

学习之余，喜欢阅读文学作品。

高中毕业前夕，虽面临着升学的压力，我还是与几个同学在使劲地读《山乡巨变》《子夜》《俄罗斯短篇小说选》《第二次握手》等。老师不让读，我们就吃饭时、下课后、晚上就寝前偷偷地读。最值得回味的是在吃饭时，分分工，总有一个同学晚吃会儿饭，换班轮流读小说。《山乡巨变》《万山红遍》等都是这样读完的。

——高军:《紫桑葚》"代后记"《弯弯的山路》,黄河出版社2003年版(《中国当代小小说作家百家创作自述》,《百花园》1999年增刊;《沂蒙生活报》2003年10月30日)

我们的餐间读书会并没有什么计划，当时也很难找到更多的书来读，所以在将近一年的时间里好像也就读了不多的一些课外书。但是，这种阅读开阔了视野，丰富了情感，活跃了被僵化的脑壳，使我们在后来升学考试中取得了较好的成绩，并且作为宝贵文化积淀在随后的岁月里成为我们人生的动力，至今发挥作用，至今令人难以忘怀，回味不已。

——高军:《餐间读书会》,《沂南通讯》2020年4月24日第4版"阳都风"

为尽量多地改变学生的命运，学校又动员我们大专班的同学回去学习初中内容，好参加第二年的中专考试。可是，我们心有不甘，总想考上大学，像华罗庚、陈景润那样当个科学家什么的。记得那次老校长亲自来让我们排队，威严地要求回中专班的同学向前一步走。很多同学向前迈了一步，最后只剩下我们十几个人倔强地站在原地没动。……最后，校长对我们这十几个人还是给予了充分的尊重，容忍了我们自己决定的学习走向。他还安排最好的老师，来教我们这十几个人。

——高军：《难忘老校长》，《沂南通讯》2015 年 10 月 30 日第 4 版“月末”

6 月

中旬，高考报名开始。这年增加了高中中专，学校领导和班主任决定让学生全部报考高中中专。尽管想不通，但还是服从了安排。

令人想不到的是，后来政策突然又变了，1979 年的中专招生将分为高中中专、初中中专两种考试，高中毕业生只能报考高中中专，考试内容当然是高中课程。……当我们报考的时候，学校决定为我们大专班的同学全部报考高中中专。因为中专班的同学重新学习高中内容时间太短，已经是远水解不了近渴。我们十几个同学中除两个坚决抵制外，大多没有再提出异议，听从了学校的安排。校长给我们做工作说：“先考上中专，有个粮本有个铁饭碗，你们的命运就改变了，这是最根本的，别的以后再说吧。”

——高军：《难忘老校长》，《沂南通讯》2015 年 10 月 30 日第 4 版“月末”

7 月

无缘当年 7～8 日的高考。

11～12 日，在张庄中学参加高中中专考试。考试分为四场，分别是语文、数学、政治、理化（物理化学一张卷，满分 100 分），成绩为

286分。本年高中中专录取分数线为240分。

1979年全县只有424人报考了大专，而有4813人报考了高中中专。录取情况是：大专初选56人，其中应届只40人；高中中专初选329人，其中应届251人。……我们这十几个人大多考入各个中专学校。特别是，我们这些考上高中中专的，后来都一直坚持不断学习，大都又取得大学本科学历，并且成了各行各业的佼佼者。从后来的发展看，我们和考上大学的也没有什么根本的区别。这时候，我们才彻底明白那个时候校长和老师为我们的人生是怎样反复掂量的。

——高军：《难忘老校长》，《沂南通讯》2015年10月30日第4版“月末”

整个初中和高中阶段，假期帮助家里种庄稼、收庄稼。

我们家八口人，除了父亲的户口在林场，我们的户口全落在书堂村的生产队里，队里种得最多的是地瓜。秋天来临后，生产队里每天下午都会将地瓜往各家各户分一次。……地瓜，需要用搓板手工来切成薄片再找地方晒上。……我最喜欢干的活是切地瓜，把搓板插在筐头的筐系之间，那一头顶在法桐树干上，拿起一个地瓜噌噌噌，不一会儿筐里就满了，抽出搓板把筐往一边一推：“走！”接着拉过另一个空筐来，又开始切地瓜片了。……有次不知怎么右手大拇指放得偏下了一点，连地瓜带手指一起送上了刀刃，大拇指尖部一阵钻心的疼痛，被刀片切开了一道口子，手指甲盖也劈成了两半，指甲肚上先是白森森的，随后开始出血并越出越多，只好停下来找点消炎药颗粒撒上，用胶布使劲缠住，然后再去继续干，不过这个时候会变得小心起来。那次刀伤，让我的右手大拇指上至今还留有一道深深的刀痕。

——高军：《法桐树下》，《沂南通讯》2019年4月19日第4版“月末”

9月

被沂南县师范学校录取。除学好学校要求的课程外，还自学英语、日语，并努力阅读文学作品，开始诗歌、小说练笔。

考学出来以后，在学习专业知识的同时，把业余时间全用在了读文学、写作品上，写得最多的是小小说和短篇小说。那时曾不知天高地厚地发狠，五六年后要得全国优秀短篇小说奖呢。

——高军:《紫桑葚》"代后记"《弯弯的山路》，黄河出版社2003年版(《中国当代小小说作家百家创作自述》，《百花园》1999年增刊;《沂蒙生活报》2003年10月30日)

在沂南师范学校上学的两年间，写作的少量小说、散文、诗歌等，均未正式发表。

1981年　农历辛酉年

19岁

6月

从沂南师范学校毕业。

7月

被分配至沂南县重山公社葛墟联中，秋季开学后担任一个公社重点班初三语文、一个公社重点班小学四年级语文的教学工作。

我参加工作第一站，就是水塘崮前的一处学校。这儿条件很艰苦，离家远，回家一趟也很不方便，但一切都觉得新鲜。

——高军:《水塘崮抒怀》，《日照日报》2021年4月25日第A3版"文苑"(《济南时报》2021 年 5 月 11 日第 4 版“语闻”)

参加工作后有两年多时间，我是在水塘崮前的一处学校里当老师。……我在那里工作了两年零三个月……周六上午放学后我不回家，喝水就成了问题。因为伙房里不再烧水，吃饭可以草草应付一下，但总不能喝凉水。那时候刚通上电不久，烧水做饭的家用电器还没有流行，后来有了也是不允许私自用公家电的，因为既怕浪费电又怕造成断电。……那时候，我每周要讲十七节课，包括初三语文、历史，小学四年级语文，得分头备课写教案，还要批改那么多作业和学生作文。更主要的是我还在坚持自学英语、日语，大量阅读文学作品，并不断写作一些不成熟的小说等。

——高军:《春云》,《沂南通讯》2019 年 6 月 28 日第 4 版“阳都风”

在重山公社葛墟联中教学两年多的时间里，写作的小说、散文、诗歌、小话剧、民间故事等，均未正式发表。

1983 年　农历癸亥年

21 岁

12 月

被调入岸堤中学，14 日报到。担任高中语文教师、班主任。

12 月 14 日我到岸堤中学报到，接手的是高中一年级两个班的语文课，并担任其中一个班的班主任。作为一个中专毕业的人来教高中，自己感到有些压力，于是我开启了主动的有计划的自学过程。这次系统学习，让我一直以来在很多方面受益匪浅。……学校位于汶河北岸，是1966年建的，占地48亩。我去的那个时候，已有教室12口，其他房产78间。高中阶段在这年刚开始实行三年学制，学校里有4个高中教学班；初中此前已经实行三年制，已有6个班。校园大门口朝北，南面本来有个大门口，不知什么原因早已用一堵矮墙垒死，外边农民已经盖上房子，想再开通也已经不可能。……有时到汶河岸边去玩，我们会从南门的墙头上翻越过去，因为很多人都习惯这样，那墙上插脚的地方甚至都变得光滑了。当然更多的时候是从学校北门出去，转向岸堤大桥西边的汶河北岸，或在沙滩散步或到水中洗澡，这都是很惬意的。那个时候，汶河沙滩洁白纯净，白杨树高高挺立，树下杂草青青。河中水流清澈，随意在沙滩上挖个窝，稍等一会儿就能直接饮用里面泉出的水。

除认真教学外，努力搞好自我学习，这是我此前就养成的习惯。在原单位我一直学着英语和日语，并业余读了很多文学类书籍，也继续着自己的文学创作梦。这时候，我的手头已经陆续购买了大学中文系的几乎全部系列教材，并且都是当时最好的。如《现代汉语》《文学理论基础》《写作基础知识》《外国文学简编》《中国当代文学史初稿》《中国现代文学史》《中国文学史》《中国当代文学作品选》《写作知识丛书》。有的我还买了双套，如《语言学概论》（叶蜚声、徐通锵和高名凯、石安石），《古代汉语》（郭锡良等主编的三卷本和王力主编的四卷本）等。

——高军：《回望岸堤草青青》，《临沂日报》2020年5月8日第A5版“银雀”

1984 年　农历甲子年

22 岁

1 月

业余时间继续保持对文学的爱好。

进入 1984 年 1 月的时候，传来了曲阜师范学院要招收专科起点的三年制汉语言文学专业本科函授学生的消息，尽管我不符合报考条件但学校还是写出我已达到专科水平的证明让我报了名。……春天来临，天变得越来越长，特别是下午饭后、晚自习前有相当一段时间很充裕，我会拿上一本书，迎着西下的夕阳跑到岸堤大桥以西汶河北岸的沙滩上背诵准备考试的内容。

——高军:《回望岸堤草青青》,《临沂日报》2020 年 5 月 8 日第 A5 版“银雀”

4 月

参加高中语文教师教材教法过关考试。

省教育厅要进行的一场教材教法过关考试……时间是 4 月 29 日……这次考试是第一次全省大规模对任课教师的统一考试，是对教师教学能力的集中检验。

——高军:《回望岸堤草青青》,《临沂日报》2020 年 5 月 8 日第 A5 版“银雀”

5 月

高中语文教师教材教法过关考试顺利。

5 月 21 日，我收到临沂地区教育局的一封信，通知说教材过关考试成绩为 80.5 分。……比很多大专毕业生高二三十分，成绩很不错。

——高军:《回望岸堤草青青》,《临沂日报》2020 年 5 月 8 日第 A5 版“银雀”

考入曲阜师范学院汉语言文学专业本科函授。

5 月 23 日曲阜师范学院的录取通知书也来了，我们学校 4 个去考这个专业的，只有我考上了。全县一百多人参加考试，且大多都是专科学历的，结果仅仅被录取了 15 个人。

——高军:《回望岸堤草青青》,《临沂日报》2020 年 5 月 8 日第 A5 版“银雀”

在曲师，跟随张元勋、谷辅林、胡授昌、朱光灿、范欧金、李永庄、邓承奇、蔡印明、李新宇等学习，也听到了很多有关刘乃昌、孟蒙等著名教授的异闻趣事，受益颇多。

对文学的爱好转淡。

可是，文学之途像弯弯的山路一样难走。考上学后，生活好了，我的眼睛却因营养不良视力由升学体检时的 2.0 下降为 0.2。原因是经常把菜金节省出来，攒几天就去书店买一本书。参加工作后，更想通过写作改变自己的命运。于是，就不断地买书、读书、写作、投稿，由邮资总付到自贴邮票，退稿信摞了一尺高，我的作品一个字也没有发表出来。我痛苦极了，经常坐在夕阳下的山溪旁，抱着头，呆呆地看水、看石、看山、看云，最后总是把目光投向那弯弯的山路上……后来，我把所写的文字全部归拢到一起，并把退稿信撤入其中，在一个漆黑的夜晚，到野外点燃了。火焰时高时低，变黑的纸片在眼前飞舞，我的眼泪唰唰地流着，四周的大山一片模糊。我感到，自己确实没有写作的才能，以后不能再涉足这一领域了。

——高军:《紫桑葚》"代后记"《弯弯的山路》,黄河出版社2003年版(《中国当代小小说作家百家创作自述》,《百花园》1999年增刊;《沂蒙生活报》2003年10月30日)

1985年　农历乙丑年

23岁

10月

学校在严格整党后首次发展党员，被批准加入中国共产党，预备期一年。

本年开始，高军觉得应从本职工作着手，研究语文教学。

写作的欲望是一种病。真不写了，痛苦也更强烈了。经过反复的思考以后，决心写写自己的本职工作，于是从1985年开始，我写了大量的中学语文教学论文，并且终于使自己的文字变成了铅字。从1990年到1994年，我又结合自己干的秘书工作，写作并发表了大量的新闻作品和调研文章。尽管没实现当作家的梦，但还是尝到了爬格子的乐趣。

——高军:《紫桑葚》"代后记"《弯弯的山路》,黄河出版社2003年版(《中国当代小小说作家百家创作自述》,《百花园》1999年增刊;《沂蒙生活报》2003年10月30日)

1986 年　农历丙寅年

24 岁

5 月

1 日，与张桂菊结婚。

高军妻子张桂菊系马牧池乡西南官庄村人，1964 年 6 月 13 日（农历五月初四）生，1984 年毕业于临沂外语师范学校，与高军相识前已从马牧池中学调任岸堤中学英语教师。

1987 年　农历丁卯年

25 岁

秋，曲阜师范大学（其间，曲阜师范学院更名为曲阜师范大学）本科函授毕业。

9 月

论文《也释“自名”》发表于《中学语文》1987 年第 5 期。

论文《说“不知有汉”的“有”字》发表于《语文教研》1987 年第 5 期。

1988 年　农历戊辰年

26 岁

9 月

岸堤中学部分高中学生筹办“红土地文学社”，请苗得雨题了词。15 日应学生请求，写作诗歌《红土地》。

祖祖辈辈洒之以汗沥之以血/这深沉的大地/夸父曾弃杖化桃林/女娲抟土留遗迹//伐木之声依旧坎坎铮铮/杨柳照常婀娜多姿/黄河之水还是滚滚流淌/月明时候就会星稀//殷红殷红的背景上/出现更加鲜艳的新娘的红嫁衣/弯弯曲曲的小路上/歌声有时欢快，有时悲戚//血红的背景上/锻造出扶犁赶牛的古铜背脊/身后红色浪花翻卷/喝声时而高，时而低//年年有各色野花铺向远方/这生生息息永远不死的土地。

——高军:《沂河掩蓝——怀念苗得雨先生》,《临沂日报》2017 年 7 月 21 日第 A6 版“银雀”

10 月

论文《谈语文教师的课堂应变能力》发表于《语文》1988 年第 5 期。

1989 年　农历己巳年

27 岁

10 月

论文《〈古代诗词拾趣〉补辑》发表于《语文教学与研究》1989 年第 10 期。

12 月

14 日(农历十一月十七日)，母亲宋开兰去世，葬于大庄镇茶臼庄村高氏墓地。

《密切关注生活　扩大写作量》被评为沂南县 1989 年度中学语文论文三等奖。

1990 年　农历庚午年

28 岁

5 月

由岸堤中学调入中共岸堤镇委担任秘书。关于高军此前的教学情况，刘玉华写过一篇《一位作家的教育情怀》。

高军是我市一位在省内外有重要影响的作家，继 2020 年《小说月刊》为他开设沂蒙革命题材系列小说专栏后，从 2021 年第 1 期开始《天池》杂志又为他开设了这类题材小说专栏，每月推出两篇作品，全年发表 24 篇。高军曾经是语文老师，多年来他除了创作各类题材的文学作品外，还一直满怀浓郁的教育情结，创作了大量校园题材的小说、散文作品。校园题材小说《掌声》发表后引起强烈反响，曾收到一千余封中小学生读者来信。二十余篇小说被设计为高考和中考试卷中的阅读理解题，仅仅被收入各大出版社出版的学生读物类图书的作品就达一百多篇。在他的二十余本书（按：原文作“二十本余书”。疑误）中，散文集《昭示人格的火焰》被列入“爱上阅读中小学生晨读精品选”，小说集《青苹果》被列入“青春校园名家小小说”，《红唇印》为“课本作家小小说”，《租用蓝天》被列为“中国新锐作家校园文学经典”。《紫桑葚》被收入语文出版社出版的全国通用小学教材《语文》（五年级上册）在全国十多个省区广泛使用。

初出茅庐绽锋芒

1979 年，17 岁的高军高中毕业被截留到沂南师范，圆了教育梦的同时，也有深深的遗憾，毕竟上了中专就不能上大学了。直到后来考取曲阜师范大学的本科函授，他才圆了大学梦。1981 年 7 月，他毕业走进了重山公社葛墟联中成为一名老师，带初中三年级公社重点班语文课，同时带着小学四年级公社重点班语文课，还担任着一个班的班主任。他工作干得有声有色，带的班级成绩优异，很快引起了各方注意。1983 年 11 月份，他以前的一位老师告诉他：“你调到岸堤中学了。”他十分纳闷：“我怎么不知道呢？”“调令在你们公社那儿，不给你肯定不想让你走呀！”就这样，他被调入岸堤中学教高中语文并担任一个班的班主任。中专生教高中对他而言是个挑战，但毕竟已有了两年多的教学经验，加上自幼酷爱读书，又有一份初生牛犊不怕虎的勇气，他教得同样得心应手。因为喜欢文学创作，高军在上课时常和学生谈文学，培养学生的文学阅读习惯。他精心研究语文教学，总结自己的教学体会，写作语文教学研究论文。在《桃花源记》中都把“不知有汉，无论魏晋”的“有”字解释为“有无”的“有”，他大胆提出自己的看法，“有”是词头，用在朝代前面，并没有具体意义。写出的《说“不知有汉”的“有”字》投稿到浙江师范大学《语文教研》杂志后，被发表在1987年第5期。1991年第9期《语文知识》发表了他一篇修辞学方面的文章《谈“新拟”的表现作用》，大胆地提出了一种新的修辞格“新拟”并初步分析了其表现作用，为汉语修辞学的丰富发展做出了自己的贡献。他发现部分老师教学水平不是很高，在课堂上组织教学能力较差，把握不了课堂的主动权，甚至会和学生发生冲突，影响教学效果。他写出《谈语文教师的课堂应变能力》发表在1988年第5期《语文》杂志上。语文教材上第一次设置自读课文，很多老师不知道怎么教才好，针对这种现象他写了《如何把握指导自读课文的突破口》一文，发表在全国中学语文研究会会刊1991年第3期《语文教学论坛》杂志上，随后被临沂地区教育局教研室收入《理论·经验·案例》一书在临沂地区13个县予以推广，当时的语文老师人手一份。在那些年里，他写作了相当一批语文教学论文，产生了较大影响。1990年5月，高军被调任岸堤镇党委秘书，因为他所教的两个班的学生面临毕业，依然心系学生的他只能抽空去给毕业生上课。坚持送完毕业班后，才全身心投入到新的工作中去，从此离开了教育战线。不久后，县广播电台、《沂南周报》以及省、地很多媒体又开始播出和发表他写的新闻稿件和调研报告了。

教学生涯筑梦想

十年教学生涯，高军培养了很多学生。提起文质彬彬的戴眼镜的高军老师，当年的学生用这样几个词来形容：善良、严厉、文化高、有才华、有正义感、看问题一针见血。书读得多，语文课上能够旁征博引、妙语连珠，激起学生的学习兴趣。学生李国栋至今仍然清晰记得高军老师讲李白《静夜思》时的情景，针对“床前明月光”向学生抛出疑问："如果躺在床上，哪来的月光？ 就算是室内有月光，又怎么能抬头望明月？ 躺在床上又怎么低头呢？"立刻激起学生的兴趣，随后通过讲解开阔了学生的思路，课堂效果非常好。 2015 年江西电视台《挑战文化名人》节目中公布对"床"的正确解释是"井台上的围栏"，而高军在三十多年前就这样讲解了。 让学生印象最深刻的还有作文课，时隔三十多年，张万军回忆起当年高军老师的作文课，依然历历在目。为了培养学生的创新能力，让学生写出新鲜句子来，高军拿出把人脸比喻成桃花的说法引导学生开展研讨，他让大家观察别人的脸，看到底是否像桃花。 学生在一片笑声中，明白了人云亦云的比喻其实并不确切，应该写出自己观察到的准确的东西。 学生再也不随意写陈词滥调，一个个美妙的句子从学生笔下跑出来。 在讲"剑眉"这个词的时候，高军老师在黑板上画一张人脸，在眉毛部位画一对宝剑，让学生看眉毛是不是真的像宝剑一样，鼓励学生说出更恰当的形容词。 学生都喜欢用苹果形容人的脸蛋，他就拿来苹果对比脸蛋，让学生看脸蛋是不是真像苹果一样，激发学生用各种新词来描写。 作文课上，很多时候他会惟妙惟肖地给学生讲红嫂、讲农村的人物形象、讲生活现状。 引导学生多观察，用心体会，学会观察生活、认识生活。 他还善于发现学生的特点，发现学生的长处，鼓励学生大胆写，多投稿。 这样的老师当时在乡镇是很少见的。 他一直鼓励学生多读书，学生们喜欢上了阅读，经常去书店买书，岸堤书店书很少，更多的时候会到蒙阴的界牌去买，有时候还会骑车到县城去买。 李国栋如饥似渴地读书，不仅为后来的工作打下坚实的基础，还在业余时间坚持创作，也已经成为一名有影响的业余作家。 说起高老师对自己的影响，赵中强更是深有感悟：毕业时高老师给他写下"三百六十行，行行出状元"的临别赠言，当时很不理解，上大学是唯一的梦想，考不上怎能不失落？ 后来，因为这句话的鼓励，他干一行，爱一行，最终由民办教师考为公办教师，教学有声有色。 在校园里，高军既严格管理学生，同时又和学生真心交流，把学生当成朋友平等看待，很多学生把不愿与父母和朋友说的话找高老师来倾诉，高老师也和学生交心。后来进入文学创作的时候，很多事情都一一浮现在眼前，成了高军创作的素材，进入了他的文学作品之中。离开教学一线，不代表离开了教育，不代表没有了教育情怀。

教育情怀润人生

尽管一直喜欢文学创作，教学时高军的工作重心始终是放在教学、教学研究上，文学作品写得并不多。离开校园以后，校园里的一切仍时时牵动着他的心。1995年9月20日上午当地发生了地震，学生都在上课，有的老师扔下课本就跑出教室，一些学生感到伤心失望，和高军倾诉很多想法，一下激起了高军的创作欲望。他写出的小说《考验》既是对老师的考验，也是对普遍人性的考验。从此，他开始了真正意义上的校园文学创作。有一次他听到有位老师上课时发现在黑板上写了“×老师是个坏”几个字，和学生发生冲突，闹得很不愉快。在一次出发的间隙里高军写出了小说《掌声》，小说中的高老师因势利导，巧妙把黑板上的话变成一堂说话课的题目，与学生真诚地交流，不仅摆脱窘境，化解了师生矛盾，还收到良好的课堂效果。小说发表后，不仅在社会上产生很大影响，更在学生中引起强烈反响，很多学生把作者当成作品中的高老师，说出很多不愿与自己老师交流的心里话，期盼自己也能遇到这样的老师。《掌声》被几十次收入学生阅读的书籍，多次设计为中、高考阅读理解试题。在高军的教育题材小说里，有反映学生成长的，有表现教育方法的，有反映广阔社会现实的。无论是写老师还是写学生，都能写出活生生的人物：《纠正》里无奈送礼的李老师，《午饭》中三年不回家吃午饭的大山父亲，《拐杖》里塑造的自尊好强的女学生，一个个仿佛就在我们身边。他还用细腻的笔触刻画了多位栩栩如生的教师形象：《考验》里的白玲老师，《青苹果》里的焦国栋老师，《晒》里的田老师，《红围巾》里的张老师，《白杨树》里的朱老师等。在《三枚红印章》里老师为维护学生的自尊，用心刻下的那三枚红印章深深印在人们的心头。《掌声》里理性、智慧、善于克制自己又能随机应变的高老师是每个学生渴望遇到的老师。《蚂蚁，蚂蚁》里善于观察引导学生的高老师只用四个字“管好蚂蚁”就管好了班上最难管的学生。

十年的教学生涯，至今仍能让高军饱含深情地写下一篇篇教育题材的小说。 他还在繁忙的工作之余，多次到卧龙学校、沂南四中、沂南一小、岸堤中学、孟良崮实验学校等“送书进校园”，让“诗意弥漫校园，文学照亮人生”，给学生开讲座、作报告，不断为校园文化和文学的发展倾情助力。

——刘玉华:《一位作家的教育情怀》,《沂南通讯》2021 年 3 月 2 日第 4 版“阳都风”

在岸堤镇委担任秘书后，除做好本职工作外，开始大量写作新闻作品。

论文《它们是短语吗？》发表于《语文知识》1990 年第 5 期。

6 月

论文《“庐墓”新解》发表于《语文知识》1990 年第 6 期。

9 月

通讯《岸堤镇建起党员中心户》发表于《沂南周报》（试刊）1990 年9 月 8 日第 1 版。

10 月

《岸堤镇落实秋粮收购资金》发表于《沂南周报》1990 年 10 月 6 日第 2 版。

11 月

论文《浅议叠饰式文章标题》发表于《语文知识》1990 年第 11 期。

本年，小说《牛倌》发表于代庄中学（原沂南五中、孙祖中学，后改名为孟良崮实验学校）蜡纸刻板油印刊物《柳笛》第 1 期，为其发表的第一篇小说。

本年，新闻作品在沂南县广播电台等大量播出，多的时候每月被播出 40 余篇。

1991 年　农历辛未年

29 岁

1 月

通讯《岸堤镇合理开采，节约用水》发表于《沂南周报》1991 年 1 月19 日第 2 版。

通讯《饭店冷落的秘密》发表于《沂南周报》1991 年 1 月 19 日第 4 版。

通讯《岸堤镇加强果树冬季病虫害防治》发表于《临沂大众》1991 年1 月 22 日第 2 版。

通讯《岸堤镇加强提留款的管理》发表于《沂南周报》1991 年 1 月 26 日第 2 版。

2 月

通讯《岸堤镇扩建粮仓》发表于《农村大众》1991 年 2 月 2 日第 1 版。

通讯《岸堤镇地下水位回升》发表于《临沂大众》1991 年 2 月 2 日第 2 版。

通讯《岸堤镇备耕“四到户”》发表于《沂南周报》1991 年 2 月 23 日第 2 版。

简讯《岸堤镇农民重视农家肥，多年不背的粪筐又背起来》发表于《沂南周报》1991 年 2 月 23 日第 2 版。

3月

《她为家乡披绿装——记全国三八绿色奖章获得者李翠芳》发表于《沂南周报》1991年3月16日第4版。

论文《如何把握指导自读课文的突破口》发表于《语文教学论坛》1991年第3期。

获得沂南县1990年通讯报道先进个人一等奖，所在单位岸堤镇委通讯报道组被评为沂南县1990年通讯报道先进集体。《沂南周报》（1991年3月29日）对此进行了报道。

5月

通讯《李恒胜踢开“头三脚”》发表于《沂南周报》1991年5月18日第3版。

6月

通讯《岸堤镇抓预防、抓制度，确保夏季生产安全》发表于《沂南周报》1991年6月1日第2版。

通讯《孟良崮上的喜鹊多了》发表于《经济新闻报》1991年6月13日第2版。

22日（农历五月十一日），父亲高开芳去世，与母亲宋开兰合葬于大庄镇茶臼庄高氏墓地。

7月

通讯《岸堤镇加强套种玉米的田间管理》发表于《临沂大众》1991年7月16日第2版。

8月

通讯《岸堤镇雨季造林》发表于《沂南周报》1991年8月24日第2版。

通讯《暴风雨中的一幕》发表于《沂南周报》1991年8月24日第3版。

9月

通讯《思想教育丰富多彩》发表于《沂南周报》1991年9月13日

第 3 版。

通讯《“沂蒙绿嫂”李翠芳》发表于《经济新闻报》1991 年 9 月 17 日第 2 版。

通讯《岸堤镇农村办起“家庭人口学校”》发表于《沂南周报》1991 年 9 月 20 日第 4 版。

论文《谈“新拟”的表现作用》发表于《语文知识》1991 年第 9 期。 文章提出一种新的修辞格——“新拟”，并对其作了初步探讨。

10 月

《全县农田水利基本建设现场会议在岸堤镇召开，岸堤镇组织万人上阵，大战柿子岭会战工程》发表于《沂南周报》1991 年 10 月 24 日第 1 版。

通讯《山村茶座开张人》发表于《沂南周报》1991 年 10 月 31 日第 3 版。

12 月

通讯《孟良崮下的“农民体育户”》发表于《山东体育报》1991 年 12 月 7 日第 2 版。

通讯《收入翻一番　彩礼增十倍》发表于《经济新闻报》1991 年 12 月 14 日第 2 版。

论文《花椒的育苗技术》发表于《致富月刊》1991 年第 12 期。

考证文章《“九合成”发展始末》发表于《沂南文史资料》第六辑。

考证文章《岸堤镇新兴村〈观音大士阁重修纪事碑〉》发表于《沂南文史资料》第六辑。

本年，论文《如何把握指导自读课文的突破口》被收入临沂地区教研室《理论 · 经验 · 案例》一书，发放到中学语文教师手中。

1992年　农历壬申年

30岁

2月

通讯《烟酒不能拔穷根　捎回信息献乡亲》发表于《信息快报》1992年2月11日第3版。

通讯《农民建起家庭体育场》发表于《临沂大众》1992年2月15日第4版。

通讯《为家乡奔小康出谋献策》发表于《临沂大众》1992年2月18日第1版。

3月

1日，《沂南县报》公布，被评为沂南县1991年通讯报道先进个人一等奖，所在单位岸堤镇委通讯报道组被评为沂南县1991年通讯报道先进集体。

通讯《夫妻“体育迷”》发表于《山东体育报》1992年3月14日第2版。

6月

通讯《岸堤镇乡镇企业又上7个新项目》发表于《沂南县报》1992年6月21日第2版。

9月

通讯《秋种明白纸》发表于《人民权利报》1992年9月10日第2版。

11月

通讯《岸堤镇贯彻十四大精神注重六个结合》发表于《沂南县报》

1992 年 11 月 4 日第 3 版。

12 月

通讯《王美平自办家庭体育场》发表于《致富月刊》1992 年第 12 期。

1993 年　农历癸酉年

---

31 岁

1 月

论文《市场经济体制下如何为农民服务》发表于《沂蒙论坛》1993 年第 1 期。

2 月

论文《坚持“四个结合”搞好山区开发》发表于《沂南县报》1993 年2 月 4 日第 2 版。

论文《山区开发要坚持四个结合》发表于《政治思想战线》1993 年第 2 期。

通讯《岸堤镇会战沙石山》发表于《沂南县报》1993 年 2 月 11 日第 2 版。

通讯《农民聘请市场顾问》发表于《农村开发报》1993 年 2 月 12 日第 1 版。

通讯《岸堤镇农民争聘市场顾问》发表于《临沂大众》1993 年 2 月 16 日第 1 版。

通讯《岸堤镇农民争聘市场顾问》发表于《信息快报》1993 年 2 月 19 日第 3 版。

科普文章《无核糖枣的制作方法》发表于《致富月刊》1993 年第

2期。

3月

论文《市场经济体制下如何为农民服务》发表于《政治思想战线》1993年第3期。

4月

论文《围绕发展市场经济为农民搞好服务》发表于《山东通讯》1993年第3~4期。

论文《果品市场好困惑》发表于《沂蒙社会科学》（双月刊）1993年第2期。

论文《虚假广告大扫描》发表于《沂蒙社会科学》（双月刊）1993年第2期。

通讯《岸堤镇发动在外地工作人员和大中专学生为家乡奔小康出谋献策》《“沂蒙绿嫂”李翠芳》《夫妻“体育迷”》《孟良崮上的喜鹊多了》收入《阳都群星》［（香港）大地出版印刷公司1993年版］一书。

5月

通讯《岸堤镇抓好防汛工作》发表于《沂南县报》1993年5月16日第1版。

通讯《打工妹回村办起幼儿园》发表于《沂南县报》1993年5月16日第4版。

通讯《农民盼望市场红娘》发表于《信息大世界》1993年5月18日第2版。

通讯《省果树所在岸堤建育苗基地》发表于《沂南县报》1993年5月23日第2版。

通讯《岸堤镇及早做好防汛准备工作》发表于《临沂大众》1993年5月29日第1版。

通讯《回村打工妹办起幼儿园》发表于《大众日报》1993年5月31日第5版。

科普文章《花椒树的修剪技术》发表于《致富月刊》1993年第

5 期。

《围绕发展市场经济　为农民搞好服务》收入《时代英才》(中国大地出版社 1993 年版）一书。

6 月

通讯《书记镇长赶集来》发表于《沂南县报》1993 年 6 月 6 日第 1 版。

通讯《孟良崮下手拉手》发表于《沂南县报》1993 年 6 月 6 日第 3 版。

诗歌《送电》发表于《沂南县报》1993 年 6 月 13 日第 4 版。

通讯《书记镇长赶集》发表于《农村大众》1993 年 6 月 15 日第 1 版。

通讯《书记赶集》发表于《临沂大众》1993 年 6 月 19 日第 1 版。

通讯《敢为人先写春秋——记岸堤三村党支部书记张长文》发表于《临沂大众》1993 年 6 月 19 日第 3 版。

通讯《敢为人先写春秋——记岸堤三村党支部书记张长文》发表于《沂南县报》1993 年 6 月 20 日第 3 版。

通讯《“土地包公”——记岸堤镇土管所长国树友》发表于《沂南县报》1993 年 6 月 20 日第 3 版。

通讯《孟良崮下手拉手》发表于《大众日报》1993 年 6 月 30 日第 7 版。

通讯《书记镇长赶集》在山东人民广播电台播出。

7 月

通讯《造福桑梓苦亦甘——记岸堤镇银河庄村党支部书记王廷福》发表于《沂南县报》1993 年 7 月 18 日第 4 版。

通讯《农民盼望市场红娘》发表于《市场经济导报》1993 年 7 月 25 日第 2 版。

8 月

诗歌《架线》发表于《沂南县报》1993 年 8 月 22 日第 4 版。

《岸堤酿酒业略述》发表于《沂南文史资料》第七辑。

《广阔天地有作为》收入《耀眼的明珠》(山东大学出版社1993年版)一书。

9月

通讯《打工妹返乡创办幼儿园》发表于《致富月刊》1993年第9期。

通讯《虚假广告面面观》发表于《人民权利报》1993年9月3日第2版。

通讯《玩弄土抢击伤女友》以“山皋东君”的笔名发表于《沂蒙公安报》1993年9月11日第2版。

简讯《岸堤修复水利工程》发表于《沂南县报》1993年9月12日第1版。

简讯《岸堤秋种》发表于《沂南县报》1993年9月12日第2版。

通讯《岸堤镇:统一供应良种》发表于《临沂大众》1993年9月28日第2版。

10月

诗歌《电的赞歌》发表于《沂南县报》1993年10月3日第4版。

通讯《岸堤镇冬季治山会战行动早》发表于《沂南县报》1993年10月17日第1版。

通讯《岸堤镇山林防火做得好，44年安全无火灾》发表于《沂南县报》1993年10月17日第2版。

通讯《致富乡亲积世德——记岸堤镇东蔡峪村党支部书记李世德》发表于《沂南县报》1993年10月17日第3版。

通讯《八年辛苦不寻常——记波子峪村党支部书记麻存田》发表于《沂南县报》1993年10月17日第3版。

通讯《岸堤镇科学规划讲求质量》发表于《临沂大众》1993年10月19日第1版。

通讯《逐级要保险》发表于《沂南县报》1993年10月24日第

2 版。

通讯《镇委门口有块科技提示板》发表于《沂南县报》1993 年 10 月 31 日第 3 版。

《关于山区开发建设的实践与思考》收入《乡镇党委书记工作经验选集》(人民体育出版社 1993 年版)一书。

11 月

通讯《科技提示板》发表于《临沂大众》1993 年 11 月 4 日第 3 版。

通讯《沂蒙姑娘手儿巧　玉米皮儿变成宝》发表于《农村大众》1993 年 11 月 9 日第 3 版。

通讯《岸堤镇大搞冬季草编业》发表于《大众日报》1993 年 11 月 14 日第 2 版。

通讯《饭店冷落的缘由》发表于《市场经济导报》1993 年 11 月 19 日第 3 版。

通讯《念好山经拔穷根——记冯家庄子村党支部书记冯光金》发表于《沂南县报》1993 年 11 月 21 日第 2 版。

通讯《爱心聚向小亮亮》发表于《农村大众》1993 年 11 月 27 日第 1 版。

通讯《痴心谱写兴旺曲——记岸堤镇兴旺庄村党支部书记马现才》发表于《沂南县报》1993 年 11 月 28 日第 3 版。

通讯《深山里的真情》发表于《沂南县报》1993 年 11 月 28 日第 3 版。

12 月

通讯《痴心谱写兴旺曲——记岸堤镇兴旺庄村党支部书记马现才》发表于《临沂日报》(试刊第 1 期)1993 年 12 月 8 日第 3 版。

通讯《岸堤镇 44 年无山林火灾》发表于《临沂大众》1993 年 12 月 9 日第 3 版。

通讯《冬闲不闲　岸堤草编热正浓》发表于《山东科技报》1993 年

12月16日第1版。

通讯《岸堤镇大力发展玉米皮编制业》发表于《临沂日报》1993年12月18日第2版。

诗歌《架线》《电》等收入沂南县“电力杯”征文诗集《星河抒怀》。

1994年　农历甲戌年

32岁

1月

论文《围绕发展三高农业　搞好山区综合开发》发表于《沂蒙社会科学》1994年第1期。

2月

由中共岸堤镇委秘书调整为中共岸堤镇委组织委员。

通讯《烛光闪烁映汶河——记岸堤中学教师李尊友》发表于《沂南通讯》1994年2月13日。

通讯《冯家庄子村大步奔富路》发表于《临沂日报》1994年2月22日第2版。

3月

《风光独特岸堤镇》收入临沂地区社会科学联合会编的《山东省临沂乡镇概览》(内部准印)一书。

4月

通讯《岸堤镇农家肥交易红火》发表于《临沂信息报》1994年4月29日第1版。

5月

通讯《岸堤农家肥生意火爆》发表于《农村大众》1994年5月7日第3版。

通讯《岸堤镇农家肥市场红火》发表于《经济新闻报》1994年5月11日第2版。

通讯《农家肥成了商品肥》发表于《临沂日报》1994年5月15日第3版。

通讯《沂蒙山区新鲜事　农民爆炒农家肥》发表于《人民权利报》1994年5月28日第3版。

6月

通讯《青春年华放光彩——记岸堤镇中心校民办教师张成贵》发表于《沂南县报》1994年6月3日第2版。

通讯《打麦场上的热门话题》发表于《临沂信息报》1994年6月24日第1版。

通讯《打麦场上的热门话题》发表于《沂南县报》1994年6月24日第2版。

7月

通讯《港胞彭少琼献爱心　沂南吴海涛返校园》发表于《农村大众》1994年7月7日第4版。

通讯《手捧盆花走亲戚》发表于《临沂日报》1994年7月16日第1版。

通讯《岸堤镇64名失学少年重返校园》发表于《临沂日报》1994年7月19日第2版。

通讯《岸堤镇农家肥市场火爆》发表于《致富月刊》1994年第7期。

8月

通讯《居功不傲　奉献不已——记离休干部王兑一》发表于《临沂日报》1994年8月13日第2版。

通讯《沂蒙山人手捧盆花走亲戚》发表于《大众日报》1994 年 8 月 13 日第 5 版。

通讯《沂蒙山区新鲜事　手捧盆花走亲戚》发表于《现代文明》1994 年第 8 期。

论文《花椒扦插育苗技术》发表于《农村实用科技》(双月刊)1994 年第 4 期。

论文《关于加强农村领导班子建设的几点思考》发表于《沂蒙社会科学》(双月刊)1994 年第 4 期。

9 月

通讯《沂蒙山区新鲜事　手捧盆花走亲戚》发表于《致富月刊》1994 年第 9 期。

10 月

6～8 日，参加在山东沂南召开的全国第八届诸葛亮学术研讨会，向大会提交了论文《诸葛亮〈将苑〉的用人思想浅述》，并作会议交流。

11 月

通讯《岸堤镇尊师重教蔚然成风》发表于《沂南县报》1994 年 11 月11 日第 4 版。

通讯《香港同胞彭少琼奉献爱心　沂蒙少年吴海涛重返校园》发表于《小学生学习月刊》1994 年第 11 期。

12 月

通讯《岸堤镇利用能人带动发展乡镇企业》发表于《沂南县报》1994 年 12 月 23 日第 2 版。

通讯《岸堤镇重视基层组织队伍建设》发表于《沂南县报》1994 年 12 月 30 日第 3 版。

论文《从制度建设入手　提高基层党组织的战斗力》发表于《调查研究》1994 年特刊。

1995 年　农历乙亥年

33 岁

1 月

论文《强化党建工作　不断增强基层党组织战斗力》发表于《沂蒙社会科学》1995 年第 1 期。

论文《农村党员教育工作应突出时代特点》发表于《临沂日报》1995 年 1 月 9 日第 3 版。

2 月

通讯《病孩牵动万人心》发表于《山东红十字报》1995 年 2 月 5 日第 2 版。

通讯《学生出车祸　干群齐救助》发表于《沂南县报》1995 年 2 月 10 日第 3 版。

通讯《油城图书进山里》发表于《临沂日报》1995 年 2 月 13 日第 3 版。

通讯《油城青年向沂蒙少年捐赠图书》发表于《大众日报》1995 年 2 月 24 日第 2 版。

3 月

通讯《一对好夫妻　两个治山迷》发表于《临沂日报》1995 年 3 月 22 日第 2 版。

4 月

通讯《居功不傲　奉献不已——记离休干部王兑一》《沂蒙山人手捧盆花走亲戚》收入沂南县委宣传部编《阳都风采》（内部准印）一书。

通讯《书记镇长赶集来》收入《世纪之梦》（改革出版社 1995 年版）一书。

5 月

散文《不会幽默》发表于《山东科技信息报》1995 年 5 月 7 日第 4 版“绿洲”。

通讯《点燃心灵的霞光》发表于《沂南县报》1995 年 5 月 26 日第 4 版。

《关于发挥农村党员先锋模范作用的实践与思考》发表于沂南县委组织部《沂南组工信息（9）》（1995 年 5 月 26 日）。

6 月

散文《父亲的烟袋锅》发表于《山东经济日报》1995 年6 月 29 日第 4 版“泰山”。

8 月

论文《诸葛亮〈将苑〉的用人思想浅述》收入王汝涛、薛宁东、陈玉霞等主编的《金秋阳都论诸葛》（军事科学出版社 1995 年版）一书。

9 月

散文《歌诗的生活》发表于《临沂日报》1995 年 9 月 23 日第 2 版“现代家庭”。

10 月

散文《院中的榆树》发表于《山东经济日报》1995 年 10 月 24 日第 4 版。

通讯《岸堤镇党委加强民主集中制再教育》发表于《临沂日报》1995 年 10 月 27 日第 3 版。

11 月

通讯《柳行岔村藤编业收入高》发表于《大众日报》1995 年 11 月 9 日第 2 版。

文学评论《取法乎上见功夫——评〈死士〉》发表于《百花园》1995 年第 11 期。

12月

通讯《当年知青献爱心　资助学子返校园》发表于《沂南县报》1995年12月1日第4版。

通讯《岸堤镇集贸市场呈现购销两旺势头》发表于《临沂日报》1995年12月12日第3版。

通讯《当年知青献爱心　不幸学童返校园》发表于《临沂日报》1995年12月14日第2版。

本年创作的小说《考验》一直未投稿。

1996年　农历丙子年

34岁

1月

论文《诸葛亮〈将苑〉的用人思想浅述》发表于《沂蒙社会科学》1996年第1期。

2月

通讯《藤条编出致富路》发表于《临沂日报》1996年2月25日第3版。

3月

文学评论《不激不励　风规自远——评芦芙荭小说〈一只鸟〉》发表于《百花园》1996年第3期。

文学评论《好戏连台任驰骋》发表于《百花园》1996年第3期。

4月

文学评论《略论小小说叙述文本的语言特性》发表于《百花园》1996年第4期。

5月

通讯《一对好夫妻　两个治山迷》收入沂南县委宣传部编《阳都风韵》(内部准印)一书。

7月

通讯《手捧盆花走亲戚》再次发表于《临沂日报》1996年7月21日。

8月

文学评论《尴尬的生活折射出凝重的内涵——汤红玲小小说创作简论》发表于《泰州日报》1996年8月5日第4版。

文学评论《对小小说改革的几点思考》发表于《百花园》1996年第8期。

9月

小说《神药》发表于《山东经济日报》1996年9月4日第4版。这是高军第一次在公开发行的报纸上发表小说作品。

10月

文学评论《尴尬的生活折射出凝重的内涵——汤红玲小小说创作简论》发表于《百花园》1996年第10期。

文学访谈《答高军问》(高军、曹德权)发表于《百花园》1996年第10期。

文学评论《泉水淙淙　高岩挺立——评〈苗得雨散文集〉》发表于《临沂日报》1996年10月5日第4版。

11月

文学评论《浅议小小说中人物语言的特性》发表于《微型文学报》1996年11月8日第3版。

文学访谈《关于小小说的对话》(高军、王孝谦)发表于《微型文学报》1996年11月8日第3版。

文学评论《返朴归真　大巧若拙——评劫人的小说〈兵不厌诈〉》发表于《百花园》1996年第11期。

小说《神药》被《小小说选刊》1996 年第 22 期转载，这是高军的小说作品首次被选刊转载。

12 月

散文《母亲的纺车》发表于《山东经济日报》1996 年 12 月 10 日第 4 版。

文学评论《浅议小小说中人物语言的特性》发表于《小小说作家》1996 年 12 月号。

文学访谈《答高军问》（高军、曹德权）发表于《小小说月报》1996 年第 12 期。

1997 年　农历丁丑年

35 岁

1 月

小说《画鸭》发表于《黄河文学》1997 年第 1 期。

小说《夜眼钱三》发表于《通俗文艺报》1997 年 1 月 22 日第 4 版。

小说《叫好》发表于《东北亚经济报》1997 年 1 月 25 日第 6 版。

2 月

小说《神笔》发表于《小小说月报》1997 年第 2 期。

文学评论《在体现生活本质上求奇巧——王海椿小小说创作简论》发表于《淮阴报》1997 年 2 月 28 日第 4 版。

考证文章《岸堤干校》《“九合成”发展始末》两文收入《临沂文史集粹》第三册（山东人民出版社 1997 年版）。

3月

小说《画鸭》被《小小说选刊》(半月刊)1997年第6期转载。

文学评论《尴尬的生活折射出的凝重内涵——汤红玲小小说创作简论》被《微型小说选刊》(半月刊)1997年第5期选载，这是高军的文学评论首次被转载。

《关于农村两委换届选举工作的思考》发表于沂南县委组织部《沂南组工信息》1997年3月12日。

4月

由中共岸堤镇委组织委员调整为中共岸堤镇委副书记。

文学评论《文体自觉带来的创作新收获——谢志强小小说近作刍论》发表于《百花园》1997年第4期。

《岸堤镇实行“四制”“六禁”“一督查”》发表于沂南县委组织部《沂南组工信息》1997年4月13日。

5月

小说《神笔》被《传奇文学选刊》1997年第5期选载。

6月

小说《金鸡钻石》发表于《通俗文艺报》1997年6月4日第2版。

7月

小说《下乡》发表于《黄河文学》(双月刊)1997年第4期。

文学评论《浅论文化意蕴类小小说创作的意义》发表于《小小说作家》1997年创刊号。

文学评论《童心殷殷酿佳蜜——评祖发厚的儿童诗》发表于《沂蒙生活报》1997年7月5日第6版。

8月

小说《茶叶》发表于《柳州日报》1997年8月4日第3版。

文学评论《形式批评的新探索——评刘海涛新著〈叙述策略论〉》发表于《湛江师范学院学报》(哲社版)(双月刊)1997年第4期。

9月

小说《病》发表于《小小说月报》1997 年第 9 期。

《小小说二题》(《金鸡钻石》《神眼》)发表于《小小说作家》1997 年9 月号。

文学评论《传奇题材凸显的复杂人性——孙方友小小说创作简论》发表于《未来》(双月刊)1997 年第 5 期。

15～20 日，参加由《小小说选刊》与《百花园》月刊举办的“第二届当代小小说作家作品讨论会”，并作发言。这次讨论会在郑州大学国际学术交流中心举行，是继 1995 年在北京举办的首届当代小小说作家作品讨论会以来，我国小小说创作领域的又一次盛会。与会人士就小小说创作与生活、文体意识及现代意识、现实主义回归和继承、高雅艺术与大众文化的融合以及小小说创作与当代文学的接轨等，进行了深入研讨。特邀青年评论家艾云、何向阳、谭延桐、刘海燕等对近两年我国小小说创作现状的优势与不足作了专题发言。

11 月

16 日(农历十月十七日)，女儿高乔乔出生。

12 月

文学评论《浅论小小说人物语言的特性》发表于《小小说作家》1997 年 12 月号。

本年，小说《神药》获得沂南县首届诸葛亮文学奖一等奖。

1998年　农历戊寅年

36岁

1月

小说《茶叶》发表于《延安文学》1998年第1期。

小说《病》被《微型小说选刊》(半月刊)1998年第2期选载。

2月

小说《相片》发表于《百花园》1998年第2期。

文学评论《小小说的“法儿”》发表于《百花园》1998年第2期。

小说《相片》发表于《关东文学》1998年第2期。

小说《意外》发表于《湖州日报》1998年2月17日。

随笔《喊雷大哥》发表于《小小说选刊》1998年第3期。

3月

文学评论《形式批评的新探索——评刘海涛新著〈叙述策略论〉》被《人大复印报刊资料》(出版工作、图书评价)1998年第3期全文转载。

4月

小说《掌声》发表于《小小说选刊》(半月刊)1998年第8期。

小说《绣花烟包》发表于《黄河文学》1998年第4期。

文学评论《小议修祥明的小小说》发表于《百花园》1998年第4期。

文学评论《花开六朵　异彩纷呈》发表于《湖州日报》1998年4月21日。

5 月

文学评论《拼贴碎片　展示现实——唐纳德·巴塞尔姆〈丽贝卡〉赏析》发表于《百花园》1998 年第 5 期。

6 月

文学评论《修祥明的小小说浅议》发表于《青岛文学》1998 年第 6 期。

文学评论《感伤之外的存在——村上春树〈四月一个晴朗的早晨，遇见一个百分之百的女孩〉赏析》发表于《百花园》1998 年第 6 期。

随笔《江西才子陈永林》发表于《百花园》1998 年第 6 期。

文学评论《浑厚凝重　鲜亮活泼——评胡同的中篇小说〈村政〉》发表于《延安文学》1998 年第 3 期。

8 月

小说《门卫》发表于《湖州日报》1998 年 8 月 25 日。

文学评论《奇巧的构思　深刻的意蕴——马宝山小小说创作简论》发表于《小小说月报》1998 年第 8 期。

9 月

小说《石蛹》发表于《鹿鸣》1998 年第 9 期。

10 月

小说《当官》发表于《湖州日报》1998 年 10 月 13 日。

文学评论《对平常生活的苦苦揭示——小议朱士元的小小说创作》发表于《淮海晚报》1998 年 10 月 19 日。

11 月

小说《纠正》《问题》《拐杖》作为“高军作品小辑”发表于《小小说月报》1998 年第 11 期。

小说《问题》发表于《芒种》1998 年第 11 期。

12 月

文学评论《奇巧的构思　深刻的意蕴——马宝山小小说创作简论》收入《马宝山小小说》（远方出版社 1998 年版）一书。

本年，文学评论《小议修祥明的小小说》获得沂南县第二届诸葛亮文学奖评论奖。

本年，小说《掌声》获得《小小说选刊》“永远的校园”征文优秀作品奖。

1999 年　农历己卯年

---

37 岁

1 月

由中共岸堤镇委副书记调任朱家里庄乡党委副书记。

文学评论《超越荒诞　指涉现实——胡里奥·科塔萨尔〈被侵占的住宅〉赏析》发表于《百花园》1999 年第 1 期。

文学评论《多种写法带来的无穷魅力》收入凌鼎年《悬念》（北方文艺出版社 1999 年版）一书。

小说《石蛹》被《小小说选刊》1999 年第 1 期转载。

2 月

文学评论《简议邵宝健的小小说》发表于《百花园》1999 年第 2 期。

3 月

小说《毛病》发表于《福州日报》1999 年 3 月 10 日。

4 月

文学评论《灵魂的歌手　悲哀的吟唱——舍伍德·安德森〈曾经沧海〉赏析》发表于《百花园》1999 年第 4 期。

6 月

小说《办事》发表于《湖州日报》1999 年 6 月 6 日。

文学评论《邵宝健小小说的艺术魅力》发表于《浙江作家报》1999年第6期。

9月

文学评论《现代精神与微型小说创新——评蔡楠的小小说〈飞翔或者冰清化蝶〉》发表于《沧州日报》1999年9月17日。

10月

文学评论《自成一格　颇具特色——陈勇小小说简论》收入陈勇《珍品》(中国戏剧出版社1999年版)一书。

文学评论《理论文章的新写法——评凌鼎年的〈小小说杂谈〉》发表于《太仓日报》1999年10月10日。

文学评论《微型小说中的聚焦道具——由秦德龙的〈鞋殇〉说开去》发表于《沧州日报》1999年10月22日。

文学评论《孤独和无奈的艺术传达——宋阿男的中篇小说〈青春物语〉简析》发表于《内蒙古青年报》1999年10月29日。

小说《诚实的果实》发表于《湖州日报》1999年10月31日。

11月

文学评论《现代精神与微型小说创新——评蔡楠的小小说〈飞翔或者冰清化蝶〉》发表于《微篇文学大观》1999年第6期。

文学评论《突破传统　体现新质——斯特林堡〈半张纸〉赏析》发表于《百花园》1999年第11期。

文学评论《物质时代的一缕温馨——陈毓〈超市里的贼〉简析》发表于《沧州日报》1999年11月5日。

12月

文学评论《精心开拓的果实——读袁炳发的小小说》发表于《百花园》1999年第12期。

本年，小说《特区》《系列》发表于《阳都文学》1999年总第12期。

本年，文学评论《小小说蒙太奇》发表于1999年《百花园》增刊

《中国当代小小说作家百家创作自述》。

本年，小说《画鸭》收入《小小说选刊》1999 年增刊《幽默传奇小小说大观》。王中朝对此点评道：

近来小小说作家们常以画家们为题材，好像画画你总得画出点什么来才好。

雪岩画鸭需让天祥题款外加扫一下鸭背，而天祥画的鸭又其实比雪岩的高明，天祥和女丐又是雪岩所收养，而雪岩其实又占了天祥的心上人。如此，人际关系归于一个○形。

小说好在了不仿他人写成一篇传奇，如雪岩、天祥、女丐等大三角关系，进而阴谋对方，最后两死一伤……一场电视剧收了场。小说好在了交代了如此复杂的人际关系，却又处处去着意维持这个关系，于维持这个关系之中，把人们的处事本领写了出来，也把人们善良、忠厚的一面写了出来。

其实，人生在世，谁都会遇到形形色色的人等。又怎会都遇到顺你心的人，又怎会好事都叫你一个人占了去。如果有人不信这个道理，那他便会处处碰壁。因为别人也都不是傻瓜，好事就几次，你都占了去，莫非别人就看不出那是个好事，你占一后再占二时，就会遇到别人的反弹，强者也得受些伤害，稍弱一些可能就此垮台。所以，好事你有、我有、全都有就最合中国人的生存哲学。

此篇小说中的雪岩的让、天祥的让都很巧妙，让人觉得这连环套般的人物终未火并，才造成了那一条街上的人物都顺着阳关道儿走出了自己的名。所以作者告诉我们要让，且要得法地去让。所以此文中的几个细节就是从让中构思出来的。比如雪岩画鸭时偏偏不画鸭背，画鸭背画不好，整个鸭子就不会有什么精神头，而中国画特别讲究写意，一笔不成全画皆废去，而天祥这一笔补下去就将整个的画画出了神气。这篇作品写的圈圈点点中都体现出了作者的本意，可以说主题通过人物关系及细节刻画后，是非常鲜明的。

而最后续水的高夫人手一抖，也不是什么羞愧，怕是一种幸福感吧?

本年，小说《掌声》收入《小小说选刊》1999 年增刊《校园小小说评析》。邢可对此点评道：

《掌声》是一篇题材新颖因而颇具特色的作品。特色之一，是作品的写作动因是由假定性而生，即王娜娜“想看一下老师是否有雅量，到底有多大雅量”的恶作剧式举动。特色之二，是对高老师“雅量”“真枪实弹”式的考验，以至引出了“锦上添花”的结果，即高老师和他的学生们，全都是高水准、高品位的人。特色之三，是作品由假定性而生出的真定性。假定性的设置不能不说有点“玄”，可一旦假定的情景出现，则即刻转入对每个人（尤其对高老师）真情的考验。结果，每个人的表现都是坦诚而真挚。特别是高老师，开始虽也“头皮都‘啪啪’炸响”，但“瞬间我就控制住了自己，并决定改变教学内容”。这是高老师的非凡之处。因此，他导演的那场“化险为夷”的活剧，不仅可信，而且令人赞叹。最后是皆大欢喜，锦上添花。但作品以“实证式”的结尾求证那“锦上添花”的结果，却有点直白，不够蕴藉。这不仅不能使原有的立意得到深化，更不能将人的思索引向更广阔的领域，得到更多的启迪。

2000 年　农历庚辰年

38 岁

1 月

小说《留在心中》发表于《百花园》2000 年第 1 期。

文学评论《孤独和无奈的艺术传达——宋阿男的中篇小说〈青春物语〉简析》发表于《鹿鸣》2000 年第 1 期。

文学评论《荒诞外壳涵盖的深刻内涵——评蔡楠的小小说〈脸〉》发表于《沧州日报》2000 年 1 月 7 日第 6 版。

文学评论《自成一格　颇具特色——陈勇小小说简论》发表于《江汉工人报》2000 年 1 月 14 日。

文学评论《小小说标题的拟名艺术》发表于《沧州日报》2000 年 1 月21 日第 6 版。

2 月

文学评论《生存体验的诗性表达——陈永林小小说创作简论》发表于《文化生活报·微篇文学版》2000 年第 2 期。

3 月

小说《留在心中》被《青年博览》2000 年第 3 期转载。

小说《失落》发表于《百花园》2000 年第 3 期。

小说《蝎子》发表于《微篇文学》2000 年第 3 期。

小说《老年房》发表于《湖州日报》2000 年 3 月 21 日。

文学评论《现代精神与微型小说创新——评蔡楠的小小说〈飞翔或者冰清化蝶〉》被《微型小说选刊》2000 年第 3 期转载。

文学评论《小小说开头的艺术》发表于《沧州日报》2000 年 3 月

31 日。

文学评论《李永康的小小说简评》发表于《四川日报》2000 年 3 月 31 日。

4 月

文学评论《朴素生活烛照出的独特风景——评葛林的中篇小说〈快乐人生〉》发表于《宁夏日报》2000 年 4 月 3 日。

文学评论《小小说中的心灵震动点》发表于《沧州日报》2000 年 4 月14 日。

文学评论《小小说结尾的艺术》发表于《沧州日报》2000 年 4 月 28 日。

5 月

文学评论《微型小说中的聚焦道具》收入秦德龙《英俊少年》（中国文联出版社 2000 年版）一书。

6 月

小说《画鸭》《掌声》收入曹清富主编《创意，创异！ ——微型小说猜读续写》（海天出版社 2000 年版）一书。

8 月

小说《平衡》发表于《草原》2000 年第 8 期。

文学评论《生命追寻中的独特言说——珠晶小小说创作简议》发表于《百花园》2000 年第 8 期。

文学评论《描万家　绘百态——陈勇小小说集〈珍品〉简评》发表于《荆州晚报》2000 年 8 月 17 日第 11 版。

9 月

小说《掌声》被《中学生阅读》（初中版）2000 年第 9 期选载。

小说《迷糊》发表于《短篇小说》2000 年第 9 期。

小说《纶巾》《纶帽》发表于《小小说月刊》2000 年第 9 期。

小说《猪八戒的怪病》发表于《杂文报》2000 年 9 月 22 日第 4 版。

文学评论《微型小说故事的互文性——〈二十世纪微型小说界一场将起未起的官司〉简析》发表于《宜宾人大》2000年第9期。

10月

小说《绣花烟包》发表于《湖州日报》2000年10月24日第6版。

12月

文学评论《形式追求带来的创新意义——罗伯-格里耶〈海滩〉赏析》发表于《百花园》2000年第12期。

本年，小说《老年房》获得沂南县第四届诸葛亮文学奖。

2001年　农历辛巳年

39岁

1月

乡镇布局调整，朱家里庄乡与依汶乡合并，称依汶乡，改任中共依汶乡党委副书记。

8月

小说《来客》发表于《湖州日报》2001年8月14日。

9月

文学评论《形式的新探索》《悖论中的现实》《在梦与醒之间》《刀的挂法问题》《荒诞外壳涵盖的深刻内涵——评蔡楠的小小说〈脸〉》《现代精神与微型小说创新——评蔡楠的小小说〈飞翔或者冰清化蝶〉》被收入蔡楠《行走在岸上的鱼》（中国文联出版社2001年版）一书。

2002 年　农历壬午年

40 岁

2 月

散文《童年的月饼》发表于《广西质量监督导报》2002 年第 2 期。

3 月

小说《红荷包》发表于《西南军事文学》2002 年第 3 期。

4 月

依汶乡改为依汶镇，任中共依汶镇委副书记。

小说《爱的位置》发表于《鹿鸣》2002 年第 4 期。

5 月

小说《琴殇》发表于《洗砚池》2002 年第 3 期。

小说《村主任》发表于《乡镇论坛》(上半月刊) 2002 年 5 月号。

小说《画鸭》《掌声》收入杨晓敏、郭昕选编《小小说选刊精华本》(上下册)(漓江出版社 2002 年版)一书。

6 月

小说《红唇印》发表于《男生女生》(校园版) 2002 年第 6 期。

小说《玉米饼》发表于《农村大众》2002 年 6 月 5 日。

7 月

小说《茶杯》发表于《农村大众》2002 年 7 月 10 日。

消息《高军文学创作再传喜讯》(张桂菊)发表于《临沂日报》(周末版) 2002 年 7 月 27 日。

8 月

小说《紫桑葚》发表于《小小说选刊》2002 年第 16 期。

小说《变脸》发表于《临沂日报·沂南月末》2002 年 8 月 9 日。

散文《童年的月饼》发表于《中国质量报》2002 年 8 月 30 日。

9 月

小说《红唇印》发表于《百花园》2002 年第 9 期。

小说《阳都传奇》(《红月亮》《汉字功》《琴殇》)发表于《洗砚池》2002 年第 3 期。

散文《童年的月饼》发表于《临沂日报》2002 年 9 月 21 日。

10 月

小说《金黄玉米饼》发表于《鹿鸣》2002 年第 10 期。

小说《紫桑葚》被《读者》2002 年第 20 期转载。

小说《接待(一)》发表于《沂蒙晚报》2002 年 10 月 19 日。

小说《病》收入郑允钦主编的《圆的正方形》(百花洲文艺出版社 2002 年版)一书。

文学评论《童心永葆　收获丰厚》发表于《沂南县报》2002 年 10 月31 日。

11 月

小说《青苹果》发表于《小小说选刊》2002 年第 21 期。

小说《接待(二)》发表于《农村大众》2002 年 11 月 5 日。

12 月

小说《喝酒》发表于《沂蒙生活报》2002 年 12 月 14 日。

文学评论《童心永葆——评祖发厚的儿童文学作品集〈秋天里的童话〉》发表于《临沂日报》2002 年 12 月 21 日。

小说《茶杯》发表于《沂蒙生活报》2002 年 12 月 28 日。

小说《红唇印》《红围巾》《白杨树》发表于《阳都文学》2002 年总第 15 期。

本年，小说《来客》获得沂南县第五届诸葛亮文学奖。

本年，小说《紫桑葚》获得临沂市第四届文学奖短篇小说一等奖。

2003 年　农历癸未年

41 岁

1 月

小说《蓝包袱》发表于《小小说选刊》2003 年第 1 期。

小说《站长与书记》发表于《乡镇论坛》(上半月刊)2003 年 1 月。

小说《红荷包》发表于《微篇文学》2003 年第 1 期。

小说《电话》发表于《沂蒙生活报》2003 年 1 月 24 日。

小说《借钱》发表于《沂蒙生活报》2003 年 1 月 25 日。

小说《红唇印》收入杨晓敏、郭昕、寇云峰选编《2002 中国年度最佳小小说》(漓江出版社 2003 年版)一书。

2 月

小说《影子里》发表于《微型小说选刊》2003 年第 3 期。

小说《红荷包》发表于《小小说月刊》2003 年第 2 期。

文学评论《在沉重的负荷中展示现实人生命运——评鲁雁的中篇小说〈来雨〉》发表于《临沂日报》2003 年 2 月 8 日。

小说《红印章》发表于《沂蒙生活报》2003 年 2 月 16 日。

文学评论《玻璃心中流淌出的精神证词——郭敏诗歌创作简论》发表于《临沂日报·沂南版》2003 年 2 月 28 日。

3 月

小说《距离》发表于《沂蒙生活报》2003 年 3 月 9 日。

散文《短扁担》发表于《沂蒙生活报》2003 年 3 月 26 日。

文学评论《心灵是孕育天空的根——李忠山诗歌创作简论》发表于

《临沂日报·沂南版》2003年3月31日。

4月

小说《玉米草》发表于《百花园》2003年第4期。

小说《为官》发表于《沂蒙生活报》2003年4月13日。

消息《高军的小小说入选〈2002中国年度最佳小小说〉》(胡金华、郭敏)发表于《临沂日报》2003年4月26日。

文学评论《对生活的诗意裁判——左志松诗歌创作简论》发表于《临沂日报·沂南版》2003年4月30日。

5月

文学评论《玻璃心中流淌出的精神证词——评郭敏的诗歌》发表于《临沂日报》2003年5月17日。

小说《汉字功》《攒风剑》收入凌鼎年主编《中国武侠微型小说选》(上海人民出版社2003年版)一书。

6月

文学评论《童心酿造的蜜》发表于《西藏日报》2003年6月1日。

小说《玉米草》被《青年博览》2003年第6期转载。

文学评论《固守的乡土情结与打破的世俗童话——刘京科小说创作简论》发表于《临沂日报》2003年6月21日。

消息《〈中国武侠微型小说选〉出版　高军两篇作品收录其中》(刘恒吉)发表于《作家报》2003年6月27日。

文学评论《固守的乡土情结与打破的世俗童话——刘京科小说创作简论》发表于《临沂日报·沂南版》2003年6月30日。

消息《〈中国武侠微型小说选〉出版　高军两篇作品收录其中》(刘恒吉)发表于《临沂日报·沂南版》2003年6月30日。

消息《本报副刊4件作品被选载》(张斌)发表于《沂蒙生活报》2003年6月30日。

7月

小说《电话》被《微型小说选刊》2003年第13期转载。

小说《起皮》发表于《沂蒙生活报》2003 年 7 月 7 日。

小说《三宝家的狗》发表于《临沂广播电视报·沂南专版·阳都文学》2003 年第 30 期。

消息《〈中国武侠微型小说选〉出版　高军两篇作品收录其中》（刘恒吉）发表于《临沂日报》2003 年 7 月 12 日。

8 月

小说《探寻》发表于《沂蒙生活报》2003 年 8 月 9 日。

文学评论《小小说的陈永林》发表于《小小说选刊》2003 年第 16 期。

文学评论《俗中求雅　变中求新——高禄堂小说创作简论》发表于《临沂日报》2003 年 8 月 16 日。

文学评论《俗中求雅　变中求新——高禄堂小说创作简论》发表于《临沂日报·沂南版》2003 年 8 月 31 日。

9 月

散文《香蒲情结》发表于《沂蒙生活报》2003 年 9 月 2 日。

小说《掌声》发表于《中学生阅读》（初中版）2003 年第 9 期。

小说《对门的邻居》发表于《临沂广播电视报·沂南专版·阳都文学》2003 年第 37 期。

小说《苦乐乡官》（《兔子》《你不是乡长》《三宝家的狗》）发表于《洗砚池》2003 年第 3 期。

小说《请香》发表于《沂蒙生活报》2003 年 9 月 13 日。

文学评论《小小说的修祥明》发表于《小小说选刊》2003 年第 17 期。

文学评论《小小说的凌鼎年》发表于《小小说选刊》2003 年第 18 期。

文学评论《泉水淙淙　高岩挺立》收入冯增田主编《沂蒙风韵》（山东友谊出版社 2003 年版）一书。

小说《打牌》发表于《沂蒙生活报》2003 年 9 月 30 日。

本月，小说集《紫桑葚》由黄河出版社出版。这是高军的第一本小说集，分为阳都传奇、爱的涟漪、生活浪花、乡村舞台、五彩校园、战争岁月、荒诞世界、西游衍意等八辑，收入小小说 110 篇、后记《弯弯的山路》1 篇。

10 月

小说《三枚红印章》发表于《成才之路》(上半月刊) 2003 年 10 月号。

小说《一辈子也别说》发表于《短小说》2003 年第 10 期。

小说《换脑》发表于《临沂广播电视报·沂南专版》2003 年第 44 期。

文学评论《吴万夫小小说的艺术新走向》发表于《河南新闻出版报》2003 年 10 月 10 日。

散文《水荭开花淡淡香》发表于《临沂日报·沂南版》2003 年 10 月 17 日。

散文《照山螃蟹》发表于《沂蒙生活报》2003 年 10 月 21 日。

消息《高军小小说集〈紫桑葚〉出版》(胡金华)发表于《临沂日报》2003 年 10 月 25 日。

散文《弯弯的山路》发表于《沂蒙生活报》2003 年 10 月 30 日。

消息《高军小小说集〈紫桑葚〉正式出版》(胡金华)发表于《临沂日报·沂南版》2003 年 10 月 31 日。

11 月

小说《请香》被《小小说选刊》2003 年 22 期转载。

小说《蓝鞋垫》发表于《世界华文微型小说》2003 年 11 月号。

散文《香蒲情结》发表于《营口日报》2003 年 11 月 4 日。

文学评论《荒诞的幽默　深邃的思想》收入《伊德尔夫文艺创作研究》(文学评论卷)［(香港)天马图书有限公司 2003 年版］一书。

文学评论《水晶钻石及其它》(胡金华评论高军小说集《紫桑葚》的文章)发表于《沂蒙生活报》2003 年 11 月 19 日。

文学评论《水晶钻石及其它》(胡金华评论高军小说集《紫桑葚》的文章)发表于《临沂日报》2003 年 11 月 22 日。

在文学这座光怪陆离而又充满万千幻象的山野上，各种各样、奇形怪状的石头俯拾即是，但若想发现或捡拾一枚精致的金刚钻石，可就难乎其难了。我对小说的阅读，无疑也是如此。多少年来，我都在执意寻找和精心收藏着，今天，终于有了这一份惊喜与感动，毫无疑问，高军的小小说就是我要找的钻石，她如水晶般晶莹剔透，四角八棱，散发出夺目的炫光，无论用眼睛还是用精神去敲打，她都会发出古老而年轻的弦响，如闻琴瑟，赏心悦目，即便真是一枚熟透的紫桑葚，也不可不视若岫中珍馐。

高军是来自沂蒙山文学阵营中小小说创作的领军人物，就凭他在《紫桑葚》一书中收入了 110 篇小小说，就能窥一斑而视全豹，更何况此书仅是他的点滴拾零。因为生他养他的沂蒙这方水土，他的小说语言就有了鲜明而独特的地域质感，许多业内人士认为，小小说虽说是一种语言艺术，因为短而通脱，似乎容纳不下地域特色，包括语言特色。其实不然，高军的小说不仅在语言风格和对话方式上彰显出具有沂蒙质地的地域特色，还把这种语言赋予了历史和现实的新意，简洁而又明快的对话，含而不露的吐纳以及深藏玄机的寓意韵味，无不凸显出沂蒙水土的天造自然的痕迹，尽可以从小说中走来的将军、战士、平民百姓、农家妇女、山野汉子、民间艺人、学生、儿童等人物身上嗅出沾满草屑和泥土的芬芳。通过他们，可以看到烽火硝烟的浪漫、人性张力的折射和思想深处的光芒。单从语言上说，内存粗粝与细腻的剥离，皮质与内核的切合，平仄与抑扬的升降，仅这些，就不能不佩服高军有多么会设计人物，有多么会采撷故事，那些虚拟而又真实的形象，全是这种特色语言所驾驭所承接所突兀出来的。

读高军小说的时候，我记起柯灵先生在《世界华文微型小说双年选（2000～2001）》一书中这样说："微型小说最大的特点是篇幅小，螺蛳壳里做道场，经不起笔尖儿横扫，驰骋回旋，不可羁勒。”我觉得所指的是小小说结构而言，而高军的小小说却不尽然，他把语言结构同结构语言糅合在一处，让人物所处的时代背景恰到好处地自然流露和告诉读者，让人阅读之后才能参悟其间的妙用，以此我自信这是他一手写小说一手作评论，且评人家的作品、写自己的小说而获取的意味。或许许多人还不了解，他的小小说评论如小小说一样，在国内小小说界出类拔萃，很有影响。也正因如此，阅读他的小小说并想说些感受，始才心生巧艺委以拙工之感，兀自怀揣不安。在小说多系庞杂的纷繁中，他能取其天然，疏于志趣，让人物在互相交叉碰撞中闪现人性的光环，实在可称之为理想的境界，叫柯灵先生一语中的：“大处着眼，小处落墨，深处见精神，巧处见功夫。”

值得一提的是，高军的作品相当一部分涉及地域历史、烟雨现实，有意分成八辑，让人于“乡村舞台”之上领略“阳都传奇”，咀嚼“生活浪花”涉足“爱的涟漪”，而又穿过“战争岁月”透视“五彩校园”，最后才编织“荒诞世界”回归“西游衍意”。读来犹如颈项佛珠，篇篇串行于掌，熟稔于心。她分明就是一道闪电，一束光芒，一声叫喊，一朵浪花，于一瞬间叫人惊悸而心颤，不由不去探寻雕琢，把自己的情感融入进去，在土洋之间知聪颖，于虚实之中见神奇，从丰简之隙获幡悟。

高军的小小说几乎找不到铺垫性的外壳，恰恰就是这种直抒胸臆又似乎是信手拈来的句子，却让人能品出硬度与质感。那些短而又短的字里行间，个个都有令人叫绝的情节，这说明他极具讲故事的艺术天赋。譬如《画鸭》，直到我读完最后一段“正在为他们续水的高夫人手抖了一下，脸上布满了红晕……”时，才明白这是一种诱人的“陷阱”，这个“陷阱”原来深深掩埋着一段亦喜亦悲的爱情片段，对话的妙用几乎达到了极致。

除了这些，出手不凡的象征意味也是高军小小说的一大特色。他把一个传说幻化成一种生活饰物，亦庄亦谐，在不无调侃中将一个人的命运赤裸裸地全盘托出，给人留下绵绵不绝的思维想象空间，没有筋道而老辣的手段很难描绘得血肉丰满，细琢磨，皆是他对某一命题唯美色彩的刻意追求的结果。他惯用洒脱而超俗的审美意象来观察和剖析人性，并把这种唯美意识很有节制地进行延伸和收缩，小说才产生了非同寻常的象征意义和游刃有余的思想灵魂。《小小说选刊》《百花园》的主编杨晓敏先生称其为平民艺术，足可见这种附灵说话式的艺术韵味具有多么大的吸引力和张合力。很显然，不失为小小说名家的高军对自己的作品有着准确的定位，他深知文学作品的价值取向在哪里，渗入文学历史长河之中，该发出何种喧响，激起怎样的漩涡，舍弃多少沙砾，置入文学的现实生活中，又该把握什么主张，填充什么灵巧，张扬什么个性。

我想，一本书能给人留下这些就足够了，何况仁者见仁智者见智，又远远不止这些。用高军自己的话说，他生活在大山脚下，每天都走在弯弯的山路上，经过这么多年的崎岖攀援后，自己的写作顺利多了。这让人们欣喜地看到，从事业余创作多年的高军正别具风格、自成体系，不断在探索中完美自我，一直沿自己的路向上攀援，凝神静气，不媚俗，不矫饰，更不事张扬，越是这样，越让人觉得其作品简洁质朴的昂贵分量。今天沐浴在山风中，先尝尝紫桑葚的味道，说不上明天就会出现一棵大树，完成心中久有的期待与想象。书中的多数作品已被小小说界推介，如由海天出版社出版的《创异 · 创意》收入了《掌声》和《画鸭》，这两篇小小说也同时入选 2002 年出版的《小小说选刊 · 精华本》一书；《2002 中国年度最佳小小说》收入了《红唇印》；《中国武侠微型小说选》收入了《汉字功》和《攒风剑》等等，还有许多风格迥异的选本也收入了他的另外一些小小说作品。在当代小小说创作阵营中，高军已站在高处，他的行走方式和矫健步履已引起小说界的关注，他参加了在河南郑州举办的第二届当代小小说作家作品讨论会、第二届金麻雀小小说节等，2006 年被评为“年度中国小小说十大热点人物”之一，2006 年开始，其小说《紫桑葚》入选了语文出版社 S 版全国通用小学语文教科书第九册，成为建国以来山东青年作家作品列入全国教科书第一人，深受全国小小说和评论界人士的重视和褒扬。

诚然，书中有个别篇什，许是由于过于独具匠心和理性设计的缘故，多少渗透出斧凿之感，若说篇篇精致不可能，但瑕不掩瑜，人站在阳光下还拖着影子哩，正像捡拾到的钻石，其重量单位用克拉计，只不过或重或轻，或多或少罢了。然而谁都明白，在艺术作品中，钻石的产生莫不是人这个“地壳”剧烈运动或火山爆发之后的碳化结晶，只要有了非同一般的断裂与锻造的形成经历，就会凝结成一颗璀璨绚丽、水晶般透亮的精神钻石。

——胡金华:《水晶钻石及其它——赏高军的小小说集〈紫桑葚〉》,《沂蒙生活报》2003 年 11 月 19 日(《临沂日报》2003 年 11 月 22 日)

12 月

散文《照螃》发表于《临沂日报·沂南版》2003 年 12 月 3 日。

文学评论《游刃于方寸之间——马均海小小说创作简论》发表于《河南新闻出版报》2003 年 12 月 5 日。

小说《最后的信》发表于《沂蒙生活报》2003 年 12 月 17 日。

文学评论《精心营造的艺术天地》收入喊雷《魔袋》（新疆青少年出版社、克孜勒苏柯尔克孜文出版社 2003 年版）一书。

本年，小说《红唇印》获得《百花园》“校园内外”小小说征文优秀奖。

本年，小说《蓝包袱》获得由《小小说选刊》《百花园》《小小说俱乐部》和郑州小小说学会联合举办的首届全国小小说金奖大赛佳作奖。

2004年　农历甲申年

42岁

1月

小说《蓝包袱》收入中国作协编选《2003年中国微型小说精选》（长江文艺出版社2004年版）一书。

小说《鬼话》发表于《小小说月刊》2004年第1期。

文学评论《草原上的小说》发表于《人民日报》2004年1月13日。

小说《三张收条》发表于《沂蒙生活报》2004年1月18日。

2月

由中共依汶镇委副书记调任沂南县新闻中心工会主任，此后一直借调在县文联工作。

小说《掌声》被《小读者》2004年第2期转载。

散文《童年的麻花》发表于《临沂广播电视报·沂南专版》2004年第6期。

消息《高军小说创作结硕果》（胡金华、郭敏）发表于《临沂日报》2004年2月28日。

《人面鸟》《纶席》《村事》《羞涩的笑》以"小小说专刊"的形式发表于《沂蒙生活报》2004年2月29日。

小说《请香》收入杨晓敏、郭昕、寇云峰选编《2003中国年度最佳小小说》（漓江出版社2004年版）一书。

小说《电话》收入《微型小说》杂志社编、冰峰主编"中国名报名刊年度佳作系列丛书"之《微型小说2003佳作》（漓江出版社2004年版）一书。

3月

文学评论《真情的演绎　心灵的回声——评贺鹏的小小说》发表于《世界华文微型小说》2004年第3期。

4月

文学评论《赵文辉小小说创作三特点》发表于《小小说出版》2004年第4期。

文学评论《王培静小说创作漫评》发表于《后勤文艺》2004年第4期。

5月

小说《为官》发表于《农村大众》2004年5月25日。

小说《青苹果》收入杨晓敏、郭昕主编《普通人的N种生活》（小小说B卷）(郑州大学出版社2004年版)一书。

6月

小说《青苹果的滋味》发表于《课外阅读》2004年第6期。

小说《平衡》发表于《沂蒙晚报》2004年6月8日。

小说《门卫》发表于《临沂日报》2004年6月19日。

7月

小说《究竟是谁的爹》发表于《短小说》2004年第7期。

文学评论《精心营造的艺术天地》发表于《小小说选刊》2004年第14期。

8月

小说《烧纸》发表于《沂蒙生活报》2004年8月16日。

9月

散文《童年的月饼》发表于《山东建设报》2004年9月3日。

小说《割青麦》发表于《沂蒙生活报》2004年9月8日。

小说《白杨树》发表于《微型小说》2004年第9期。

文学评论《点击齐鲁小小说作家群》发表于《小小说出版》2004年

第9期。

文学评论《临沂小小说六家作品评论专刊》发表于《沂蒙生活报》2004年9月12日，里面有多位评论家对高军小小说的评论。

10月

文学评论《真情的演绎 心灵的回声——评贺鹏的小小说》发表于《鹿鸣》2004年第10期。

文学评论《真情的演绎 心灵的回声——评贺鹏的小小说》发表于《内蒙古作家》2004年10月12日。

文学评论《真情的演绎 心灵的回声——评贺鹏的小小说》发表于《作家报》2004年10月31日。

11月

小说《蓝鞋垫》发表于《沂蒙生活报》2004年11月26日。

本年，小说《割青麦》获得《沂蒙生活报》与山东沂蒙老区酒业有限公司主办的“沂蒙老曲杯”优秀小说奖。

2005年 农历乙酉年

43岁

1月

小说《青苹果》收入刘海涛总主编“读·品·悟”感动系列丛书之刘天平、梁健、刘英俊主编《聆听花开的声音——感动大学生的100个故事》(九州出版社2005年版)一书。

《下棋》《村事》《车祸》《弯弯的山路》以“高军小说及创作谈”的形式发表于《沂蒙作家》2005年第1期。

文学评论《王培静小说创作漫评》发表于《小小说出版》2005年第

1 期。

文学评论《苗得雨散文的文化视野》发表于《洗砚池》2005 年第 1 期。

2 月

小说《回乡》发表于《世界华文微型小说·春卷》。

文学评论《王培静小说创作漫评》发表于《世界华文微型小说·春卷》。

3 月

小说《玉米草》被《微型小说选刊》2005 年第 6 期转载。

文学评论《贺鹏微型小说创作漫评》发表于《内蒙古日报》2005 年 3 月 12 日。

4 月

小说《水》发表于《短小说》2005 年第 4 期。

民间故事《孝鱼的传说》发表于《沂蒙晚报》2005 年 4 月 27 日。

民间故事《孝鱼的传说》《琅琅书声》《纶巾的故事》《诸葛亮看风水》及小小说《紫桑葚》《红荷包》收入《阳都乡音》［（香港）天马出版有限公司 2005 年版］一书。

5 月

小说《前面一堆花生》发表于《诸葛亮文化》2005 年第 1 期。

小说《温一口水给你喝》发表于《短小说》2005 年第 5 期。

小说《信》《习惯》发表于《世界华文微型小说·夏卷》。

20～22 日，参加在沂南县召开的全国第十四届诸葛亮学术研讨会，向大会提交了《诸葛亮的忧患思想及其文化传承意义》，并在会上作交流。

6 月

小说《水》被《小小说选刊》2005 年第 11 期转载。

论文《诸葛亮》发表于《沂蒙生活报》2005 年 6 月 16 日。

8月

《小小说两题》(《汉字功》《琴殇》)发表于《鹿鸣》2005年第8期。

小说《水》被《知识文库》2005年第8期转载。

小说《石竹花》发表于《沂蒙晚报》2005年8月24日。

小说《支撑》发表于《沂蒙生活报》2005年8月26日第27版。

散文《白云飘在清悠悠的河水中》发表于《沂南通讯》2005年8月31日。

9月

小说《换脑》发表于《齐鲁晚报》2005年9月4日。

小说《武林纪事》发表于《小小说月刊》2005年第9期。

10月

小说《掌声》收入《中学生阅读》初中版编辑部编“中学生阅读感动读本”之《66个纯情唯美故事》(漓江出版社2005年版)一书。

11月

小说《支撑》《前面一堆花生》《石竹花》发表于《沂蒙作家》2005年第4期。

12月

小说《水》被《良友知音文摘》2005年第12期转载。

小说《支撑》被《小小说选刊》2005年第23期转载。

小说《支撑》被《微型小说选刊》2005年第23期转载。

小说《换脑》被《微型小说选刊》2005年第24期转载。

文学评论《苗得雨的文艺评论浅析》发表于《中华作家》2005年第3～4期。

本年，被吸收为山东省作家协会会员。

2006 年　农历丙戌年

44 岁

1 月

小说《水》收入杨晓敏、郭昕、寇云峰选编《2005 中国年度小小说》(漓江出版社 2006 年版)一书。

小说《玉米草》收入王培静、文清丽主编《2005 中国军旅精短小说年选》(军事谊文出版社 2006 年版)一书。

文学评论《苗得雨诗歌近作浅论》发表在《乡土诗人》2006 年第 1 期。

消息《我省第一部小小说评论专著〈小小说内外〉出版》(胡金华)发表于《山东作家》2006 年第 1 期。

2 月

小说《管好蚂蚁》发表于《伯乐》2006 年第 1～2 期。

3 月

小说《琴殇》被《微型小说选刊》2006 年第 5 期选载。

文学评论《超越现实与诘问本质——滕刚小小说创作简论》发表于《小小说出版》2006 年第 3 期。

4 月

小说《青苹果》《蓝包袱》《紫桑葚》收入杨晓敏、郭昕主编《小小说金榜》(下)(北京十月文艺出版社 2006 年版)一书。

5 月

文学评论集《小小说内外》由(香港)天马出版有限公司出版。该评论集分为两大部分:一是“小小说批评”,主要从文体论、作家论、作品论、鉴赏论等方面对小小说展开研究，共收 89 篇文章；二是“文坛走笔”，分小说论、散文论、诗歌论、文论篇等四辑，共收 20 篇文章，是高军小小说研究之外的文学评论。该评论集为山东第一部系统论述小小说的著作，填补了省内空白，出版后曾获得临沂市社会科学优秀成果奖二等奖等，山东、河南等地多家媒体都曾予以报道。

小说《阳都传奇》获临沂市第二届“洗砚池杯”文学艺术奖短篇小说一等奖。

消息《临沂市第二届洗砚池杯文学艺术奖颁奖　高军等人三件作品获奖》（薛杰、刘雷）发表于《沂南通讯》2006 年 5 月 24 日。

消息《临沂市第二届洗砚池杯文学艺术奖颁奖　高军等人三件作品获奖》（薛杰、刘雷）发表于《临沂日报·农村版·沂南》2006 年 5 月 30 日。

学术论文《〈颜氏家训〉中的比较史学意识浅析》收入刘存祥主编《颜子文化研究》（武汉大学出版社 2006 年版）一书。

6 月

小说《紫桑葚》收入义务教育课程标准实验教科书 S 版《语文》五年级上册（语文出版社 2006 年版）。该教科书曾在全国十多个省（市、区）使用多年。

消息《我省第一部小小说评论专著〈小小说内外〉出版》（胡金华）发表于《沂南通讯》2006 年 6 月 14 日第 1 版。

消息《我省第一部小小说评论专著〈小小说内外〉出版》（胡金华）发表于《临沂日报》2006 年 6 月 28 日第 2 版。

7 月

对沂南民间故事集《阳都乡音》的文学评论《颗颗珍珠捡拾来》发表于《临沂日报》2006 年 7 月 16 日。

对郭敏散文写作的评论文章《来自灵魂深处的真诚写作》收入郭敏《花香满径》［（香港）天马出版有限公司 2006 年版］一书。

9 月

文学评论《来自灵魂深处的写作》发表于《沂蒙生活报》2006 年9 月25 日。

对作家滕刚的评论文章《超越现实与诘问本质》发表于《小小说出版》2006 年第 3 期。

对朱文民《刘勰传》一书的评论文章《〈刘勰传〉：刘勰研究的最新力作》发表于《沂蒙社会科学》2006 年第 5 期。

10 月

小说《敲钟的老人》收入《新课程报·语文导刊》（高三快乐读写版）2016 年 10 月 10 日头条。

小说《泉水攻心战》被《今日文摘》2006 年第 10 期转载。

文学评论《谁是文学秤杆上的定盘星——评高军的文学评论集〈小小说内外〉》（胡金华）发表于《沂蒙生活报》2006 年 10 月 16 日。

当我阅读了山东第一部小小说评论专著《小小说内外》之后，沉思了相当长的一段时间。

我知道，这部洋洋洒洒二十余万字的文学评论著作，收录了作者近十年来在全国各大报刊发表的 109 篇评论文章，也集中体现了他在文学理论方面所取得的巨大成就。书中以不同的理论选题将篇章分为“文体论”“作家论”“作品论”“鉴赏论”以及“小说论”“散文论”“诗歌论”等 9 个子系，以深层次研究和探索的艺术笔触，对省内外颇有影响的小小说作品进行了点击，对全国一些著名的小小说作家的创作情况，以语言灵动、笔调独特的理论视角进行了评析，同时还直言不讳地对我省的小小说创作队伍进行了综合论述，并发表了建设性的见解。该书的面市，在我省小小说评论界尚属首次，填补了山东迄今为止无小小说评论专著的空白。

行走在形与态、刍与悖之间，审美于理与谬、情与思之间，游离于点与面、意与识之间，感性与理性总不会同时涌现，尽管毕其功、倾其力，也无法自由揣度，像读法国作家佛朗西斯·彭热的《论水》一样，果真是“流体的意义是宁服它的重力而不能坚持形态，乃至为了服膺重力而拒斥一切的形态”了。

文学理论从来就不是一种纯粹知识学意义上的话语系统。得承认具有小说创作兼及评论的两栖作家的高军，并不像他自己说的那样“传统”。因为文学与文学理论都处于一种比较默契的“共谋”关系之中，二者都是其言说主体的身份性标志。他对小小说的言说，正应了自上世纪 90 年代以来的文学变化，在文学渐渐离开人文知识分子的精神领地而趋向于市场、趋向大众的同时，它作为一种法则和权威律令，并没有因为失去了倾听者而陷入空前的尴尬状态，也并没有因为操守的不同而成为孤独的“立法者”。

值得关注的是，《小小说内外》一书为我们提供了一种新的启示和新的文本。书中，有些如同他的小说一样进行了技术性的研究和探索，有些则多了抽象性的闪断，因文体而梳理，因手法而变换，也因立意而衡平，可以说他观望小说人物的方式绝不仅仅用介乎于文体本质的目光，有时不用尺度比用尺度“量”得更准确。如“文体论”中的《荒诞外壳涵盖的深刻内蕴》、“作家论”中的《珠晶小小说创作简论》、“鉴赏论”中的《形式追求带来的创新意义》，还有“文论篇”中的《形式批评的新探索》等等，无一不昭示出作者文学理论的深厚功底和高度自觉，透视出他独具匠心的文学关切。像《刀的挂法问题》《小小说的苏学文》便给了我这种相应的启发，虽然评说仅仅一二三，却把蔡楠和苏学文的小说切割得条块分明，令人切肤；“作品论”中的《精神家园与文学触摸》一文，已经不是一种表象的体察与归纳，而恰恰是感性喷发的切实领悟了。高军评论最值得称道的是理性，他总在一丝一缕地悉数文本枝叶的纹路，清理出骨骼和脉络，把表皮掐出血来，给敞开的对襟小心翼翼地系上纽扣，寻求整体上的完美，彰显所有的悟道，捡拾点滴不漏的细碎，习惯于医生体检般的条理，却不愿从文本的疵点或缺失中做进一步的透析，找寻病灶，只把美丽的一面展示给人。我觉得是他读取的“道”暂时中止了他应该递进的“手术”，批的含量为评的分量让出了通道。这一点，可称得上他文评的特征，或者说属于文学评论家的共性。

在评与论之间，无论先评后论，还是先论后评，尽管流水一样自然，却由于这种自然而忽视了回流的旋涡，哪怕这个小小的旋涡只是一丁点。对当代文学研究中“过度诠释”现象，文学评论家於可训反思得极其到位：对意义的追寻，原本是文学研究包括文学批评的题中应有之义。这个一般的“精神法则”，也就是文学作品的意义。数量庞大、身份沉重而又矛盾冲突着的意义压迫、肢解着我们的研究对象，最终也必然要导致它们因不堪重负而濒临死亡。我以为高军很好地回避了这个问题，因为他始终保持了别林斯基的言说准则：“批评——意味着要在个别的现象里去探寻并显示该现象所据以出现的一般精神法则，并且要确定个别现象和它的理想之间的生动的、有机的关系密切到什么程度。”他所说的传统，我的理解，可能也就是如此。

在当下的文学评论界，很多的人越来越把自己固守在一种可怕的臆想与冷漠中，还常常以自己的评判标准来取悦于人。我敬佩高军在评论中倡导的意向性的审美观。他不但从文本的本质上来凿石见金，淘洗纯粹，总是先不遗余力地观望被评论者的成长历程，深入了解、理解后再切入，然后细嚼慢咽、精雕细刻。他用心打磨出的评论，之所以能引起被评论者的心灵共振，也就不奇怪了。

高军在文学上形成的现代主义的文学观念和审美观念，在文学创作中进行的大胆探索与试验，与他交相辉映的文学理论，一并形成了一道小小说文坛上别样的风景。从异端到典范、从边缘到中心的转变，标志着他的文学观念、审美观念发生的根本变化。就文学大家庭里的小小说新宠来讲，他的艰辛付出和可喜变化，在当下既不受主流意识形态的排斥，也不会屈居于文坛的边缘地位，多少年后，人们一定会在小小说史尤其是沂蒙文学史里面，找到他的身影以及他所带来的影响。

由此，我想起了一首歌，“那秤砣就是咱老百姓，秤杆子哟，挑呀嘛挑江山，你就是那定盘的星……”在文学领域，不管站得再高，评得再好，谁也不是文学秤杆上的定盘的星。这话不需要商榷，权作共勉。

——胡金华:《谁是文学秤杆上的定盘星——读高军的文学评论集〈小小说内外〉》,《沂蒙生活报》2006年10月16日

对朱文民《刘勰传》一书的评论文章《〈刘勰传〉：刘勰研究的最新力作》发表于《沂蒙生活报》2006年10月23日第31版“读书”。

散文《其乐融融读经典》发表于《光明日报》2006年10月25日第10版“书评”之“经典启蒙”栏目。

通讯《何玉环：一个农民的古文化情怀》发表于《临沂日报》2006年10月29日第1版“周末”头条。

对刘存祥主编《颜子文化研究》一书的评论文章《〈颜子文化研究〉：文化研究的新成果》发表于《沂蒙生活报》2006年10月30日第31版“读书”。

12月

小说《处理》《收条》《棋道》《邻居》与散文《茶味香时诗味浓》收入邵春生主编《齐鲁文学》(作家出版社2006年版)一书。

文学评论《王培静小小说创作漫评》收入王培静《家书·情书》(内蒙古人民出版社2006年版)一书。

文学评论《自我的介入与情智的飞举——尤克利诗歌创作简评》发表于《沂蒙作家》2006年第4期。

文学评论《自我的介入与情智的飞举——尤克利诗歌创作简评》收入林莽、吴洪波主编《诗探索》(2006第4辑作品卷)(时代文艺出版社2006年版)一书。

对贺可进学术专著《殷商甲骨文概览》的评论文章《〈殷商甲骨文概览〉：学术性与普及性有机结合之作》发表于《鲁南商报》2006年12月17日第14版。

书评《〈殷商甲骨文概览〉：学术性与普及性有机结合之作》发表于《沂蒙社会科学》2006 年第 6 期。

书评《本色人生　心灵之旅》收入冯春明《时光的步履》(中国文史出版社 2006 年版）一书。

本年，因《小小说内外》“是小小说理论批评的新成果”，高军被《百花园》杂志社评为“2006 年度中国小小说十大热点人物”之一。《沂南通讯》(张瑰、祖发厚，2006 年 12 月 28 日第 1 版）、《临沂日报》(2006 年 12 月31 日第 1 版）、《山东作家》(2006 年第 3～4 期合刊）对此进行了报道。

2007 年　农历丁亥年

45 岁

1 月

小说《神医》发表于《沂蒙作家》2007 年第 1 期。

文学评论《自我的介入与情智的飞举——尤克利诗歌创作简评》发表于《当代文苑》2007 年第 1 期。

文学评论《地气的升腾与文字的舞蹈——简评王奎山小小说集〈别情〉》发表于《小小说出版》2007 年第 1 期。

文学评论《生活的热望和场景的反光——评郜筐的诗集〈凌晨三点的歌谣〉》发表于《临沂日报》2007 年 1 月 21 日，是最早一篇关于《凌晨三点的歌谣》这本诗集的评论。

《作家在线　高军》发表于《沂蒙作家》2007 年第 1 期。

2 月

小说《烟嘴》收入《新课程报・语文导刊》(高一快乐读写版）

2007年第9期。

文学评论《生存的深层追问和艺术的新鲜形态——浅论蔡楠的小小说创作》收入《蔡楠的博客》(作家出版社2007年版)一书。

3月

文学评论《挽歌一曲刺猬唱——读张炜的长篇小说〈刺猬歌〉》发表于《临沂日报》2007年3月11日。

4月

书评《本色人生　心灵之旅——读冯春明的〈时光的步履〉》发表于《临沂日报》2007年4月8日。

13～14日，参加了在湖北襄樊举办的"诸葛亮出山1800周年文化学术研讨会"。

书评《〈时光的步履〉：一个人的心灵之旅》发表于《鲁南商报》2007年4月14日第14版。

书评《本色人生　心灵之旅——读冯春明的〈时光的步履〉》发表于《沂蒙作家》2007年第2期。

5月

文学评论《西部高原东部风——评杨晓敏的小小说》发表于《百花园·小小说原创版》2007年第5期。

文学评论《西部高原东部风——评杨晓敏的小小说》发表于《微篇文学》2007年第3期。

26～28日，参加"中国郑州·第二届金麻雀小小说节"以及"2006年度小小说十大热点人物"颁奖活动，接受郑州电视台采访。

6月

文学评论《小小说的文化意义》发表于《小小说出版》2007年第2期。

文学评论《小小说的文化意义》发表于《鲁南商报》2007年6月7日。

文学评论《两相观照　相得益彰——评赵德发的〈双手合十〉》发

表于《鲁南商报》2007年6月23日第14版。

7月

小说《读不完的信》发表于《鲁南商报》2007年7月1日。

文学评论《大地的理想和情感的暴力——评江非的诗集〈一只蚂蚁上路了〉》发表于《临沂日报》2007年7月1日。

文学评论《精神家园与文学触摸——评陈永林的〈栽种爱情〉》发表于《文艺报》2007年7月3日第2版，是沂南作者的文章首次被《文艺报》登载。

小说《特殊顾客》发表于《羊城晚报》2007年7月9日。

小说《还母爱给你》发表于《鲁南商报》2007年7月29日。

8月

小说《神医》发表于《短小说》2007年第8期。

小说《补照》发表于《临沂日报》2007年8月12日。

“高军小小说专版”在《沂蒙晚报》2007年8月25日第22版刊出，共发表《茶杯》《待客》《升子》等三篇作品。

小说《三张收条》发表于《羊城晚报》2007年8月27日。

小说《水》被《现代女报》2007年8月31日转载。

9月

小说《赠送唠叨》发表于《小小说月刊》2007年9月(上)。

小说《对错》发表于《天池》2007年第9期。

10月

小说《神医》被《小小说选刊》2007年第19期转载。

学术论文《诸葛亮的忧患思想及其文化传承意义》收入李遵刚主编《诸葛故里论诸葛》(山东省地图出版社2007年版)一书。

上旬，参加在浙江省兰溪市召开的全国第十五届诸葛亮学术研讨会，向大会提交论文《诸葛亮的形象流变及其体现的历史文化向度浅析》，并作会议交流。

11 月

小说《鹦鹉》发表于《文学港》2007 年第 6 期。

小说《前面一堆花生》发表于《百花园·小小说原创版》2007 年第 11 期。

小说《神医》被《传奇·传记文学选刊》2007 年第 11 期转载。

小说《水》再次被《小小说选刊》2007 年第 21 期选载，这是《小小说选刊》第二次选发这篇小说。

散文《封山红叶》发表于《临沂日报》2007 年 11 月 25 日。

文学评论集《小小说内外》获得临沂市第十三次社会科学优秀成果奖二等奖。

参与主编的《颜子文化研究》获临沂市第十三次社会科学优秀成果奖三等奖。

11 月 29 日至 12 月 2 日，参加由《小小说选刊》和《读写指南》编辑部联合主办，在山东德州召开的“首届山东省小小说高层研讨会”。

12 月

散文《岱崮的崮》发表于《精神文明报》2007 年 12 月 1 日第 2 版。

文学评论《实力派作家写意（珠晶、尹全生）》（两篇）发表于《小小说出版》2007 年第 3～4 期。

《小小说选刊》2007 年第 23 期扉页摘录了高军关于小小说的论述。

小小说是融汇了精英文化和通俗文化的一种平民艺术，体现出小说创作的第三个向度。小小说不是故事，不是小品文，它是小说，它要具备人物、故事、情节等，它的语言要有小说的特质，它更要具备小说这种文体所具有的精神高度，承担着让人思考生活、认识心灵和世界的神圣使命，在文学要素的要求上，有比故事和小品文更高的质量要求，是一种有品位、有尊严的文体，填补了精英和世俗中间的空白地带，并融合了它们的优长，定位在比世俗高一些，比精英低一些，肩负起愉悦大众心灵，提升读者审美标准的神圣使命，支撑起一方社会文化的晴空，读者在潜移默化中提高了文学素养，很多人会由消遣时光、缓解矛盾的阅读过渡到滋润心灵、提升审美的阅读，这对于文化事业的健康发展是有着不可忽视的意义的。

——高军:《零距离:论小小说》,《小小说选刊》2007 年第 23 期

文学评论集《小小说内外》获临沂市第五届临沂文学奖一等奖。

2008 年　农历戊子年

46 岁

1 月

小说《神医》收入杨晓敏、郭昕、寇云峰选编《2007 中国年度小小说》(漓江出版社 2008 年版)一书。

文学评论《生活现实的温馨表达》作为序言收入刘明才《包子·书·爱》(中国电影出版社 2008 年版)一书。

《高军论小小说作家(刘黎莹、聂兰锋、王洋)》(三篇)发表于《小小说出版》2008 年第 1 期。

有关聂兰锋小小说的评论文章《在人物心灵与形体的冲突中对现实发言》发表于《沂蒙作家》2008 年第 1 期。

考证文章《一幅字，三个人，墨香飘远》发表于《沂蒙作家》2008 年第 1 期。

消息《高军的〈紫桑葚〉收入小学语文课本》发表于《小小说出版》2008 年第 1 期。

消息《高军的〈小小说内外〉获社科成果奖》发表于《小小说出

版》2008 年第 1 期。

2 月

小说《下棋》发表于《百花园・小小说原创版》2008 年第 2 期。

文学评论《珠晶：陌生化的艺术开拓》发表于《百花园・中外读点》2008 年第 2 期。

文学评论《关于尤克利诗歌的几个关键词》作为跋收入尤克利的诗集《远秋》(中国文联出版社 2008 年版)。

消息《高军的〈紫桑葚〉收入小学语文课本》发表于《沂南通讯》2 月 21 日第 4 版。

消息《高军的〈紫桑葚〉收入小学语文课本》发表于《临沂日报》2008 年 2 月 24 日第 1 版，同版配发《紫桑葚》一文。

3 月

散文《岱崮的崮》发表于《临沂日报》2008 年 3 月 2 日。

小说《赠送唠叨》被《微型小说选刊》2008 年第 6 期转载。

小说《烧纸》发表于《短小说》2008 年第 3 期。

小说《打水桶》发表于《故事家》(微型经典故事)2008 年第 3 期。

文学评论《尹全生：意蕴拓展与人物塑造》发表于《百花园・中外读点》2008 年第 3 期。

文学评论《游刃于方寸之间——马均海小小说创作简论》收入马钧海《远离城市》(河南文艺出版社 2008 年版)一书。

消息《高军的〈紫桑葚〉收入小学语文课本》发表于《沂蒙晚报・今日沂南》2008 年 3 月 15 日。

消息《高军的〈紫桑葚〉收入小学语文课本第九册》发表于《微篇文学》2008 年第 2 期。

消息《高军的〈紫桑葚〉收入小学语文课本》3 月 19 日、20 日在沂南电视台《沂南新闻》播出。

消息《高军的〈紫桑葚〉收入小学语文课本》3 月 21 日在临沂电视

台《临沂新闻》播出。

文学评论《在人物心灵与形体的冲突中对现实发言》发表于《临沂日报》2008 年 3 月 30 日。

4 月

小说《棉衣》发表于《百花园·小小说原创版》2008 年第 4 期。

散文《就这样与你擦肩而过》发表于《沂南通讯》2008 年 4 月 11 日。

文学评论《神秘梦想与朴素风格——曹国英诗歌创作简论》发表于《当代文苑》(双月刊)2008 年第 2 期。

文学评论《实与虚之间的自由书写——评纪富强的小小说》发表于《山东作家》(季刊)2008 年第 2 期。

文学评论《在人物心灵与形体的冲突中对现实发言》发表于《百花园·中外读点》2008 年第 4 期。

5 月

小说《烧纸》被《读者》2008 年第 10 期选载。

小说《牛奶》发表于《鲁南商报》2008 年 5 月 10 日第 26 版。

文学评论《扎实的姿态和超越的努力》发表于《百花园·中外读点》2008 年第 5 期。

考证文章《一幅字，三个人，墨香飘远》发表于《沂蒙晚报·今日沂南》2008 年 5 月 15 日第 6 版。

6 月

小说《起皮》发表于《山东文学》2008 年第 6 期。

文学评论《经验的想象和传达》发表于《百花园·中外读点》2008 年第 6 期。

文学评论《生活现实的温馨表达》发表于《苍山文学》2008 年 6 月。

7 月

小说《牛奶》被《小小说选刊》2008 年第 14 期转载。

文学评论《生活现实的温馨表达》发表于《临沂日报》2008年7月20日。

文学评论《僧俗两界的社会现实——评赵德发的〈双手合十〉》发表于《济南时报》2008年7月23日第28版。

8月

文学评论《叙事的智性与隐喻内涵》发表于《百花园·中外读点》2008年第8期。

小说《掌声》收入梁川主编《让孩子学会感恩老师的100个故事》（中国文联出版社2008年版）一书。

5日，为《县委、县政府机关迎奥运“交通杯”诗歌创作比赛获奖作品集》撰写序言。

体育塑造着人类的体魄，诗歌映射着人类的心灵。

现代奥运创始人顾拜旦要求，包括诗歌在内的文学，要“参与到现代奥林匹克庆典之中，与体育一起受益，并获得自身的升华”。他身体力行，在1912年第五届斯德哥尔摩奥运会上，亲自撰写了著名的散文诗《体育颂》，并荣获第一届斯德哥尔摩奥运会文化艺术评比文学类金奖。从此，诗歌与奥运就紧密结缘了。

沂南古称阳都，文化积淀厚重，文学源远流长。三国时期的诸葛亮不但是一位伟大的政治家、军事家，而且是一位优秀的作家。他的《隆中对》大气磅礴，高瞻远瞩；《出师表》纵横捭阖，情感真挚。它们已被千古讽诵，仍将万代流传。明朝重臣高名衡的诗悲壮苍凉，其妹高玉章的诗清丽婉约。当代，苗得雨、苗长水父子和高禄厚、高禄堂兄弟在文学创作上的建树，更可谓风格迥异，各有千秋。

在2008北京奥运会到来的时候，由县委办公室、县政府办公室、县委宣传部、县文联、县新闻中心主办，县交通局协办的县委、县政府机关迎奥运“交通杯”诗歌创作比赛成功举办。本次大赛共收到参赛作品97篇，经过评审组组织的评委会多轮投票，认真评选，共评出一等奖 3 名，二等奖 5 名，三等奖 10 名，纪念奖 20 名。现在将优秀作品结集付梓，诚为可喜可贺。

诗歌是心灵的镜子。人生旅途、生命过程的所见、所闻、所思、所感，犹如燃烧的火焰，初始是细微的火苗，随着一丝灵感的触动和真情的感悟，胸中的积蓄就会化为诗句流淌于笔端。这次诗歌创作比赛虽说是内容有所限制，可谓戴着镣铐跳舞，但参赛作品风格多样，尽管还没有出现顶尖级的优秀作品，却也各有特色。有的读来酣畅痛快，或大气深邃或温婉柔和，有一气呵成之感；有的看去精巧可人，或细致深入或玲珑别致，带给人一种强烈共鸣。优秀诗歌，都是情感催生的产物，情至诗至，有情有诗，情由心发，语落成诗。正如清代诗评家叶燮所说："诗是心声，不可违心而出，亦不能违心而出。"诗品亦人品，爱憎分明的人诗句铿锵有力，善于思考的人诗中充满睿智。通过凝练的断行可以走进一个人的心里，透过诗歌可以体会到写诗者为人处世的态度。读诗，更像是读人。

行走在诗的空间，让我们打开心灵的窗，用真心去寻找去发现，用真情去抚慰去鼓舞，用真诚去交流去品悟，把最美好的诗意书写在生命的分分秒秒，让诗歌温暖心灵，让世界如诗美妙！

言有尽而意无涯，透过诗句，我们更看到了这背后所凝结着的一种欢呼奥运、迎接奥运、奉献奥运的精神。在深层追寻和叩问生活的意义上，在寻求使世界更加美好的行为上，在尊重人的尊严、追求更有价值的生活上，体育和诗歌精神是相通、相连的。由此可见，本诗集的及时出版，将为"人文奥运"注入更为具体的内涵。

是为序。

文学评论《关于尤克利诗歌的几个关键词》发表于《诗刊》2008 年 8 月下半月号。

17 日，参加在铜井镇举办的临沂市青年作家文学研讨会。

9月

小说《起皮》被《微型小说选刊》2008年第18期转载。

文学评论《精心构建的文化药都》发表于《百花园·中外读点》2008年第9期。

小说《烧纸》收入毛文凤、严华银主编"天下阅读"丛书第二辑《敬畏美文》(北方妇女儿童出版社2008年版)一书。

学术论文《诸葛亮的形象流变及其体现的历史文化向度浅析》收入徐国平、诸葛坤亨主编论文集《诸葛亮与诸葛家族文化——全国三国文化暨第十五次诸葛亮学术研讨会论文选》(吉林人民出版社2008年版)。

参加在汉中勉县召开的全国第十六届诸葛亮学术研讨会，向大会提交论文《〈水经注〉中所记载的诸葛亮有关资料浅述》，并作了学术报告。

10月

文学评论《寓言的深度取向和人间的烟火气息》发表于《百花园·中外读点》2008年第10期。

《小小说选刊》2008年第20期"零距离"栏目，刊载了高军的一段论小小说创作言论，这是第二次在同样位置刊载高军有关小小说的论述：

如果保持清醒的头脑，不被频繁流行的风向吹得迷失方向的话，任何作者都得承认生活的重要性。没有生活，无病呻吟，小说是很难做到好看和耐看的。但是对生活的理解应该呈现一种开放的态势。尽管很多人都自诩为在写生活，事实上并不是写出一些生活故事就是写了生活。只有真正沉入生活深处，做到直接呈现存在的真相，表达出对生活的反思，表现人与生活的精神冲突，表现属于某种生活所独有的文化气质，并克服人物平面化、情节雷同化，努力以明确的精神穿透力和自己独特的声音叙述生活，才可以说是个性化的生活书写。

11月

小说《起皮》被《小小说月刊》2008年11月（上）选载。

散文《童年蝉趣》在《语文报》（初二版）2008年第668期头版头条“作家风景线”配照片和简介发表。

文学评论《文笔挥洒　玉成高格》发表于《百花园·中外读点》2008年第11期。

小说《石蛹》收入王蒙、王元化总主编的《中国新文学大系（1976～2000）》第16集“微型小说卷”（江曾培主编，上海文艺出版社2008年版）。

16日，在沂南县作家协会成立大会上被选为副主席兼秘书长。

12月

小说《拍照风波》发表于《新晨报》2008年12月11日。

文学评论《挑战难度的智性写作》发表于《百花园·中外读点》2008年第12期。

文学评论《艺术的追求与意义的凸显——简评杨文学的小说〈地契〉》发表于《山东作家》2008年第4期。

为冯春明文学作品集《远方的梦》（中国文联出版社2008年版）作序。

本年，《掌声》被设计为四川课改地区中考语文试题。

2009年　农历己丑年

47岁

1月

小说《牛奶》收入杨晓敏、郭昕、寇云峰编选《2008中国年度小小说》（漓江出版社 2009 年版）一书。

小说《牛奶》收入高长梅选编《2008 年中国小小说精选》（长江文艺出版社 2009 年版）一书。

小说《起皮》收入中国作家协会创研部选编《2008 年中国微型小说精选》（长江文艺出版社 2009 年版）一书。

小说《赠送唠叨》收入刘英俊、黄棋主编《2008 年值得小学生珍藏的 100 篇哲理故事》（华东师范大学出版社 2009 年版）一书。

散文《红叶：昭示人格的火焰》收入陈雄、黄棋主编《2008 年值得中学生珍藏的 100 篇散文》（华东师范大学出版社 2009 年版）一书。

文学评论《固守的领地与多彩的景观——冯春明文学作品集〈远方的梦〉序言》发表于《阳都文学》2009 年第 1 期。

评论尤克利、高薇、邵昌玺的三篇文章，组成文学评论专版，在《鲁南商报》2009 年 1 月 10 日第 18 版推出。

2 月

小说《病》《赠送唠叨》收入蔡楠主编《中国小小说 300 篇》（光明日报出版社 2009 年版）一书。

小说《水》收入李永康主编《最具小学生人气的 100 篇微型小说》（光明日报出版社 2009 年版）一书。

小说《敲钟的老人》收入汝荣兴主编《中学生必读的 100 篇校园小小说》（光明日报出版社 2009 年版）一书。

小说《赠送唠叨》收入谢志强主编《小学生必读的 100 篇情感小小说》（光明日报出版社 2009 年版）一书。

小说《棉衣》收入宗利华主编《最值得珍藏的小小说选》（光明日报出版社 2009 年版）一书。

小说《下棋》《烧纸》收入司玉笙主编《精美小小说读本》（光明日报出版社 2009 年版）一书。

小说《牛奶》《蓝包袱》收入凌鼎年主编《中国微型小说 300 篇》（光明日报出版社 2009 年版）一书。

小说《起皮》收入邢庆杰主编《精美微型小说读本》(光明日报出版社 2009 年版)一书。

3 月

小说《人与鸟》发表于《山东文学》2009 年第 3 期。

15 日，参加沂南作者“沂南金矿之行采风笔会”。

书评《展现地域文化的厚重之作——评〈泉乡铜井〉》发表于《沂南通讯》2009 年 3 月 18 日第 4 版。

书评《展现地域文化的厚重之作——评〈泉乡铜井〉》发表于《鲁南商报》2009 年 3 月 21 日第 18 版。

多篇作品收入张爱花主编《1949～2009 沂南文学作品选(小说卷)》(黄河出版社 2009 年版)一书。

4 月

文学评论《人性的高歌——读高军战争题材的小小说》(刘英)发表于《临沂日报》2009 年 4 月 22 日第 A8 版。

著名小小说作家高军写出了很多关于战争题材的小小说，这类小说，大多以作家生于斯长于斯工作于斯的沂蒙山区为地域，以抗日战争和解放战争为题材，这一定程度上丰富了小小说创作的题材和业绩。通读他的这类小小说，战争，总是以背景的形式或隐或现地出现，却感觉不到“山雨欲来风满楼”的紧张氛围，看不到枪林弹雨的血色般残酷。一言以蔽之，高军没有直接描写甚至可以说远离那些硝烟弥漫的悲壮色彩的图景，而是尽情演绎战争过程中的人性的故事，并力图通过这些故事，展现民族、国家的新希望。

这希望是从人民军队中的将帅们开始的。高军小小说中的将领们，脱离了战争小说的常规——极力渲染战争过程中将帅们叱咤风云的铁血之气和领导才能。与此相反，他极力发现将帅们身上所特有的人性光芒，并将这人性光芒进行聚焦投射，从而折射出五颜六色的人性之光。有了人性作为背景，残酷的战争便有了温情脉脉的一面，这也昭示了新的希望。徐向前（《牛奶》）听到老百姓家的婴儿长时间啼哭，弄明白孩子是因为缺奶时，立即命令警卫员把给自己养病的牛奶、白糖送到老乡家，并省吃俭用把积攒下来的钱资助老乡。胡首长——刘少奇（《支撑》）面对二蛋和小春从地主朱老五家硬抬来给自己坐的太师椅，意味深长地说："一切为了抗战，对地主我们也欢迎他们抗日，不要损坏他们的利益噢。"他及时带领两个孩子向朱老五奉还并道歉："这两个小伢子，来向你借椅子给我坐，其实我有座位，所以来奉还，打搅了，对不起了。"这种心里装着老百姓（哪怕是落后分子），视老百姓为亲人的干部，在从前中国的战争中，是很罕见的。

抗日战争中，部队领导如此人性地对待老百姓，解放战争中，亦是如此。《紫桑葚》中的许世友，即便在战争激烈时，进入百姓家，也不忘呵护被逃难房东暂时遗弃的蚕，命令警卫员采桑喂蚕，并留下那晶莹的紫桑葚给房主人孩子。并写下"老乡：打搅了，感谢你们给我们留门。许世友"的留言。陈毅（《玉米草》）对战时生孩子的妇女投去的那深情的一瞥，挥洒的不仅仅是人与人之间的爱，更是一种人性的升华，刹那间，不能不击中我们柔弱的内心。张排长（《信》），面对战友们的不理解，还是说服战友，抬着敌军74师师长张灵甫的尸体，埋葬到指定的位置，并把张灵甫妻子的信放到了他的胸口，一个敌军的首领得到入土为安的殊荣。面对手无寸铁、渴极而冒险取水的敌兵，班长李干顺（《水》），首先把他当作一个人，而不是一个敌兵看待，此时，他只是一个人，仅此而已。于是，班长命令手下人只准击中水桶系，而不准伤及敌兵的性命，几次三番后，敌兵投诚为我所用。这里，李班长对敌兵的感觉，超越了阶级的利益，从而成为一个人道主义者。……透过这些将帅们的容易被战争的残酷性所遮蔽的人性化举措，我们仿佛看到，在这支队伍身上，人性、人道主义像初春的野草，正蓬勃发展起来，可望成为燎原之势。巴顿将军在《狗娘养的战争》中说："战争中没有个体，因此也就不存在个人感情。对于一个军官最低的也是最高的要求就是理想地履行他的职责。他应有的不是借口，不是失败，而应是战绩。”显然，高军小说中的军官突破了这一局限，至少把人性放在与上边各元素同等重要的位置。

战争，总是以大破坏的形式出现，即便正义的战争，也莫非如此。因此，老百姓对战争，大多持了抵牾的心态。在沂蒙山区这块热土上，老百姓对共产党领导下的这支队伍，还是充满感情的，男同志积极支前，女同志也不甘落后，以各种形式参与到保家护国的战争中。孙犁在他的小说中，曾展示了一群勤劳纯朴、真挚多情而又勇敢机智、积极向上的农村青年妇女形象，体现着特定时代的人性之善和人情之美。高军，同样展现了一群识大体、顾大局、默默奉献的沂蒙山妇女，她们站成一排，成为沂蒙山最美丽的风景。萧萧（《石竹花》）为了保护好革命后代，在日本鬼子大扫荡中，甘愿冒一切危险，用她细嫩的手从布满圪针的山枣棵中扒出洞口，让孩子钻进去，一任自己的手“又麻又疼，一粒粒通红的血珠汪在手里”。又想尽办法，千哄万哄让孩子吞吃石竹花的叶子和花，才躲过鬼子大扫荡的劫难。《红荷包》中的枣花，不顾身孕，与本村的妇女们一起在农历四月的冷水中扛着门板搭起了人桥，造成流产并终生不孕，她的丈夫，最终选择了离开。枣花，为了战争，可以说奉献了自己的全部。《蓝包袱》中的桃花路遇一个被炸弹连闪带炸而暂时失明的战士，不顾伦理约束，而是凭借内心的要求，用奶水给失明战士医眼。因了邻居的误解，流言在村里蔓延，致使支前归来的丈夫怒气而生，给了她狠狠的两巴掌，使她成为一个只能“啊、啊、啊”的哑巴。8年后，那个被救的战士找回来谢恩，一切才有了答案。《温一口水给你喝》中的菊花，狠心不顾不足满月的孩子大哭，用尽全身的力气，把伤员背进山洞，用嘴接洞顶滴落的冰凉的水，暖热了再对着嘴喂给伤员。伤员得救了，她却在40岁的年纪掉光了牙齿，且留下终生没治好的腰疼病。高军通过战争，把这些年轻妇女置于风口浪尖，考验她们的心灵，以达到透视人性的深度。

军队中有了这样的将帅们，军队也就有了希望，这样的军队，受到老百姓的拥护支持也就在情理之中，沂蒙山区涌现出如此之多默默奉献的女青年，也就有了依据。人民军队人民爱，这也从侧面展现了民族、国家的新希望。

——刘英:《对人性的高歌——读高军战争题材的小小说》,《临沂日报》2009年4月22日第A8版

5月

小说《棉衣·牛奶》发表于自2008年11月沂南县作家协会重新成立后的《阳都文学》首期。

短篇小说《迎查》发表于《当代文苑》2009年第3期。

小说《人与鸟》被《小小说选刊》2009年第9期选载。

文学评论《我们为什么总是在对抗中迷失——评墨白的长篇小说〈裸奔的年代〉》发表于《中国图书商报》2009年5月19日第3版。

小说《紫桑葚》收入杨晓敏、秦俑主编《中国当代小小说大系》第四卷(河南文艺出版社2009年版)一书。

小说《敲钟的老人》收入刘天平、黄莉梅主编《生命的亲吻：感动小学生的100篇微型小说》(最新版)(九州出版社2009年版)一书。

文学评论《东部高原西部风》收入秦俑选编“栽种小小说纪事”《一个人的文化理想》(河南文艺出版社2009年版)一书。

文学评论《小小说的文化意义》收入杨晓敏、秦俑主编《中国当代小小说大系》第五卷(河南文艺出版社2009年版)一书。

文学评论集《山东小小说作家研究》列入杨晓敏主编“中国小小说典藏品(第五辑)”，由河南文艺出版社出版。该书是全国第一本以省级地域小小说为研究对象的专著，重点对山东小小说作家群中有影响的18位作家进行了详尽评论，是山东小小说作家创作水平的集中展示，具有填补空白的重要地位。这是高军出版的第三本书，由冯骥才作序《小小说不小》，杨晓敏撰写后记《小小说童话》，出版后得到了业界的诸多好评。

当下，小小说事业可谓风起云涌。山东作为一个经济和文化大省，一茬一茬的小小说作家如雨后春笋，被称为“山东小小说作家群”或者小小说的“鲁军”。这支庞大的队伍中人才荟萃，卧虎藏龙，在中国文坛上也占据了一席之地，实属可喜可贺。但他们中既写小小说又对小小说文体进行研究探讨的人却为数不多，多年来，沂蒙山区的著名作家和评论家高军则是双管齐下，花开并蒂。

山东小小说作家群的迅速崛起，在小小说界引起高度重视，作为小小说鲁军中的一员猛将，高军比其他人更加关注这个群体，他在创作之余，倾注了大量心血，通过透视山东小小说作家群的写作现状，系统分析了山东小小说作家的创作得失。他理性的分析和思考，精准而周到的洞察，透视出山东小小说作家群这一文学现象的特点和发展趋势，为山东小小说作家指出了方向。

多年来，高军对多名重要山东小小说作家的创作情况进行分析研究后，陆续写出了有关的评论文章，其中仅2008年《百花园·中外读点》就发表10篇，另外几篇也在其他报刊上发表。《百花园》是当今小小说界最权威的刊物之一，高军山东小小说作家系列研究能够得到《百花园》如此器重，实属不易，在全国也是绝无仅有的。《山东小小说作家研究》一书，就是将这些评论文章汇集成册的一本专著，这种以地域范围来研究小小说作家的理论集，这种研究方式在全国属于首创，在中国小小说的发展和实践中，也有着极其重要的价值意义，可以说是填补了一项空白。

《山东小小说作家研究》是由杨晓敏主编、秦俑策划的系列丛书“中国小小说典藏品”第五辑之一，这本薄薄的纸质轻轻、设计精致的小书，一捧在手里就有了一种阅读上的亲近感，与当下出版领域盛行的超豪华读本相比，形成了鲜明的对照。据我所知，高军在二十几年的小小说创作和小小说理论研究中，曾经写出过不少颇有影响的文字，小小说集《紫桑葚》和小小说理论研究专著《小小说内外》的出版，曾经在小小说领域造成了一定的影响，高军也因此被评为2006年度全国小小说十大热点人物之一，这是众所周知的，不再赘述。

《山东小小说作家研究》分总论和分论两部分。阅读总论《点击山东小小说作家群》，对于山东小小说作家群产生的历史渊源和创作特点便有了一个大体了解，在我眼前，一个创作势头强劲、量大质优、人才辈出的群体出现了，随之，我心中产生了一些疑问和好奇，一种想了解他们的愿望迫使我急切地读下去。

山东小小说作家群中的每一个作家又有着自己独特的特点，是这一位而不是那一位，其作品创作风格各不相同。多面手的修祥明，从农村走入部队的军旅作家王培静，创作勤奋妙笔生花的陶纯，女作家刘黎莹，善于思考、用心写作的宗利华，创作数量多、质量高、善于营造故事氛围的邢庆杰，低调不善张扬却才思泉涌佳作频出的周海亮，善于用想象来整合小小说中的各种元素的魏永贵，追求个性化的诗意表达的马新亭，他们都是一座座绕不过去的山峰，支撑起山东小小说的一片天空。纪富强年轻有才华，他在小小说创作中进行了多方面的探索，小说写得有灵气。沂蒙山区女作家聂兰锋，特别擅长把人物的心灵和形体的冲突往极致里写。王洋、刘明才、邵昌玺也是近几年崛起的小小说作家，发表了不少好的作品。郭凯冰、宋以柱和高薇是参加2007年和2008年全国小小说新秀大赛进入前十强的，这些刚刚走进小小说领域的年轻作家，虽然有着满腔的创作热情，其作品无疑存在着许多稚嫩之处，他们更需要来自外界的赞美和褒扬，高军以长者的风度多以溢美，以和风细雨式的语言鼓励他们，使他们感受到温暖和希望时，也坚定了积极进取的信念。沂蒙山区老作家刘京科在创作了多部长篇小说后，也写出不少小小说，高军给予了恰如其分的评价。他对每一位作家的评价都仿佛信手拈来，如数家珍，娓娓评述的一篇篇作品，仿佛早已烂熟于胸。不难看出，高军对山东的小小说作家是倍加呵护和热爱的。正因为高军长期以来也在创作小小说，所以，他对18位山东小小说作家在创作中遇到的困惑才看得如此清楚明白。

高军的评论语言以其严整洁净、深刻尖锐而见长，能一语切中要害。众所周知，小小说的发展并不是文学主流，高军长期以来却多为小小说作家写评论，唱赞歌，他以语言严谨、思想深刻而闻名，被小小说界专家们称为“学院派”评论家。这么多年来，高军一直在为别人作嫁衣，特别是一些刚出道的年轻作家，高军总是不遗余力地对他们鼓励和帮助，这定会使他们受益终身。

评论家并不仅仅是唱赞歌的，高军在充分肯定的同时，也相当尖锐地提出了众位山东小小说作家作品中存在的问题，使他们认清自己的同时矫正错误，少走弯路。这些问题的提出，也是其他小小说作家应该引起注意的。如王培静有的小说灵气不足，艺术上升华不起来；邢庆杰有的小说故事的真实性让人怀疑；马新亭的小说叙述过多……这些问题，不光是应该引起作者本人深思，就是读者和其他小小说作者在今后的写作中，也是应该引以为戒的。

写下这些文字的时候，我一直在回忆，生活中的高军，对于身边每一个文学新人，都给予热切的关注，而我本人在这方面比其他人感受得更为深切。我是从他那里知道小小说，而后爱上小小说的，他对作品的点评总是简单却切中要害。我们一起交流时，他对于知识的渴求和治学态度的严谨，让我心生敬佩、受益终身。所以说，高军写出这样一本能为小小说作家指点迷津、推动小小说事业发展的《山东小小说作家研究》，一点也不足为怪了。

——高薇：《读高军〈山东小小说作家研究〉》，《鲁南商报》2009年8月1日第18版

22～25日，应邀参加由郑州市人民政府主办，中国作协创研部、《文艺报》、中国作家网、河南省作协、郑州市文联加盟支持，《小小说选刊》《百花园》《小小说出版》、郑州小小说学会、小小说作家网联合承办的“中国郑州·第三届金麻雀小小说节”，并在“百名作家广场签名赠书活动”中签名赠送《山东小小说作家研究》。其间，参观了郑东新区，并赴登封少林寺观看了精彩的少林武术表演，欣赏了“少林禅宗音乐大典”。

6月

小说《村官》发表于《山东文学》2009年第6期。

小说《父亲》发表于《红豆》2009年第6期。

7月

小说《企盼》发表于《小说月刊》2009年第7期。

文学评论《自由空灵的小说创作——评马新亭〈未来世界〉》发表于《淄博晚报》2009年7月17日第12版“阅读”。

8月

小说《银钗》发表于《羊城晚报》2009年8月3日头题。

赋体文《竹泉赋》发表于《临沂日报》2009年8月7日。

赋体文《竹泉赋》发表于《临沂广播电视报》2009年8月20日。

赋体文《竹泉赋》发表于《沂南通讯》2009年8月28日第4版。

小说《掌声》入选中国作家协会为向新中国成立六十周年献礼而编纂的重要文学选本《新中国60年文学大系》之《小小说精选》分册（长江文艺出版社2009年版）。经精心挑选，《小小说精选》共收入180多篇小小说。

小说《青苹果》入选张立华主编《成功阅读·拓展与提高》（高中二年级）（未来出版社2009年版）一书。

9月

小说《一场特殊形式的高考》发表于《小说月刊》2009年第9期。

小说《母亲》发表于《短小说》2009年第9期。

消息《高军的小小说评论集〈山东小小说作家研究〉出版》（徐兴春）发表于《沂南通讯》2009年9月4日第1版。

消息《沂南诗人尤克利获“第七届华文青年诗人奖”》发表于《鲁南商报》2009年9月12日第18版“悦读”。

13日，参加在沂南金矿多功能会议室召开的沂南县文学创作骨干会议，会议主题是祝贺尤克利11日在北京首都师范大学领取“第七届华文青年诗人奖”，祝贺高军出版《山东小小说作家研究》一书。

消息《沂南诗人尤克利获“第七届华文青年诗人奖”》发表于《沂南通讯》2009 年 9 月 15 日第 3 版。

小说《神药》《紫桑葚》收入滕刚总主编“超阅读小学生典藏书系”之黄棋主编《最受小学生喜爱的 100 篇微型小说》(华东师范大学出版社 2009 年版)分册。

评论《理性分析　精准洞察——读高军的〈山东小小说作家研究〉》(高薇)发表于《临沂日报》2009 年 9 月 25 日第 A7 版“银雀”。

评论《梦想正趋于真实——读高军的〈山东小小说作家研究〉》(刘英)发表于《鲁南商报》2009 年 9 月 26 日第 20 版“悦读”。

高军的小小说，曾使我，且至今仍令我感到炫目。炫目之感来自其文字之美，思想内涵之深，形式的趋于完美。在内心，我把他的小小说看作一颗颗玲珑剔透的珍珠，如果把它们用一根线串起来挂在手腕上，那定是令人晕眩的手链。我很是疑惑，他为什么写出这么多令人晕眩的小小说呢?

我一直疑惑着，直到看到高军把发表在不同杂志和报纸上的小小说评论结成集子《小小说内外》，才豁然有了答案。原来，他是双面手，一手搞小小说创作，一手搞小小说评论，创作有了理论的支撑，写出如此多的精品也就在情理之中了。

这也正是他的高明之处。现在，他的另一本评论集《山东小小说作家研究》由河南文艺出版社出版了，对山东的小小说作家从总体到个体做了精致的评论。在全国范围内，这也是第一本以地域小小说为研究对象的专著。对于山东的小小说批评来说，更是史无前例的。具有重要的填补空白的地位。这方面，高军做了吃螃蟹的第一人。

看到书名并通读全文，我想到的第一个词语便是责任的担当。在小说的历史上，小小说算得上新兴产品，其发展到现在，出现了一大批从事小小说写作的写手，每年数以十万计的小小说诞生。可是，与小小说的创作热情高涨相比，小小说的评论则显得低迷暗淡。韦克勒曾在《文学理论》中剖析小说理论和批评的滞后："无论从质上看还是量上看，关于小说的文学理论和批评都在关于诗的文学理论和批评之下。"这应该是很中肯的言论，但这话如果放在小小说研究和批评上，应该更为合适。鉴于此，作为山东籍的作家高军，把眼光首先放在同是山东籍的小小说作家身上，试图把潜藏在文本内的有价值的东西挖掘出来，供小小说作家参考并提携后来者，这种热情、关爱和勇气，是很令人敬佩的。小小说作家兼评论家凌鼎年说过："为了小小说创作的繁荣，我将尽我之力鼓与呼，只要我力所能及。"其实，这句话用在高军身上，也是贴切得很。比如，在2008年全国小小说新秀选拔赛中，脱颖而出的高薇，就曾受到高军的大力鼓励和支持，没有他的提携，相信高薇一路走来，不会如此轻松。为每位小小说作家，不遗余力地写评论，点出他们的可行之处，也不避讳其存在的缺点，这本身就是对小小说最大的扶持。小小说的理论研究，总要有人站出来承担，还好，在山东，高军站了出来，似乎将来的小小说研究向我们昭示了希望。

寻求小小说存在方式的多种可能性，这是我对这本《山东小小说作家研究》产生的第二个想法。米兰·昆德拉在《小说的艺术》一书中说过："小说不研究现实，而是研究存在。存在并不是已经发生的，存在是人的可能的场所，是一切可以成为的，一切人所能够的。"人存在的可能性多种多样，揭示人的存在的小说的存在方式也应该是多姿多彩的，包括内容、意蕴、叙述方式等等。在高军看来，小小说创作是一个开放的体系，不管你如何操作，只要反映出现实中人的存在的可能性，小小说便是成功的。正是基于此，高军用宽容的心态，对一篇篇作品，一个个作家进行解读，力图使文本意义的生成具有丰富性和对创作主体的超越。当然，这更是一种交流，一种对话，旨在共同提高、繁荣小小说事业。在他看来，小小说题材，不管是历史的、现代的、当下的、心理的甚或是荒诞魔幻的，只要能写出精神、生命的底蕴，就是好作品。高军高度赞扬修祥明小小说创作中追求的思想深刻性，思想性成为修祥明小小说言说的方式；邢庆杰的小小说写作，"笔触在古代和现代、农村和城市之间任意纵横，已经进入一种成熟状态，为读者提供了丰富的文学图景”；纪富强穿行在虚与实中，不断探索与创新，进行着心灵的自由抒写；邵昌玺的叙事角度与形式追求，高军也给予高度评价。……诚然，高军自有他的局限，但是其见地足可以拨亮我们对小小说的某些混沌。

高军的小小说研究，不以理论取胜，而是以感性的语言，行云流水中，点出要害的关键所在。这是我对高军的小小说研究的第三个发现。理论文章，常常因为其枯燥无味，读者只好至少硬着头皮苦不堪言地读下去。读高军的理论文章，却全然没有这种感觉，顺着他的行文，我们似乎走入了更高的境界，原来，在这里，可以勘探到如此多小小说的知识。他简洁凝练的语言，让我想起鲁迅先生的白描手法，用最少的语言刻画出最具有特点的小说特质。寥寥数语，却又高度概括地点出小小说作家写作的精髓所在，如马新亭的在个性追求中的诗意表达、聂兰锋的在人物心灵与形体的冲突中对现实发言、周海亮的善于揭示人性深处的复杂冲突和情怀、刘京科的固守的乡土情结与打破的世俗神话、高薇的沉重的话题与轻盈的姿态等。对此，我们可以想象高军在小小说探秘中花费的精力有多大。

作为双面手的高军，手执两面大旗，在小小说创作和小小说理论的道路上，呼朋唤友地前行，他相信，一个人的发展不是大发展，小小说创作，也需要众人拾柴火焰高的场景。我们有理由相信，此书，会在小小说界，至少，在山东小小说界引起高度评价。也相信，会有更多的人从中受益。

——刘英：《梦想正在趋于真实——读高军的〈山东小小说作家研究〉》，《鲁南商报》2009年9月26日第20版“悦读”

10月

小说《银钗》被《小小说选刊》2009年第19期选载。

文学评论《现实精神与深远意味——评墨白〈裸奔的岁月〉》发表

于《躬耕》2009 年第 10 期。

小说《神药》收入张采鑫、高长梅选编《感动你一生的故事全集》（最新版）（九州出版社 2009 年版）一书。

23 日，王举峰在《沂南通讯》第 1 版发表消息《文学创作再传佳讯，沂南县两篇小说入选〈新中国 60 年文学大系〉》，报道小说《掌声》入选长江文艺出版社出版的《新中国 60 年文学大系》之《小小说精选》分册的情况。

11 月

小说《母亲》被《小小说选刊》2009 年第 21 期转载。

散文《以动物的形态出现》发表于《佛山文艺》（上半月刊）2009 年11 月。

多篇散文、诗歌及评论作品收入张爱花主编《1949～2009 沂南文学作品选·散文卷》《1949～2009 沂南文学作品选·诗歌卷》（黄河出版社 2009 年版）。

12 月

4 日，应邀在山大华特卧龙学校作创作谈报告，部分学校领导、教师、学生近千人参加。

小说《午饭》《琴声》收入《新课程报·语文导刊》（初中版）2009 年第 47～52 期合刊。

小说《桑叶》发表于《百花园·小小说原创版》2009 年第 12 期。

小说《掌声》发表于《百柳·简妙作文》（中学版）2009 年 12 月，并被设计为试题。

文学评论《坚守的姿态和突围的表演——评杨文学近期中短篇小说》发表于《山东文学》2009 年“‘龙泉杯’征文·优秀作品辑”。

文学评论《挑战难度的智性写作——宗利华小小说创作简论》发表于《山东作家》2009 年第 4 期。

创作谈《有关文学创作的蒙太奇》发表于《山东作家》2009 年第 4 期。

评论《高军的小小说和小小说研究》（刘英、高薇）发表于《山东作家》2009 年第 4 期，主要内容还是评价《山东小小说作家研究》一书。

评论《由〈沂蒙〉热播想到的三个问题》发表于《沂南通讯》2009 年12 月 18 日第 4 版。

评论《由〈沂蒙〉热播想到的三个问题》摘要发表于《临沂日报》2009 年12 月 19 日第 2 版。

《〈水经注〉中所记载的诸葛亮有关资料浅述》收入郭清华主编的全国第十六届诸葛亮学术研讨会论文集《定军山下论三国》（中国炎黄文化出版社 2009 年版）。

2010 年　农历庚寅年

48 岁

1 月

小说《银钗》收入杨晓敏、郭昕、寇云峰主编《2009 中国年度小小说》（漓江出版社 2010 年版）一书。

小说《人面鸟》收入高长梅选编《2009 年中国小小说精选》（长江文艺出版社 2010 年版）一书。

小说《企盼》收入陈永林主编《有些事你不懂：名家微型小说精品 2009》（湖南人民出版社 2010 年版）一书。

小说《一场特殊形式的高考》收入杨晓敏主编《2009 年选最适合中学生阅读小小说》（北方妇女儿童出版社 2010 年版）一书。

小说《儿子》发表于《短小说》2010 年第 1 期，这是高军沂蒙山战争系列中高级将领造像中的一篇，写的是在沂南转战多年的朱瑞的故事。

小说《烟嘴》发表于《贵港日报》2010 年 1 月 4 日。

评论《由〈沂蒙〉热播想到的三个问题》发表于《沂蒙晚报》2010 年1 月 9 日。

小说《真爱不留缝隙》收入《新课程报·语文导刊》2010 年 1 月 19 日第 3 版。

小说《晒》收入《新课程报·语文导刊》。

文学评论《乡村和城市的二重交响》发表于《椰城》2010 年第 1 期，是一篇关于海南作家符浩勇小小说创作的综合评论。

通讯《沂南诗人尤克利荣获“第七届华文青年诗人奖”》发表于《阳都文学》2010 年第 1 期。

小说《掌声》收入方圆、闫荣霞编著《中考语文阅读和写作：得高分就这本》（石油工业出版社 2010 年版）一书。该书是全国各地中考语文试卷上的阅读美文精品荟萃，《掌声》因在 2007 年被四川课改地区设计为中考语文试题而入选。此前，《掌声》一文还多次被浙江、江苏等地设计为试题。

21～22 日，应邀到北京大学参加由天津出版传媒集团、方正番薯网、中大文景文化传播机构、北京有望传媒、微型小说月报联合举办的中国微型小说数字航母启动暨百名微型小说作家携万部小说落户方正番薯网活动。

评论《一溪山歌唱沂蒙——评高军的小说集〈一辈子也不说〉》（刘京科）发表于《阳都文学》2010 年第 1 期。

评论《由〈沂蒙〉热播想到的三个问题》发表于《鲁南商报》2010 年1 月30 日第 18 版。

2 月

小说《军号声声》《补鞋匠苏小青》《老何》首发于《小小说选刊》2010 年第 3 期。此前《小小说选刊》多次选发过高军的小说，但一次三篇尚属首次。

散文《泉上》《竹泉赋》发表于《山东文学》2010 年第 2 期，两文皆取材于沂南铜井竹泉村。

文学评论《生活现实的温馨传达——评刘明才小小说集〈包子·书·爱〉》收入中共苍山县委宣传部编“文化苍山·文学卷”之《星耀兰陵》（山东文艺出版社 2010 年版）一书。

3 月

小说《儿子》被《小小说选刊》2010 年第 6 期选载，原文发表于《短小说》2010 年第 1 期。

文学评论《写实向左　写意向右》发表于《小小说大世界》2010 年第 3 期，是一篇关于四川作家李永康小小说的系统评论，属于高军构建的“小小说作家论”系列中的一篇。

文学评论《平实的格调　机智的叙事——王培静小小说创作简论》发表于《北京精短文学》2010 年 3 月刊。

文学评论《人物丰满　空间开阔——胡炎小小说创作简论》发表于《三月》2010 年第 2 期。

创作谈《试着反过来想想》收入叶刚主编《100+1 位课文作家教你写作文·作文有秘籍》（小学卷）（中国少年儿童出版社 2010 年版）一书。

小说《掌声》收入叶刚主编《100+1 位课文作家教你写作文·名篇全赏析》（小学卷）（中国少年儿童出版社 2010 年版）一书。

论文《诸葛亮法治实践中的人性化因素浅析》收入张智勇主编《隆中山下论孔明——三国文化暨全国第十七届诸葛亮研讨会论文集》（中国炎黄文化出版社 2010 年版）。

4 月

小说《儿子》被《小小说月刊》2010 年 4 月上半月刊选载。

小说《烟嘴》被《小小说选刊》2010 年第 7 期选载。

赋体文《竹泉赋》再次刊发于《临沂政协》（双月刊）2010 年第 2 期。

小说《汉字功》收入滕刚总主编、黄棋主编《最受中学生喜爱的100篇故事》(华东师范大学出版社2010年版)一书。

小说《掌声》收入滕刚总主编、陈雄主编《最受小学生喜爱的100篇故事》(华东师范大学出版社2010年版)一书。

小说《赠送唠叨》收入滕刚总主编、陈雄主编《最受小学生喜爱的100篇幽默故事》(华东师范大学出版社2010年版)一书。

散文《红叶:昭示人格的火焰》选入滕刚总主编、陈雄主编《最受中学生喜爱的100篇散文》(华东师范大学出版社2010年版)一书。

杂文《猪八戒的怪病》收入滕刚总主编、黄棋主编《最受中学生喜爱的100篇杂文》(华东师范大学出版社2010年版)一书。

6日上午,因宣传竹泉的文章《泉上》《竹泉赋》在《山东文学》2010年第2期发表,接受竹泉村旅游公司的颁奖。

6日下午,参加在县自来水厂会议室举行的"首届中国十大农民诗人"尤克利载誉归来座谈会,与尤克利、冯春明、刘京科、徐兴春、胡金华、周韶峰、高薇、刘英、岳黎明、吴青松、曹玉霞等交流发言。

10日,在青驼镇采风,参观了有关企业和单位,并与镇领导座谈,决定多写宣传青驼的文字。

小说《哆嗦》发表于《贵港日报》2010年4月19日。

小说《坐车》发表于《羊城晚报》2010年4月26日。

5月

文学评论《高蹈的意象　轻盈的姿态——读诗歌集〈与大地一起飞翔〉》发表于《鲁南商报》2010年5月1日第18版。

文学评论《〈远秋〉:打工游子的母爱之歌》发表于《名作欣赏》(上旬版)2010年第5期。

文学评论《解读尤克利的诗歌〈远秋〉》发表于《诗探索》(作品卷)2010年第2辑。

文学评论《人物丰满　空间开阔——胡炎小小说创作简论》发表于《百花园·中外读点》2010年第5期。

小说集《一辈子也不说》列入重大出版工程“中国小小说名家档案”，由吉林出版集团出版。该小说集分为“作品荟萃”“作品评论”“创作心得”“创作年表”四个部分，第一部分收入小说 68 篇，第二部分收录尤克利、刘英、刘京科、高薇、胡金华 5 位评论家创作的 5 篇有关高军创作的评论性文章，以及高军的一篇创作心得《关于小小说的断想》，并列出了创作年表，具有较强的资料价值。该小说集是高军出版的第四本书，出版后，《沂南通讯》《鲁南商报》《临沂广播电视报》等对其进行了宣传报道，如高薇《我县作家高军的小小说集〈一辈子也不说〉近日全国公开发行》。冯春明、胡金华、高薇等还撰文予以评介。

高军的小小说题材丰富，涉及校园题材、传奇题材、爱情题材、战争题材、平民人物、城乡舞台等等。

高军是位创作颇丰的小小说家、文学评论家。在百余家报刊发表文学作品近百万字。多次被《读者》《传奇文学选刊》《青年博览》《小小说选刊》《微型小说选刊》《复印报刊资料》等转载，作品被收入近百个权威选本，《紫桑葚》收入语文出版社的全国通用教材小学《语文》五年级上册。已出版小说集《紫桑葚》、文学评论集《小小说内外》《山东小小说作家研究》等。

高军为人正直、思想深邃，语言精准、不落俗套。他的作品如同他的人：那种不做作，那种浑然天成的句式，使小说中的人物返璞归真——走向平实；那种流畅、简洁、深刻的语言里，带给我们的是灵魂的震颤与沉思。

作为战争题材的《一辈子也不说》中的女主人公杏花，是作者呈现给我们的一个鲜活、质朴的存在：当看似下了很大决心的妇女主任，向挺着“鼓囊囊的胸脯”的杏花提出“用乳汁为十来个得了耳底子的战士治病”时，杏花的脸腾地红了，闭着眼，用两个拳头擂着她：“你，你怎么想的来？还不羞死人？”这里，作者通过对人性的真实揭示和细节描写上的真实、逼真，为我们塑造了一个有血有肉、通情达理的艺术形象：“杏花的心被搅乱了，看妇女主任渐走渐远，她又赶了过去，低着头，眼睛瞅着脚尖：‘嫂子，你陪着俺，咱去弄吧。’”……杏花立即把门关上，走到战士跟前：“大兄弟，咱先说好，你，不许看，啊？”战士唰地站起来，“啪”地敬了一个礼，眼睛湿漉漉的，声音哽咽着：“是，大嫂。”……后来，杏花的生活很艰难，妇女主任来到她家里，淌着眼泪说：“现在早已解放了，上边正到处里找红嫂，据说已经找到不少，杏花你也是啊，那事儿我就说了吧？”“不，”杏花使劲摇摇头，“一辈子也别说这事儿，咱不是早就说好了吗？”至此，我想每一位读者都会为之动容的，正是这平实无华的语言，正是这散发着乡土气息的人性的美，悄无声息地深入我们的心灵，渗入我们的骨髓，使我们处于一种久久不能平复的感动之中。

《金黄的玉米饼》通过行为描写展开故事情节：“爹”听说马乡长要来，“儿子感到奇怪，已经耳聋，并且糊涂了多年的爹，怎么突然好像又听到了”。爹用拐杖使劲拄了几下地：“马乡长啊，最爱就着香椿芽咸菜吃玉米饼子。”儿子嘟囔着：“你知道现在都是什么社会了。”“爹”拄着拐杖站在院子里了，当“爹”伸出左手拉住马乡长的右手时，随即一愣神，接着说，“你不是马乡长！”“爹”自顾自地继续说着：“马乡长手没这么软和，光茧子啊。”显然，这是一个“虚虚实实，弄真成假”的描写，正所谓“细节是真实的，情节是虚构的”。但作品因而长出翅膀。支书笑笑，赶紧回答：“60 年代，有位马乡长在俺这村里住过点，老人说的可能是他。”马乡长若有所思地点点头：“我父亲当过乡长，在这一带蹲过点。60 年代的话，应该是他。”……“爹”又一步三晃地进来，看着满屋子的人，“你们在这里吃饭（玉米饼子）吧，啊？”马乡长赶忙接过话茬儿：“这样吧，我也非常喜欢吃玉米饼子，我带着几个吧？”……“爹”看得很清楚，这些人是在支书家吃的饭。他有点难过。第二天，“爹”从支书家门口路过，发现支书的鸡们正在使劲地低头啄着什么。当“爹”仔细一看，竟是金黄的玉米饼子。“他的眼睛里突然一片浑浊，拐杖一点地一摇晃着慢慢走了。”当天，儿子就发现，“爹”又恢复到又聋又糊涂的状态中了。

《金黄的玉米饼》以非同寻常的“从生活中捕捉灵感”的功夫，为我们留下了一个超越时空的宏大的历史场景。作者围绕马乡长“吃玉米饼”的情节，用犀利的笔触，将新、老“马乡长”在“爹”面前的不同表现，刻画得淋漓尽致。当“爹”看到马乡长最喜欢吃的玉米饼子“被鸡啄着”时，我们看到的是一颗曾经的心、一个曾经的时代的破碎，它在一双“一片浑浊的眼睛里”，无奈地“一点地一摇晃着慢慢走了”；当“已经耳聋并且糊涂了多年的爹，怎么突然好像又听到了”到“又恢复到又聋又糊涂的状态中了”时，小说人物心理上出现的巨大落差，震撼人心。

我想，对《金黄的玉米饼》一文，我们无须过多地从政治的角度对它进行图解，我们发现《金黄的玉米饼》里，不可否认的“代际冲突”，已经毫不留情地刻下了深深的印痕。时代的变迁，不管上代人愿意与否，新一代的追求往往代表着社会前进的方向，这已成为一个不可逆转的事实。

反腐题材是一个热门话题。但许多作品过多地考虑了小说的功利性，削弱了作品的艺术表现力、艺术感染力和艺术价值，使作品成为时髦之作，流行之作，也成为易碎之作。高军的反腐小说《特殊顾客》，基于作家唤起人们的良心的社会责任感，运用母爱慰藉的故事情节，把“几年来，一直炙手可热，民间也有他的一些传说，双规什么的快临到了等等”的“县里一个管干部提拔部门的头头”引进“母爱慰藉室”。作家没有给以明确的批判，而是把价值判断留给“墙壁上张挂的各种表现母亲爱孩子题材的图画”。“图画”使他的心动了一下，他满意地点点头：“好，很好。”“母亲唠唠叨叨的声音响起来”，他脸色凝重，眉头紧缩，用右手食指侧面不时地磕磕额头，眼睛也闭着……“这次他选的台词全部是教育孩子怎么正直做人的话语”，只见他的心事好似更重了，脸色非常不好看，嘴唇使劲地抿着……“这次他略显得轻松，也对老张（母爱慰藉室主人）笑笑”……“这次，他从台词册上选的都是有关勇于认错，认真改正方面的内容”……“这次，好似换了一个人似的，只见他满脸轻松，像有什么沉重的东西被抛掉了。”老张看到，他是迈着坚定的步子走出店门的。此后不久，县城里出现了一个说法，那个管干部的头头主动找了上级，然后就成了一个平民了。

良知与正义的丢失，无疑是可怕的，它将会摧毁一切美好的希望。《特殊顾客》中的主人公“县里一个管干部提拔部门的头头”，一开始分明生活在一种不安，或者说是灵魂的煎熬之中。但几经“母爱慰藉”的他“主动找了上级，然后就成了一个平民”，脚步却轻松了。无疑，高军笔下的“母爱的光辉、人性的良知”使我们感受了一种伟大的力量。

我们发现，高军作品的背后是质朴而良性的自然规律。这是它对人性和人的生存状态及心灵世界的观照，从而使他的作品具有了非同寻常的艺术效果。他的小小说注重平凡生活中的不平凡，注重深入挖掘生活。他因而“胸有丘壑、超然物外”，使他的校园题材、传奇题材、爱情题材等作品，无不与经济社会紧密相连，紧随时代，从而，给人以启迪和深思。

——冯春明：《震颤与反思——读高军的小小说集〈一辈子也不说〉》，《鲁南商报》2010 年 2 月 27 日第 18 版

《如歌如画　蔚为奇观——高军小小说印象（即高军的小说集〈一辈子也不说〉中的〈小小说的高军〉一文）》（胡金华）发表于《临沂日报》2010 年 5 月 21 日第 A8 版。

如何“出新意于法度之中，寄妙理于豪放之外”，读了山东作家高军的系列小小说，在被他这种简约精致之文风打动的同时，我深深领悟出“小小说至高军，如歌如画，蔚为奇观”之精妙。妙就妙在他的小小说内有“三性”：一曰土性；二曰灵性；三曰黏性。

先说土性。小小说因为短而通脱，似乎容纳不下地域特色，包括

语言特色，而高军的小说不仅在语言风格和对话方式上彰显出具有沂蒙质地的地域特色，还把这种语言赋予了历史和现实的新意，简洁而又明快的对话，含而不露的吐纳以及深藏玄机的寓意韵味，无不凸显出沂蒙水土的天造自然的痕迹，尽可以从小说中走来的将军、战士、平民百姓、农家妇女、山野汉子、民间艺人、学生等人物身上嗅出沾满草屑和泥土的芬芳。通过他们，可以看到烽火硝烟的浪漫、人性张力的折射和思想深处的光芒。如《桑老师》中的对话："小孩子，哪用这么板正啊。"《一辈子也不说》中的"杏花着急了：'你看你，嘴里含着面糊涂一样，有事儿你说不就是吗？'妇女主任好似下了很大的决心，才说道：'这些人中，有十来个得了耳底子，耳朵眼子里往外淌水，很难受，听事儿也听不清。你说说，不就影响打仗吗？你是知道的，用热奶水往耳朵眼里滋滋，几回就能好利索。你给弄弄，行吧？'杏花的脸腾地红了，闭着眼，用两个拳头擂着她：'你，你怎么想的来？还不羞死人？'"等等，这些地地道道的沂蒙方言土语，无不从语言上显示出内存粗粝与细腻的剥离，皮质与内核的契合，真实而又活灵活现的人物形象，全是这种特色语言所承接所突兀出来的。由此，我折服于他的土性色彩，因为他的作品诠释了越是地域的，也就越是民族的，而越是民族的，也越是世界的这一鲜明特质。

再说灵性。高军的小说并不着意抒情表意，又不特设情境，而是按照生活的原态原境和人物的自然性情，借助多种灵巧的艺术表达方式，作朴素动人的诗意表述，并以自己的生命体验和人的生命意识作导向，从作品的取材造境到谋篇布局，都体现出富有个性特色的个性创造。他的小说融感性、智性、诗性、灵性等诸种特色为一体。自然朴素而富有力度和深度；不着痕迹而透出机巧和智慧；不虚张声势，而具有动人魂魄的魅力。这种源于生活又以自然生活形态体现出的诗意，渗透在生命的深处，震颤着小说中人物的心灵。如《割青麦》中的刘兆瑞瞬间的心理活动。"我是说，把咱们地里种的麦子割了，送给部队上喂牲口，好让它们吃得饱饱的去打仗啊。这个时候的青麦最有养分，又没有麦芒扎胃，正合口。”这里，诗意的心理和神态，与冷酷无奈的现实形成鲜明比照，意境就由郁闷、冷涩转向欢悦、温暖。再如《紫桑葚》中，写到许世友的警卫员，“咂咂嘴，小声说：‘首长，桑葚真好吃，您尝尝吧。’他摇摇头：‘不，给房东的孩子留着吧。’”这些充满心理观照的话语叙写，特别能增添耐人寻味的意境和发人深省的艺术韵味。由此可见，高军小说中的诗意是随地取材，随机造就。它渗透于小说中，既是局部的，也是整体的，前后勾连，观照全文，闪烁出诗性与灵性的自然连缀，融汇成丰厚的意蕴。另外，无论描述还是议论、抒情，都契合事物的本质内涵，语言极具客观性，又特别有张力，就事论事，依景写景，意蕴却远出于具体的生活情景之外，而且远涉人性和生命哲学的层面，这使得诗性表述深刻而广阔，自然而深刻。在文体上，高军沟通了小说、散文、诗歌三种文体的不同特点，并融散文、诗歌的特色于自己的小说之中，成功地创造出了个性化的人物，他一改传统的小说结构多是闭合型的呈现状态，表现为散化的、开放型结构，极富有个性化的灵性创造。

最后说黏性。高军小说创作很具有创造性和影响力。他把语言结构同结构语言糅合在一处，让人物所处的时代背景恰到好处地自然流露和告诉读者，让人阅读之后才能参悟其间的妙用，以此，我相信他这是一手写小说一手作评论，且评人家的作品、写自己的小说而获取的意味。他的小小说评论如小小说一样，在国内小小说界出类拔萃，很有影响。在小说多系庞杂的纷繁中，他能取其天然，疏于志趣，让人物在互相交叉碰撞中闪现人性的光环，实在可称之为理想的境界：大处着眼，小处落墨，深处见精神，巧处见功夫。他的小小说几乎找不到铺垫性的外壳，恰恰就是这种直抒胸臆又似乎是信手拈来的句子，却让人能品出硬度与质感。那些短而又短的字里行间，个个都有令人叫绝的情节，这说明他极具讲故事的艺术天赋。显然，他在讲究结构布局的同时，并常常打破常规，改变因题材陈旧而循规蹈矩的模式化书写，以多样化方法创造出具有创新性之作。综观他的小小说系列，无论是校园题材、传奇题材、爱情题材还是战争题材，无论是平民百姓、农家妇女、山野汉子、民间艺人、乡里绅士、学生还是将军、战士，个个人物有性格、有异同、有鲜为人知的生活层面，无论涉及乡野俚俗、故事传说还是精灵古怪、生活陋习，都于一瞬间叫人惊悸而心颤，在土洋之间知聪颖，于虚实之中见神奇，从丰简之隙获幡悟。带给人的不是刻意制造的新规则，而是人物自身示出的新观点。这些观点几乎都具有与众不同的黏性，这就是：简约，意外，具体，可信，情感，故事。

除了这些，出手不凡的象征意味也是高军小小说的一大特色。他把一个传说幻化成一种生活饰物，亦庄亦谐，在不无调侃中将一个人的命运赤裸裸地全盘托出，像《金鸡钻石》《纶巾》《香荷包》等篇，给人留下绵绵不绝的思维想象空间，没有筋道而老辣的手段很难描绘得血肉丰满，细琢磨，皆是他对某一命题唯美色彩的刻意追求的结果。他惯用洒脱而超俗的审美意象来观察和剖析人性，并把这种唯美意识很有节制地进行延伸和收缩，小说才产生了非同寻常的象征意义和游刃有余的思想灵魂。《小小说选刊》的主编杨晓敏先生称小小说为平民艺术，足可见这种附灵说话式的艺术韵味具有多么大的吸引力和张合力。很显然，不失为小小说大家的高军对自己的作品有着精确的定位，他深知文学作品的价值取向在哪里，渗入文学历史长河之中，该发出何种喧响，激起怎样的漩涡，舍弃多少沙砾，置入文学的现实生活中，又该把握什么主张，填充什么灵巧，张扬什么个性。

高军的文学观点和文学思想，在强调文学的独创性、表现力和艺术价值的同时，力求“有为而作”，崇尚自然，摆脱束缚，小小说创作已经达到了“行云流水，初无定质，常行于所当行，常止于所不可不止，文理自然，姿态横生”的艺术境界。于尺幅之间观波澜，其小说风格多样，笔力纵横，穷极变幻，关注历史，贴近生活，紧扣时代脉搏，以艺术的形式，反映社会热点，传导生活信息，与时代发展同呼吸共命运。在力透纸背的方寸之间，凝结着的是他智慧的结晶，艺术的精灵，并能与大众产生近距离的心理效应，有着谜一般的诱惑。从事小小说创作近二十年的高军正别具风格、自成体系，不断在探索中完美自我。在当代小小说创作阵营中，高军已站在高处，他的行走方式和矫健步履已引起小说界的关注，2006 年他被评为“中国小小说十大热点人物”之一，同年其小说《紫桑葚》被选入小学语文教科书，成为建国以来山东青年作家作品进入教科书的第一人，为当下小小说发展开辟了新的道路。

——胡金华：《如歌如画蔚为奇观——评高军的小说集〈一辈子也不说〉》，《临沂日报》2010 年 5 月 21 日

小说《紫桑葚》收入《沂南军事志（公元前 993～2005）》。

文学评论《文笔挥洒　玉成高格——周海亮小小说创作简论》一文收入周海亮的《帘卷西风》（吉林出版集团有限责任公司 2010 年版）一书。

文学评论《吴万夫小小说的艺术走向》一文收入吴万夫的《捡回的忧伤》（吉林出版集团有限责任公司 2010 年版）一书。

文学评论《马新亭小小说创作简论》收入马新亭的《人类起源》（吉林出版集团有限责任公司 2010 年版）一书。

文学评论《女性形象塑造与男性文化意识》一文收入刘黎莹的《谁是我心中美丽的凤凰》（吉林出版集团有限责任公司 2010 年版）一书。

文学评论《精心营造的艺术天地》一文收入喊雷的《生死抉择》（吉林出版集团有限责任公司 2010 年版）一书。

文学评论《向生活深处掘进》收入汝荣兴的《母亲节的康乃馨》（吉林出版集团有限责任公司 2010 年版）一书。

文学评论《小小说的杨小凡》收入杨小凡的《龙湾笔记》（吉林出版集团有限责任公司 2010 年版）一书。

文学评论《平静的心境　无边的艺术》收入秦德龙的《正步走》（吉林出版集团有限责任公司 2010 年版）一书。

文学评论《关于刘建超小小说的几组对应词》一文收入刘建超的

《高叫你的名字》（吉林出版集团有限责任公司 2010 年版）一书。

文学评论《扎实的姿势和超越的努力》一文收入邢庆杰的《善良的回报》（吉林出版集团有限责任公司 2010 年版）一书。

文学评论《墨白复调小小说艺术简论》一文收入墨白的《神秘电话》（吉林出版集团有限责任公司 2010 年版）一书。

文学评论《精神家园与文学触摸》一文收入陈永林的《一条水性杨花的蛇》（吉林出版集团有限责任公司 2010 年版）一书。

评论《由〈沂蒙〉热播想到的三个问题》在中共临沂市委宣传部主办，临沂日报报业集团、沂蒙晚报社承办的“沂蒙老区杯”电视连续剧《沂蒙》观后感征文活动评选中，获三等奖，是在 1000 余篇参评作品中最终获奖的 43 篇优秀征文之一，并被收入《电视连续剧〈沂蒙〉观后感》（内部资料）一书。

6 月

小说《倾听》发表于《山东文学》2010 年第 6 期。

小说《军号声声》被设计为湖南省岳阳市 2010 年初中毕业学业考试语文试题。

消息《我县作家高军的小小说集〈一辈子也不说〉在全国公开发行》（高薇）发表于《沂南通讯》2010 年 6 月 9 日。

消息《高军的小小说集〈一辈子也不说〉近日全国公开发行》（高薇）发表于《鲁南商报》2010 年 6 月 12 日。

消息《高军的小小说集〈一辈子也不说〉近日全国公开发行》（高薇）发表于《临沂广播电视报 · 沂南版》2010 年 6 月 24 日。

高薇的《高歌人性，关注民生——评高军的小说集〈一辈子也不说〉》发表于《鲁南商报》2010 年 6 月 26 日第 18 版“新书快评”。

自上世纪 80 年代中期至今，高军一直在他所钟爱的小小说园地里辛勤地耕耘着，小小说创作和小小说评论双管齐下，且花开并蒂。

高军做过教师，当过多年乡镇干部，长期在基层工作和生活。厚实的生活基础再加上经过长期而刻苦的文学演练，可以说他已经掌握了娴熟的创作技巧，也写出了许多不凡的小小说。但是，真正为高军赢得广泛声誉的却是他创作的一系列战争题材的小小说。

沂蒙山区是红色革命根据地，解放战争时期，在这里曾经发生过举世瞩目的孟良崮战役。提起战争，我们就会想到残酷和血腥，高军手中的笔，没有过多地渲染战争的硝烟弥漫，而是选择了一幅幅感人肺腑的温情画面展示在我们面前。除选入小学语文课本的《紫桑葚》外，《磕头》《交叉子》《手势》《洗》《香荷包》《追》等等，均是如此。《磕头》讲的是时任八路军山东纵队司令员的张经武在沂蒙山区的岸堤工作时的事。除夕之夜，他想抽点空闲时间，和村里的老百姓拉呱拉呱，当他了解到当地百姓有请家堂的风俗时，便主动跟随去给他们的祖宗磕头祭奠，他的虔诚深深感动了在场的每一个群众。试想，一位身居要职的领导干部，主动去跪人家的祖宗，这样的干部去哪里找呢，老百姓还有什么理由不跟着他走呢?《手势》写了在战士们愤怒地将枪口对准躺在地上的日本女人时，陈光及时制止了他们，用手势指导卫生员帮助日本女人接生的事。此时的陈光没有把日本女人当作敌人，而是把她当作一个人看待，这种超越种族、超越国界的人间大爱，怎能不让人为之动容呢?《香荷包》中的张云逸，在沂蒙山区工作时，看到一个妇女让狗给孩子舔屁股和粪便时，主动从口袋里掏出草纸不顾孩子的突然撒尿给孩子擦屁股，并且耐心向妇女讲解要讲究卫生。《洗》讲的是当时担任山东省委书记的郭洪涛为瘫痪在床的孟大爷擦洗身子换洗被褥的事。看看他们的一举一动，如果不是真心爱老百姓，把老百姓当作自己的亲人看待，怎么能做得出呢?高军就是这样，用他手中细腻的、饱蘸真情的笔，透过一些细微的小事，极力地发现他们身上所蕴藏的人性的光芒，从而折射出一个个光辉的形象，令人敬佩和赞叹。《夫妻》中的丈夫和妻子，《石竹花》中的萧萧，《追》中的大妮，《一辈子也不说》中的杏花，《消失》中的芬……高军塑造了一大批顾大局、识大体、勇敢机智、无私奉献的普通百姓形象。在高军的笔下，无论是共产党的高级将领，还是普通百姓，都是善良、正直的，栩栩如生，如一座座矗立着的丰碑，高大，美丽，摇曳生辉。无疑，高军的这些作品，为战争题材的小小说增添了沉甸甸的分量。可以说在当下，任何一个小小说作家也是无法与之比拟的。

一方水土养一方人，沂蒙山区这片广袤、奇幻的土地，成为生于斯长于斯的高军的生活史和观察史以及萦绕心头的精神家园。在十多年的创作生涯中，除众多战争题材的小小说外，高军还创作出许多弥漫着神秘氛围和带有阳都传奇色彩的小小说，为小小说文体也带来了一定的拓展和延伸。

《金鸡钻石》中的周绍帮，是一名普普通通的沂蒙百姓，面对日军的威逼诱惑却无所畏惧，为保护一颗特大金鸡钻石献出了自己的生命。《纶巾》的故事更有意思，传说曾做过明朝驸马的高洪连的祖宗，给后代流传下一件宝物纶巾，村民是相信有的，而高洪连却说没有。村民为此而和他疏远了，高洪连有口难辩。而当他为此事被折磨得精神失常时，村民们却又与他亲近起来了，这时的高洪连又变得正常了。正常了的高洪连终于将纶巾当众烧掉时，村民们又不理他了。那两个曾经来过的南方人又来过几次，以后就没再露面。小说到这里戛然而止，留给人们的更多的是深思。

《纶巾》《纶帽》和《纶席》中，都描绘了曾在阳都境内漫山遍野里丰茂生长的纶草，用它编织出的编织物是美轮美奂价值连城的。纶草确确实实地存在过，生于阳都的诸葛亮曾经佩戴过纶巾，这足以证明。就是这样珍贵的东西却消失绝迹了，这在几篇小说中都有过叙述。细细想来，不由让人心头掠过一丝战栗，在感叹和忧伤的同时，不难看出，这也是作者在对人类生存环境及人与自然和谐相处的问题上，产生出的忧患和思考。

高军曾在乡镇政府工作过多年，也创作出一系列表现农村干部形象的小小说。《村主任》中的村主任看似办事粗鲁，但面对农村的现状，不这样办事又不行。《茶杯》中的村主任在自己的村民面前，故意端起空茶杯又放下，以期引起找他办事的村民注意，使其主动给倒水，他才答应村民要求。小说中充分地揭示了一种让人啼笑皆非的农民哲学的狡黠，读来忍俊不禁的同时，又发人深思。《你不是乡长》中的乡长，与以往坐汽车进村到干部家喝酒的乡干部完全不同，自己骑自行车钻进村民的大棚，指点村民科学种菜，然后又空腹而去。这个正面形象，是许许多多乡镇干部的缩影，也是一种希望，但通过老人的误解，作品流露出的其潜在的批判意识让我们深思。

高军由于长期生活在基层，始终关注着一些生活在社会底层的市井小人物。关注民生和弱势群体始终是中国文学的优良传统，高军的骨子里也秉承着这样一种情结，这是让我很欣赏的。《老陈》《桑老师》《张小花》做起事来都让人感觉有些怪怪的，叙述中的弦外之音，我们不难体会出，这一个个奇特的小人物，他们都试图在世俗的讥讽、生活的困境之中，努力地寻求自身生存的价值。在生活的大卖场里，各人有各人的摊位，守住属于你的摊位是最现实的，也是最重要的。小说看似叙述生活琐事，这其实是在写人的尊严和气节，读来令人喟叹。

在高军的小小说中，关注小人物生存状态的俯拾皆是，如《企盼》中的母女，《银钗》中的男子和“她”，《项链》中的老太太，《茶叶》中的“他”，《门卫》中的林大业，《换》中的丈夫和妻子，《老马夫妇》中的老马夫妇，《泡脚》中的“她”和小伙子……他们或虚伪，或世故，或小气，或近乎愚蠢的执拗，他们不完美，但他们对理想生活充满了真诚的期待，他们是鲜活的，栩栩如生的，是生活在我们身边的“这一个”或“那一个”。高军的这些表现当下现实生活的小小说像聚集的特写镜头，敢于直面现实人生，直击人性善恶，对准那些能令人引起共鸣的人和事，鞭挞的是短视、功利的小农意识，在对国民劣根性的批判中，也充满了对未来美好生活的期盼和向往。

高军善于为自己的小小说设计缜密的细节和适合人物的对话，总能找准一个合适的切入点，特别是故事结局的设计，总能达到出人意料的效果，引人深思。高军的小说语言质朴理性，平实中见功力。他喜欢运用带有地域特色的叙述语言和人物语言，都为他的小小说增色不少。

生活中的高军性情敦厚，温文尔雅，他的眼里时常流露出睿智与责任的光，这无疑是长期读书的结果。关注和品评同道的创作和现状，启示别人，梳理自己，醒人和自省，是高军一直以来的写作态度。之所以在十多年中，高军于成批量涌现的小小说作家中，始终处于常青树的状态，成为山东小小说界的领军人物之一，与他淡泊名利，勤于思考和学习，不断汲取艺术营养的人生境界是分不开的。

——高薇:《高歌人性,关注民生——评高军的小说集〈一辈子也不说〉》,《鲁南商报》2010年6月26日第18版"新书快评"

7月

小说《小翠》发表于《百花园·中外读点》2010年第7期。

小说《磕头》发表于《短小说》2010年第7期。

小说《坐车》被《小小说选刊》2010年第14期选载。

散文《汶河无语东流去》发表于《沂南通讯》2010年7月7日。

散文《汶河无语东流去》发表于《临沂日报》2010年7月30日第A7版。

8月

小说《相框》发表于《文学港》2010年第4期。

散文《一路有你更精彩》发表于《沂南通讯》2010年8月6日第4版。

小说《随风飘散的门票》发表于《鲁南商报》2010年8月14日第19版。

文学评论《关于墨白小说的九个词条》刊发于《绿洲》2010年第4期。

小说《掌声》收入方圆、李建龙主编《送给老师的心灵鸡汤》(青岛出版社2010年版)一书。

文学评论《寓言的深度取向和人间的烟火气息》一文收入非鱼《半

个瓜皮爬上来》(光明日报出版社 2010 年版)一书。

文学评论《诗意的目光与人生的真相》一文收入红酒《花戏楼》(光明日报出版社 2010 年版)一书。

文学评论《实与虚之间的自由书写》一文收入纪富强《爱恨同眠》(光明日报出版社 2010 年版)一书。

文学评论《经验的想象和传达》一文收入魏永贵《爱的毒药》(光明日报出版社 2010 年版)一书。

小说《老马夫妇》发表于《贵港日报》2010 年 8 月 30 日第 3 版。

小说《谁来陪伴你》发表于《羊城晚报》2010 年 8 月 30 日。

9 月

文学评论《赤诚其心　藻雪其诗——曹玉霞诗歌创作简论》发表于《临沂日报》2010 年 9 月 3 日第 A3 版“银雀”。

小说《母亲，母亲》收入《新课程报・语文导刊》(高一快乐读写版)2010 年 9 月 7 日第 36 期(总第 436 期)。

小说《瓷》收入《新课程报・语文导刊》(高二快乐读写版)2010 年 9 月 7 日第 36 期(总第 436 期)。

小说《桑老师》收入《新课程报・语文导刊》(高三快乐读写版)2010 年 9 月 7 日第 36 期(总第 436 期)。

小说《糊涂》发表于《洛阳晚报》2010 年 9 月 8 日。

小说《王老师》收入《新课程报・语文导刊》(七年级快乐读写版)2010 年 9 月 21 日第 38 期(总第 440 期)。

小说《手势》收入《新课程报・语文导刊》(八年级快乐读写版)2010 年 9 月 21 日第 38 期(总第 440 期)。

小说《追》收入《新课程报・语文导刊》(九年级快乐读写版)2010 年 9 月 21 日第 38 期(总第 440 期)。

小说《倾听》被《微型小说选刊》2010 年第 17 期选载。

小说《磕头》被《小小说选刊》2010 年第 17 期选载。

散文《童年蝉趣》发表于《阳光印象》2010 年 9 月总第 7 期。

文学评论《江西微型小说散论》发表于《创作评谭》(双月刊)2010年第5期。

小说《神药》收入刘正权主编《中国最好的小小说》(长江文艺出版社2010年版)一书。

文学评论《挑战难度的智性写作》收入宗利华《左手日记》(光明日报出版社2010年版)一书。

评论《胸中块垒　腕底文章——浅议高举忠的笑话作品〈酒坛趣话〉》收入高举忠《酒坛趣话》(第3版)(中国文联出版社2010年版)一书。

25～27日，参加在湖北省襄阳市召开的中国三国历史文化国际学术研讨会暨全国第十七届诸葛亮学术研讨会，向大会提交论文《诸葛亮法治实践中的人性化因素浅析》，并在会上进行交流。

10月

小说《低头》发表于《金山》2010年第10期。

小说《想念式》发表于《小说月刊》2010年第10期。

小说《磕头》被《领导文萃》2010年10月上半月号转载。

小说《相框》被《小小说选刊》2010年第20期转载。

小说《我小时候也叫山子》收入张在军、李建龙主编《中华人文阅读》(小学读本成长卷)(南方出版社2010年版)一书。

小说《三玫红印章》《敲钟的老人》收入张在军、李海燕主编《中华人文阅读》(小学读本生活卷)(南方出版社2010年版)一书。

11月

小说《谁来陪伴你》被《小小说选刊》2010年第22期选载。

文学评论《沉重乡村和喧嚣城市的二重交响——符浩勇小小说创作简论》收入符浩勇《幸福大道》(吉林人民出版社2010年版)一书。

文学评论《沉重的话题与轻盈的姿态》作为序言收入高薇小说集《看过晚霞的孩子》(内蒙古文化出版社2010年版)。

12 月

小说《老李》发表于《山东文学》2010 年第 12 期。

小说《解救》发表于《羊城晚报》2010 年 12 月 13 日。

学术论文《诸葛亮法治实践中的人性化因素浅析》发表于《沂蒙社会科学》2010 年第 6 期。

16 日，赴济南山东新闻大厦参加《山东文学》创刊 60 周年座谈会，与来自北京、天津、河南、福建、江西、上海和山东的作家、编辑、读者共话 60 年间《山东文学》所取得的成就，并在会上领取了“鼎丰杯”《山东文学》2006～2010 年优秀作品奖（小说《起皮》）。

消息《沂南作家高军喜获“鼎丰杯”〈山东文学〉2006～2010 年优秀作品奖》（高薇）发表于《鲁南商报》2010 年 12 月 29 日第 14 版。

考证文章《高名衡的书法考》发表于《沂南通讯》（月末版）2010 年 12 月31 日复刊号第 3 版。

文学评论《〈露脸〉的深刻之处》收入王秀云《到山里拾柴禾》（内蒙古文化出版社 2010 年版）一书。

小说《人面鸟》被设计成福州市 2010～2011 学年第一学期期末高三质量检查语文试题。

2011 年　农历辛卯年

---

49 岁

1 月

消息《我县作家高军应邀出席〈山东文学〉创刊六十周年座谈会并喜获“鼎丰杯”〈山东文学〉2006～2010 年优秀作品奖》（高薇）发表于《临沂广播电视报》2011 年 1 月 6 日。

文学评论《对故乡深情回望的优雅歌者——漫议尤克利的诗歌创作》发表于《时代文学》2011年第1期(上半月)。

评论海南作家符浩勇小小说创作的文章《乡村和城市的二重交响》发表于《椰城》2011年第1期。

文学评论《拉长大象的鼻子》发表于《小小说出版》2011年第1期。

文学评论《至情至性　飘逸轻灵——高薇小小说集〈看过晚霞的孩子〉印象》发表于《阳都文学》2011年第1期。

《祭诸葛亮文(两篇)》发表于《阳都文学》2011年第1期。

赋体文《颐尚温泉赋》发表于《阳都文学》2011年第1期。

民间故事《纶巾的故事》发表于《阳都文学》2011年第1期。

小说《相框》收入高长梅选编《2010年中国小小说精选》(长江文艺出版社2011年版)一书。

小说《坐车》收入冰峰、陈亚美选编《2010中国年度微型小说》(漓江出版社2011年版)一书。

小说《儿子》收入杨晓敏、郭昕、寇云峰选编《2010中国年度小小说》(漓江出版社2011年版)一书。

小说《我们一直都在》收入肖晨主编《从头再来》(湖南人民出版社2011年版)一书。

小说《琉璃月》《勇敢爱》收入肖晨主编《爱情一阵风》(湖南人民出版社2011年版)一书。

小说《大红袍情结》《小翠》收入刘正权主编“都市心情书系·流行吧系列”《茶吧》(湖南人民出版社2011年版)一书。

小说《凄情陶吧》《摔“啪”》收入刘正权主编“都市心情书系·流行吧系列”《陶吧》(湖南人民出版社2011年版)一书。

小说《一串纸飞机》《赌演艺吧》收入刘正权主编“都市心情书系·流行吧系列”《演艺吧》(湖南人民出版社2011年版)一书。

小说《它有两个名字》《想念式》收入厉周吉主编“都市心情书

系”《都市新趋势》（湖南人民出版社 2011 年版）一书。

小说《谁来陪伴你》《特殊顾客》收入厉周吉主编“都市心情书系”《都市新职业》（湖南人民出版社 2011 年版）一书。

小说《企盼》收入蔡晓妮、陈永林主编“成长经典珍藏系列”之《风不知道云知道》（江苏文艺出版社 2011 年版）一书。

小说《琴声》收入蔡晓妮、陈永林主编“成长经典珍藏系列”之《一颗颗星星都是爱》（江苏文艺出版社 2011 年版）一书。

小说《红唇印》《青苹果》《拐杖》收入蔡晓妮、陈永林主编“成长经典珍藏系列”之《一路走来的麦香》（江苏文艺出版社 2011 年版）一书。

小说《敲钟的老人》收入蔡晓妮、陈永林主编“成长经典珍藏系列”之《走在命运的左岸》（江苏文艺出版社 2011 年版）一书。

小说《我小时候也叫山子》收入蔡晓妮、陈永林主编“成长经典珍藏系列”之《生命属于音乐的歌手》（江苏文艺出版社 2011 年版）一书。

小说《掌声》收入蔡晓妮、陈永林主编“成长经典珍藏系列”之《穿过风雪的音乐盒》（江苏文艺出版社 2011 年版）一书。

小说《青苹果》收入张谦亨等主编“品味未来・成功阅读”之《把生命擎上巅峰》（未来出版社 2011 年版）一书。

小说《掌声》再次收入邱敏主编《最受小学生喜爱的故事全集》（天津教育出版社 2011 年版）一书。

小说《紫桑葚》收入邱敏主编《最受小学生喜爱的微型小说全集》（天津教育出版社 2011 年版）一书。

散文《红叶：昭示人格的火焰》收入邱敏主编《最受小学生喜爱的散文全集》（天津教育出版社 2011 年版）一书。

评论和访谈《心灵的搏动与倾诉——山东高军论》《挖掘生存的真相——高军访谈录》收入陈勇《中国当代微型小说百家论》（内蒙古人民出版社 2011 年版）一书。

陈：你的阳都传奇小小说写得颇有特色与神韵，《画鸭》《神笔》二篇尤为突出，给人留下非常深刻的印象。你是否打算将此系列继续写下去，给读者更多的惊喜？

高：阳都是一个有着深厚文化积淀的古地名，阳都城从公元前660年“齐人迁阳”（《春秋左传》）到公元前221年秦朝设立阳都县，作为阳国国都有记载的就存在了439年；而阳都县一直到公元356年徐州刺史荀羡攻克阳都侯王腾，“会霖雨，城坏”（《资治通鉴》），又存在了557年。阳都是诸葛亮的故乡，《三国志》记载：“诸葛亮，字孔明，琅邪阳都人也。”诸葛亮在阳都生活到14岁才离开家乡。阳都故城遗址就在今天我所生活、工作的山东沂南县境内。我从事小小说写作以来，一直有意识地在小小说作品中构建一个文化的阳都。所以就在写好战争系列、校园系列、乡村系列、官场系列、荒诞系列等的同时，一直努力写阳都传奇系列小小说。我觉得，这类作品文化韵味十足，以流动着的当代意识进行透视、返照时代和人心，能拓宽作品的艺术空间。当然，到今天为止，这个系列写得也不是很多。尽管断断续续的，但一直坚持着写了下来。作家游刃有余地在这种背景下挖掘生存的真相，用新鲜的力量拨动读者内心世界的敏感琴弦，写好了能让文学阅读充分鲜活起来，给读者留下无尽的缅想和深思。因为这是自己有意识的写作序列之一，所以自己今后一定会继续写下去的。故事表面有声有色，人生内里波云诡谲，这是我努力追求的。但往往眼高手低，到底达到了多少，只能凭读者评价了。

陈：中国作协主席铁凝，在中国作协七届九次主席团会议期间接受记者采访时说：“我想我们对非常优秀的作品只能是热情地呼唤和耐心地等待，而不是不热情地等待和不热情地呼唤。我在一些场所鲜明地表明过，中国作家应该有危机感。危机对我们没有坏处，对我们的写作是一种更理性的动力，危是危机，但机是机遇和机会。”你是否同意她的观点？你认为中国小小说作家是否也需要有危机感？

高：对于铁凝主席所说的这番话，我深表认同。只不过，我认为官方不能只是被动地呼唤和被动地等待。出优秀作品，我认为应从两个方面着眼。从官方来说，要切实做到关心作家，为作家创造良好的生存环境和创作环境。从资金上对优秀作品予以扶持，同时把书的价格降下来，不要搞一锤子买卖，要赚钱就大赚一笔，不赚钱就一下子赔进去，出版物价格越涨越高，发行量越来越小，造成恶性循环，优秀作品也可能被埋没在出版物的海洋中。没有庞大的读者市场，就谈不上文学的繁荣。同时，不默认媒体妖魔化作家，妖魔化作协，如一会儿作家收入多么多么高了，一会儿作家多么腐败了……对于基层来说，党委、政府更应该切实重视文化的发展和繁荣，不仅口头重视，更要落实到工作中去，为广大业余作家解决创作中的出书难、创作条件差等一系列问题。从作家这方面来说，应该静下心来，认真读书，认真创作，而不是热衷于拉赞助、跑包装。安下心来搞创作，在艺术上认真打磨，或许就能创作出比较优秀甚至非常优秀的作品来。关于危机感，从另一个角度说，这也是常识性的知识。而作为一种常识性的文学常识，需要中国作协的主席来重申，这本身就是意味深长的。从某些方面来说，甚至是可悲的。满足使人裹足不前。有危机、有压力才能以更高的艺术追求严格要求自己，写出更加优秀的作品来。

陈：在此次会议上，铁凝又说："作为一个写作的人来讲，我还是说我自己，一个作家反而不一定只读小说，反而不一定只读文学。比如我，读的书50%可能是文学，另外50%可能是杂书。一个作家书读得杂没什么坏处。比如，历史、自然科学我就读法布尔的《昆虫记》，我觉得他的科学文化散文很好。我最近对京剧剧本、传统剧目也有兴趣，还对一些地方小戏剧本也产生了特别大的兴趣。还有其他艺术领域，比如谈绘画的书，各种各样的人物传记——好的传记比坏的小说更好。"但是，当下有不少小小说作家从来不读书，作品却如火山爆发喷薄而出，有些作品甚至屡屡获奖。你如何看待这种现象？

高：铁凝主席还是在真诚地教我们读书。但这仍然是一个常识性问题。这说明的确如你所说，一些作家不读书却在写书。否则，铁凝主席也不用这么苦口婆心地劝说作家读书了。我感到作家不读书是不可思议的。我想这类人即使在某一个时段中能写出一些东西，也肯定不会长久的。作家读书，应该越杂越好。最近我在读袁枚的《牍外馀言》，第一则就是："王安石笑人不读书，赵清献驳曰：'皋、夔、稷、契所读何书？'安石默然。何不答云：'君不读书，何从知有皋、夔、稷、契？'"你说的"当下有不少小小说作家从来不读书，作品却如火山爆发喷薄而出，有些作品甚至屡屡获奖"，我觉得这种现象不可能存在。我们同样可以问，不读书怎么会识字的？不识字又怎么能写书的？不读书怎么会知道写什么样的书的？要么是有些作家故弄玄虚，打造自己的天才形象；要么是背后读书，人前不承认罢了。说穿了，是一种包装手段罢了。初学写作者，千万不要相信、模仿，走入一条歧途。

陈：风格既是一位作家成熟的标志，有时也是一位作家重复的开始。这种重复既包括重复自己，也包括重复别人。我曾在小小说作家网发表一篇评论《重复，小小说之大忌》，引起广泛关注。你认为风格与重复有无必然联系？作为小小说作家，如何才能走出重复的沼泽？

高：我也认为风格是作家成熟的标志，但我不认同这也是所谓重复的开始。风格与重复的关系需要具体分析。如果重复出现你写过的一个个细节，一个个人物，一种种雷同化的表现手法等，我认为这可以判定为重复。这是一个作家没有出息的表现，甚至可以说是江郎才尽的表现。但是，如果一个作家在某一个时段里，在作品的整体表现上，形成了自己的特色，让读者一眼就看出这个作家的独特风貌，这种特色的重复我认为是非常必要的，这恰恰是一个作家成熟的标志，作家的这种与别人不一样的独创性的特质，应该予以充分肯定。作为小小说作家，严格要求自己，有较高的艺术追求的话，应该创作具有自己特色的小小说。创作创作，关键在"创"。只要时刻想着自己是在创作，没有"创"的时候不要去硬写，哪里还会去抄袭自己，抄袭别人呢。出现这类问题，与风格无关。全是功利心在作怪。名利心太重了，敬畏心就没有了，才会出现这个问题。最近，有一个作者拿一首诗让我看，是写荷塘的，上来就是“出淤泥而不染”，我说搞创作的人从宋朝以后就不必说这句话了，再怎么说也不是你的创作了。可惜你没有出生在宋朝以前，要是出生在宋朝以前，你说出这话来，就是创作了。我在一些场合对文学新手还反复讲一句话：“选择了文学就选择了痛苦。”我强调的是什么意思呢？我一再强调的是这个方面，要写出一篇作品，必须经过痛苦的艺术涅槃。有时灵感来了，有的作者会贸然下笔，快速写下来，并且洋洋自得，认为是灵感的产物。其实这在很多时候是非常盲目的，过后看一下，其实写得很一般，又是一篇平庸的东西。艺术感觉来了的时候，确实需要抓住，但怎么表现是需要经过认真构思的，这个构思的过程，这个表达出来形成作品的过程，会非常疲惫、非常痛苦的。当然，当一篇优秀的作品写出来的时候，你又是快乐的。所以我说这是痛苦与快乐交替出现的一种状态。只有经过痛苦的艺术探索，逐步形成自己风格，就不会重复别人了。而写任何一篇作品，都有新的创造，那也就不会重复自己了。风格固定一个时期，有些作家又会出现一种新的风格，这是不断创新的结果。

陈：中国小说学会副会长、天津师范大学教授汤吉夫说过（大意）：当下中国小小说尚未产生经典之作。有的作品只是具有经典的某些本质特征。你是否同意他的观点？你认为哪些作品可以称之为经典之作？

高：我认为，所谓经典也是具有时代性的，某一个时段的经典并不一定能成为永远的经典，何况小小说的历史还很短。我这里说的是指小小说作为一种独立的、有自己个性和尊严的文体的历史还很短，并且文体特征仍然在逐步规范之中。在这种情况下，我们需要的不是去认定经典，甚至迫不及待地自封或他封什么经典，这可能是最无用的徒劳之举，即使目前比较公认的一些优秀之作，也不能人为地判断它们是不是经典。在这一点上，我很同意汤吉夫教授的说法。我倒是觉得，作家不应该关心自己的作品能不能成为经典，而是应该安下心来，努力探索小小说的艺术规律，努力写出优秀作品来。目前，很多所谓的小小说作品构思、语言、主题、人物形象等都平庸得很，感染力很差。特别是有些报刊把一些小幽默、小笑话，全挂上小小说的羊头叫卖，起到了误导的作用，这些都会对小小说的发展造成严重的后果。小小说作家们必须潜心修炼，高标准、严要求，创作出小小说精品来。多年前，有人就曾说小小说是小儿科、分量轻，发表再多也不会引起评论家和理论家的关注。现在情况已大有好转，一部分小小说作家已加入中国作家协会，跻身于国家级作家的行列，也出现了寥若晨星的几个小小说评论家。但是，我们也应该清醒地看到，小小说目前仍在探索之中，对于小小说的主要艺术特征也没有严格的界定，有些小小说作家出现了自我重复、与人雷同等现象。只有创作出大量的优秀小小说作品来，才是小小说成功的标志。要创作出精品，小小说作家必须积极投身于火热的当代生活中去，肩负起时代的重任，多触及一些重大题材和人民群众关心的热点问题，绝不能呆板地图解政策，演绎生活。小小说作家应以对生活独特的艺术感受和艺术感觉，用自己独特的思维和独特的叙述方式，将生活的本质反映出来。小小说绝不是只靠技巧就行的。读者欢迎的是能及时反映现实生活的作品。同时，小小说作家要加强理论修养，多学习一些文学理论，多研究一些文化现象，多学习社会科学与自然科学。不要有短期行为，不要追求数量，不要自我吹嘘和互相吹捧，要耐住寂寞，以平和的心态，一步一个脚印，扎扎实实，一篇一篇地写，力争多出精品，将小小说事业发展得越来越大，使之出现大作品，造就大作家。达到了这一点，小小说经典才可能出现。是不是经典，要经过历史的大浪淘沙，让历史去认定，让后人去认定。

陈：还有一个老生常谈的问题，怎么看待小小说的艺术技巧问题？

高：多年来，经过无数小小说作家的不懈努力和探索，应该说小小说这种文体已接近成熟了。随着小小说发表数量的增加，技巧技法的不断成熟和完善，小小说创作空前繁荣。在这种情况下，我们更应清醒地看到小小说潜伏着的许多危机。现在，小小说写作的技巧问题应当引起我们的高度重视和深入思考了。

米兰·昆德拉在总结小说创作时说小说的主要问题是“被‘技巧’充塞，被那些取代了作者的俗规充塞”，明确号召“使小说摆脱小说技巧的规则和拘泥文字，使其言简意赅”。这是很有见地的。

其实，“文无定法”本是我们老祖宗的古训，这句话很多人一开口即讲得出来。但在创作中，尤其是在小小说创作中，却是经常一边讲，一边被忘却。“文无定法”，是小小说创作的题中应有之义，也是有出息的小小说作家应毕生追求的一个大目标、高境界。

可是，我们的小小说创作却已在作者和读者中形成了小小说创作的一系列模式，不符合这些模式的就难以被认同。如欧·亨利式的结尾，一个故事两种结局的两段式结构，开头“这个故事，他在讲的时候”等等，让人望而生厌。当然，很多小小说，没有技巧可言，让人不忍卒读；可有技巧的小小说经常雷同别人，重复自己，也渐渐变得让人厌烦起来。我们经常有这样的体会，读有所谓“技巧”的小小说，单篇读，读得少了，尚可让人感到有余味，可读多篇，读多了，问题也就来了，照样是让人不忍卒读。

小小说要想写出新意，不硬作是一个办法，特别是在题材上不硬作，要对素材进行认真分析，量体裁衣。著名小小说作家修祥明曾经说过：“我写小小说并不是为了证明自己是小小说这方面的人，而是因为我发现的素材适合于写小小说。这就像一个真正的木匠走进木材场中来，会把栋梁之材用作栋梁，做柜的原料做成柜子。小题大做是无知的行为，大材小用同样是愚蠢的。”用这种心态去写小小说，小小说是会出现新面貌的。

当小小说专业户固然不坏，但难免大题小做或小题大做，其实，在长、中、短、微四大家族中，题材适合做什么就做什么，四个领域皆能一展身手，岂不更好！说不定不经意间就成就了大事业。

小小说创作应是心灵的搏动与倾吐，靠的是对生活的真实感受和思索。只要我们尊重自己的个性，尊重艺术规律去写作，就一定能写出具有自己风格的小小说。

总之，小小说创作不应光靠技巧，但又不能无技巧。王蒙曾说过，小小说往往成于巧，也伤于巧。有技巧却无迹可寻，感人至深才是上乘之作。小小说是个性化的创作，练技巧易，写出特点、写出个性难。

陈：你怎样看待小小说的传统性和现代性的关系？

高：在新时期近 30 年的探索过程中，在许多有识之士的热心扶持、引领下，小小说文坛梯次性地后浪推前浪般出现了一批批优秀的经典性小小说作品和一茬茬独具特色的标志性小小说作家，小小说创作取得了非凡的成就，小小说事业有了举世瞩目的长足发展。但不可否认，小小说世界也一直呈现着泥沙俱下的杂乱现象。为了解决这个问题，目前强调小小说的传统性和现代性的有机统一，有着非常强的针对性和必要性，是具有重要的现实意义的。

所谓的小小说的传统性和现代性的有机统一，指的是坚持处理好传统性和现代性这两者的关系，并且在艺术思考和创作实践中使之和谐起来。也许有人会认为，传统性和现代性是互相对立的矛盾的不可调和的。但我认为它们是完全可以统一起来的，并且也只有统一起来，小小说的天地才会是全新的。

小小说也是小说，是小说家族中的重要一员，所以必须坚持小说元素的不可缺失性，也就是说要毫不动摇地坚持小说的优秀传统。小小说尽管篇幅短小，但也要努力锻造个性的语言，营构曲折的故事，选择独特的细节，塑造鲜明的人物。多年来，有些作者放弃难度写作，致使一批批形同垃圾的小小说出现在许多报刊上。我们看到许多小小说是没有做到向传统致敬的，是没有坚守住小说艺术底线的。这些所谓的小小说人物形象弱化，细节陈旧重复，故事平庸雷同，语言千人一腔。在小小说的作品谱系中，有这些作品和没有这些作品没有什么区别；在小小说作家队伍中，有这个作者和没有这个作者没有多少意义。

有出息的小小说作家必须继承优秀的传统，坚守小说艺术的底线，对叙事伦理有独特的理解，将生动典型的人物形象、独特出色的真实细节等毫不犹豫地纳入自己的艺术谋划之中。要毫不动摇地坚信，小说的核心是人物，小说家的根本任务是写出生动活泼、个性鲜明的人物，其他一切都是围绕人物来运转和展开的。细节是塑造人物最有力的构件，缺少独特精彩细节，人物就很难有骨有肉地站立起来。当然，社会在前进，生活在瞬间发生着千变万化的转换，异己力量、孤独感受让人们的心理难以承受，物质产品日益丰富而获得人的尊严、人的价值却越来越困难，人的自由在不知不觉中受到无情的挤压。这是可悲的和可怕的，但这也给作家的艺术生命力在创造和创新方面提供了展开出色神奇想象力的更广阔的天地。为了更好地表达作者独特的人生体验和社会感受，我们必须清醒地认识到，单纯强调顶礼膜拜传统还是远远不够的，有出息的作家还要对现实生活不断地进行精神性的超越。小小说作家更应该自觉地努力作为，由满足于表现生活飞升到表现存在。如果说短篇小说是叙述艺术的顶峰的话，那么小小说就是顶峰之上的顶峰。因为小小说篇幅短小，必须用心营构，不能有一点马虎和掉以轻心，否则就会露出不精致的马脚，败坏读者胃口。再者，在如此短小的篇幅里，如果不能突破记录社会事件的层面，通过对现实的反映表达出精神层面上进行追问的东西来，那就不是真正具有现实感的作品。长期以来，应当说也一直有一批小小说作家在自觉进行着不懈的探索，但可怕的是成功的比例还太小。很多人表现出严重的精神惰性，仅仅是在追求形式上的肤浅探索，比如满足于弄出几个结尾，比如满足于故事中再讲一个故事，比如把平凡的故事包装在荒诞的外壳里面等等，而忽视了更重要的比如“思想”“诗意”“存在”“境界”等等。我们看到，小小说写作者把自己降格成了一个仅仅讲故事的人，有的甚至满足于完成了一个小纪实、小幽默、小寓言等，写出的作品见小趣味不见大思想，见物不见人，没有让自己成为现实的思想者、精神的探索者、存在的开拓者。要提升小小说的艺术品位，就要克服艺术思维的僵化，努力透过时代的表面现象，对过去的和当下的生活进行现代性的准确透视，对存在进行持续不断的刻骨体验和精神探险，对现实进行冒险的想象，不仅仅要由平庸的叙事过渡到精妙的叙事，更要用文字的力量激活人们的想象力和感受力。作家不是描摹现实而是通过想象虚构事实，并对这些虚构的事实以个人性的理解组合成新的配置方式，形成对世界的非合唱性的独特发言。通过为意义提供精准的形式载体，作家的艺术的境界也得以彰显。作家怎么理解和表现这个世界，怎样通过对世界的哲学思考理解和表现人的存在状况，决定着作品的思想深度和精神质量。著名学者斯宾格勒曾说过，进入 20 世纪后，“维护生活完整性的任务开始由社会转交给了个人——转交给对生活中的事物具有独特看法的个人，他体现了某种秘密的本质，只有这种本质才使世界具有合理性”（引自英国詹姆斯·麦克法兰《现代主义思想》，中国社会科学院外国文学研究所编《现代主义》，上海外语教育出版社 1992 年版）。作家是这些被委以重任的个人之一。小小说作家当然也要自觉地承担起这一重任，以广阔的思想视野，深厚的生存体验，不竭的创新精神，做关于存在的持续探索者。就是一个小的题材，也要以对现实的深情关怀为之注入大的精神境界，反映时代的本质特征，创作出具有精神指向性和灵魂穿透力的文本，以此开拓出一片小小说艺术的新天地来。

我想，作家作为时代最敏锐的触角和良心，在社会迅猛变化、生活日新月异，工业化、城市化和全球化纠葛缠绕的背景下，在外部世界不可抗拒、内心冲动无足轻重的社会里，创作意识不能缺失，道德想象力不能匮乏，突破安全、平庸写作，在坚持传统的优秀品质的同时，又要在正确的立足点上勇于突破传统，克服文体营构上的张力不足、精神探索上的踯躅不前，使自己的写作不仅仅停留在表面和琐碎，不满足于成为一个艺术上的平庸之辈，有这种难度写作的艺术自觉，小小说才能有更辉煌的未来。

——陈勇、高军：《挖掘生存的真相——高军访谈录》，《中国当代微型小说百家论》，内蒙古人民出版社 2011 年版，第 258～265 页陈勇在《心灵的搏动与倾诉——山东高军论》一文中认为高军微型小说的艺术特色显著，主要表现在六个方面。

一、立意新颖，构思巧妙，情节跌宕起伏，出奇制胜，令人回味无穷。

《画鸭》一波六折，阳都高雪岩先生，是国画名家，最擅长画鸭。年轻后生王世忠多次拜师遭到婉言谢绝，并告知“要学画，去艺宝斋，找李天祥”。此一折。李天祥先婉拒，后接纳。此二折。高雪岩画的鸭缺少才气，需李天祥补扫一笔才成。原来，李天祥才是画鸭高手。此三折。李天祥自吹自擂，画鸭艺术高于高雪岩。此四折。三年后，王世忠学成出师，也成了一画鸭名家，拜访高雪岩时才得知事实真相：“李天祥是名家。至于鸭背，是我故意留的一处破绽。我得促成他成名啊。”此五折。当年与李天祥一同被高雪岩收留的漂亮女乞丐，后来成为高雪岩的夫人。此六折。我们从这一波六折中，获得了关于人生、关于艺术、关于爱情、关于道德的诸多思考。《神笔》中的魏亮，被迫给侵华日军中队长松野写了一条幅：“会通人际，人书俱老。”后来，魏亮被定为汉奸，就地正法。殊不知，在茶叶山战斗中，这个条幅又变戏法似的变了，只见字体上正一滴滴向下流着红色的血液，上面的字也变成：“无恶不作，死有余辜，日军必败于茶叶山。”“魏先生，真神笔也。”松野大叫一声，遂拾起战刀，剖腹自尽。转眼之间，不可一世的松野自杀身亡；民族英雄却沦为汉奸，惨遭杀害。此情此景，让人感慨万千，沉思良久。《神眼》中的钱三，能在伸手不见五指的夜里看清五十步开外的物什。一日，他被土匪头子抓了。受土匪头子周天松指派，他在黑夜里看清了周天松三姨太和二大王厮混的全过程，并将二头目一枪击毙。第二天，周天松亲自把钱三送到山下，从怀里掏出一包东西给他。钱三走出三十步时，周天松在后面举枪瞄准了他。一声清脆的枪响不仅久久在山间回荡，也久久在读者心中回荡，让读者唏嘘不已。《纶巾》中的高洪连有祖传下来明万历年间高驸马遗留给后人的宝物，不仅引起周围人们的关注，也引起了两个南方人的兴趣。由于他的宝物秘不示人，因此，他与周围的人关系很冷淡，小孩也不例外。后来，他的精神出了问题。一天，他用村里高音喇叭将村人们叫到他家里，众目睽睽之下把宝物一烧了之。最后，他疯了。小说通过波澜起伏的情节，揭露了人性的贪婪与丑恶。《神药》中的孙善化，早晨起床就发现了可怕的事，遂大叫一声，昏倒在地上。原来，床头有三条蛇在蠕动！家人慌慌张张，掐人中，浇凉水，忙了半天，才醒过来。神医赵仲景给他开了两服药。可是两服药太大了，无法囫囵吃下去。看着神药，他竟然趴在床上睡着了。早晨醒来，觉着饿了，向家人要饭吃。几天后，还是没有瞅出吃下两个丸药的办法来。后来人们才得知，所谓的神药居然是两摊黄土。小说就这样层层剥笋，最后才露出庐山真面目，达到了出奇制胜的艺术效果。《红月亮》里的猎人高恩东，百发百中，弹无虚发，堪称高手。自从打了两只五彩山鸡被日本鬼子抢走后，神奇的枪法无故地失掉了。为了恢复奇功，他竟然冒着生命危险虎口夺鸡。最终，他因两只山鸡而恢复了枪法，并被日本鬼子枪杀。高恩东成于鸡、亡于鸡的遭遇，引发人们诸多思考。《琴殇》中的高恩明，用琴智杀日本鬼子，解救了三位年轻姑娘，自己则英勇献身。在他倒地的同时，琴也彻底地碎裂了。小说将人琴合一写到了极致，令人拍案叫绝。

二、采取欲擒故纵、层层剥笋的艺术手法刻画人物，人物形象跃然纸上，鲜活生动。

刚与霞结合 20 年，多次提出要珍藏霞的秀发，霞一直婉言谢绝。直到刚死，仍未如愿以偿。刚含恨离开人世。读者最后得知，霞与军的交往过程中，曾送军一缕头发。原来如此！霞的秀发只送一个男人！至此，霞的自私与无情暴露无遗。（《留在心中》）婚前，军子骑自行车总喜欢抢在前面，芹没在意。婚后，仍是如此，引起了芹的不满，并最终导致二人分手。在前去办理离婚手续的路上，仍然照旧。

芹终于忍不住问道：“你总是这个骑法，到底是为什么？”军子的回答让芹大吃一惊：“我只是想让前面来的车给你留的安全范围大一些罢了。”一句话，不仅凸显了人物的性格特点，更将两人之间的心理距离缩短了。（《距离》）根去外号“孬熊”，村支书跟老婆大白天睡觉后从家里大摇大摆出来，被他撞见，他不仅不跟村支书拼命，反而脸上堆满了笑：“支书，您来了，再坐一会儿吧。”这样的男人不是人，连村支书也瞧不起，骂道：“真是个孬熊。”在一次施工中，根去不仅丢了一条腿，更丢了男人的根！ 不料，不是男人的根去，见了村支书又和自己老婆鬼混后，却一改往日的低三下四，拄着拐杖走上前去，一手扶墙，另一手举起拐杖，把门砸得梆梆响，并把村支书骂得狗血淋头，再也不敢进他家门了。 老婆也迷途知返，决心与村支书一刀两断，和他好好过日子。 老婆发现，根去走远了，身材却很高大。 其实，在读者眼里，根去不仅是个真正的男人，形象也变得高大起来。（《平衡》）赵老太太被医生判了死刑，缓期三个月执行。 不料，三年后赵老太太仍然健在。 医生糊涂了，马上给她检查，发现胃上溃疡面比三年前略小了一些。 又摸她脖颈周围的淋巴结，只见结上仍有许多癌细胞，不自觉地发出声：“咦，怪了。”医生要她再复查一次。 三个月过去了，不见赵老太太来。 医生主动下到村，得知在他走后不到一个月，赵老太太就死了。 赵老太太之死，留给我们太多的思索。（《病》）为了分到新房，他一狠心花 500 元，买了 1000 克长了毛的洞庭君山银针，送给主任。 可惜主任不识货，把它当作劣质茶叶交换到办公室招待客人。分房大会上，头儿神情有些异样。 主任认为是茶叶太差所致，殊不知却是茶叶太好所致。 两包茶叶，像一面镜子，照出了许多人的灵魂。（《茶叶》）夏日里，一位怀孕妇女突然晕倒在交警岗亭。 情急之下，交警郑必强强行拦住一辆拉黄鲫子的货车送孕妇上医院。 结果，一方面让货主损失一万多元，另一方面又给全县交警一面旗帜抹了黑。 批评会上，突然闯进来一个 50 多岁的人，对郑必强破口大骂。 郑必强低头不语，满眼含着泪花喊了一声：“爸。”至此，真相才大白于天下。

郑必强的形象，一下子变得高大起来。（《意外》）

三、语言凝练、老道、厚重，富有张力，极具神韵

“脚下猛地一抖，空气挤扁了，眼前爆起一团黑幔，浓郁的尘土气息刺入口鼻中，几至窒息。”（《牵手》）“李天祥先生在案桌上铺开宣纸，提笔蘸点朱红色颜料。凝神片刻之后，噌噌两下，宣纸上出现了朱红色的鸭喙。接着用墨色上下两笔，快速画出圆中略呈三角形并带有线绒毛感的头部。再用侧锋画出柔而有劲的鸭脖，再接一笔，画出鸭胸部的龙骨结构和体积。用笔根部稍淡的黑色提顿一下，小鸭的尾部又出来了。这时，李先生停了一下，用笔蘸点浓墨，加点水使墨色渐淡，又干净利落地画出了小鸭的翅膀。接着用淡墨横扫一下，扫出鸭背。最后画出小鸭朱红色鸭掌，点上黑睛。一只小鸭活灵活现地画了出来。”（《画鸭》）“松野把战刀一扔，掏出魏先生的书法作品，展开，又认真欣赏起来。只见字体上正一滴滴向下流着红色的血液，上面的字也变成了‘无恶不作，死有余辜。日军必败于茶叶山’。”（《神笔》）“这时，高恩东从肩上拿下猎枪，不慌不忙地举起来，对着飞起来的两只五彩山鸡，眼到手到，一扣枪机，嗵的一声，烟雾散开的同时，两只山鸡叭叭地落到地上。”（《红月亮》）“杯中汤色碧绿，一片片嫩叶像一把把剑锋，叶柄恰似剑把，在水中叶尖向下垂立着。”（《武林高手》）“三个人看到，高恩明仍端坐在琴前，只是嘴角在不断地往外流血……秋桂用手一推，高恩明就向右方倒去，但他的手指把琴又抚响了，秋桂听到奏出的音符是《义勇军进行曲》的开头。在高恩明倒地的同时，这琴也彻底地碎裂了。”（《琴殇》）

作为评论家，高军撰写和发表了大量评论。他的评论，视野开阔，体裁广泛，既有作家论，又有作品论；既有文体论，又有鉴赏论；既有文坛走笔，又有文论篇。在我看来，高军对于微型小说理论研究的贡献在于：他既是第一个系统研究山东微型小说作家群的评论家，也是第一个研究地域作家群的评论家。因此，他的评论集《山东小小说作家研究》，就填补了中国微型小说研究的空白，为从事微型小说地域

作家研究，提供了理论支持。

——陈勇:《心灵的搏动与倾诉——山东高军论》,《中国当代微型小说百家论》,内蒙古人民出版社 2011 年版,第 254～257 页

本年开始，担任《阳都文学》主编，刊物由年刊改为半年刊。

2 月

散文《汶河无语东流去》收入《王普先生纪念集》(山东科技出版社 2011 年版)一书。

消息《高军小小说〈起皮〉获“鼎丰杯”〈山东文学〉奖》发表于《沂南通讯》2011 年 2 月 17 日第 3 版。

3 月

评论《对故乡深情回望的歌者》作为序收入王文斌主编《信仰与忠诚》(中国文化出版社 2011 年版)一书。

山东社科院文化研究所文学博士车振华《温情中的故乡与众生——评高军〈一辈子也不说〉》发表于《临沂日报》2011 年 3 月 4 日。

小小说来源于描写志怪内容的笔记小说，古代的小小说多是在极小的篇幅内集中展示域外风土人情或神奇灵异之事，给人一种亦真亦幻的奇妙之感，正合白居易的两句诗:“忽闻海上有仙山，山在虚无缥缈间。”人物的刻画、价值的判断、感情的倾吐并不是其表现重点。 随着社会发展和文学观念的变更，当代小小说从形式到内容都得到了极大的扩充，成为一种有着独立叙事技巧的文体，涌现出一大批优秀的作家，高军就是其中出色的一位。 他曾被评为“2006 年度中国小小说十大热点人物”之一，其《紫桑葚》被收入全国通用小学教材。 近期，作为《中国小小说名家档案》的一种，他推出了小小说集《一辈子也不说》。 本书是作者近年创作的精华，值得我们格外关注。

《一辈子也不说》取材广泛，生活中方方面面的精彩片段都被高军拢于笔端。《茶叶》《下乡》展示的是小人物的苦恼，《金黄的玉米饼》

《低头》讽刺的是官员的作秀，《项链》《门卫》则直指人性的玄机。但正如都市中红男绿女的摩登洒脱适宜小资女作家来表现一样，有着丰富乡土经历的高军将自己的着眼点始终放在那片他生于斯、长于斯的故乡热土上，于是，沂蒙山那些富有传奇色彩的奇人逸事流溢出笔端，满蕴着泥土气息的芸芸众生跃然于纸上。与当下流行的“冷漠叙事”不同的是，高军使用的是一种截然相反的“温情叙事”，这种温情不仅反映在故事内容的选择上，更体现在笼罩故事的情感基调和情感氛围上。

《纶巾》《纶帽》《纶席》《编纶帽》连同《金鸡钻石》和《叫好》组成了一组“阳都（沂南县的古称）传奇故事”。在这组传奇中，阳都丰饶的物产、阳都人民高超的智慧和忠义的性格展现无遗，而抵御外侮的众志成城又与人性的复杂难解纠缠在一起，着实让人感动、感慨、感叹、感伤。而沂南作为革命时期的“小延安”，在这片土地上发生了太多的红色传奇，于是高军的笔下就有了《磕头》《紫桑葚》《割青麦》等反映共产党的高级干部关心群众和群众毁家纾难的感人故事，陈光、张云逸、许世友、黎玉等一个个光辉的名字在高军的笔下显得平凡而又闪光。如《姑姑》一篇写“姑姑”为了完成一位牺牲的女八路生前并不强烈的愿望，冒着危险去悬崖边采一丛美丽的黄花为其下葬，结果摔断了一条腿。世人不解，“姑姑”亦不愠，只是淡淡地说一句：“和你说不到一块儿去，狗嘴里能吐出象牙来。”但她“梆—噗—梆—噗—”的拐杖声却“震得人的耳朵直发疼”。

正因为对家乡的红色文化爱之深、责之切，所以，在小说中高军以善意和诗意的笔法流露出对红色文化的些许“消解”的意味。《夫妻》《消失》，还有风格更加清新的《一辈子也不说》，都打破了人们习见思维中对“红嫂”的理解，但这种消解和翻案却为故事增添了人性和人情的因素，使人物性格更加真实饱满，故事也更加生动可感。

高军始终以温情的目光凝视着平凡生活中的芸芸众生，以富有诗意的散文化笔法钻研人物心理，描摹人物感情，将故事变硬，将心灵变软，使故事的主人公成为富有感情的人物，使真情成为人世间最可宝贵的财富。《把母爱还给你》《怎么会是第二次》表现的是如大海般博大宽容的母爱，《倾听》刻画的是总把全家福相框置于耳边，却总是能“听见”亲人声音的老人，《距离》表达的是夫妻间朴素的关切，《三张收条》描写的是朋友同事间的友爱互助。《总是长时间地望着你》中那位总是呆呆望着“我们”一家的孤独的老人，最终品尝到了亲情的味道，《桑老师》中的那位追求完美同时也对学生充满着关爱的老师也赢得了大家的理解和敬重，余韵悠悠的故事结尾，令人动容。

李渔说，小说是无声的戏。如果这话成立，那么《一辈子也不说》中的小小说可称作是一幕幕温情的独幕剧，剧中急切切登台又急切切谢幕的生、旦、净、末、丑都是那么乡土又亲切，不论他们扮演的故事与声腔歌哭对你而言是熟悉还是陌生，他们的一招一式都能弄得你的心温温的、软软的。

——车振华：《温情中的故乡与众生——评高军〈一辈子也不说〉》，《临沂日报》2011 年 3 月 4 日

5 日，参加由沂南县文联、沂南县总工会、颐尚温泉度假村联合举办的“颐尚之春”原创诗歌朗诵会。

小说《解救》被《喜剧世界》（下半月）2011 年第 3 期选载。

20 日，参加在职业中专会议室召开的沂南县作家协会第二次会员代表大会，被选为常务副主席兼秘书长。

小说《香荷包》发表于《沂南通讯》2011 年 3 月 31 日第 4 版“月末”。

4 月

小说《摔“啪”》发表于《贵港日报》2011 年 4 月 25 日第 3 版。

小说《解救》被《幽默讽刺 · 精短小说》2011 年第 4 期选载。

27 日，组织沂南作者作品研讨会，研讨高薇《看过晚霞的孩子》、胡金华《理性地铁》、曹玉霞《满春》、王秀云《到山里拾柴禾》等文学作品集，同时祝贺高薇的中篇小说《谁在洞口等我》在《山东文学》

2011年第4期发表。

5月

7日，陪同由著名作家、省作协副主席、日照文联主席赵德发带队的日照市作家采风创作团一行20余人来沂南采风，先后参观了诸葛亮故居、北寨汉墓、诸葛亮公园、竹泉村等。

小说《它有两个名字》《花葬》发表于《百花园·中外读点》2011年第5期。

17日，撰写的《祭诸葛亮文》在第四届中国临沂诸葛亮文化旅游节上，由县委副书记、县长王常胜恭读，并发表于《沂南通讯》2011年5月18日。

小说《洗》发表于《沂南通讯》2011年5月31日第4版。

4～5月，萧江在“小小说作家网·网络研讨会”板块组织高军小小说作品网络研讨会，有40余位作家、评论家写出了有关高军小小说创作的评论文章，上千人跟帖参与研讨，引起强烈反响。当时有20余篇论文，后因“小小说作家网”关闭，尚有17篇题文俱全的论文。如三画万人《读高军的小小说〈人面鸟〉》、张庆忠《〈朴实的高军〉——高军小小说印象》、翩翩飞舞《五彩纷呈踏踏实实的写作——我读高军作品印象》、高石榴《向左的，向右的——我看高军》、郭凯冰《文字里的理想人生——读高军小小说阳都系列》、子源《努力从深处揭示社会生活的方方面面——读高军小小说有感》、陈圣芳《尴尬的村官》、瑞雪丰年《呼唤，以倾听的方式——读高军〈倾听〉有感》、梓森《人生哲理的含蓄表述——读高军小小说〈影子里〉》、王洋《亦师亦友亦兄长》、厉周吉《一山之隔》、刘进仁《〈三张收条〉之温暖》、王玲玲《关注民生，挖掘生存真相》、郭美仪《我读〈军号声声〉》、天空的天《高军：在历史、传奇与现实中自由穿梭——读高军的小小说有感》、白鸽张丽《灵魂深处的高贵情怀》、王有国《促人深思的儿戏——高军小小说〈纠正〉赏析》。

6月

小说《想念式》发表于《短小说》2011年第6期。

撰写的《祭诸葛亮文》发表于《临沂日报》2011年6月3日第A7版。

小说《敲钟的老人》收入方东方、刘爱香主编《小学生经典阅读》（四年级上册）（石油工业出版社2011年版）。

《“沂南籍作家介绍”：高军》发表于《界湖中心小学校报》2011年6月16日第4版。

24日上午，应邀参加在河南郑州举办的第四届小小说节。著作《山东小小说作家研究》被评为优秀论文集。

小说《磕头》发表于《沂南通讯》2011年6月30日第4版“月末”。

7月

小说《纸飞机》（外一篇《琉璃月》）发表于《文学港》2011年第4期。

散文《在子鱼墓前》发表于《阳都文学》2011年第2期。

纪实散文《花开即故山——高禄厚作品搜集整理编辑纪事》发表于《阳都文学》2011年第2期。

消息《高军小小说作品网络研讨会举行》发表于《阳都文学》2011年第2期。

小说《紫桑葚》收入《同步阅读文库》（六年级上册）（北京师范大学出版社2011年版）一书。

9日，出席在沂水县高庄镇召开的临沂小小说六家座谈会，作为临沂小小说六家代表之一汇报了近年来的创作成果，提议推举聂兰锋、高薇、刘克升、王洋、邵昌玺、刘明才六位成绩显著、发展势头良好的小小说作家为“临沂小小说新六家”。

15日，参加在沂水县举行的第六届临沂文学奖颁奖典礼。小说集《一辈子也不说》获奖。

8月

小说《面条》发表于《当代小说》2011年8月上半月刊。

小说《解救》被《微型小说选刊》2011年第16期转载。

小说《画牡丹》发表于《贵港日报》2011年8月15日。

小说《烟嘴》收入王跃文等著《有官在身》（江苏人民出版社2011年版）一书。

小说《军号声声》收入骆方津编《新课标语文主题拓展阅读》（七年级）（人教版）（重庆出版社2011年版）一书。

9月

《小说二题》（《老陈》《张小花》）发表于《小说月刊》2011年第9期。

小说《洗》（外八篇《交叉子》《瓷》《桑老师》《攒风剑》《武林高手》《补照》《倾听》《变脸》）发表于《洗砚池》2011年第3期。

小说《蓝鞋垫》《兔子》《电话》《接待》《蝎子》收入中共沂南县纪委等编《沂南廉政文学作品选》。

小说《紫桑葚》连续第七年在全国通用教材《语文》S版（五年级上册）（语文出版社2011年版）中使用。

10月

小说《画荷》《画菊》发表于《小小说选刊》2011年第19期。

小说《人与牛》发表于《山东文学》（上半月刊）2011年第10期。

小说《面条》被《小小说选刊》2011年第20期转载。

小说《蓝包袱·起皮》发表于《当代文苑·新视角》2011年10月。

小说《一辈子也不说》发表于《沂南通讯》2011年10月12日“纪念红嫂明德英诞辰一百周年专刊”。

小说《赠送唠叨》收入杨晓敏主编《在痛苦的深处微笑》（地震出版社2011年版）一书。

小说《水》收入杨晓敏主编《雪夜历险记》（地震出版社2011年

版）一书。

小说《拐杖》《掌声》收入陈永林主编《闪小说(校园篇·找阳光的笨小孩)》(百花洲文艺出版社 2011 年版）一书。

小说《红唇印》收入陈永林主编《闪小说(成长篇·月亮是妈妈的枕头)》(百花洲文艺出版社 2011 年版）一书。

15～16 日，赴微山湖采风，受到微山县文联、微山县作家协会、微山县民俗文化协会、《微山湖》杂志编辑部的热情接待，参观了南阳古镇、微山岛等多处景点，与当地作家进行交流。

小说《人与牛》发表于《沂南通讯》2011 年 10 月 31 日第 4 版。

11 月

小说《电话》发表于《临沂纪检监察》2011 年第 11 期。

27 日，参加在沂南举行的沂南县作家协会第六届诸葛亮文学奖颁奖活动，评论集《山东小小说作家研究》获得第六届诸葛亮文学奖。

小说《交叉子》发表于《沂南通讯》2011 年 11 月 30 日第 4 版“月末”。

12 月

小说《油饼》发表于《小说月刊》2011 年第 12 期。

小说《租用蓝天》发表于《微山湖》2011 年第 4 期。

散文《短扁担》《焖地瓜》收入《新课程报·语文导刊》(拓展读写寒假班·高二）2011 年第 47～52 期。

本年，小说《面条》获得由山东省小小说学会、《山东文学》下半月刊、古贝春集团有限公司、新华网山东文学频道、小小说作家网联合举办的首届“古贝春杯”全国暨海外华人小小说大奖赛二等奖。

本年，小说《人面鸟》被设计为福州市 2010～2011 学年第一学期期末高三质量检测语文阅读试题。

评论和访谈《心灵的搏动与倾诉——山东高军论》《挖掘生存的真相——高军访谈录》收入陈勇《世界华文微型小说百家论》(内蒙古人民出版社 2011 年版）一书。

小说《面条》收入杨晓敏、郭昕、寇云峰选编《2011中国年度小小说》（漓江出版社2011年版）一书。

2012年　农历壬辰年

50岁

1月

小说《解救》收入中国作协创研部选编《2011年中国微型小说精选》（长江文艺出版社2012年版）一书。

小说《低头》《花葬》收入卢翎编选《2011中国微型小说年选》（花城出版社2012年版）一书。

小说《画菊》收入冰峰、陈亚美主编《2011中国年度微型小说》（漓江出版社2012年版）一书。

小说《琉璃月》《红唇印》收入陈永林选编《2011年中国手机小说精选》（长江文艺出版社2012年版）一书。

小说《紫桑葚》《棉衣》《牛奶》《前面有一堆花生》《神医》《水》《支撑》《人与鸟》《母亲》《桑叶》收入韩昌元等著"超人气现代名家小小说"《生如夏花》（华夏出版社2012年版）一书。

《红唇印》《童年的月饼》《父亲的烟袋锅》《随风飘散的门票》《青苹果》《你最美的时候，遇见了我》《留在心中》《纸飞机》等收入薛兆平主编《情感读本》（1～6月中学生卷）（青岛出版社2012年版）。

书评《功底深厚　足迹扎实——读赵文俊诗文集〈观物集〉》发表于《沂南通讯》2012年1月18日第3版。

文学评论《李一詠诗歌漫评》发表于《阳都文学》2012年第1期。

文学评论《在西寨，用心点种着诗歌的庄稼——梅林的诗歌印象》发表于《阳都文学》2012 年第 1 期。

《彩沟赋》发表于《阳都文学》2012 年第 1 期。

2 月

小说《农事二题》(《大鞭子》《被折断尾巴的牛》) 发表于《百花园》2012 年第 2 期“头题”，并获《百花园》《小小说选刊》《小小说出版》联袂评选的 2012 年优秀原创作品奖。《大鞭子》入选 2012 年中国小小说排行榜。

小说《奔逃的牛》发表于《天池》2012 年第 2 期。

小说《父亲的心》发表于《幽默讽刺精短小说》2012 年第 2 期。

小说《画兰》发表于《短小说》2012 年第 2 期。

作为嘉宾之一，参与的对话《小小说：回顾 2011》发表于《小小说出版》2012 年第 2 期。

小说《面条》收入邢庆杰主编“首届古贝春杯全国暨海外华人小小说大奖赛获奖作品集”之《古贝飘香》(文心出版社 2012 年版) 一书。

出版第五部著作——小说集《真爱不留缝隙》(文心出版社 2012 年版)。该小说集共分校园荧光棒、传奇跷跷板、烽火千千结、西游花信风、生活怪味豆五辑，收入小说作品 54 篇。

4～5 日，《山东文学》杂志社社长杨文学为写作长篇报告文学《沂蒙长风》来沂南采访，全程陪同。

6 日，参加在职业中专会议室召开的沂南县作家协会第 13 次理事会议。会议决定由高军担纲，用两年时间撰写《沂南文学史》。

政协履职事迹刊登于《沂南通讯》2012 年 2 月 10 日第 3 版“政协委员风采录 2 · 高军”。

25～27 日，出席由海南省作协、《小小说选刊》《百花园》联合举办的“2012 · 中国小小说南方论坛”，并成为中国小小说名家沙龙理事，在会上作《符浩勇小小说三论》的发言。

3月

书评《一个农民的中国古文化研究——评何玉环〈中国古文化散论〉》发表于《沂南通讯》2012年3月2日第4版。

小说《温一口水给你喝》发表于《沂南通讯》2012年3月8日第4版“月末”。

17日，在卧龙学校办公楼四楼会议室主持“梅林诗歌创作讨论会”。

《花开即故山——高禄厚作品搜集整理编辑纪事》发表于《沂南通讯》2012年3月21日第4版。

小说《水》《前面有一堆花生》收入杨晓敏、秦俑主编《21世纪中国最佳小小说（2000～2011）》（贵州人民出版社2012年版）一书。

小说《掌声》《人面鸟》收入微型小说选刊杂志社选编《高考阅读解题锦囊》（百花洲文艺出版社2012年版）一书。

小说《掌声》收入《微型小说选刊》杂志社选编《微型小说一千零一夜》第一卷（百花洲文艺出版社2012年版）一书。

小说《红唇印》收入《微型小说选刊》杂志社选编《微型小说一千零一夜》第二卷（百花洲文艺出版社2012年版）一书。

小说《玉米草》收入《微型小说选刊》杂志社选编《微型小说一千零一夜》第三卷（百花洲文艺出版社2012年版）一书。

小说《三枚红印章》收入《微型小说选刊》杂志社选编《微型小说一千零一夜》第四卷（百花洲文艺出版社2012年版）一书。

小说《换脑》收入《微型小说选刊》杂志社选编《微型小说一千零一夜》第五卷（百花洲文艺出版社2012年版）一书。

小说《神医》收入《微型小说选刊》杂志社选编《微型小说一千零一夜》第六卷（百花洲文艺出版社2012年版）一书。

小说《神药》收入《微型小说选刊》杂志社选编《微型小说一千零一夜》第九卷（百花洲文艺出版社2012年版）一书。

小说《画鸭》收入《微型小说选刊》杂志社选编《微型小说一千零

一夜》第十卷（百花洲文艺出版社 2012 年版）一书。

《山东作家》2012 年 3 月春季刊“新作快读”栏目刊载冯春明介绍高军的文章《高军小小说集：〈一辈子也不说〉》。

4 月

评《西藏的战争》的文章被摘要发表在《当代》2012 年第 2 期。

小说《人与鸟》收入杨晓敏主编“生活・认知・成长”青春励志故事第一辑“想象”《人与鸟・墙中人》（地震出版社 2012 年版）一书。

小说《水》《琴殇》收入陈永林、方圆主编“中外百年微型小说经典大系”之《战争篇：向左生存向右死亡》（湖南少年儿童出版社 2012 年版）一书。

小说《影子里》收入陈永林、方圆主编“中外百年微型小说经典大系”之《哲理篇：一定要远离海水的诱惑》（湖南少年儿童出版社 2012 年版）一书。

小说《刻瓷》发表于《贵港日报》2012 年 4 月 30 日第 3 版。

5 月

小说《门票》发表于《东京文学》2012 年第 5 期。

小说《画荷》收入杨晓敏主编“生活・认知・成长”青春励志故事第三辑“想象卷”《一只浪漫主义的鸟》（地震出版社 2012 年版）一书。

小说《水》收入杨晓敏主编“生活・认知・成长”青春励志故事第四辑“情愫卷”《把爱写在手心里》（地震出版社 2012 年版）一书。

19 日，参与组织赴临沂市临港经济开发区采风笔会，游览了彩沟自然风景区、大山风景区，参观了铁牛庙村的孙镗将军纪念馆、厉家寨展览馆，并在厉家寨樱桃园参加了采摘樱桃活动。

为潘明信散文集《母亲》［（香港）天马出版有限公司 2012 年版］作序。

小说《纶帽》发表于《沂南通讯》2012 年 5 月 29 日“第五届中国临沂诸葛亮文化旅游节特刊”（红版）。

从本月开始，应邀担任《山东文学》“小小说擂台”编辑。

第六部著作——小说集《租用蓝天》(中国社会出版社 2012 年版)被列为“中国新锐作家校园文学经典”。该小说集分为纸飞机、租用蓝天、温一口水给你喝、释放、嫩绿的杨树叶、两个人的陷阱、画牡丹七辑，收入小说作品 76 篇。

消息《高军的最新小说集〈真爱不留缝隙〉〈租用蓝天〉相继出版发行》(尤克利)发表于《阳都文学》2012 年第 1 期。

6 月

关于《房顶上空的爱情》的评论被摘要发表在《当代》2012 年第 3 期。

论文《〈颜氏家训〉中的比较史学意识浅析》发表于《沂蒙社会科学》2012 年第 3 期。

小说《紫桑葚》收入杨晓敏主编“生活・认知・成长”青春励志故事《陪你走天涯》(地震出版社 2012 年版)一书。

小说《把母爱还给你》《瓷》收入杨晓敏主编“生活・认知・成长”青春励志故事《将神秘进行到底》(地震出版社 2012 年版)一书。

小说《花葬》收入杨晓敏主编“生活・认知・成长”青春励志故事《临别只闻花香》(地震出版社 2012 年版)一书。

小说《纶席》《琴声》收入杨晓敏主编“生活・认知・成长”青春励志故事《美丽如花　十七岁的天空》(地震出版社 2012 年版)一书。

7 月

《点评修祥明〈黑发〉》发表于《微型小说选刊》2012 年第 13 期。

这篇微型小说既是一个母爱故事，同时又是一个感恩故事。平庸的作者来写，往往会写得不得要领。可是修祥明颇具大家风范，他把人物放在大饥饿的时代，用简洁的文字给人物设置了一个道德困境。娘的偷窃行为在孩子即将饿死的情况下被架在爱子之情和社会公德矛盾的两难境地。小说不温不火、沉着冷静，在对灵魂的拷问中一步步揭示着深刻的意蕴，确立着性格和人格。修祥明知道微型小说受篇幅所限，不能追求故事情节的曲折离奇、跌宕起伏。于是精心选择作品的聚焦点，以娘的黑发中珍藏的纱布袋来支撑整篇作品。小说是笔笔紧贴着娘的黑发来写的：开篇重点渲染娘的黑发；然后散淡写来，好似和黑发的距离越来越远了；但到小说最后，娘把头上的发髻解开，此时尽管随着岁月的流逝未必还有当年那么黑了，可娘的形象兀然站立了起来；貌似散淡的笔触，其实笔笔皆有深意。娘不但外表美丽，美好心灵也放射出了熠熠光彩。

——高军：《点评修详明〈黑发〉》，《微型小说选刊》2012 年第 3 期

消息《高军最新小说集〈真爱不留缝隙〉〈租用蓝天〉出版发行》（尤克利）发表于《沂南通讯》2012 年 7 月 18 日第 1 版。

小说《掌声》收入"新课标小学生必读"《天天阅读》（小学四年级）（新世纪出版社 2012 年版）一书。

小说《拐杖》《三枚红印章》《红唇印》收入薛兆平主编《中学生必读经典手册》（智慧阅读版）（华语教学出版社 2012 年版）一书。

小说《掌声》收入"语文课外读本"《放飞理想》（九年级上册）（山东科学技术出版社 2012 年版）一书。

小说《姑姑》发表于《沂南通讯》2012 年 7 月 31 日第 3 版"月末"。

8 月

文学评论《点评〈赎罪无门〉》摘要发表在《当代》2012 年第 4 期。

文学评论《孙杰小小说漫谈》发表于《牡丹》2012 年第 8 期。

小说《勇敢爱》发表于《短小说》2012 年第 8 期。

小说《奶奶的棺材眼儿》（外一篇《父亲》）发表于《东风文艺》2012 年第 4 期。

11日，沂南县作家协会在沂南县职业学校举行高军小说集《真爱不留缝隙》《租用蓝天》研讨会，会议既肯定了高军近年来在创作方面取得的成绩，也就他的创作立场、文学素养、小说中的人物特点和价值取向展开了激烈的讨论。

文学评论《世态红尘　影像众生——刘克升闪小说漫评》发表于《沂蒙晚报》2012年8月26日。

文学评论《世态红尘　影像众生——评刘克升〈为什么我们依然纠结〉》发表于《洗砚池》2012年第4期。

小说《紫桑葚》收入《沂南县志（1990～2005）》（山东画报出版社2012年版）。

小说《军号声声》作为试题收入骆方津主编《新课标语文主题拓展阅读》（七年级）（人教版）（重庆出版社2011年版）一书。

9月

《点评修祥明〈天上一只鹰〉》发表于《微型小说选刊》2012年第17期。

这篇微型小说是修祥明的代表作之一。没有系统的情节构架，没有完整曲折的叙事，而是以人物、语言和寓意来获胜。小说最突出的特点：构思上不是依靠故事来吸引人，而是对诗性的引进。用诗歌般富有艺术张力的叙述语言和人物语言，将情节简化到极致，在短短的篇幅里，对人物语言、动作、神态的工笔细描，写出了两个性格鲜明的人物形象。同时，小说通过两个老汉对天上一只风筝到底是鹰是雕的无聊争论中，让小说有了深远的多重意境，极具遐想空间。以小搏大，以简寓繁，照顾到了此种文体篇幅短小、情节简约的特点。诗与小说的结合是对某些叙事惯性的艺术颠覆，表达出一种新的审美经验，让作品独辟蹊径，打开了微型小说创作的一扇妙门。小说具有强劲而持续的文学叙事活力，在一种灵巧、飘逸中，厚重、深邃自然而然地流淌出来。

——高军：《点评修祥明〈天上一只鹰〉》，《微型小说选刊》2012年第17期书评《史识明晰　体例出新——评〈沂南县志（1990～2005）〉》发表于《沂南通讯》2012年9月28日。

文学评论《黄爱国小小说漫评》发表于《牡丹》2012年第9期。

小说《蓝鞋垫》《童年的月饼》收入杨晓敏主编《蝴蝶发夹上的眼泪》（地震出版社2012年版）一书。

小说《老何》《补鞋匠苏小青》收入杨晓敏主编《十六岁意味着什么》（地震出版社2012年版）一书。

10月

小说《项链》发表于《文学港》2012年第5期。

文学评论《日常生活的政治审美——谢志强小小说漫评》发表于《牡丹》2012年第10期。

文学评论《关于历史文化的童话想象——读鲁冰的〈鲁冰花园·凤凰吟〉》发表于《沂蒙晚报·沂蒙湖》2012年10月14日第B4版。

文学评论《点评〈安魂〉》摘要发表于《当代》2012年第5期。

小说《面条》收入杨晓敏主编"生活·认知·成长"青春励志故事《寓言课上的预言》（地震出版社2012年版）一书。

小说《棉衣》《磕头》收入杨晓敏主编"生活·认知·成长"青春励志故事《那时青春年少》（地震出版社2012年版）一书。

小说《相框》《王老师》收入杨晓敏主编"生活·认知·成长"青春励志故事《我在北大等你》（地震出版社2012年版）一书。

小说《特殊顾客》《失落》收入杨晓敏主编"生活·认知·成长"青春励志故事《新书包旧书包》（地震出版社2012年版）一书。

小说《去学校看儿子》收入杨晓敏主编"生活·认知·成长"青春励志故事《图书馆外的等待》（地震出版社2012年版）一书。

小说《赠送唠叨》收入《微型小说选刊》杂志社选编《中国微型小说百年经典》第1卷（百花洲文艺出版社2012年版）一书。

小说《敲钟的老人》收入《微型小说选刊》杂志社选编《中国微型

小说百年经典》第 2 卷（百花洲文艺出版社 2012 年版）一书。

小说《人面鸟》收入《微型小说选刊》杂志社选编《中国微型小说百年经典》第 3 卷（百花洲文艺出版社 2012 年版）一书。

小说《蓝包袱》收入《微型小说选刊》杂志社选编《中国微型小说百年经典》第 5 卷（百花洲文艺出版社 2012 年版）一书。

小说《倾听》收入《微型小说选刊》杂志社选编《中国微型小说百年经典》第 6 卷（百花洲文艺出版社 2012 年版）一书。

小说《银钗》收入《微型小说选刊》杂志社选编《中国微型小说百年经典》第 7 卷（百花洲文艺出版社 2012 年版）一书。

小说《儿子》收入《微型小说选刊》杂志社选编《中国微型小说百年经典》第 8 卷（百花洲文艺出版社 2012 年版）一书。

23 日，参加在临沂大学信息中心会议室举行的王汝涛学术思想研讨会，向大会提交了论文《精深的造诣　独到的见解——浅论王汝涛的诸葛亮研究》（后收入《王汝涛学术思想研讨会论文选集》），并作会议交流。

11 月

小说《石蛹》《画荷》发表于《沂南通讯》（庆祝党的十八大特刊）2012 年11 月 8 日第 43 版。

第七部著作——小说集《红唇印》列入“课本作者小小说”丛书，由文心出版社出版。该小说集分花季雨季、奇人奇事、硝烟炮火、城里乡里四辑，共收小说 63 篇，每篇后附三四百字的赏析文字。

17～19 日，参加在广西阳朔召开的全国第十九届诸葛亮学术研讨会，向大会提交论文《浅论阳都少年生活对诸葛亮一生的影响》，并作会议交流。

小说《玉米草》发表于《沂南通讯》2012 年 11 月 30 日第 2 版。

12 月

小说《重新学话》发表于《小说月刊》2012 年第 12 期。

小说《我们一直都在》发表于《百花园》2012 年第 12 期。

散文《照螃》收入《新课程报·语文导刊》2012 年第 2 期。

小说《租用蓝天》收入《新课程报·语文导刊》2012 年第 5 期。

小说《逃回地球》收入《新课程报·语文导刊》2012 年第 7 期。

书评《叙事伦理·文学性·史识意识——评杨桂柱〈沂蒙母亲王换于〉》发表于《临沂广播电视报·沂南版》2012 年 12 月 27 日第 H 版。

小说《凄情陶吧》收入《小小说选刊》2012 年增刊《横街阮七》。

小说《我小时候也叫山子》收入《微型小说选刊》杂志社选编《商场麻辣烫》(百花洲文艺出版社 2012 年版)一书。

本年，从《山东文学》(上)第 5 期开始，应邀参与“小小说擂台”编辑，共选发作品 28 篇。据不完全统计，本年被《小小说选刊》《微型小说选刊》等转载 7 篇次。

应中国现代文学馆中国当代文学年鉴中心邀请撰写的《2012 年中国小小说综述》收入中国现代文学馆中国当代文学年鉴中心编《2012 中国当代文学年鉴》(百花洲文艺出版社 2013 年版)一书。

本年，小说集《租用蓝天》获得临沂首届沂蒙文艺奖三等奖。

本年，全程陪同山东作家协会签约作家常芳在沂南县定点深入生活的采访活动。

本年，《大鞭子》入选《小小说选刊》《百花园》《小小说出版》和小小说作家网“2012 年中国小小说排行榜”。

本年，小说《农事》获得《百花园》《小小说选刊》《小小说出版》联袂评选的“2012 年优秀原创作品奖”。

杨晓敏《高军：创作与评论的互动互补》收入《当代小小说百家论》(河南文艺出版社 2012 年版)一书。

高军生活在沂蒙山区的沂南境内，故乡是革命老区，发生过闻名中外的孟良崮战役及九子峰战斗等，这里留下了老一辈革命家和无数先烈战斗的足迹，涌现出众多可歌可泣的英雄人物。

据高军自己讲，他在孩提时，曾多次在流萤飞舞的夏秋之夜，和大家伙儿围坐在一退休老人的场院里，听他讲那引人入胜的故事。有次听到老人讲了一段小马的故事后，感到意犹未尽，回家后显得焦虑不安。父亲问他怎么了，他说想知道那件事以后怎么样了。父亲笑笑，踩着凳子从屋墙处拿下了4本书：《儿女风尘记》《新儿女英雄传》《苦菜花》《战斗的青春》，说答案都在书本上写着。他如获至宝，竟磕磕绊绊地读了起来。原来小马的故事就出自张孟良的小说《儿女风尘记》一书。从此他便到处找小说读，甚至边读边胡思乱想，将来也要写这样的书。

1996年，高军的第一篇小小说《神药》寄给了一家报纸得以发表，《小小说选刊》随即选载。此后一发而不可收，至今他出版了小小说集《紫桑葚》《一辈子也不说》《红唇印》和文学评论集《小小说内外》《山东小小说作家研究》《对话或漫游》等十三本著作。作品入选了《中国新文学大系》《中国当代小小说大系》《小小说300篇》等权威选本，小小说《紫桑葚》收入语文出版社出版的全国通用小学教材《语文》(五年级上册)在全国十多个省区广泛使用。

《紫桑葚》是高军的小小说代表作。这个战争故事没有硝烟弥漫、刀光剑影两军搏杀的残酷场景，而是“闹中取静”，从战事中的一间空空的农舍里编织出一个片段。农舍的主人为了躲避战乱一时弃家而去。部队行军至此，把农舍做了临时指挥所，指挥官在农舍中意外发现了一个大秫秸簸箩，簸箩里面养着已长到一寸左右的蚕宝宝。于是指挥官的目光聚焦在了蚕宝宝身上——很显然这是即将吐丝的蚕宝宝。它应该是农户一家生活生存的维系和希望。

“回到正房的指挥所，他问了一下25、26、27师所在的具体位置，命令道：‘不许从任何人手下漏掉一个敌人！’”

“他严肃地看了他俩一眼：‘我命令你俩，马上去给我采一筐桑树叶子来，要干净，要肥实。’”

这是两条截然不同的命令。指挥官在果断下达歼敌命令的同时，一而再地命令警卫员去寻找桑叶，找回桑叶又亲自喂蚕宝宝，并将桑叶枝上的紫桑葚留给了农户家的孩子。通篇阅读，残酷战争中的一刻温暖柔情和指挥官的人文情怀形象悄然树立。得民心者得天下。一个犹如神来之笔的细节，闪烁着人性之美，体现着作者的审美情感，其实也暗喻了人心向背和战争胜负。

《水》的故事颇有意思。两军对垒的战斗间隙中，一个国民党士兵不耐干渴，提着水桶去泉子取水。这个士兵明知泉子早已被我军控制在有效射程之内，他却没带任何武器，而且显得很无所谓，渴极了的他竟摆出一副被打死就拉倒的姿态。生命与水，在特定环境里，一瞬间变得如此凡俗而纯粹。解放军持枪打桶不打人，其仁智得以升华，敌兵幡然醒悟，主动带路招降同伙投诚。这篇作品的构思提纲挈领，立意高远，有举重若轻之效。

高军的《人与牛》也是一篇让人过目难忘的佳作。说是人与牛的故事，还不如说这是人与牛的较量。当年蛮牛黄趴牯刚进东家门时桀骜不驯，东家的雇工丕田就专门制作了一根大鞭子来征服它。但这是一头有思想的牛，它懂得隐忍与伪装，还懂得等待时机进行报复。而丕田与黄趴牯多年相处，他们之间似乎还有一种很微妙的感情交流，就像对手之间那种既是对弈又有点惺惺相惜。丕田辞工的那一天，牛性或者说兽性爆发就在千钧一发之际，可黄趴牯却在那一刻清清楚楚看到了丕田的脖颈上依然挂着那根熟悉的大鞭子。愤怒与斗志瞬间瓦解了，转化为一种动物式的无奈、失落和绝望。黄趴牯不怕丕田，怕的只是那条鞭子。丕田的心里惧怯黄趴牯，鞭子却成为他的护身符。

“黄趴牯转过头去，慢吞吞地向来路走去。丕田拿下大鞭子，轻轻顺溜了一下，又重新挂回了自己的脖颈上。”故事的余味犹存，看似黄趴牯败了，丕田赢了。可是黄趴牯输了什么？丕田又赢了什么？作者虽不明说，结论却已明了。

高军的众多小小说作品，主要分为战争题材系列、传奇人物系列、阳都系列、教育题材系列等，涉及题材宽泛，皆有可圈可点之作。

山东是孔孟之乡，数以百名计的小小说写作者各领风骚，修祥明、宗利华、魏永贵、刘黎莹、邢庆杰、周海亮、高军、聂兰锋、宋以柱等都是代表性人物。仅沂南的一个区域内，就活跃着一支小小说写作群。高军有着不可或缺的示范带头作用，因为高军不仅是一个作家，还是一个颇有建树的评论家。

高军认为，30 年来，作为民间性的小小说创作，出现了一批优秀的小小说作品和独具特色的标志性小小说作家，小小说事业有了举世瞩目的繁荣发展。但也不可否认，小小说业界也一直呈现着参差不齐、泥沙俱下的杂芜现象。小小说也是小说，要坚持小说元素的不可缺失性。小小说篇幅短小，要努力锻造个性的语言，营构曲折的故事，选择独特的细节，塑造鲜明的人物。小说的核心是人物，小说家的根本任务是写出生动活泼、个性鲜明的人物，其他一切都是围绕人物来运转和展开的。细节是塑造人物最有力的构件，缺少独特精彩细节，人物就很难有骨有肉地站立起来。

小小说写作者不能把自己降格为一个仅仅会讲故事的人，满足于完成了一个小纪实、小幽默、小寓言等，写出的作品不能只见小趣味不见大思想，只见物不见人。要提升小小说的艺术品位，对现实进行冒险的想象，要由平庸的叙事过渡到精妙的叙事，要用文字的力量激活人们的想象力和感受力。

1995 年，高军自在《百花园》发表第一篇评论《取法乎上见功夫》开始，随后发表大量小小说评论和其他文体的评论 300 余篇。他的小小说评论，有意识地在多个方面展开论述，努力构建一个人的小小说言论系统："文体论"是他从小小说标题拟名的艺术、开头艺术、道具、结尾、叙述语言、人物语言等 20 余个方面写成发表的论文；"作家论"中他写了近百位小小说作家的评论文章；"作品论"中他写了 50 余篇关于小小说作品的分析文章；"鉴赏论"则是世界小小说名篇的鉴赏文字，多篇曾在《百花园》连续发表。

《小小说选刊》2008 年第 20 期的扉页"零距离"上，高军写道："尽管很多人都自诩为在写生活，事实上并不是写出一些生活故事就是写了生活。只有真正沉入生活深处，做到直接呈现存在的真相，表达出对生活的反思，表现人与生活的精神冲突，表现属于某种生活所独有的文化气质，并克服人物平面化、情节雷同化，努力以明确的精神穿透力和自己独特的声音叙述生活，才可以说是个性化的生活书写。”

高军对小小说的大众文化意义和产业化意义，也有自己的深度见解。可以说，这种集小小说创作与小小说评论于一身的人，在文学的道路上，一定会走得坚实而长远。

——杨晓敏:《高军:创作与评论的互动互补》,《当代小小说百家论》,河南文艺出版社 2012 年版,第 314～316 页

2013 年　农历癸巳年

51 岁

1 月

小说《勇敢爱》收入陈永林选编《2012 年中国小小说精选》(长江文艺出版社 2013 年版)一书。

小说《大鞭子》收入杨晓敏、秦俑、赵建宇选编《2012 中国年度小小说》(漓江出版社 2013 年版)一书。

小说《重新学话》被《小说选刊》2013 年第 1 期选载。

小说《开另一朵花》发表于《百花园》2013 年第 1 期。

小说《世态掠影》(《租用蓝天》《重新学话》)发表于《临沂文艺》2013 年第 1 期。

小说《绣花烟包》发表于《沂南通讯》(沂南县两会特刊“美丽沂南”)2013 年 1 月 16 日第 38 版“头题”。

小说《重新学话》发表于《贵港日报》2013 年 1 月 21 日第 3 版。

文学评论《新世纪以来的临沂文学与文学临沂——当下临沂文学五人谈》发表于《洗砚池》2013 年第 1 期。

考证文章《刘品高和他的〈说唱晴天传〉》发表于《阳都文学》2013 年第 1 期。

“高军评论小辑”发表于 2013 年第 1 期《阳都文学》，包括《创作与评论的互动互补——高军小小说印象》（杨晓敏）、《心灵的搏动与倾诉——山东高军论》（陈勇）、《温情中的故乡与众生——评高军的小小说》（车振华）、《怎样从小说里读出诗来——浅评高军的小小说》（尤克利）、《震颤与沉思——读高军的小小说》（冯春明）。

小说《掌声》收入苏立康、方圆主编《新课标新阅读·阅读与训练》（七年级下册）（教育科学出版社 2013 年版）一书。

小说《敲钟的老人》收入苏立康、方圆主编《新课标新阅读·阅读与训练》（八年级下册）（教育科学出版社 2013 年版）一书。

小说《拐杖》收入薛兆平、赵梓涵主编《山坳里的教育故事·学生卷》（高等教育出版社 2013 年版）一书。

小说《白杨树》《红围巾》《青苹果》《打牌》《刻瓷》收入张在军、王丽艳主编《山坳里的教育故事·教师卷》（高等教育出版社 2013 年版）一书。

小说《三枚红印章》《一场特殊形式的高考》收入方圆、都培江主编《山坳里的教育故事·校长卷》（高等教育出版社 2013 年版）一书。

小说《前面有一堆花生》收入杨晓敏主编《一位母亲的危机处理》（地震出版社 2013 年版）一书。

小说《纶巾》《纶帽》收入杨晓敏主编《操场边·那树合欢花》（地震出版社 2013 年版）一书。

小说《读信》《编纶帽》收入杨晓敏主编《十七岁的单车》（地震出版社 2013 年版）一书。

散文《院中的榆树》《短扁担》《就这样与你擦肩而过》《照螃》《母

亲的纺车》《童年的麻花》及小说《摔“啪”》《军号声声》《掌声》《红围巾》《白杨树》《画荷》《温一口水给你喝》《油饼》《我们一直都在》《画兰》《想念式》收入薛兆平、王仕香主编《情感读本（2013.1～6）》（青岛出版社 2013 年版）一书。

文学评论《小小说理论的重要探索》收入秦俑、马国兴、吕双喜主编《杨晓敏与小小说》（郑州大学出版社 2013 年版）一书。

第八本著作——文学评论集《对话或漫游》由中国文联出版社出版。该评论集共分四辑，收入文学评论 55 篇。

2 月

小说《桑叶》收入杨晓敏主编《十七岁的远行》（地震出版社 2013 年版）一书。

小说《谁来陪伴你》《我小时候也叫山子》收入杨晓敏主编《女儿的班主任》（地震出版社 2013 年版）一书。

小说《画菊》收入杨晓敏主编《姐姐的描红课》（地震出版社 2013 年版）一书。

《灵魂深处的高贵情怀——作家高军小小说印象》（张丽）发表于《孝感日报》2013 年 2 月 6 日。

一篇好的作品，真正照亮人心的不是动人的口号、亮丽的造型、虚张声势的叫喊或者娴熟的镜头感，而是发端于灵魂深处的那份高贵的情怀。读作家高军的小小说，无论是沂蒙山区的军事题材，还是普通民众的生存状态，抑或传奇式的历史英雄，无处不体现这种高贵情怀的思想深度和精神美感，主要体现在：

一、不忘传统精魂

作家高军善于在庸常的生活中，以敏锐的眼睛洞察人性，用饱含激情的笔调讴歌人性的善良，引导读者感受着人性的美好，从而不忘传统精魂。例如《赠送唠叨》里上慈下孝的传统美德，在这里听母亲的唠叨是一种享受，是对浓浓母爱的回馈，不管你是乞丐还是大款，是官员还是平民，都是母亲的宝贝，感念亲恩，及时行孝理所当然;《企盼》里女人心灵的苦难和精神的重压，反衬出母爱的高大;《倾听》里如山的父爱;《午饭》里懂事的儿子等等，都是传统孝道的体现。《三枚红印章》里老师用真诚温和感染了“我”，用无私和伟大改变了“我”的人生;《打牌》里由于“我”的言传身教，循循善诱，和对学生陈小燕的尊重信任，激起了她对生活的自信，这些是传统的师德。还有众多为人称道的军事题材，时时处处体现了革命的优良传统，而传奇系列小说体现着民间奇人异士深沉的爱国情操。在这些作品里作者专注于内心世界的共鸣，执着于精神世界的完善，从而使作品迸发出惊人的力量和智慧。

二、不忘民生疾苦

关注民生，文以载道，高军老师的小说就是这样。例如《三张纸条》里的厂长，从小处看是领导对职工家属的关心，从大处想是组织对民众的体恤;《补鞋匠苏小青》里的苏小青是生活在底层的小人物，但仍然不失对吕剧的热爱，对美好事物的追求，她是卑微的，但是她用对顾客的尊重和友爱活出了尊严和快乐;《紫桑葚》里许世友将军命令警卫员采桑叶并亲自喂蚕宝宝，体现了将军对老百姓的爱护等。作者关注了社会生活的方方面面，不忘民生疾苦，关心劳苦大众，用深沉质朴的灵魂来创作，用简练的笔法让大爱传承传播，使作品散发着迷人的魅力。

三、不忘文字之美

一位学者说过，语言本应是人道、理性和真理的创造者和保有者，那种充溢着暴力的欺骗的语言，不可能再有生命。综观高军老师的小说，其语言质朴，鲜活明朗，情致高远，温润妥帖，张弛有致。如小小说《病》在拉家常式的对话中将人物的内心世界层层剖开，让读者洞察人性的缺陷，却能体会作者的善意；而小小说《紫桑葚》《请香》等亲切自然的语言让人物个性格外鲜明。这些小说，在古代与现实之间穿越，在刀光剑影与战火中接受灵魂的洗礼，畅游于字里行间，聆听着阳都歌谣，倾听着心灵的颤音，感受着情感的波动，确实美不胜收。

不忘传统精魂，不忘民生疾苦，不忘文字之美，在时间深处的孤灯下作人生世事的打量与怀想，读作家高军的小小说如品甘露，况味悠悠。

——张丽：《灵魂深处的高贵情怀——作家高军小小说印象》，《孝感日报》2013年2月6日

小说《姑姑》发表于《沂南通讯》2013年2月8日第4版“月末”。

3月

散文《远去的背影》发表于《沂南通讯》2013年3月1日。

小说《世态掠影》（包括《租用蓝天》《重新学话》）发表于《临沂文艺》2013年第1期。

散文《在子鱼墓前》发表于《沂南通讯》2013年3月6日第2版。

小说《画菊》发表于《沂南通讯》2013年3月6日第4版。

文学评论《缤纷的商场，独特的女性——漫谈刘晓峰的长篇小说〈菊香〉》发表于《沂蒙晚报》2013年3月24日第B3版“沂蒙湖/说书场”。

小说《画鸭》收入《小说月刊》（经典作品专号）2013年第3期。

小说《桑桑》《讲话》发表于《东京文学》2013年第3期。

小说《画坛掠影》（包括《画梅》《画竹》）发表于《山东文学》2013年第3期下半月刊。

小说《咱们来个约定》发表于《郑州日报》2013年3月27日。

小说《爱的位置》《桑老师》收入杨晓敏主编《三百六十五个妈妈》（地震出版社2013年版）一书。

小说《低头》《蚂蚁，蚂蚁》收入杨晓敏主编《第一位启蒙老师》（地震出版社2013年版）一书。

小说《母亲，母亲》《门卫》收入杨晓敏主编《篮球场边的女孩》

（地震出版社 2013 年版）一书。

小说《掌声》收入陈永林主编《原来我最棒/最受孩子喜爱的校园故事》（长江文艺出版社 2013 年版）一书。

小说集《青苹果》由天津人民出版社出版。该小说集分绣花烟包、红围巾、玉米草、把母爱还给你、谁来陪伴你、金黄的玉米饼六辑，收入小说 77 篇。

4 月

小说《序言》发表于《文学港》2013 年第 2 期。

小说《桑桑》发表于《沂南通讯》2013 年 4 月 3 日第 4 版。

文学评论《当代小小说的现状与发展趋势浅论》发表于《山东文学》（上半月）2013 年第 4 期。

文学评论《缤纷的商场，独特的女性——漫谈刘晓峰的长篇小说〈菊香〉》发表于《洗砚池》2013 年第 2 期。

文学评论《微言中酝酿着大义，表象中折射着深度思考》发表于《幽默讽刺精短小说》2013 年第 4 期。

考证文章《刘品高和他的〈说唱晴天传〉》发表于《沂南通讯》2013 年 4 月 5 日。

学术论文《论诸葛亮之“忠”兼及相关几个问题的辨析》和《明清时期沂南孝行人物浅述》发表于《中华孝道》2013 年第 4 期。

消息《高军的两本新书出版》（刘雷）发表于《沂南通讯》2013 年 4 月 10 日第 2 版。

13 日，参加在聊城召开的山东省首届小小说作家代表暨理事会议。会议决定成立山东省小小说学会，当选为副会长。

5 月

小说《童年的月饼》《爱的位置》收入马国兴、吕双喜主编“最具实用性的写作美文”《活着的手艺》（郑州大学出版社 2013 年版）一书。

小说《人与鸟》收入马国兴、吕双喜主编“最具实用性的写作美文”《一只在夜色中穿行的猫》（郑州大学出版社 2013 年版）一书。

学术论文《浅论阳都少年生活对诸葛亮一生的影响》收入诸葛保满、诸葛全生主编的《诸葛亮及桂林后裔》（广西师范大学出版社 2013 年版）一书。

10 日，沂南县诸葛亮研究会成立，当选为副会长。

散文《汶河拖蓝》发表于《沂南通讯》2013 年 5 月 29 日“第六届中国临沂诸葛亮文化旅游节特刊”（蓝版）。

29～31 日，参加全国第二十届诸葛亮学术研讨会，向会议提交了《关于诸葛亮姓氏和家族问题的梳证》《论诸葛亮之“忠”兼及相关几个问题的辨析》两篇论文。

6 月

小说《拿掉面具》《肉食人》发表于《东风文艺》2013 年第 3 期。

文学评论《点评长篇小说〈花河〉》摘要发表于《当代》2013 年第 3 期。

文学评论《点评刘黎莹的〈端米〉》发表于《微型小说选刊》2013 年第 12 期。

文学评论《卷首语》发表于《小小说选刊》2013 年第 11 期。

文学评论《新时期的临沂文学与文学临沂——当下临沂文学五人谈》（参与对话）发表于《中国文学》2013 年 6 月号。

文学评论《2012 年中国小小说综述》收入中国现代文学馆中国当代文学年鉴中心编《2012 中国当代文学年鉴》（百花洲文艺出版社 2013 年版）一书。

第十部著作——小说集《咱们来个约定》由河北人民出版社出版。该小说集分纸飞机、紫桑葚、红月亮、高招、画鸭、拿掉面具、人与牛七辑，收入小说 55 篇。

7 月

《高军微型小说五篇》（《三张收条》《母亲的苹果》《意外》《鹦鹉》《蓝鞋垫》）发表于《玉泉》2013 年第 4 期。

2～5 日，参加“寻梦日照，放歌山海天”中国百名文化记者采风活动。

13～14 日，组织参加由沂南县作家协会、《阳都文学》编辑部、智圣汤泉旅游度假村联合举办的“知名作家走进智圣汤泉采风笔会”。

散文《雨中，在浮来山》发表于《张家港日报》2013 年 7 月 15 日。

散文《海滨林间漫步》发表于《临沂日报》2013 年 7 月 19 日。

散文《竹泉村散文两篇》发表于《临沂文艺》2013 年第 4 期。

文学评论《论周荣贤和他的创作情况》发表于《阳都文学》2013 年第 2 期。

艺术评论《物我兼容的诗化笔墨——郭立东山水画评》发表于《洗砚池》2013 年第 3 期。

小说《解救》《人面鸟》收入陈永林主编“HELLO 大自然”《哭泣的黑猩猩·黑色危情卷》（浙江少年儿童出版社 2013 年版）一书。

散文《花之寺寻踪》发表于《沂南通讯》2013 年 7 月 31 日第 2 版。

8 月

文史研究《刘勰在浮来山校经？》发表于《周视天下》2013 年 8 月 2 日第 26 版“生活百态”。

小说《肉食人》被《小小说选刊》2013 年第 15 期选载。

文学评论《猎猎长风　群像英雄——评杨文学的报告文学〈叩拜沂蒙〉》发表于《临沂日报》2013 年 8 月 16 日第 A7 版“银雀”。

散文《海滨林间漫步》被《日照日报》2013 年 8 月 17 日转载。

小说《换》发表于《昆山日报》2013 年 8 月 18 日第 A12 版。

文学评论《积极干预生活与匠心营造艺术——刘公小小说创作简论》发表于《幽默讽刺精短小说》2013 年第 8 期。

艺术评论《物我兼容的诗化笔墨——郭立东山水画评》发表于《中华艺术家》2013 年第 8 期。

小说《画兰》发表于《联合日报》2013 年 8 月 26 日第 4 版。

散文《熟悉的陌生朋友》发表于《临沂日报》2013 年 8 月 27 日第 2 版。

文史研究《文采高标，青史风流——高名衡的艺术才华简述》发表于《沂南通讯》2013 年 8 月 31 日。

小说《红唇印》收入《微型小说选刊》杂志社选编《惊心的照相》（百花洲文艺出版社 2013 年版）一书。

小说《神药》收入《微型小说选刊》杂志社选编《父亲的墓志铭》（百花洲文艺出版社 2013 年版）一书。

小说《神医》收入《微型小说选刊》杂志社选编《疼痛的小提琴》（百花洲文艺出版社 2013 年版）一书。

小说《换脑》收入《微型小说选刊》杂志社选编《最近的花朵最香》（百花洲文艺出版社 2013 年版）一书。

小说《画荷》收入杨晓敏、秦俑编《简单爱》（漓江出版社 2013 年版）。

第十一部著作——小说集《重新学话》，由百花洲文艺出版社出版，收入小说 69 篇。

9 月

本月起，不再担任沂南县新闻中心工会主任，也不再在县文联帮助工作。 随后不久，被县委组织部派往县作家协会工作。

10 月

散文《尖底罐前的沉思》发表于《沂南通讯》2013 年 10 月 11 日第 2 版“月末”。

小说《掌声》及《沂南籍作家介绍：高军》收入《界湖中心小学校报》2013 年 10 月 25 日第 4 版。

文学评论《我印象中的汝荣兴和他的小小说创作与评论》发表于《浙江作家》2013 年第 10 期。

文史研究《明清时期沂南孝行人物浅述》收入沂南县老龄工作委员

会等编《阳都霞晖》(内部资料)一书。

小说《重新学话》收入《齐鲁文学作品年展 2012》(小说卷)(山东友谊出版社 2013 年版)一书。

独撰的《沂南文学史》由中国戏剧出版社出版。该部文学史是一本地域文学研究著作，分沂南概述，沂南古、近代文学，沂南现、当代文学三编，设专章对诸葛亮、高名衡、高玉章、刘品高、高禄厚、周荣贤、苗得雨、高禄堂、李一詠、杨桂柱、高举忠、祖发厚、李忠山、张桂兴、王兆山、苗长水、刘京科、戴建涛、左志松、冯春明、高军、夏立君、芦苇泉、曹玉霞、高薇、郭敏、尤克利、张光芒、武善增、张全之、张桂奎、朱献贞、张元珂、王任、车振华等沂南作家进行介绍，并对沂南现当代文学史上的作家队伍、文学创作、文学评论、文学奖、文学组织、文学刊物进行总体概述，后附沂南县内作家作品收入重要文学选本情况。出版后，《2013 中国当代文学年鉴》对其予以记录，并给予高度评价，《沂南通讯》亦发报道予以推介。

2013 年 10 月，著名评论家、作家高军撰著的《沂南文学史》由中国戏剧出版社出版发行，在全国各地新华书店上架发售。《沂南文学史》作为县级地域文学史著作得以出版，在全国尚属初次，更显难能可贵。

《沂南文学史》一书是高军耗费两年的精力，走访省内外近千人，查阅山东省图书馆、山东大学图书馆、山东师范大学图书馆、山东工艺美术学院图书馆、临沂博物馆等浩如烟海、卷帙无数的资料的基础上，占有大量资料的基础上，通过独立思考撰写而成的具有挖掘性、突破性、开创性、独特性的个人独立完成的作品，全书共分为 3 编 39 章，43 万字，512 页。多年来，高军不计个人得失，搜集拍买资料，在最大可能占据资料的基础上，才形成了自己独特的学术观点和体系构建，《沂南文学史》一书认真、严谨地梳理了从古至今的沂南范围内的文化、文学等现象和规律等。这本专著最大的特点是从宏观把握、微观观照，这本书从沂南的区划变迁、人文底蕴入手，接着在对古代和近代沂南文学宏观分析的基础上，重点论述诸葛亮、高名衡、高玉章三位作家的生平和文学成就，对高名衡、高玉章的论述都是具有独到见解和开创性的，在这个方面从来无人进行过拓展，高军的论述具有开创性的重要价值。《沂南文学史》更大的篇幅是对沂南的现、当代文学的论述，这本书在沂南现当代文学方面下的功夫尤为突出，特别是对刘品高、高禄厚、周荣贤等的资料搜集整理。高军搜集了尽量多的资料，在准确把握的基础上，对他们文学创作的论述具有很多新鲜的见解。

——刘雷：《高军著〈沂南文学史〉出版发行》，《沂南通讯》2013年11月20日第4版

《创作与评论的互动互补》（杨晓敏评高军）发表于《百花园》2013年第10期。

11月

消息《高军著〈沂南文学史〉出版发行》（刘雷）发表于《沂南通讯》2013年11月20日第4版。

散文《悠悠温凉河》发表于《临沂日报》2013年11月29日第A7版“银雀”。

小说《琴声》收入陈永林主编“悦读·青少年成长智慧书系”《交往的智慧》（人民出版社2013年版）一书。

小说《青苹果》收入陈永林主编“悦读·青少年成长智慧书系”《朋友　人生最大的财富》（人民出版社2013年版）一书。

小说《老李》收入陈永林主编“悦读·青少年成长智慧书系”《没有人能独自成功》（人民出版社2013年版）一书。

小说《留在心中》收入陈永林主编“悦读·青少年成长智慧书系”《爱的滋味》（人民出版社2013年版）一书。

小说《红唇印》收入陈永林、方圆主编“中学生必读的成长小小说100篇”《月亮是妈妈的枕头》（湖南少年儿童出版社2013年版）

一书。

小说《鹦鹉》收入陈永林、方圆主编“中学生必读的悬疑小小说100篇”《复仇的芭比娃娃》（湖南少年儿童出版社2013年版）一书。

小说《村官》收入陈永林、方圆主编“中学生必读的法制小小说100篇”《被绑架的母爱》（湖南少年儿童出版社2013年版）一书。

小说《三张收条》收入陈永林、方圆主编“中学生必读的友情小小说100篇”《朋友是上天派来的天使》（湖南少年儿童出版社2013年版）一书。

小说《我们一直都在》收入陈永林、方圆主编“中学生必读的励志小小说100篇”《没有翅膀也能飞》（湖南少年儿童出版社2013年版）一书。

小说《换脑》收入陈永林、方圆主编“中学生必读的奇幻小小说100篇”《威胁生命的石头》（湖南少年儿童出版社2013年版）一书。

小说《留在心中》收入陈永林、方圆主编“中学生必读的爱情小小说100篇”《给爱一条回家的路》（湖南少年儿童出版社2013年版）一书。

小说《特殊顾客》收入陈永林、方圆主编“中学生必读的家庭小小说100篇”《橱窗里的幸福》（湖南少年儿童出版社2013年版）一书。

12月

小说《险方》发表于《山东文学》2013年第12期上半月。

小说《小丽的时尚生活》发表于《小说月刊》（名家专号）2013年第12期。

散文《暖意黑陶》发表于《时代文学》（上半月）2013年第12期。

散文《竹泉村散文两篇》发表于《临沂文艺》2013年第4期。

文史研究《清末民初的界湖商号店铺变迁简述》发表于《沂南通讯》2013年12月31日。

小说《解救》收入陈永林主编“悦读・青少年成长智慧书系”《倾听自然的声音》（人民出版社2013年版）一书。

小说《画菊》被设计为2013届高三年级苏教版语文期末考试阅读分析题。

小说《画菊》被设计为2013年江苏省无锡市高三年级期末考试语文试题。

小说《补鞋匠苏小青》被设计为2013年四川省成都市高新区高三月考语文试题。

小说《掌声》被设计为2013年湖北省咸宁市初中毕业生学业考试语文试题。

文学评论集《对话或漫游》获得第二届临沂市沂蒙文艺奖（文艺理论研究类）一等奖。

本年，继续担任《山东文学》“小小说擂台”编辑，全年编发的作品，据不完全统计，被转载16篇次。

继续为中国现代文学馆中国当代文学年鉴中心撰写年度小小说综述。

小说《肉食人》入选由《小小说选刊》《百花园》《小小说出版》和小小说作家网联合评选公布的“2013年中国小小说排行榜”。

2014年　农历甲午年

52岁

1月

7日，《语文周报》“八年级人教课标版”第1期（总第1648期）在头版登载高军的照片、简介、“致语文周报小读者”寄语，并刊载高军的教育题材小说《踩脚》。

《小小说两篇》（《刻瓷》《你不是这样的人哦》）发表于《北京文

学》(精彩阅读)2014 年第 1 期。

小说《险方》被《小说选刊》2014 年第 1 期选载。

小说《周碧华的草本人生》发表于《小说月刊》2014 年第 1 期。

小说《怪医(外一篇)》(《药道》)发表于《东风文艺》2014 年第 1 期。

小说《小丽的时尚生活》被《新智慧·故事精》转载。

小说《险方》在《沂南通讯》两会特刊(向人民汇报)2014 年 1 月 20 日第 69 版被推介。

书评《县域旅游产业发展的成功范例——评〈沂南模式：县域旅游发展的理论与实践〉》发表于《阳都文学》2014 年第 1 期。

“《沂南文学史》评介小辑”发表于《阳都文学》2014 年第 1 期，包括《史识明晰　蕴含丰富——评高军的〈沂南文学史〉》(高薇)、《打通文学命脉的最后一里地——简评高军和他的〈沂南文学史〉》(胡金华)、刘雷《〈沂南文学史〉出版发行》三篇。

散文《海滨林间散步》《雨中，在浮来山》收入《那山·那海·那天》(山东友谊出版社 2014 年版)一书。

散文《反读“毒草”慰心灵》《香蒲情结》《尖底陶罐前的沉思》《雨中白帝城》《背书回家乐融融》《夜晚，在张飞庙》《水蕻开花淡淡香》《永远的书香》《雨中，在浮来山》，小说《把母爱还给你》《香荷包》《叫好》《相框》《蚂蚁，蚂蚁》《母亲，母亲》《蓝鞋垫》《汉字功》《相片》《谁来陪伴你》《打牌》《爱的位置》《面条》《人面鸟》《前面一堆花生》收入薛兆平、楚月霞主编《情感读本(2014.1～6 合订本)》(青岛出版社 2014 年版)一书。

小说《重新学话》收入杨光洲编选《2013 中国小小说年选》(花城出版社 2014 年版)一书。

小说《肉食人》收入杨晓敏、秦俑、赵建宇选编《2013 中国年度小小说》(漓江出版社 2014 年版)一书。

小说《肉食人》收入陈永林选编《2013 年中国小小说精选》(长江

文艺出版社 2014 年版）一书。

小说《肉食人》收入冰峰、陈亚美选编《2013 中国年度微型小说》（漓江出版社 2014 年版）一书。

小说《大鞭子》获得由中国微型小说学会、镇江市委宣传部、镇江市文学艺术界联合主办的第十一届全国微型小说（小小说）年度评选三等奖。

2 月

小说《裴正浩的辫子》发表于《百花园》2014 年第 2 期。

《小说二题》(《张霖》《周碧华》) 发表于《东京文学》2014 年第 2 期。

散文《竹泉赋》(含《泉上》) 发表于《中国文学》2014 年第 2 期。

3 月

小说《你不是这样的人哦》被《爱你》2014 年第 3 期（总第81 期）转载。

小说《险方》被《幽默讽刺精短小说》2014 年第 3、4 期合刊转载。

文学评论《诗人曹国英：神秘梦想与朴素风格》发表于《沂蒙人》2014 年第 3 期（总第 12 期）。

小说《刻瓷》收入崔峦、张在军主编《正能量阅读》(小学版第 4 辑)(石油工业出版社 2014 年版）一书。

小说《打牌》《蚂蚁，蚂蚁》《红围巾》《企盼》收入崔峦、张在军主编《正能量阅读》(小学版第 5 辑)(石油工业出版社 2014 年版）一书。

小说《掌声》《三枚红印章》收入崔峦、张在军主编《正能量阅读》(小学版第 6 辑）(石油工业出版社 2014 年版)一书。

论文《关于诸葛亮姓氏和家族问题的梳证》《论诸葛亮之“忠”兼及相关几个问题的辨析》收入李遵刚主编《全国第二十次诸葛亮学术研讨会论文集》(军事科学出版社 2014 年版）。

30 日，沂南县作家协会召开作协理事扩大会议，会议回顾了县作协六年来的工作，决定由作协常务副主席、秘书长高军担任新一届作协主席。

4月

考证文章《清末民初著名的界湖袁家戏班》分三次发表于《沂南通讯》2014年3月26日、4月4日、4月9日第4版。

小说《掌声》收入《一刹那的幽默·浣熊光临我们家》（浙江少年儿童出版社2014年版）一书。

小说《拐杖》收入《一刹那的成长·被风吹走的夏天》（浙江少年儿童出版社2014年版）一书。

小说《汉字功》收入苏立康、张在军主编《正能量阅读》（中学版第8辑）（石油工业出版社2014年版）一书。

小说《考验》收入《大爱·真情——抗震救灾微型小说选》（中国方正出版社2014年版）一书。

散文《竹泉赋》（含《泉上》）收入明杰主编《龙腾竹泉》（线装书局2014年版）一书。

《打通文学命脉的最后一里地——评高军〈沂南文学史〉》（胡金华）发表于《临沂日报》2014年4月11日。

近日，我市作家高军经过近三年时间编纂而成、由中国戏剧出版社正式出版的《沂南文学史》，终于同大家见面了，这是全市乃至全省文学界的一件盛事。

历史犹如一面镜子，谁也无法改变或掩饰自己的真面容。文学历史也是如此，一如波澜不惊、神闲气定的湖面，在风雨过后的阳光下显得悠远而深沉。以文学爱好者的目光重新审视一个人和他的地方文学史，我被作家高军自愿肩负的文学历史责任与担当深深感染。这就是：在这项具有建设性和开创性的地域文化工程中，是他挥动着客观与真实的铁镐，打通了文学命脉的最后一里地。

这部拥有42万字510多页的《沂南文学史》，雍容大观，不算书中的附录和后记，共分三编三十三章。全书史料翔实、内容丰富、重点突出、真实客观，是一部十分权威的地域文学史汇编和可资后人借鉴的文献资料。

沂南自古以来就是一片文化和文学的热土。春秋时期孔子曾“浴乎沂”；三国时期孤峰独耸的诸葛亮，其著作《隆中对》《出师表》《诫子书》等成为古代散文名篇；唐代大诗人李白游历汶河曾著有《五月东鲁行答汶上翁》；明清时期更是沂南文学创作的高峰，进士、翰林院编修、礼部右侍郎、文学家公鼐的《琅琊阳都过诸葛武侯王休徽故里》，进士、吏部清史司主事周京的《诸葛城》，兵部右侍郎、诗人、散文家高名衡的《高忠节公遗集》，其妹妹高玉章的《玉映草》诗集，沂水知县张玉等人撰写的《花之寺》诗歌，蒙阴知县杜治都写的《汶水拖蓝》，还有这一时期至今遗留在沂南县境内寺、观、庙、庵上的碑文等等，都昭示出沂南文学的繁荣景象。而清末、民国一直到新中国建立时期的沂南文学也不乏名篇力作，像黄纪恩、苗得雨、刘品高、高禄厚等作家，都围绕除陈革旧、呼声抗战、保家卫国等现实题材，创作出了一大批文学作品。

20 世纪以来的沂南文学，更是空前繁荣，名家辈出，并逐渐呈现出规模宏大的壮丽景观。全书从纵横两个方面按照史学理论的逻辑，对沂南这一地域的文学现象进行了历史总揽，概括出四个不同的阶段：一为建国初期作家的各自孤军奋战；二为“文革”后期至改革开放初期的作家群体；三为八十年代波动起伏的文学新兴阵营；四为各具创作风格、老中青“三结合”式的集体呈现。

《沂南文学史》一书从历史文化的角度客观而准确地概述了自三国时期以来的文学意义上的沂南，并着重围绕沂南的人文底蕴，古近代文学和现、当代文学，就作家队伍、文学创作、文学评论、文学奖、文学组织以及文学刊物等内容，进行了分门别类的论述，尤其是对五四新文化运动以来沂南籍和沂南境内的作家文学创作情况进行了系统概述，对取得文学创作突出成就的 32 名作家逐一进行了单章论述。每个人物章节都一以贯之地按照其文学创作脉络，并不惜五分之三的篇幅，精确记录了个人简历、创作文体、创作成就以及主要作品发表附录等内容，所有这些个人单章论述，除仙逝作古的作家外，都经过了其作家本人的严格审核把关，不加作者任何主观评语、取舍和褒贬成分，似乎放在哪儿都是一种实在而准确的个人日志。如第十四章苗长水，除了对个人创作简历、作品发表时间、篇目、获奖情况作了总体概述外，还对他的中短篇小说创作、长篇小说创作、报告文学创作和电视连续剧剧本创作进行了分解式的描摹，使读者对其个人创作现状做到了更加全面而立体的了解。

我和许多读过这本书的文学界人士都认为，作家高军所坚守的唯实客观写史风格、真实记录的价值取向以及不带任何粉饰的“白描”色彩，让这部《沂南文学史》经得起历史与现实的检验，也会使每一个尊重历史的人本主义者受益。我惊叹于他在搞好自己的文学评论、小说、散文创作的同时，能够跳出一个唯美主义色彩的作家感性阈限，理性正视浩如烟海的文学长河，关注一个县的文学历史和现状，长期坚持积累资料，时常写一些对本土作家的评论文章。在这个过程中，他看到一些有影响的老作家在不长时间后便被历史湮没，几十年后都没有人能说出其创作情况，在深切叹息时间之无奈的同时，心中即萌发出赶快抢救这些资料和撰写文学史的最初设想。就文学意义上讲，高军首开作家撰写文学史的先河，其开创精神绝不是这部文学史所能媲美的。

一个人和他的地方文学史，凝结的是心血、智慧，是品质、担当。尽管在这部文学史撰写整理的最初时期，曾作为该县作家协会的一项工程列入规划并做出安排，也有文学作者试图参与进来，但都因为个人对文学历史资料掌握不足抑或认识观点不同而中止。在这种很难集体操作的背景下，高军担负起重任，自愿担当，不为沂南文学发展历程中曾经发生的枝枝蔓蔓所牵绊，始终坚持中立客观的原则立场，抛却文人相轻的历史沉疴，满怀文学情、“史记”梦，一路走来，无私无畏，最终为文学沂南捧出这一具有划时代意义的光辉史册。

我相信，随着时间远去，行走在文学道路上的人们，都会在他的当代文学“史记”中观望出自己的身影，倾听到历史的回声。

——胡金华：《打通文学命脉的最后一里路——评高军〈沂南文学史〉》，《临沂日报》2014年4月11日

《史识明细　蕴含丰富——评高军〈沂南文学史〉》（高薇）发表于《沂南通讯》2014年4月30日第4版。

沂南县著名作家、评论家高军编著的《沂南文学史》，已于2013年10月由中国戏剧出版社出版发行，全书分3编39章，共43万字，513页。《沂南文学史》作为一本县级地域文学史著作终于得以出版，这在全国尚属首次；能够在全国各地新华书店公开发行，更显难能可贵。作为一本地方文学史著作，它在言语表述、体系构建等方面，都显现出一定的特色，值得充分肯定。下面我想从三方面对本书加以评述。

一、贯通古今，充分展现沂南文学全景

文学史是研究文学发展历史的科学。不同地域、不同国家、不同民族的文学以及不同时代、不同类别的文学各自有着不同的发展历史，所以文学史的研究和撰写通常都有一定的范围。显而易见，《沂南文学史》是以地域范围来研究和撰写的文学通史，所以它最为突出的特点就是应该显现其地域文化特色。高军作为土生土长的沂南人，对家乡这片热土有着深厚的感情。多年来，他一直在用手中的笔尽情地描绘沂南的风土人情，创作了大量讴歌沂蒙的作品。他的小小说《紫桑葚》描写的就是解放战争时期发生在沂南境内的一个感人故事，几年前已被编入语文出版社S版第9册小学《语文》教材，对弘扬沂蒙文化、倡导沂蒙精神起到了良好的作用。高军是一个认真严谨而又具有担当精神的作家，几十年来一直致力于小说、文学评论和散文创作，在文学创作的同时，不忘扶持文学青年，帮助和带动了一大批文学爱好者，对推动沂南的文学事业作出了突出贡献，这些是有目共睹的，编写这部《沂南

文学史》更是一个最好的例证。

《沂南文学史》其最大特点是从宏观把握、微观观照。第一编沂南概述分两章介绍了沂南的区划变迁和人文底蕴。第二编沂南古、近代文学，在宏观分析的基础上，重点论述了诸葛亮、高名衡、高玉章三位作家的生平和文学成就。此书最重要的部分是第三编沂南现当代文学，共分为三十三章，第一章概述中分六节对沂南现当代文学的作家队伍、文学创作、文学评论、文学奖、文学组织和文学刊物六个方面作了详尽介绍。第一节作家队伍部分分四个时期介绍了参与过沂南文学活动的近二百名作家，以及他们的作品和写作情况，由此可见沂南作家队伍之庞大。第二节文学创作部分用去了整整 58 个页面，从新中国成立前的群众文艺团体活动和个人创作情况，到新中国成立后沂南文学在波动中逐渐走向繁荣，特别是 20 世纪 80 年代后的沂南文学创作，更是一个百花齐放多姿多彩的时代。作者详细介绍了从 1981 年到 2013 年这三十余年来的文学创作情况，将所有作家作品分年度一一列出，文中用了近四万字来描述这一时期的作家创作情景，由此可以看出这时期沂南本土作家的创作应和着时代的节拍，已经逐步走向成熟，涌现出一批批有成就的作家和业余作家，沂南文学呈现出前所未有的繁荣景象。综合叙述之后，分三十二章对 32 位有突出成就的作家、评论家进行了专题评述。一书在手，可以纵观从古到今几千年来沂南范围内所产生的文化、文学现象和文学规律等，充分展现了沂南文学的全貌，无论是在容量上还是在反映的面上，都是比较宽泛的，阅读此书，定将受益匪浅。

二、言语精当，努力打造智性文化品牌

读一些文学史，特别是作为讲义的文学史，在体例框架方面大多都有一个固定模式，受这种僵化、陈旧的著述体例所制约，许多文学史读起来很吃力，让人感觉枯燥乏味。《沂南文学史》这部书的框架结构，在力求符合通常体例要求的同时，坚持从实际出发，根据具体情况做了一些调整变通。在叙述方式和语言表述上灵活多变，编著者根据不同的作家作品特点，在评述时运用语言也各不相同。在对一些评论家的专题评述中，可看出作者运用语言严谨，思维严密，逻辑性强。如张光芒、武善增、张全之、李桂奎、朱献贞等评论家的专题章节中，字字句句充满智性和理性，章章都是一篇规整的学术论文。而在对于一些小说、诗歌或散文作家进行评论时，却呈现出一种自由洒脱和活泼性，语言流畅飘逸，整篇文章显得异彩纷呈，文采飞扬。如芦苇泉、曹玉霞、尤克利、高薇、郭敏等的专题评述，每一篇都似一首灵动的诗，叙述语言充满趣味性，读来让人沉浸其中，回味无穷。

在这部厚实的作品中，不论是哪种方式的叙述，作者都尽心尽力斟酌字句，在内容、体例、论析、文字等方面力求一个精字，注重从文学自身规律和美学角度来精心甄选。从目录上可以看出，此书对省作协会员以上的 32 位作家和评论家进行了专题评述，但编著者对个别有突出成就的并未取得省作协会员的作家也进行了大力推介，用了很大篇幅来阐析。如对于诗人林永梅作者就舍得用墨，用整整一页纸一千多字针对她的思想、创作过程和作品进行了一定的论析，真正体现了编著者对于林永梅这类身居农村但创作势头强劲的作者的重视，而一些在文学创作道路上走了多年，创作成绩却平平的作者，对他们就着墨不多，也由此可见编著者的选择眼力和取舍基准方面的新意。《沂南文学史》记述朴实流畅，言语精当，风格严谨，不俚不华，是编著者倾力打造的一张特色突出的智性品牌。

三、考据准确，尽显独思酌识之气度

沂南文学源远流长，从古到今所发生的与文学有关的人和事，就像是大海中泛起的浪花，数也数不清。一部《沂南文学史》，洋洋洒洒四百多万字，需要对众多作家、评论家以及与沂南文学有关的现象规律等，作一个恰当的介绍，这就需要对其中所涉及的人和事进行仔细考证，而要做好这件事，就必须耗费编著者巨大的精力。天南地北，茫茫人海，特别是有些久远的事和早已故去多年的人，如何搜集他们的资料？又如何将这些浩如烟海的资料编排得井然有序？很明显这是一项难以完成的大工程。拿已逝去的刘品高和高禄厚及现已年逾古稀的周荣贤几位作家来说，他们在《沂南文学史》中都是作为一个专题来评述的。毋庸置疑，他们肯定在沂南文学史上曾经有不可磨灭的影响。然而我敢说，对于这几个名字许多沂南作家在相当长的一段时间里是陌生的，如果没有高军的《刘品高和他的〈说唱晴天传〉》《花开即故山》和《论周荣贤和他的创作情况》等文章，到如今这几个作家仍然会湮没在历史的长河中。我曾经为以上几篇文章做过校对，当时我一边读一边受到深深震动，从文中我了解到作者是怎样历尽艰难采访，多方购买搜集查阅有关资料，苦苦思索如何研究好这些故去或已经沉入烟海之中的老作家的事。作为《沂南文学史》的作者，作为一个爱好了三十年文学的作家，高军在《花开即故山》中说，他竟然在二十多年的时间里不知道有高禄厚此人，于是他找到作家高禄堂了解情况。凭记忆高禄堂先生回忆了一些情况，后来他从网上又看到有人求购高禄厚的作品，这时他才弄明白一些事与高禄堂回忆得不相符。于是他又让自己在济南的朋友王任帮忙，终于在山东大学图书馆查到了高禄厚的小说《果园风雨》。我相信通过这部已经面世的《沂南文学史》，会有更多的人对这些在沂南文学史上取得过突出成就的老作家们，有一个更加全面的认识和了解。据不完全统计，在写作《沂南文学史》期间，高军走访了省内外近千人，在查阅了山东省图书馆、山东大学图书馆、山东师范大学图书馆、山东工艺美术学院图书馆、临沂博物馆等浩如烟海、卷帙无数资料的基础上，通过自己的深思熟虑，才完成了这一系列的工作。与对上述几人的研究一样，在对于诸葛亮、高名衡和高玉章的研究中，高军也是历经艰辛搜集了尽量多的资料，在准确把握的基础上，对他们文学创作的论述提出了很多新鲜见解，显示出一个有作为的作家一丝不苟的研究态度，在这些章节中，能够体会出作者一系列不同凡响的真知灼见。

总之，《沂南文学史》充分体现了优秀文学史所具备的历史属性、主体属性和稳定属性，体例完备，资料运用得当，体现着鲜明的地域特色和时代特色，可以说，不啻为广大读者全面了解沂南文学史的可信赖的著作。当然，这部书才刚刚出版发行，其影响力还有待于时间的检验。

——高薇：《史识明晰 蕴含丰富——评高军〈沂南文学史〉》，《沂南通讯》2014 年 4 月 30 日

5 月

小说《周碧华》被《小小说选刊》2014 年第 9 期选载。

小说《你不是这样的人哦》被《微型小说选刊》2014 年第 9 期选载。

考证文章《王希坚和他创作的〈朱富胜翻身〉》发表于《沂南通讯》2014 年 5 月 21 日第 4 版。

小说《改方》发表于《沂南通讯》2014 年 5 月 29 日“第七届中国 · 临沂诸葛亮文化节特刊”。

小说《青苹果》收入苏立康、张在军主编《正能量阅读》（中学版第 7 辑）（石油工业出版社 2014 年版）一书。

小说《母亲，母亲》《晒》《琴殇》《桑老师》收入苏立康、张在军主编《正能量阅读》（中学版第 9 辑）（石油工业出版社 2014 年版）一书。

小说《怪病》收入姚讲主编“青少年智慧主题阅读系列丛书”《幽默》（团结出版社 2014 年版）一书。

30 日，参加在山东沂南召开的诸葛亮家风与沂蒙文化传承研讨会。

6 月

《改方》再次发表于《沂南通讯》2014 年 6 月 18 日第 4 版。

小说《掌声》收入姚讲主编“青少年智慧主题阅读系列丛书”《梦 · 校园》（团结出版社 2014 年版）一书。

小说《军号声声》收入姚讲主编“青少年智慧主题阅读系列丛书”《感动》（团结出版社 2014 年版）一书。

小说《险方》《汇通》《低头》《裴正浩的辫子》与散文《在子鱼墓前》《思量微子》《凝视孔尚任》《在柳林倾听那远逝的歌声》《芥子园遐思》《九间棚的金银花》《感悟醉翁亭》《汶河拖蓝》共计12篇，收入《情感读本（2014.7～12）》（青岛出版社2014年版）一书。

文学评论《2013年中国小小说综述》收入中国现代文学馆中国当代文学年鉴中心编《2013中国当代文学年鉴》（百花洲文艺出版社2014年版）一书。该书在“文学活动纪事·十月”中对《沂南文学史》给予高度评价：

著名作家、评论家高军撰写的《沂南文学史》，已于2013年10月由中国戏剧出版社出版发行。全书分3编39章，共43万字，513页。《沂南文学史》作为一本县级地域文学史著作终于得以出版，这在全国尚属首次。《沂南文学史》最大特点是从宏观把握、微观观照。第一编沂南概述分两章介绍了沂南的区划变迁和人文底蕴。第二编沂南古、近代文学，在宏观分析的基础上，重点论述了诸葛亮、高名衡、高玉章三位作家的生平和文学成就。第三编是沂南现当代文学，共分为三十三章，第一章对沂南现当代文学的作家队伍、文学创作、文学评论、文学奖、文学组织和文学刊物作了详尽介绍。之后三十二章对32位有突出成就的作家、评论家进行了专题评述。一书在手，可以纵观从古到今几千年来沂南范围内所产生的文化、文学现象和文学规律等，充分展现了沂南文学的全貌，无论是在容量上还是在反映面上，都是比较宽泛的。《沂南文学史》记述朴实流畅，言语精当，风格严谨，不俚不华，是高军为故乡倾力打造的一张特色突出的智性品牌，体例完备，资料运用得当，体现了鲜明的地域特色和时代特色，是广大读者全面了解沂南文学史的可信赖的著作。

7月

散文《泉庄观崮》发表于《临沂日报》2014年7月18日第A6版

“银雀”。

散文《泉庄观崮》发表于《日照日报》2014年7月19日。

19日，参加在沂南举行的沂南县作家协会与青岛市北区作家协会结为友好协会签字仪式，介绍了参加仪式的沂南方面的人员情况，以及沂南县的历史文化、沂南县作家协会最近几年来的工作，特别是《阳都文学》杂志的编辑和发行等情况，并与青岛市北区作家协会进行座谈交流。

小说《界湖，界湖（三题）》（《险方》《改方》《汇通》）发表于《阳都文学》2014年第2期。

考证文章《清末民初著名的界湖袁家戏班》《清末民初界湖商号店铺变迁简述》发表于《阳都文学》2014年第2期。

书评《留住历史　传承文化——评聂逢源〈古稀珍玩〉》发表于《阳都文学》2014年第2期。

《评〈人民警察〉》摘要发表于《当代》2014年第4期。

第十三部著作——作品集《把母爱还给你》收入小说76篇，列入江西高校出版社“少年梦·青春梦·中国梦：中国故事”系列丛书第三辑。

消息《高军的第十三本书〈把母爱还给你〉出版》发表于《阳都文学》2014年第2期。

小说《汇通》发表于《沂南通讯》2014年7月30日第4版“月末”。

8月

小说《规矩》发表于《幽默讽刺精短小说》2014年第8期。

文学评论《诗意文心　性情佳构——读“钱勤来文存”〈我有左手〉》发表于《洗砚池》2014年第4期。

文学评论《重点耕耘，多面贡献——读〈铁民自选集〉》发表于《洗砚池》2014年第4期。

文学评论《诗意文心　性情佳构——读“钱勤来文存”〈我有左

手〉》发表于《临沂日报》2014 年 8 月 29 日。

9 月

文学评论《有所发现的散文写作——读李公顺的〈意象沂蒙山〉》发表于《临沂日报》2014 年 9 月 3 日第 C4 文学版“兰山新闻”。

小说《人与羊》发表于《飞天》2014 年第 9 期。

小说《本草人生五题》(《改方》《汇通》《汪一味》《王无咎》《金针张》)发表于《文学港》2014 年第 5 期。

小说《认命》《算命》发表于《东风文艺》2014 年第 5 期。

散文《九间棚的金银花》发表于《日照日报》2014 年 9 月 6 日。

文学评论《重点耕耘，多面贡献——读〈铁民自选集〉》发表于《鲁南商报》2014 年 9 月 20 日第 B6 版。

高军的小说《三张收条》《母亲的缺陷》(原名《母亲，母亲》)以“山皋东郡”的笔名收入张在军、薛兆平主编“青春密码阅读丛书”之《还不起的一世温柔》(温情篇)(重庆出版社 2014 年版)一书。

10 月

书评《留住历史，传承文化——评聂逢源〈古稀玩珍〉》发表于《沂南通讯》2014 年 10 月 1 日第 4 版“月末”。

小说《变通》发表于《百花园》2014 年第 10 期。

文学评论《重点耕耘，多面贡献——读〈铁民自选集〉》发表于《临沂日报》2014 年 10 月 10 日第 A7 版。

参加在江西高安举办的全国第二十一届诸葛亮学术研讨会，向大会提交的《诸葛亮离开阳都至南昌的行踪略考》《诸葛亮少年时代阳都一带科技文化氛围浅议》两篇论文，会后均被收入《全国第二十一届诸葛亮学术研讨会论文集》。

11 月

考证文章《大庄沂河公路大桥上的书法》发表于《沂南通讯》2014 年11 月 5 日第 4 版。

10 日，参加“蒲松龄杯”小小说奖筹备会议。

文学评论《反思·思辨·总结——〈育新，往事如殇〉读后》发表于《临沂日报》2014 年 11 月 28 日第 A7 版。

文学评论《反思·思辨·总结——〈育新，往事如殇〉读后》发表于《临沂文艺》2014 年 11 月。

杨晓敏在《百花园》2014 年第 11 期发表《小小说评论家二题》，第二篇题目叫《创作与评论的互动互补》，是评论高军的小说创作和评论活动的文章。

高军小传收入凌鼎年主编《世界华文微型小说作家微自传》（美国环球作家出版社、捷克华文作家出版社 2014 年版）一书。

12 月

小说《人与羊》被《小小说选刊》2014 年第 23 期选载。

小说《改诗》发表于《沂南通讯》2014 年 12 月 31 日第 4 版“月末”。

本年，小说《白杨树》《青苹果》（署名山皋东君）收入薛兆平、王全成主编《假如你足够优秀》（青岛出版社 2014 年版）一书。

本年，小说《母亲的缺陷》（署名山皋东郡）、《三张收条》（署名山皋东君）、《三枚红印章》收入薛兆平、王全成主编《树人先树德》（青岛出版社 2014 年版）一书。

继续担任《山东文学》“小小说擂台”编辑，据不完全统计，所编发的作品，全年被转载 16 篇次。

继续为中国现代文学馆中国当代文学年鉴中心撰写年度小小说综述。

从本年开始，协调与《沂南通讯》合作，由沂南县作家协会每月为《沂南通讯》“月末”编发一整版文学稿件，报纸注明“本版与沂南县作家协会合办”，编发 12 期。

2015年　农历乙未年

53岁

1月

小说《你不是这样的人哦》收入中国作协创研部选编《2014年中国微型小说精选》（长江文艺出版社2015年版）一书。

小说《改方》收入杨晓敏、秦俑、赵建宇选编《2014年中国小小说精选》（长江文艺出版社2015年版）一书。

小说《改方》收入冰峰、陈亚美主编《2014中国年度微型小说》（漓江出版社2015年版）一书。

小说《周碧华的草本人生》收入卢翎选编《2014中国微型小说年选》（花城出版社2015年版）一书。

小说《周碧华的草本人生》收入卢翎主编《2014年小小说选粹》（北岳文艺出版社2014年版）一书。

小说《改诗》发表于《小说月刊》2015年第1期。

文学评论《中心化·边缘化·多元化——所谓“文学的边缘化”涉及的三个关键词》发表于《阳都文学》2015年第1期。

文学评论《重点耕耘，多面贡献》发表于《中国文学》2015年第1期。

考证文章《臧克家为刘鸣銮烈士的题字》发表于《沂南通讯》2015年1月23日第4版。

消息《高军的第十四本书〈昭示人格的火焰〉出版》发表于《阳都文学》2015年第1期。

2 月

小说《变通》被《小小说月刊》2015 年 2 月上半月刊转载。

小说《本草人生五题》(《改诗》《变通》《研墨》《太素脉》《规矩》) 发表于《东昌月刊》2015 年第 2 期。

6 日，协调与沂南县新闻中心《沂南通讯》编辑部联合举办《沂南通讯》“月末”恢复出版一周年座谈会。

3 月

《世俗化取向与诗意化表达——天空的天（李伶伶）小小说创作简论》发表于《小小说出版》2015 年第 3 期。

27 日，参加山东省作家协会签约作家常芳赠书（长篇小说《第五战区》）仪式和座谈会。

4 月

小说《研墨》发表于《山东文学》2015 年第 4 期。

23 日，参加沂南县人民检察院红色预防文化与人民监督创新工作推介会，创作的以“红色预防文化与人民监督”为内容的文学作品，随后登载于《阳都文学》“2015 沂南检察红色预防文化专刊”。

小说《研墨》发表于《沂南通讯》2015 年 4 月 29 日第 4 版“月末”。

5 月

小说《慢医》发表于《幽默讽刺精短小说》2015 年第 5 期。

8～10 日，参加由山东省作家协会诗歌创作专业委员会、山东文学社、淄博市文联、淄川区委宣传部联合主办的全国百名作家淄川行“走进功力”大型系列采风活动。其间，参观了功力机械有限公司的展厅、机械制造车间及山东北方功力机器科技有限公司，并与企业负责人面对面进行座谈，详细了解公司发展情况、企业文化建设和《砖瓦的文明》《走进绿色的砖世界》等大型电视纪录片的公益拍摄情况。

小说《蒋天华》发表于《贵港日报》2015 年 5 月 18 日第 7 版。

15、21 日，组织参加“南山老年公寓采风笔会”。

散文《以日常用品来命名》发表于《沂南通讯》2015 年 5 月 29 日第 4 版“月末”。

第十四本著作——散文集《昭示人格的火焰》列入高长梅、许高英主编的“爱上阅读：中小学生晨读精品选”系列丛书，由九州出版社出版。该散文集分为童年掠影、风物抒怀、人物印象、节俗映像、书香远飘、将帅风采 6 辑，收入散文 50 篇，是其第一部散文集。

消息《高军散文集〈昭示人格的火焰〉出版》（高薇）发表于《沂南通讯》2015 年 5 月 29 日第 4 版“月末”。

6 月

小说《抓药》发表于《羊城晚报》2015 年 6 月 1 日。

小说《人与牛》与创作随笔《坚守与突破》在《小小说大世界》2015 年第 6 期“经典回眸”栏目推出。

小说《抓药》发表于《华文小小说》2015 年第 2 期。

散文《沂蒙红嫂魏兴荣》发表于《沂南通讯》2015 年 6 月 3 日第 4 版。

小说《人面鸟》收入马国兴、吕双喜主编“环保中国自然生态美文馆”《最后一个牧马人》（郑州大学出版社 2015 年版）一书。

散文《悠悠温凉河》与《泉庄那泉，泉庄那崮》（《泉庄观崮》）收入邵光智编《诗画泉庄》（青岛出版社 2015 年版）一书。

25～26 日，陪同参加山东省作家协会“寻访抗战故地”沂南采风活动。

7 月

1 日，组织参加“走进马牧池新立村采风笔会”。

评论《为“微阅读”的馈赠——简介高军微型小说集〈重新学话〉》（张继利）发表于《沂南通讯》2015 年 7 月 1 日第 4 版“月末”。

山东著名作家高军主要致力于小说、文学评论和散文创作，被评为 2006 年度中国小小说十大热点人物，获全国小小说金奖大赛佳作奖和山东文学优秀作品奖等数十次。

高军因出生、工作于沂南，所以他的创作大多取材于沂蒙老革命根据地、诸葛故里、红嫂家乡。小小说题材丰富，涉及战争、传奇、爱情、校园、官员、平民人物、城乡舞台等等，都具有浓郁的地方色彩和朴实的民族风味。微型小说集《重新学话》（百花洲文艺出版社出版）共收其代表作 69 篇，都以“精短、形象、生动、幽默、有趣”见长。其中《紫桑葚》收入语文出版社出版的全国通用教材《语文》（五年级上册），《石蛹》入选《中国新文学大系（1976～2000）》第 16 集。《纶帽》《纶席》《编制纶帽》连同《金鸡钻石》和《叫好》等组成了一组“阳都传奇故事”（沂南县古称阳都），使阳都丰饶的物产、人民高超的智慧和忠义的性格展现无遗，而抵御外侮的众志成城又与人性的复杂难解纠缠在一起，令人感动不已。而沂南作为革命时期的“小延安”，发生了那么多的红色传奇，于是在高军的笔下就有了《烧纸》《紫桑葚》等小小说，反映了共产党高级干部许世友、黎玉、皮定均等关心群众的光辉形象和群众毁家纾难的感人故事。

细微之处见真情。《紫桑葚》是高军微型小说的代表作，是对人们尤其是学生进行爱国主义教育和革命传统教育的一篇活生生的经典教材。小说写的是抗日战争的故事，但没有硝烟弥漫和战火纷飞的场景，而是从战乱之中“动中取静”，节选了一个小镜头、小片段。一间空空农舍的主人，为了躲避战乱一时弃家而走。部队行军至此，指挥官在房中发现了一个大秫秸簸箩里养着已长到一寸左右的蚕宝宝，它可是农户一家生活的财产，于是便命令部队“不许从任何人手下漏掉一个敌人”，并命令两个兵“马上去给我采一筐桑树叶子来，要干净，要肥实”。指挥官在下命令的同时，又命令警卫员去寻找桑叶，找回桑叶又亲自喂蚕宝宝，并将桑叶枝上的紫桑葚留给了房东家的孩子。这看起来好像是微不足道的小事，但读到这里，使你不禁感到在残酷战争中的一股暖流柔情涌上心头。这与日本鬼子来中国实行的“抢、杀、烧”的“三光”政策形成了鲜明的对比！由此可见，人民军队官兵对人民群众生命和财产无微不至的关怀，可见息息相关的军民鱼水情。这是中国人民革命战争“攻无不克，战无不胜”的坚强力量！

巧借“传说”写故事。《石蛹》也是高军小小说的杰作之一，也是一个生动的抗日战争故事。这个故事是作者巧借故里阳都的一个美丽的传说而引发的。据《阳都志》记载：“石蛹，阳都特产，滋阴壮阳，解百毒，唯难遇之。”可惜当地很多石匠起了一辈子石头，也没在石头中碰上过，所以石蛹被视为世间稀有的无价之宝。相传，同治年间，镶蓝旗满洲人菘骏出任阳都知府，在接风宴席上，阳都大户曾献上了两条石蛹，使其大饱口福。当侵华日军血洗阳都时，知道了此事，便对近60名石匠手下留情，日军队长要挟说：“谁能献上石蛹，就免谁一死，若10天后还拿不出来，就只有一死了。”石匠们听后，知道这是根本办不到的事，都愁眉苦脸，只好等死。可是刚过4天，一个年轻足智多谋的石匠高恩茂家却有了生气，纷纷传说高恩茂在石头中起出了一条石蛹献给了日本人松井，日本人夸他是“大大的良民”。石匠们向他打听是怎么找到的，他却笑而不答，人们骂他汉奸。到了第9天上，他终于开口说：“要想起到石蛹，必须看好时辰，还得看准蛹路，石蛹是宝物，哪能随便就起到！”最后他又直截了当地说：“他是为杀我们找借口啊。要活命，咱们就拉杆子，与他小日本鬼干，这是咱们的唯一的一条路。”随即他们组成了阳都第一支抗日游击队，并不断发展壮大。

这个故事的情节虽然很简单，但有悬念，跌宕起伏，环环相扣，它像一块磁石紧紧地吸引着你，引人入胜，出奇制胜。通过故事展现出来的内涵是深邃的，其主题思想也步步深化和升华。从故事的主人公年轻石匠高恩茂的“笑而不答”、“骂他汉奸”等设的悬念到向日本人献“石蛹”（变山山牛的蝗虫）和那慷慨激昂、铿锵有力而富于哲理的话语，都是为了唤醒人们不要坐以待毙“等死”，“要活命”就要走奋起“抗战”这条路！淋漓尽致地反映了人民群众在抗日战争中所发挥的无穷智慧和豪概！

小小说的最大特点是以“极短的篇幅包容极大的思想”，能够以小见大，经过读者的阅读，碰撞出思想的火花，震撼人的心灵。因此，微型小说便成为一种充满幽默智慧、充满空灵巧妙的独特文体。如今，以智能手机为平台，正在构成一个巨大的阅读平台。一种新的阅读方式，正不知不觉地走进大众的生活。一个新的名词就此产生，它便是“微阅读”。它是一种借短消息、网络和短文体生存的阅读方式。因此，微型小说在微阅读浪潮中，便为我们提供了极为重要的“源头活水”。

我喜欢读短文，一目了然，而又耐人寻味，节时省力，收获乐趣，受到教育。微阅读是阅读领域的快餐，特别适宜我们老年人和儿童阅读，有利于心身保健。因此，我先睹为快，后又推荐此书，与大家共享!

——张继利:《为“微阅读”的馈赠——简介高军微型小说集〈重新学话〉》,《沂南通讯》2015 年 7 月 1 日第 4 版“月末”

小说《抓药》被《小小说选刊》2015 年第 15 期转载。

小说《徽章（外二篇）》(《较量》《你打错了》) 发表于《阳都文学》2015 年第 2 期。

散文《大山深处》发表于《日照日报》2015 年 7 月 4 日第 B4 版“读书综合”。

11 日，组织沂南县作家协会与沂南县诗词学会联合举办“走进润松园采风笔会”。

文学评论《中心化 · 边缘化 · 多元化》发表于《临沂日报》2015 年 7 月 24 日。

小说《考验》《改方》《刻瓷》《琴殇》《王无咎》《人与牛》《金针张》与散文《昭示人格的火焰》《走进云峰山》《船过神女峰》收入薛兆平、都培江主编《情感读本 2015.7～12 合订本》(青岛出版社 2015 年版）一书。

小说《掌声》作为《变色龙》一课的“拓展性学习——触类旁通”练习题，收入“自主学习指导课程”《语文》(九年级上册)(明天出版社 2014 年版)一书。

8 月

《小说两篇》发表于《东风文艺》2015 年第 4 期。

小说《较量》收入沂南县普法办、沂南县司法局编《法润沂南　文秀阳都——沂南县六五普法文集》。

文学评论《2014 年中国小小说综述》收入吴义勤主编《2014 中国当代文学年鉴》(百花洲文艺出版社 2015 年版)一书。

学术论文《诸葛亮离开阳都至南昌的行踪略考》《诸葛亮少年时代阳都一带科技文化氛围浅议》收入游胜华、刘裕黑主编《全国第二十一届诸葛亮学术研讨会论文集》(中国文化出版社 2015 年版)一书。

13 日，参加在沂南县召开的“山东社科论坛——诸葛亮法治思想与依法治国研讨会”，向大会提交了《诸葛亮法治实践中的人性化因素浅析》《关于诸葛亮“以法治国”思想的现代性思考》，并作会议交流。提交的两篇会议论文后收入《诸葛亮法治思想与依法治国研讨会论文集》。

小说《汉字功》发表于《沂南通讯》2015 年 8 月 28 日第 4 版“月末”。

9 月

小说《羊毛风》《酌方》发表于《百花园》2015 年第 9 期。

12 日，登门拜访苗得雨，得其赠送书法作品一幅，并获《界湖街道志》题词。

13 日，与著名作家常芳在济南会面。

20～21 日，参加在河南南阳举办的全国第二十二届诸葛亮学术研讨会，向大会提交论文《浅论诸葛亮廉政思想与蜀汉现实的矛盾》《关于诸葛亮“以法治国”思想的现代性思考》，并作会议交流。其间，参观考察了南阳市内的古迹文物。

本月，女儿高乔乔考入山东师范大学生命科学院。

10月

小说《人面疮》被《小说选刊》2015年第10期选载。

小说《酌方》发表于《海淀文艺》(双月刊)2015年第5期。

散文《山中，翩飞着小鸟》发表于《日照日报》2015年10月10日第B3版“海曲文苑”。

胡金华的文学评论《重构当代文学多元化新生态》发表于《临沂日报》2015年10月16日第A6版，是对高军的评论文章。

散文《老校长》发表于《沂南通讯》2015年10月30日第4版“月末”。

消息《我县作家高军作品入选〈小说选刊〉》(高薇)发表于《沂南通讯》2015年10月30日第4版“月末”，介绍其作品《人面疮》被《小说选刊》转载的情况，这是高军的小说第3次进入《小说选刊》这本重要选刊。

11月

小说《人面疮》收入《小说选刊》杂志社、湖南常德武陵区文联主编《武陵“德孝廉”杯·全国微小说精品集》(湖南人民出版社2015年版)一书。

10～11日，组织参加了“临沂市知名作家走进山东智圣汤泉——魅力智圣，温泉明珠”采风笔会。

散文《那晚的月光》发表于《临沂日报》2015年11月27日。

12月

2日，组织参加“红色文化采访笔会”，参观了山东抗日民主政权创建纪念馆、红嫂纪念馆，听取了红色文化情况介绍。

考证文章《界湖太山行宫略考》发表于《沂南通讯》2015年12月4日。

小说《花鼓桥》发表于《小说月刊》2015年第12期“名家专号”。

小说《入殓》发表于《百花园》2015年第12期。

小说《人面疮》发表于《幽默讽刺精短小说》2015 年第 12 期“名家新推出”栏目。

8 日，参加沂南县人民检察院与沂南县作家协会联合主办的“红色预防文化”联谊会，对沂南县人民检察院和沂南县作家协会联办的刊物《阳都文学》（“红色预防文化”专刊）的发行工作、刊物发行后的影响作了详细介绍。

考证文章《界湖三义殿略考》发表于《沂南通讯》2015 年 12 月 9 日。

考证文章《界湖三皇庙略考》发表于《沂南通讯》2015 年 12 月 11 日。

小说《较量》发表于《羊城晚报》2015 年 12 月 14 日第 B3 版“花地 · 微小说”。

继续担任《山东文学》“小小说擂台”编辑，全年编发 24 篇作品，据不完全统计，被 2014 年度选本选了 9 篇（次），2015 年选本选了 15 篇（次），全年被选刊选载 26 篇次。

继续为中国现代文学馆中国当代文学年鉴中心撰写《2015 年中国小小说综述》，后因排版人员疏忽，未将其收入《2015 中国当代文学年鉴》一书。这篇综述用力最大，未被收入，甚为遗憾。

2016 年　农历丙申年

54 岁

1 月

考证文章《颜镇水母源流疏证》发表于《沂南通讯》2016 年 1 月 1 日第 4 版。

小说《研墨》收入中国作协创研部选编《2015 年中国微型小说精选》(长江文艺出版社 2016 年版)一书。

小说《研墨》收入卢翎编选《2015 中国微型小说年选》(花城出版社 2016 年版)一书。

小说《研墨》收入卢翎主编《2015 年小小说选粹》(北岳文艺出版社 2016 年版)一书。

小说《抓药》《人面疮》收入陈永林选编《2015 年中国小小说精选》(长江文艺出版社 2016 年版)一书。

小说《奶奶的算盘》发表于《中国金融文学》(季刊)2016 年第 1 期。

《红色题材小说三题》(《花鼓桥》《入殓》《研墨》)发表于《红色讲坛》2016 年第 1 期(总第 1 期)。

《小小说五题》(《入殓》《请客》《穿寿衣》《咬春》《天水栈》)发表于《东昌月刊》2016 年第 1 期。

9 日，参加由沂南县作家协会、沂南县广播电视台、《沂南通讯》编辑部、山东晨始建工集团、山东智圣汤泉旅游度假村联合主办的“临沂市知名作家走进山东智圣汤泉”采风笔会获奖作品颁奖会。

15 日，组织“走进县法院采风暨《风景独好》出版”座谈会，参观了县法院诉讼便民大厅和法院书画展览，对尹继林的作品集《风景独好》进行了热烈而中肯的评点，并总结了 2015 年沂南文学创作情况，汇报了 2016 年的工作打算。

沂南县作家协会与《沂南通讯》合办的副刊“月末”改名为“阳都文学”，计划每期推出一位新作者。

2 月

小说《花鼓桥》被《小说选刊》2016 年第 2 期选载。

小说以历史人物为题材，写军队官员体恤驻地老百姓的故事。原华东野战军参谋长陈士榘 33 岁时，在紧张战争间歇发现被鬼子杀害了儿子的驻地孤苦小脚老人刘大娘行走不便；两次行军至花鼓桥，陈士榘都从桥下取水掺热，亲自为陈大娘泡脚洗脚剪趾甲，与老人谈心叙事，给老人无限温暖，情胜母子，感人泪下。作品捉住颇具特征的人与事，军官为百姓洗脚；以富有人情味的细节，以毫无矫作而十分真切自然的笔调，不仅演绎了军民鱼水情深，更讴歌了战争年代的人间大爱。

——李春林：《点评〈花鼓桥〉》，《小说选刊》2016 年第 2 期

小说《老何》《母亲》收入于新华、杨玲主编《决胜高考有秘诀》（中华工商联合出版社 2016 年版）一书。

10 日，邀请北京中国现代文学馆张元珂博士、山东社科院车振华博士两位文学研究专家与沂南作者开展座谈活动。

12 日，组织“走进岸堤艾山东采风笔会”，参观考察了圩子墙遗址以及明代刘家林、于家林、汶河大转湾等人文景观，并与村干部和一些老人座谈历史文化、红色文化、民间文化等。

20 日，发起组织拯救尿毒症患者、沂水作家鲁雁活动。

21 日，组织举办“走进天河医院采风笔会暨薄三欣《三世梦》出版”座谈会。

散文《石牛上》发表于《临沂日报》2016 年 2 月 26 日。

3 月

小说《较量》被《小小说选刊》2016 年第 3 期选载。

小说《记住一块砖》发表于《雨花》2016 年第 3 期。

散文《石牛上》发表于《日照日报》2016 年 3 月 12 日第 B 版“海曲文苑”。

13 日，组织走进“大庄天河康复医院采风笔会（第二季）”，深入成人康复中心、儿童康复中心、抗战老兵（老功臣）休养所、理疗器械展陈室、中医堂等进行采访，作品后集中发表在《阳都文学》2016 年第 1 期。

散文《石牛上》发表于《沂南通讯》2016 年 3 月 23 日第 4 版。

小说《人面疮》收入《小说选刊》选编《2016 中国好小说（微小说卷）》（中国书籍出版社 2016 年版）。

散文《其乐融融读经典》与小说《租用蓝天》收入顾之川主编《中学生魅力阅读·七年级上》（第 3 版）（石油工业出版社 2016 年版）一书。

散文《以动物的形态出现》《童年蝉趣》收入顾之川主编《中学生魅力阅读·八年级下》（第 3 版）（石油工业出版社 2016 年版）一书。

29～31 日，参加首届中国（蒙山）鬼谷子文化国际论坛暨临沂蒙山鬼谷子文化研究会成立大会。

4 月

小说《较量》被《微型小说选刊》2016 年第 8 期选载。

小说《本草人生五题》（《改方》《汇通》《汪一味》《王无咎》《金针张》）发表于《阳都文学》2016 年第 2 期。

文学评论《尺幅展大爱　寸心报春晖——冯连伟散文漫谈》发表于《洗砚池》2016 年第 2 期。

考证文章《刘遵和与他的〈求友堂小题制艺〉》发表于《阳都文学》2016 年第 2 期。

小说《那些身影五题》（《请客》《暖墓》《圆坟》《花鼓桥》《入殓》）发表于《大沽河》（季刊）2016 年第 2 期。

4 日，应邀参加在陕西勉县举行的 2016 年丙申清明勉县公祭诸葛武侯典礼。

13 日，陪同《天池》主编黄灵香一行，参观竹泉村、沂蒙红嫂纪念馆、北寨汉墓等。

文学评论《沧桑往来径　即时横翠微——高岭及其〈半面西施〉印象》发表于《沂南通讯》2016 年 4 月 22 日第 4 版。

24 日，组织了“走进界湖卫生院采风笔会”，参观采访了多个医疗机构，近距离接触优秀医生。

5月

小说《请客》发表于《精短小说》2016年第5期。

小说《掌声》收入《崔峦教阅读训练80篇》(二年级)(长春出版社2016年版)一书。

小说《母亲》《画荷》《画菊》收入马国兴、王彦艳主编《两块月饼一个圆》(文心出版社2016年版)一书。

小说《紫桑葚》《香荷包》《石竹花》收入马国兴、王彦艳主编《雪化后是什么》(文心出版社2016年版)一书。

小说《神医》收入马国兴、王彦艳主编《一贴灵中药铺》(文心出版社2016年版)一书。

20日，为山东诸葛亮家酒业有限公司撰写的《祭诸葛亮文》在中国临沂诸葛亮文化节诵读。

21日，组织了“走进长虹之星——蒲汪镇采风笔会(第一季)”，采访了部分支部书记，了解了全镇的工作情况。

文学评论《具有探索精神的童话新作——评〈鲁冰花开〉》发表于《沂蒙晚报》2016年5月21日第B8版“沂蒙湖(悦读)”。

小说《那些身影》(《请客》《暖墓》《圆坟》)发表于《临沂日报》2016年5月27日第A7版“银雀”。

6月

文学评论《一部具有探索精神的童话新作——评〈鲁冰花园〉》，发表于《临沂日报》2016年6月3日第A7版“银雀”。

考证文章《刘遵和与他的〈求友堂小题制艺〉》发表于《沂南通讯》2016年6月8日第4版。

小说《青苹果》收入陈永林选编《那些让你内心强大的励志故事》(长江文艺出版社2016年版)一书。

第十五部著作——文学评论集《在纸上的诗意游走》由现代出版社出版，郭敏作序，收入评论文章50篇。

很早以前就知道高军的大名，但真正认识也就是不到二十年的事。那时候他还在乡镇工作，听说他最早的时候是教师，后来调到乡镇从秘书干到副书记，除了把自己的本职工作做得非常出色外，业余时间还一直笔耕不辍。后来，他调到县直单位，离开了工作繁忙的乡镇，文学作品更是写得炉火纯青，尤其是他的小说和文学评论，已经达到了一个很高的境界，在全国也很有影响。

多年来，我们虽平时偶有相聚，但从没到过他家。常听说他这个人爱书如痴，无论走到哪里，到什么地方，第一个要去的地点必定是书店，每次从外地归来，别人买的永远都是那些名优特产，而他肩扛手提的必定是大包小包的书。

有次正好有事找他，电话打过去问他在哪里？他说在家。于是，我一路直奔他家而去。

到了他说的那个地方上楼见屋门虚掩，轻叩几声但听一声请进漫延而来，踮起脚尖轻轻地走进他的家门，一时之间觉得整个屋子里有些暗淡，心想不是说他家住的是近百平方米的房子吗？怎么会这么小而且又挤又暗？再仔细一看，好家伙！我都不敢肯定这到底是居家还是书店，只见满屋子里密密匝匝的到处都是书，客厅正中间就是一大排书橱，地上摆的，沙发上放的，屋子里除了一个电视和茶几外，基本上都是书了。

天哪，到底哪个才是你的书房？我站在屋子中间，左右旋转，看看基本没有插脚的地方，更不用说是坐的地方了。算了，还是不要坐了，趁着这个机会，先参观参观他的藏书之处吧。

“就是这边！”他用手轻轻推开一个房间门的一半。我走上前伸出手，想把又虚掩上的门尽量打开一点，可是手一收回门又恢复到原来的样子。没办法，我只能尽量把身子往里面探了探，别说是想进到门里面去看一看，你就是想进也进不去。那满满一屋子里，除了书还是书，地上堆的，墙上靠的，还有一摞摞的触到屋顶的。中间夹缝里一个陈旧的小写字台，上面除了书还是书，只有中间有一台旧电脑，周围剩下的也都是拥挤不堪的书了。

我不禁想起他平时一副老学究的样子，干事认真负责，说一不二，说起话来，引经据典，学识渊博。有时候与他在一起，从他的畅谈中学到不少的知识，但也难免觉得他有时候认真得有些迂腐，却没有想到是他整日坐拥书城、耳濡目染的结果。

古人说，行万里路，读万卷书。我想，即使你有生之年能够行走万里，但如若你不读这万卷的书，那也只是一场走马观花的旅行而已。一个人，你可以生得丑陋，但你不可以长得粗俗；你可以没有理想和目标，但你不可以孤陋寡闻不读一书。人生一世，没有文化是很可怕的事情。人们常说，为人一生，只有时间和读书不可辜负。读书可以使人变得清新可人行为儒雅，也可以让人变得言语睿智头脑聪明。不读书的人，即使你再能干、再聪明，那也只是一种表面现象，再怎么装饰和附庸风雅也会让人一眼看出，那绝不是一种从骨子里透出来的文质彬彬、儒雅清濯。

男人读书多了，会给人一种儒雅清明、温润如玉的感觉；而女人读书，更会给人一种矜持高贵、文雅清新的悦目之感。书香可以让人摒弃粗俗鄙陋，化身为温文尔雅，书香更能够熏染出一个人高贵的素质和品格。容貌再好，也经不起时光岁月的侵袭，只有在书香濡染下的清雅，任何时候都不会变淡退化。

对于喜爱读书的人来说，能够坐拥书城，一边是古典巨著、唐诗宋词，一边是风花雪月、都市言情；抑或是名著传说、苍凉游记；也或者是枯燥无味的深奥文字，也或者是轻松愉快的故事小品……但无论是什么样的文章，只要一书在手，再有一壶上好的清香名茶，左手书本，右手茶香，沉浸于文山书海，同今人畅谈，与古人对话，上知天文，下晓地理，这才是人世间最美好的一种享受呀！

高军已出版过四本文学评论集，九本小说集，一本散文作品集。他的文学评论，被《人民日报》《诗刊》《名作欣赏》《中国人民大学报刊复印资料》《中国当代文学年鉴》等很多重要大刊发表、转载。他的一些小说、散文被收入《中国新文学大系》等近三百个重要选本，其中《紫桑葚》还进入了语文出版社出版的全国通用小学课本《语文》（五年级上册），在很多个省市使用。

现在他的第五本文学评论集《在纸上的诗意游走》就要出版了，这是他出版的第十五本书了。对他这本文学评论集的出版，我特此祝贺，并愿意以之为序。

——郭敏：《坐拥书城》，《在纸上的诗意游走》现代出版社2015年版，序言

18日，组织“走进长虹之星——蒲汪镇采风笔会（第二季）”，了解全镇的工作情况，拜谒沂东革命烈士陵园，参观圣母冢、玉皇庙、雹泉庙等历史遗迹。

19日，参加在县财政局会议室举办的高岭长篇小说《半面西施》出版座谈会。

7月

小说《天水栈》发表于《小说月刊》2016年第7期。

小说《天水栈》发表于《沂南通讯》2016年7月7日第4版。

小说《暖墓》被《小小说大世界》2016年第7期选载。

小说《较量》被《小小说月刊》2016年7月上半月刊选载。

小说《请客》被《小小说选刊》2016年第14期选载。

小说《沂蒙红嫂三题》（《一辈子也不说》《姑姑》《红荷包》）发表于《红色讲坛》2016年第2期。

考证文章《刘遵和与他的诗歌创作》发表于《沂南通讯》2016年7月13日第4版。

考证文章《刘遵和与他的诗歌创作》发表于《阳都文学》2016年第3期。

小说《石竹花》《你不是乡长》收入王彦艳、连俊超主编“乡土中国小小说文丛”《乡情》（大象出版社2016年版）一书。

小说《人与羊》《姑姑》收入王彦艳、连俊超主编“乡土中国小小

说文丛”《乡贤》（大象出版社 2016 年版）一书。

小说《蓝鞋垫》《低头》《怎么会是第二次》收入王彦艳、连俊超主编“乡土中国小小说文丛”《家风》（大象出版社 2016 年版）一书。

小说《掌声》作为《变色龙》一课的“拓展性学习——触类旁通”练习题，收入“自主学习指导课程”《语文》（九年级上册）（明天出版社 2016 年版）一书。

书评《往事增华　流水知音——读秦丕山、刘洁主编的〈沂蒙红歌〉》作为序言收入《沂蒙红歌》（山东人民出版社 2016 年版）一书。

8 月

7 日，组织“走进攀峰骨科医院采风笔会”。

小说《算盘》发表于《天池小小说》2016 年第 8 期。

小说《烤黄鲫子鱼》发表于《前卫文学》2016 年第 4 期。

考证文章《袁玉贵和太平团略述》发表于《沂南通讯》2016 年 8 月 12 日第 4 版。

小说《本草人生三题》（《修正》《戒酒》《蒋天华》）发表于《临沂日报》2016 年 8 月 19 日。

散文《石浪头》发表于《沂南通讯》2016 年 8 月 31 日第 4 版。

学术论文《浅论诸葛亮廉政思想与蜀汉现实的矛盾》一文被收入张晓刚主编论文集《诸葛庐前论勤廉》（陕西人民出版社 2016 年版）。

9 月

小说《天水栈》被《小说选刊》2016 年第 9 期选载。

小说《圆坟》发表于《精短小说》2016 年第 9 期。

小说《修正》发表于《百花园》2016 年第 9 期。

散文《石浪头》发表于《临沂日报》2016 年 9 月 9 日。

小说《肉食人》被京极健史译为日文，发表于日本世界华文微型小说研究会主办的《莲雾》杂志 2016 年第 9 号。

书评《地方文献研究的力作——评李遵刚〈沂南古史钩沉〉》作为跋收入《沂南古史钩沉》（中国文联出版社 2016 年版）一书。

本月，参加在浙江兰溪举办的全国第二十三届诸葛亮学术研讨会，向会议提交论文《明清时期琅邪阳都地区吟咏诸葛亮诗歌文化因素浅析》，并作会议交流。

10月

散文《石浪头》发表于《日照日报》2016年10月1日第B3版“海曲文苑”。

小说《咬春》发表于《小说月刊》2016年第10期。

小说《徽章》发表于《百花园》2016年第10期。

小说《那些身影五题》(《咬春》《花鼓桥》《暖墓》《天水栈》《请客》《入殓》)发表于《阳都文学》2016年第4期。

消息《高军两篇小说选载〈小说选刊〉》(高薇)发表于《沂南通讯》2016年10月12日第4版。

考证文章《吉泰山石寨略述》发表于《沂南通讯》2016年10月14日第4版。

《恬淡人生　淋漓笔墨(我与许文正的交往)》收入许文正编著《阳都琐辑》一书。

16日，组织“走进沂南林业”采风第一季“鼻子山林场花之寺”笔会。

11月

《小小说大世界》2016年第11期在“作家小辑”推出高军，配发了杨晓敏对高军的评论《创作与评论的互动互补》，选取了高军的代表作小小说三题，还有《高军微自传》等。

6日，应邀到莒南县作家协会为第四期文学创作讲座活动讲课。

考证文章《王寿昌和〈重修桃园寺记〉碑》发表于《沂南通讯》2016年11月9日第4版“阳都风”。

高军的《往事增华　流水知音——读秦丕山、刘洁主编的〈沂蒙红歌〉》发表于《沂南通讯》2016年11月30日第4版“阳都风”。

小说《花鼓桥》《天水栈》收入《小说选刊》杂志社，湖南常德武陵区纪委、文联主编《2016·武陵“德孝廉”杯·中国微小说精品集》（湖南人民出版社 2016 年版）。

12 月

书评《有所发现的散文写作——读李公顺散文集〈意象沂蒙山〉》发表于《鲁南商报》2016 年 12 月 2 日第 A8 版。

5 日，组织在攀峰骨科医院举行欢迎诗人尤克利出席全国第九次作代会载誉归来暨攀峰骨科医院作品朗诵会。

书评《高贵的苦难——张期鹏〈高莽书影录〉读后》发表于《齐鲁周刊》2016 年 12 月 5 日第 43 期（总第 878 期）。

考证文章《夏孟寺源流考证》发表于《沂南通讯》2016 年 12 月 7 日第 4 版“阳都风”。

14 日，《沂南文学史》获评第二届临沂市优秀社科普及读物评选三等奖。

17 日，参加沂南县作家协会、沂南县诸葛亮研究会联合组织的走进卧龙学校采风笔会。

17 日下午，沂南县作家协会、沂南县诸葛亮研究会、沂南县卧龙学校联合举办高军《在纸上的诗意游走》研讨会，详细分析了《在纸上的诗意游走》一书的优缺点，以及这本书出版的意义和价值等。

文学评论《理性地书写与诗意地游走》（高薇）发表于《临沂日报》2016 年 12 月 23 日第 A6 版“银雀”。

最初拿到高军的评论集《在纸上的诗意游走》时，第一感觉就是书的封面设计很有特色，大方庄重而又不失活泼韵味，色彩搭配也很古朴协调，中间的书名前四字用端庄的黑体，后四字是行云流水般的行书，与书名的意境相搭配，显得别致而有意味。在给人以艺术享受的同时，也引发人的思考。仔细阅读这本《在纸上的诗意游走》后，我认为它有以下几个突出的特点：

一、内容的丰富性与作家的悲悯情怀

高军的《在纸上的诗意游走》，其内容可以说是异彩纷呈，涉及的作家和作品也是各色各样的。在这本二百来页的作家作品评论集里面，中长篇小说评论占了相当大的篇幅，如周大新的《安魂》、许春樵的《屋顶上空的爱情》、吕铮的《赎罪无门》、杨志军的《西藏的战争》、王华的《花河》、常芳的《第五战区》、刘晓峰的《菊香》、高岭的《半面西施》、薄三欣的《三世梦》等。这些评论文章，在引领我们更好地进行阅读的同时，也对于作者的创作提出了极富启迪的看法。除中长篇小说评论外，其次占篇幅较大的就是小小说作家作品的评论了。众所周知，高军多年来一直致力于小小说和文学评论的创作，创作出大量的小小说精品，他的小小说作品《紫桑葚》被收入语文出版社出版的全国通用小学《语文》教材第九册，不久前他的小小说《肉食人》又被日本人翻译，并登载在《莲雾》杂志上，所以他对小小说作者的特别偏爱是能够让人理解的。一直以来，高军都在关注和品评同道的创作现状，以期达到省人和自省的目的。另外，特别值得一提的是，在这本书中还有一些他本人生活中与收藏书籍有关的文稿，如《收藏钱穆〈中国历代政治得失〉"东大"初版本》《偶然得来的收藏——吴恩裕〈中国国家起源的问题〉》《〈江左校士录〉漫谈》《德行高尚——说孙秉德和我收藏〈负暄琐话〉的经过》《与〈阿英散文选〉的渊源》《龙应台签名本〈百年思索〉》等等。总之，《在纸上的诗意游走》内容极其丰富，除以上所说之外，还有对散文集的点评，歌曲集的评点，书画作品的评点，以及一些史学资料文集和志书等的评论等等，阅读这类文章，我们可以从中充分领略高军开阔的文化视野和广泛的文艺兴趣。

这本评论集所涉及的作家共有五十多位，其中只有几位是在全国有重大影响的著名作家，如周大新、杨志军、许春樵、王兆军等，但高军却运用大量笔墨评点了一些在全国不太有影响的二三流作家，更难能可贵的是一些名不见经传的新人和本土作家作品也入了他的法眼。如我们县里的一些老作者，他们写得少，一辈子只写过一两部作品，质量也不很高，但高军却怀着满腔热情来帮助鼓励他们，特别是对一些年轻的新作者，更是不遗余力地进行着推介，为他们指出前进的方向。这么多年来，他总是以悲悯的情怀，从不轻薄小人物，默默地为他人作嫁衣，无私地奉献着自己。

二、史实与史料辨析的严谨性

高军是一位有着坚实的文学功底的作家，他的文学评论严谨而理性，语言锐利而雄辩。《在纸上的诗意游走》中有多篇这样的文章体现出如此特点，如《收藏钱穆〈中国历代政治得失〉“东大”初版本》《偶然得来的收藏——吴恩裕〈中国国家起源的问题〉》《〈江左校士录〉漫谈》《德行高尚——说孙秉德和我收藏〈负暄琐话〉的经过》《地方文献研究的力作——评李遵刚〈沂南古史钩沉〉》《〈花之寺〉与花之寺》以及《功底深厚，足迹扎实——评赵文俊诗文集〈观物集〉》等，高军对这类文章的写作可谓得心应手，主要得益于他平时的治学严谨和博览群书。与高军结识已十年了，曾多次在书店或旧书摊上见他买书，每次看到他在旧书摊上淘书时的情景，都深受感动。那些脏兮兮摊在三轮车上或者躺在地上无人问津的书，他会从中挑出有价值的一本本擦拭干净，再带回家仔细研究。《在纸上的诗意游走》中介绍的那本龙应台签名本《百年思索》，就是这样得来的。我们曾多次一起去做一些考证工作，所以对他有了更多的了解，沂南县大大小小的历史文化古迹遗址，没有他不曾去过的，不管是数九寒天，还是炎炎酷暑，趴在碑上校对抄写碑文，一趴就是半天，一点一滴他都要弄个清楚，然后对一些鲜为人知的文化名人的生平和事状做全面梳理，一一钩沉。正是凭着这种严肃认真的态度和严谨的治学方式，沂南县境内原先许多长期被人忽略或不为人知的东西才得以显现，历史终于还原以本来面目。他所做的这些工作有助于让人更深入地了解历史，也对地方文化的研究有着重要的意义。

三、理性思考与趣味相结合的可读性

这些年来高军一直在不懈地追求和探索，虽然创作需要充满激情的个性张扬，但也要一定程度上的规范、节制和内敛，处理得好，能把理性思维和艺术韵味兼容起来，使之在文学作品中相互辉映。《在纸上的诗意游走》中的一些文章，就很好地做到了这一点。高军的爱好广泛和做事严肃认真是出了名的，所以对于书法绘画作品、古玩古董器皿和书籍收藏等等，他都有着过人的眼力来欣赏，因此才有足够的笔力写出《恬淡人生　淋漓笔墨》《诗画笔墨　物我交融——郭立东山水画简评》《留住历史　传承文化——评〈古稀玩珍〉》《往事增华　流水知音——读秦丕山、刘洁编写的〈沂蒙红歌〉》这些评论文章。文学评论作品的逻辑说理特别重要，要写得深刻有思想，往往难免干涩。但高军在这本《在纸上的诗意游走》里，却努力追慕思想和文采兼备的境界。这些与书有关与艺术有关的评论性文章，呈现出了一种语言的灵性和飘逸，它似一朵朵涌动的波浪，在宽广壮阔的大海上跳跃闪烁，又似一串串灿烂的烟花，在辽远的天空中次第开放。这是文化的情怀，文化研究的情怀。正因他的博学多识，所以这类文章的字里行间表现出一种浓郁的文化气息，使得这些评论性的文字生发出许多妙趣，时不时从笔端流淌出来，也具有了更强的可读性。

之所以这些年中，能于成批量涌现的小小说和文学评论家队伍中，常青不衰，一直笑傲江湖，与他根植于理性思考的土壤，汲取艺术人生理想的境界是分不开的。在文学创作这条艰苦的道路上，他一直迈着扎实的脚步向前行进着，他的文风稳健理性，成就也是硕果累累，《在纸上的诗意游走》已经是高军出版的第十五本书了。试问，一个人如果不是有着坚定的信念和追求，又有谁能这样以缜密的心思在笔墨瀚海中诗意地游走?

——高薇:《理性地书写和诗意地游走》,《临沂日报》2016 年 12 月 23 日第 A6 版“银雀”

《〈在纸上的诗意游走〉简评》(文安琪)发表于《沂南通讯》2016 年12 月 28 日第 4 版“阳都文学”，是对《在纸上的诗意游走》一书的评论文章。

灵魂和身体总有一个要在路上，然而，现实生活中由于一些条件的限制，一场说走就走的旅行有时是不可能的。真正自由在路上的是我们的思想，我们的灵魂。说这些，其实我首先想谈谈我对高军这本文学评论《在纸上的诗意游走》一书的名字的感悟。文学创造到了物化阶段，就是“形之于心”到“形之于手”的一种转化。作者心中的想法落到纸张上文学创造才算完成，作者的各种思想在纸上诗意地游走，无疑是物化阶段完成的一种形象展示，同时，诗意地游走，也是灵魂自由的一种展现形式。一本理性与逻辑性那么强的文学评论，名字却不是冷冰冰的，而是诗意的，浪漫的。

其次，读完整本书，我认为这本书最大的亮点在于作者通过自己独到的视角与新颖观点的展示，赋予经典作品新的意义。印象最深的是《浅论海明威笔下的男孩》。海明威是美国二战以后“迷惘的一代”的代表作家，提起他，大家免不了要谈他笔下的“硬汉”圣地亚哥。然而，作者将视角转向男孩，通过男孩阐述作者“重压下的优雅风度”，这种全新的观点，让人眼前一亮，不禁再拿起原著找到相关章节去读，去体味。我想，这便是作者的成功之处，自己抛出的一个观点，使得读者沉迷其中，不断思索，由此读者文学接受过程也达到了高潮。有时候，我们习惯了接受文学大家权威的评论，对于经典，也习惯了之前的定义，却不想，经典作品是可以随着时代的发展而重新解读的。作者跳出思想的牢笼，给经典一个新的诠释。

再次，读完整本书，我感受到作为一名文学评论者，作者人文关怀与历史理性两种价值的深度交汇。整部评论中，作者关注的人物类型可谓多种多样，有农民，有小孩子，有自己身边一直默默写作笔耕不辍的朋友等等，这些人物有些是虚拟的，有些是现实的。通过对这些不同人物类型的剖析，我可以深深体会到，作者对于时代发展规律性的理性认识和文字中寄寓的人文关怀。比如为潘明信《母亲》所作序言，作者写道：“潘明信多次和我说，这些文字大多是他流着泪写出来的，写作中甚至放声大哭过。阅读的过程中，我深深感到他所言不虚，这些文字的确是从他的心中自然而然地流淌出来的。”以情动人，这种真情的传递，正是文学创造的一种价值追求。又如在《新世纪以来的临沂文学与文学临沂》一文中，作者冷静客观地分析了临沂文学的发展，临沂文学与文化二者的关系，以及作为一名现代作家应该如何寻找出路，这给我们年轻一代热爱文学的人深刻启示。

作者凝练的文字，优美的篇章，客观的分析，实际上正是时代精神与社会意识的折光。我想这项成果不单单属于他个人，更应该属于这个社会，供大家去学习，去分享。很高兴 2016 年 10 月 20 日作者赠予我附有他亲笔签名的这本文学评论集，读罢真的是受益匪浅，更明确了自己作为一名中文系毕业的学生今后有哪些地方仍需努力，有哪些地方需要坚持。

——文安琪:《〈在纸上的诗意游走〉简评》,《沂南通讯》2016 年 12 月 28 日第 4 版“阳都文学”

继续担任《山东文学》“小小说擂台”编辑，全年累计编发稿件 41 篇。据不完全统计，进入 2015 年选本 20 篇次，进入 2016 年选本 15 篇次，全年被选刊选载 21 篇次。

继续为中国现代文学馆中国当代文学年鉴中心撰写《2016 年中国小小说综述》。

《沂南年鉴（2015）》由线装书局出版，在“协会工作”一节中撰写长文介绍沂南县作家协会的工作情况。

2017年　农历丁酉年

55岁

1月

小说《较量》收入中国小说学会主编《2016中国微型小说年选》（花城出版社2017年版）一书。

小说《较量》收入《微型小说选刊》杂志社选编《2016年中国微型小说排行榜》（百花洲文艺出版社2017年版）一书。

小说《较量》收入卢翎主编《2016年小小说选粹》（北岳文艺出版社2017年版）一书。

小说《修正》收入杨晓敏主编《2016中国年度作品·小小说》（现代出版社2017年版）一书。

小说《天水栈》收入陈永林选编《2016年中国小小说精选》（长江文艺出版社2017年版）一书。

小说《暖墓》收入杨晓敏编选《2016年度中国小小说年选》（花城出版社2017年版）一书。

小说《追（外二题）》（《温一口水给你喝》《母亲》）发表于《红色讲坛》2017年第1期。

小说《五彩校园》（《一个人的高考》《三玫红印章》《青苹果》《掌声》）发表于《阳都文学》2017年第1期。

书评《拯救班会灵魂和伦理——评山大华特卧龙学校班会课程化》发表于《阳都文学》2017年第1期。

考证文章《二戴祠由来及其变迁考》发表于《沂南通讯》2017年1月6日第4版“阳都风”。

7 日，小说《本草人生》获得“童星杯”首届临沂银雀文学奖三等奖。

14 日，参加临沂市作家协会“启航——2017 年文学创作座谈会”，获得“沂蒙之光——2016 年度临沂文学工作先进个人”称号。

小说《酌方》收入马国兴、吕双喜主编“小小说美文馆”之《行走：树叶绿的时候下了场雪》（郑州大学出版社 2017 年版）一书。

小说《人与羊》收入马国兴、吕双喜主编“小小说美文馆”之《传奇:每天送你一片菩提叶》（郑州大学出版社 2017 年版）一书。

小说《叫好》收入顾之川主编“全民阅读推进计划用书”《生命如歌》（山东人民出版社 2017 年版）一书。

小说《母亲，母亲》《晒》《去学校看儿子》《琴殇》《叫好》《汉字功》《桑老师》收入薛兆平、于守芳主编《不忘初心，方得始终》（青岛出版社 2017 年版）一书。

评论《类别、分割与拾零——由〈在纸上的诗意游走〉带来的三个启示》（胡金华）发表于《沂南通讯》2017 年 1 月 21 日第 4 版“阳都风”。

前不久，著名小小说作家、文学评论家、省作协会员、沂南县作家协会主席高军又推出了一部文学评论集《在纸上的诗意游走》。据悉，这部由中国出版集团现代出版社出版发行的文学评论集，是继他近年出版的《小小说内外》《山东小小说作家研究》《对话或漫游》《沂南文学史》之后的第五部文学评论集，也是目前他正式出版公开发行的第十五本文学作品集。

初读《在纸上的诗意游走》，可以说该书整体框架上从文化、哲学、美学、叙事等层面，对当代国内外文学界以及沂蒙本土有重要影响的小小说、散文、地方文献等作品进行了深度考察，具有视角独特、形式多样、高屋建瓴、视野宏阔、方法新颖、思辨性和理论性兼备的鲜活特点，为当下文化和文学提供了一种新的解读方式和有益借鉴，不失为一部集多种思想资源于一体的精品力作。我在工作的闲暇，通过阅读总体上感到这本书至少带给了我们三个启示。

启示一：杂而不乱有类别。我说的“杂”，丝毫不是各种文体收录混杂的意思，而指的是这本书里既有绝对意义上的文学评论，还有一些书话类的理论文章，但综合归结起来却都是沿着“解读—说理—论述—感悟”这样一条主线而构成的。如书中后半部分的评《沂南县志》、评《沂南模式》、评《古稀玩珍》、评李遵刚的《沂南古史钩沉》、论王汝涛的诸葛亮研究、评郭立东的山水画、评高本杰的《不争第一》等篇，尽管不完全是针对文学作品而作的文学思考和文学纯文本论述，但内里却有着不同一般的文学价值，这个价值就是用文学评论的笔墨及立意，观照与文学紧密相关的史、志、书等作品类社会事物，其本身就挥发出文学的理解、觉悟、辨析及真知灼见。因为作者面对世间万物，习惯了首先使用文学的目光来判断、来归纳、来观察、来思索、来定位，它既反映出一个文学评论家社会属性所具有的基本能力，又折射出不拘泥于习惯性文学思维的线性定式。从这一点上讲，该书让我们学会了一种深情拓展的视野，一种广泛而深刻的自我挑战，一种从单一走向多元、从幼稚走向成熟、从虚无走向实务的探索与转变。

启示二：一人一文可分割。我说的“一人一文”是指书中评论文章的具体内容，全书共收录了作者近三四年来的文学评论等文章六十篇，从文体上可划分出对创作者整体创作现状和创作者某一篇目作品的专题研究等两大层次，这样加以区分，并非作者故意而为之，而是依据被评论者的具体创作状况而决定的。细看看，我们便不难发现，专门以创作者某一篇文学作品进行分析评论的不下十篇，这类型的所占比例不高，如《简评〈我的昙华林〉》《漫谈刘晓峰的长篇小说〈菊香〉》等，而以创作者的创作风格与个性特色为切入点，全面而深刻地解读某个创作者的评论，却占据了该书的相当比重。这一现象，足以让我们觉察到，作者有善于通过大量阅读被评论者作品，精于对其创作轨迹进行系统综合并归纳的这一习惯。这一点，不但透视出高军对某一作家的创作关切、倾注的精力，更反映出他文学评论个性化的突出特色，如对陈永林五篇小小说的点评、金光小小说五题漫评、飞鸿小小说漫评、高禄厚和他的短篇小说、梅林的诗歌印象、关于魏菡诗歌创作的几点断想等等，其篇目布局均以作者的趋向性或同一性作品来回观、切割及研判，行文既符合整体而系统的内在把握，又从手法上作了裁剪式的糅合与剥离。这一点，让我们感受最大的是他非常尊重创作者个性及其创作成果的负责任态度，与对单篇进行述评的架构不同，他所针对的研究对象不是程序化的而是实体化的，不是简单的因式分解，而是有方有圆、有点有面、有尺度有丈量的立体式几何图形。

启示三：古今中外皆拾零。书中评论古代、近现代的文学人物及文学作品的不在少数，如《与〈阿英散文选〉的渊源》《龙应台签名本〈百年思索〉》《法拉奇的〈一个男子汉〉》《收藏钱穆〈中国历代政治得失〉“东大”初版本》《王兆军〈问故乡〉的一些题外话》等等。在这些篇章中，虽然有的不是从文本立意出发的，但同样让读者不能不认可这样一个现实：作者兴趣广泛、经多识广、学识渊博、思想纯粹、知真见灼。难怪省作协会员郭敏以《坐拥书城》为题为该书洋洋洒洒写出了如诗如歌、如泣如诉的序言。阅读这部近十六万字的《在纸上的诗意游走》，实在让我们在感慨之余，不得不承认作者高军在文学道路上是一个不折不扣的学者、思想者，又是一个文化领域的痴情者、裁判者，他用文学的力量丰富自己、完善自己、超越自己并改变自己，对当今和今后的文学发展有着独特的行为自觉和矫正理念。这一点，我们在望其项背的同时，深深懂得了没有扎实的文学功底和文学见解，很难与其互动对接。由此我们也领悟出这样一个道理：一个真正爱好文学的人，不多读书不行，不读好书不行，读书不思考不行，思考不全面不深刻更不行。

当然，这本书留给我们的还有更多的启示，因为仁者见仁智者见智，感觉有些启示与以上三个启示相比显得无足轻重，就不再赘述了。最后，拼凑起来四句话作为结束语：

杂而不乱有类别，一人一文可分割。

古今中外皆拾零，纸上游走诗意多。

——胡全华：《类别、分割与拾零——由〈在纸上的诗意游走〉带来的三个启示》，《沂南通讯》2017 年 1 月 21 日第 4 版“阳都风”

2 月

小说《记住一块砖》被《微型小说选刊》2017 年第 4 期转载。

书评《寄味雅趣　厚积薄发——读高军〈在纸上的诗意游走〉随感》（李遵刚）发表于《沂南通讯》2017 年 2 月 8 日第 4 版“阳都风”。

高军是一位颇有成就的小小说作家和评论家，他已出版的九本小小说集，五本大多以小小说为主要研究对象的评论集和一本散文集就是最好的证明。他的小小说达到了一些同仁难以企及的水平，其作品《石蛹》被收入新文化运动后中国最早开始选编的大型现当代文学系列的世纪选集《中国新文学大系（1976～2000）》第十六集“微型小说卷”；他的小小说《紫桑葚》被收入语文出版社出版的全国通用小学教材《语文》(五年级上册)，在全国十多个省区广泛使用；不久前，他的小小说《肉食人》又被京极健史译成日文，登载在日本杂志《莲雾》2016 年第 9 号上，这三点就足以证明。高军不仅小小说创作独具匠心硕果累累，文学评论也是独具慧眼成绩斐然，他自 1995 年在《百花园》发表第一篇评论《取法乎上见功夫》开始，至今已发表小小说评论和其他文体的评论三百余篇。高军还是一位多面手，他不仅以一己之力完成了四十多万字的《沂南文学史》，近十年来涉猎的诸葛亮研究工作，也令多年从事这项研究工作的同仁刮目相看。

我与高军相识于 1994 年，那时我担任县委宣传部部长，他担任岸堤镇党委组织委员。此前他就写了很多语文教学论文和新闻报道，相识后他每有新作发表都与我分享喜悦，每有作品集问世也都赠我先睹为快。我在工作之余偏爱地方史的钩沉，对文学作品外行。但每次收到他的新作，都免不了在浏览的基础上细读几篇。每次读他的小小说或评论文章，也都被他的匠心或慧眼所折服。我常常思索，生活在同一片沃土之上，有着基本相同的生活经历，同样对一些事情都耳熟能详，为什么他就有如此之高的成就呢？渐渐地我感悟到几点基本的原因。

高军对文学的追求是执着的。一个人能有成就，首先是因为他对那件事有兴趣。高军的工作起点是中学语文教师，对语文教学研究他就有着非同一般的兴趣，他在全国中学语文教学研究会主办的《语文教学论坛》、中国修辞学会主办的《语文知识》、河南大学主办的《中学语文》、浙江师范大学主办的《语文教研》等专业杂志上发表的多篇语文教学研究论文就是证明。后来他被选拔到镇党委做秘书工作。在乡镇工作能干到副乡级干部是大多数吃党政饭人员梦寐以求的事，也是继续升迁前进的基础。而高军却钟爱文学事业，对仕途看得比较淡漠。我干过乡镇党委书记，深深体会到乡镇干部没有正常的作息规律，常常是两眼一睁忙到熄灯，要想挤出时间来搞文学创作不是不可能，但要想有充裕的时间是真的不可能的。当他因为工作出色顺利干到组织委员（副乡级）职位的时候，两个县直机关先后想调他到县城工作，当时他的主要领导不舍得放他走，他本人也有进一步丰富自己阅历的想法。所以在基层领导岗位上，他继续扎扎实实地工作，在工作之余从事文学创作。不久，他晋升为党委副书记，在繁重的工作中，不仅分管的工作和参与的中心工作都干得有声有色，文学创作也是风生水起。当他离正乡级干部还有一步之遥的时候，正值因合并乡镇而压缩乡镇干部职数，随后他向组织坦诚地谈了自己的追求，谋得了一个与文学有关的职位，在干好本职工作的同时，有了更多从事文学事业的时间和精力。

高军对写作素材挖掘的力度和深度是很多人所不及的。从与高军的经常交流中得知，他极其重视第一手资料。近年来，他对《晴天传》作者的挖掘，更显示出了他高度重视第一手资料的可贵精神。《晴天传》是一部创作于战争年代为革命服务的通俗作品，作者刘品高是青驼东围子（今沂南县青驼镇青驼村）人。刘品高一生职不高位不显，年轻时热爱哲学，业余时间喜欢写作。《晴天传》是说唱文学作品，当时影响很大。他在沂南等解放区培训了一些盲人四处说唱，产生了很好的宣传效果。发现这一线索后，高军先后收集了鲁中新华书店、东北书店、冀鲁豫书店、渤海新华书店、中南新华书店等刊行的版本进行研究。他没有停留在对作者“旧瓶装新酒”的艺术形式和“民间的语言味很浓”的艺术特色的欣赏上，而是深入到对作者人生经历的挖掘方面。遗憾的是，当千方百计找到作者的后人时，他们不仅对先人的历史知之甚少，而且对先人遗世的这本书的来龙去脉也不甚了解。高军循着已知线索，多次到刘品高工作和度过余生的济宁市，采访有关人员，查阅方志档案，最终弄清了这位在“济宁六中党支部书记、校革委会主任”位上去世的享年仅56岁的作者的人生经历，最终写出了《刘品高和他的〈说唱晴天传〉》一文，载入《沂南文学史》。他深入发掘县域内中医文化，写出了《本草人生》系列小小说，也是一个很好的例证。

高军宽阔而深邃的视野与他坐拥书城博观约取有着必然的联系。宋涵《只有时间不会撒谎》一书中说：“构成一个人的实质，绝对是他的时间，而不是他的语言。当他选择了如何填充他的时间，他就是选择了如何填充他的生命。”我知道高军爱买书和订阅杂志，至于有多少藏书和订阅了多少种杂志，每年阅读多少文字，恐怕连他自己也计算不清楚。但仅从他为百花洲文艺出版社出版的《中国当代文学年鉴》所写《2014年中国小小说综述》一文，就看出与高军处于同位置的人是很难企及的。我粗略统计了一下，《综述》第一部分“与小小说发展有关的一些关键词”之下的小标题“媒体”下涉及的文学期刊就达五十六种，第二部分“小小说作品呈现出来的一些关键词”中涉及的文学作品就达四十四篇，且又梳理为10个类别逐一作了分析评论。即便一位专门评论家所为也不是简单的事，一个处于县域位置的业余作家，能从琳琅满目的佳作中，发现“一些让人眼睛为之一亮的优秀之作、创新之作”，并且如数家珍地条分缕析娓娓道来，那就不是容易的事了，非博读细读不可。使人更加佩服的是他2013年曾在博客中极力推介阿列克谢耶维奇的作品《战争中没有女性》，正是这位作者一年后获得了诺贝尔文学奖，这一定不是偶然或巧合，而是他以阅读“填充他的时间”，以创作“填充他的生命”的必然结果，是他宽阔而深邃的视野的必然结果。

高军是一个淡泊而率真的人。他已有十五本且大都是出版社包销的著作，这在省域内和他相同位置的人中可能是名列前茅了。但他从来是一如既往地默默耕耘，从没像那些自费出了几本俗不可耐的所谓著作的人那样大肆宣扬。他墙里开花墙外红，在沂南县认识他的人远不及他在全国范围内的粉丝多。他率真直爽，敢于针砭时弊，《酸文假醋小文人》系列就是例证。诸葛亮说“夫君子之行，静以修身，俭以养德，非淡泊无以明志，非宁静无以致远”，至理也。

苏东坡评价韦应物和柳宗元的诗是“质而实绮，癯而实腴，发纤秾于简古，寄至味于澹泊”。纤者，纹理细腻；秾者，色泽润厚也。也就是说，在简朴古雅之中能够抒发细微浓厚的感情，在朴素无华的语言中寄托幽深的意趣追求。高军虽然还不能和韦、柳二位古代大家相提并论，但苏东坡的这两句话用在高军身上还是蛮贴切的：为人身在官场而淡泊名利，为文简朴古雅而细微浓厚，几十年来通过一篇篇质而实绮、癯而实腴的文章寄托幽远的意趣追求。

高军的评论集《在纸上的诗意游走》出版后赠我一本，我也有幸应邀参加了县作家协会与山大华特卧龙学校联合举办的“《在纸上的诗意游走》研讨会”。我对小小说无甚研究，对文学评论更是门外汉，发言时漫谈了以上想法，研讨会主持、县作协副主席兼秘书长胡金华总结说，我的发言内容可名为“李遵刚副主席眼中的高军”。我想，我眼中的高军归结于一点就是“寄味雅趣，厚积薄发”。

——李遵刚：《寄味雅趣　厚积薄发——读高军〈在纸上的诗意游走〉随感》，《沂南通讯》2017年2月8日第4版“阳都风”

文学评论《殊功异行　文笔不羁——关于万晓岩散文的思考》发表于《临沂日报》2017年2月17日第A7版“银雀”。

文学评论《忙趁东风放纸鸢》（刘蕙）发表于《阳都文学》2017年第1期。

我是个在学堂里摇头晃脑、装模作样的孩童。放学归来，趁天色尚早，便满心欢喜地拿出了风筝。东风正好，我的身边还有一群放风筝的人，轮轴拉线，手法娴熟，他们的风筝时而遨于高空，览群峰抱翠；时而游于低谷，赏临水照花。我在一旁看得入迷，小心翼翼地拿出自己的纸风筝，借风而起，盼有朝一日，能与他们比肩。

妈妈下班拿回家一本书——《在纸上的诗意游走》，说这本书的作者高军明天要去学校里做研讨。高军这个名字近来常听妈妈说起，每每提及，总是一脸认真的崇拜模样。我好奇地拿过书来：印刷简单而精美，朴素却很有质感。无须翻阅，这初见的清新文艺已然打动了我，只是捧在手中，就觉得很美好。

若是平日里，归类于文学评论的书籍想必我是碰都不会去碰，自知读书不多，在我极其浅薄的阅读量里也是以散文随笔为主，小说和传记都不常读，更不必说文学评论了。漫不经心地翻开封面，看到了由郭敏为本书而作的序——《坐拥书城》。又是一个并不陌生的名字，同高军一样，郭敏也是妈妈口中沂南文学界的领军人物之一。这题目起得着实有意思，常听闻一国之君坐拥天下，那这坐拥书城之人，想必也称得上是文学界的一城之主了。我迫不及待地想见识一下城主的真容，便问妈妈能不能开个后门放我去旁听一番，得到肯定的答复之后有些激动，在得知同去的还有作协的一众作家，尤其是听到另外几个熟悉的名字之后，这份激动更是抑制不住。

素来知道作家多是朴素单纯，低调内敛的，而如此朴实无华，热情亲切还是让我意料之外了。眼前的这些作家没有一人带着那股文人标配的清高傲慢之气，他们儒雅质朴，开朗和善，围坐在一起，如兄弟姐妹般开心地聊着家事，有说有笑。我怯怯地溜进去，在靠近门口的座位坐下，不好意思抬头，怕不经意的对视泄露出我的才疏学浅，本就坐立不安，生怕有一丝举止不妥，便更是如坐针毡了。

好在大家谈笑风生，一团和气，并没有人注意到我的局促。简单的介绍过后，大家开始就高军的新作《在纸上的诗意游走》进行论述，研讨正式开始。

对于文学评论并不是很了解，我想它是文学创作与文学鉴赏之间的纽带，是一种二次创作，写文学评论的人不仅是个文学家，也是个思想家。我不时地望着高军，他时而抬头认真地听取大家的分享，时而埋头专心记录大家的建议。印象中归类于文学评论的书应当是相当枯燥与乏味的，但高军的书却不然，单单看目录，一个个充满了诗意与趣味的题目就会瞬间吸引你的眼球。我初为人母，对于家庭教育类的文章更是感兴趣一些，于是翻到了本书的最后一篇文章《一根爱的红线串起来的粒粒珍珠》。阅读高军的精彩评论，让我对这本《不争第一，陪着孩子一起成长》的教育随笔产生了极大的兴趣。通过文学评论，读者有兴趣追溯到作品及原作者，我想这也是文学评论的价值体现。高军在此书中评论及推介了众多作品，体裁涉及广泛，每一篇都有不同的精彩，每一篇都有人文的关怀，他乐于成人之美，乐于将好的文学作品介绍和推广给读者，这份高尚与无私让这本《在纸上的诗意游走》更添了一份魅力与温度。

随着网络媒体的发展，我们这一代年轻人也越来越少看书了，仅有的阅读也不过是每日关注的微信公众号推送以及一些博人眼球的标题段子，这些文字如同过眼云烟，转瞬即逝，并不能在心里留下些什么。而自己，也已很久没有专注地捧起一本书，一字一句，一篇一幅地认真阅读过了。这本《在纸上的诗意游走》，让我再一次体验了文字与心灵碰撞后擦出火花的幸福感，这是一份充实，也是一种沉淀。

在这个忙碌喧嚣的世界里，我们心焦气躁，患得患失，片刻的恬淡安然也显得弥足珍贵，而这本《在纸上的诗意游走》就能给你最有效的治愈和陪伴。十分有幸，高军将这本书赠予我并赠言“文学引领人生，照亮生活”，我想它会成为常伴我身旁的一个无声的提醒，一个温暖的鼓励。每当捧起这本书，就能阅读文学的纯粹，就能拥抱沉淀的幸福，它提醒着我写作之路艰辛漫漫，需一步一个脚印，专注刻苦；它鼓励着我文学之路惊喜满满，要一念一朵莲花，平静淡然。

东风正好，我辈年少，文学的纸鸢定会越飞越高。

——刘蕙：《忙趁东风放纸鸢》，《阳都文学》2017 年第 1 期

评论《有缘相识高军兄》（尤克利）发表于《阳都文学》2017 年第 1 期。

接到通知说让我参加高军的文学评论集《在纸上的诗意游走》研讨会，并嘱我在会上发言。说实在的，在座的各位大多都是科班出身，在研究学问上我肯定比不了，洗耳恭听就是。我还是谈谈这些年来对高军兄的印象吧。

我与高军兄二十几年前就相识了，那时候他还在西部山区的一个乡镇任职。每年县里都要举办几次文学学习班或者会议，见面时总是打个招呼。他给人的印象是高高的个子，架一副斯文的眼镜，文静而帅气。心里想，这个儒雅的乡镇干部，若是走在三十年代的县城大街上，脖子上围一条长长的围脖，肯定不亚于当时那个受许多女生追捧的徐志摩。不过，这只是个闪念。那时候我们干庄户的年轻人，进城来时有一门主要的心思，我若不维基解密，你猜恐怕也猜不着。从乡下到县城，当时基本上还没有通公路，下雨天满是泥泞，进一趟城不容易。我最大的爱好就是先去书店买本书，然后去供销社看漂亮的售货员，或在晶体管厂和车辆厂的大门口等着看一群穿整齐工装的女工下班，饱饱眼福。农村小伙子的心思深藏不露，脱产的人大多数读不懂，读懂了的也只会偷着乐。

后来，跨过了千禧年，高军已经到县委宣传部工作了。这期间，是他文学创作的高峰期，小小说是他的长项，他创作的小小说大多发表在全国的重点刊物上，其中最出彩的就是《紫桑葚》被收入全国小学生五年级《语文》课本中，由于读者是小学生，受众面广，高军的名字就像当年我们记住《谁是最可爱的人》的作者魏巍一样了，这让我们一帮人羡慕得不得了。现在，沂南有两个旅游度假景点竹泉村和智圣汤泉都放言，谁写的有关他们景点的文章被收入学生课本，将奖励百万，我们还盼着他写的《竹泉赋》等能够再次进入教科书，得了这百万来，跟着他沾老鼻子光，去聚福园或者诸葛亮大酒店吃酒呢。果真那样，起码吃上一个月才肯罢休。

他的小说中，有一部分是以抗战为题材的。他用朴素的、准确的语言，将发生在那个战乱年代的人和事记录和整理了出来，小说情节自然天成，有的如临其境，状若亲目；有的略带些魔幻、虚拟色彩，却也在情理当中，如他的《一辈子也不说》《怪医》《险方》《神药》等。而给我印象最深的是他那《一辈子也不说》，写的是一普普通通的沂蒙红嫂中的人物杏花，自己用乳汁给八路军伤员治病疗伤，但她却要求身边的任何人，包括伤员在内，一辈子都不要把这件事说出去。后来杏花的生活很困难，妇女主任跟她说：现在都解放了，上边正到处找红嫂，据说已经找到不少，杏花你也是啊，那事我就说了吧？杏花却使劲地摇摇头说：不，一辈子也别说这事儿，咱不是早就说好了吗？一方面是国难当头时所呈现出的人性光辉，另一方面却是传统道德划出的一条不可逾越的红线，使这位被湮没在历史深处的沂蒙红嫂形象更加合乎理性化。我相信这篇小说，铺展开来就是一部上好的电影，或者电视剧本。

这本《在纸上的诗意游走》的前面，高军兄已经出版了四本评论集。在这些著述中，他用充分的阅读，犀利的眼光，对临沂一些作者的作品，小到一组诗歌，大到一部长篇巨著，从作者的写作背景、生活经历以及写作规律进行详细的剖析、评论，不失偏差，多有嘉奖。我们不难从中发现，评论集中的作者都是他所熟悉的人，除了几位年长的德艺双馨的老作家外，有好多作者还不是十分成熟，这不免有点学者为小人物立传之嫌。

高军兄在繁忙的工作、写作之余，还编辑出版了《沂南文学作品选》（小说卷、散文卷、诗歌卷）、《沂南文学史》等文史资料，在沂南乃至全国全省都引起了较大的反响，从搜集、整理，到编辑，他付出了巨大的心血，个中的甘苦只有他自己最清楚。而且他在诸葛亮文化研究方面也取得了丰硕的成就，经常受邀参加在全国各地举办的诸葛亮学术研讨会。作为诸葛故里人，能够萃取精华，从浩繁历史的翔实资料中引经据典，及时地发现、挖掘、纠偏，呈现给世人一个更加真实的诸葛武侯形象，他所做的努力更是难能可贵的。

在自己著书立说的同时，他还积极扶持县内作者，整日奔走呼吁，想办法联系出版社为一些作者免费出集子，引领他们走上文学道路。包括我的一首诗歌《远秋》就在他的推举下，被收入九年级的中学生课外阅读课本《放飞理想》一书中，还有岳黎明的两本童话集《钢琴精灵的美好时光》《理想兔》被北京工业大学出版社和金盾出版社出版，成为畅销书等等，其他的就不一一赘述了。

在七八年前的一个秋天，也是接到高军兄的一个电话，说县新华书店旁边的一家个体书店要处理一批过时的书橱，让我赶过去看看，一起买些。我去了，价格便宜得让我这个乡下木匠都大跌眼镜，他如获至宝，买了一大车橱子拉回了家。去过他家的人都知道，他家的书籍在每个房间里都摆得满满当当的。他的阅读量十分惊人，我们在一起的时候，无论哪个朝代或地方上的人物事理，他都了如指掌，娓娓道来，语惊四座。历史，在我们一般人眼里，只是一条主河流，而由于有浩博的学识支撑，他那双高度近视的眼睛，却能厘清这条河流的支流、沟渠和来龙去脉，以至于在写作时信手拈来，为自己所用，妙笔生花。世人都说做官要学曾国藩，经商要学胡雪岩，我想在这里补充上一句，著书要学高军兄。

以前读过一则小故事，说两个书生乘船去京城赶考，遇上大雨，淋湿了书箱。天晴后一个书生忙着在船上晒书，另一个书生却躺在船头晒肚皮，人问其缘故，他说，我的学问都在肚子里。这则幽默故事，用在高军兄的身上非常恰当，果真一场梅雨季潮湿了我们的书，那个晒肚皮的书生必定是他。

同时，他又是个孤傲之人，平时最看不起那些洋洋得意的小官僚要么阿谀奉承要么自命不凡的双面人生，免不了会在酒后吐露一些鄙视。有时候，很想和他说一声，改一改这毛病，可是又一想，也许这就是他的棱角，磨平了就不是他高军仁兄了。人呐，即使是脾气上有点异秉，也总比那些留大胡子，或编着小辫子的艺术家在人们面前招摇过市的模样强百倍吧。

顺便接一下开头的话，如今城乡的交通发达了，来去县城很简单，较之于原先的记忆，县城也大变了模样，眼见的高楼起，眼见的穿戴光鲜时髦的人满街都是，却没了那种闲心观赏，只是在人群中注目会不会遇见熟人。若是至交文友，就满心欢喜，有说不完的话，道不完的情，高军兄便是其中颇为亲密的知己之一。毕竟人过半百，心境里只有亲情友情最重，年少轻狂一厢情愿的爱慕之情已随风淡去。古往今来大致如此吧。

——尤克利:《有缘相识高军兄》,《阳都文学》2017 年第 1 期

25 日，组织“走进沂南县妇幼保健院采风笔会”，听取了保健院情况介绍，观看了有关视频，并进行了现场参观，这次采风笔会的作品随后在《阳都文学》第 2 期发表。

3 月

3 日，参加在沂南县民政局会议室召开的“寻找最美地名故事”座谈会。

小说《忘不了的人》发表于《小说月刊》2017 年第 3 期。

小说《泼汤》发表于《精短小说》2017 年第 3 期。

书评《走在不懈的教育探求之路上——读张秀德〈初中语文教学改

革的实践与思考〉》发表于《全人教育》2017 年第 3 期。

高薇将评论《在纸上的诗意游走》的 29 篇文章，选编结集为《多声部——高军〈在纸上的诗意游走〉研讨会论文集》(自印)。

11 日，在安丘市景芝镇参加“纪念刘铭同志、缅怀景芝事件烈士”座谈会。

4 月

小说《忘不了的人》被《小说选刊》2017 年第 4 期转载。

小说《穿寿衣》发表于《小小说大世界》2017 年第 4 期。

考证文章《迎旗山前尚庵寺》发表于《阳都文学》2017 年第 2 期。

文学评论《类别、分割和拾零——由〈在纸上的诗意游走〉带来的三个启示》(胡金华) 发表于《阳都文学》2017 年第 2 期。

文学评论《坚守的信念——读高军〈在纸上的诗意游走〉有感》(郭敏) 发表于《阳都文学》2017 年第 2 期。

高军《在纸上的诗意游走》这本书前面的序《坐拥书城》是我写的。

其实，《坐拥书城》这篇文章不是专门为这本《在纸上的诗意游走》书写的，当初写这篇文章的时候，《在纸上的诗意游走》这本书还没有出版。 那是一次偶然的机会，我去找高军有事，虽然相识了好多年，也在一个县城里居住，但一直没有去过他家。 之前也耳闻他最大的爱好就是喜欢看书淘书，却没有想到那一次走入他的家中，还真是被他满屋子的书所惊到。 回家后总有一种余兴未了的感觉，于是就随意写了那篇《坐拥书城》。

后来，有一天，高军就打电话跟我说，把你写的那篇《坐拥书城》给我一本书当序吧？ 我说好呀！ 只要你觉得好就行。

当时没仔细想就答应了，过后仔细想想，心里却突然有了一些忐忑，我那篇小文，只是随意而写，又怎么能作为序？ 再说，还不知他那本书收编的都是什么样的文章呢！ 这样想着的时候，心中越来越不安起来，本想马上打电话跟他推辞，又一想，他也许只是随口说说并不是真的想这么做。这样想着，放松下来，也就没有放在心上了，并且，随着时间的推移，渐渐地，我就把这件事给彻底忘记了。

再后来，这本《在纸上的诗意游走》真的出版了，我拿到书一看，好嘛，这序还真是用了我的那篇《坐拥书城》。再仔细看这本书的内容，才发现这是本评论集，这下心里又开始忐忑，我自己知道，我这篇本是随意而写的小文章，又怎么能全面系统地诠释高军收录在这本评论集子里的文章的深度和思想呢！如果当初知道是给这本集子作序，就不那样随兴而写，而应该先好好读读这些文章，那样简单随意的文字，是不足以显示出高军写作的勤奋和他对文字把握的深度和多样性的。好在，这篇小文，也说出了我自己眼里的高军的形象和对他这个人的了解与印象，这应该也不算是一无是处了。

这本书，应该是高军的第五本评论集了。我想，凡是认识他的人都知道，高军是一个做事认真、刻苦勤奋的人。到目前为止，据我所知，他已经出版发行了十五本书之多，在这些出版的书籍当中，有散文集，有小小说集，再就是文学评论集了。他的文学评论文章，可以说是几乎到了炉火纯青的地步，有很多曾经被《诗刊》《时代文学》《名作欣赏》《中国人民大学报刊复印资料》《中国当代文学年鉴》等重要大刊发表、转载。这所有一切成绩的取得，不仅反映出他平时对专业学术的钻研博学，更重要的是反映出他是一个对学问认真、勤奋、刻苦的作家。

《在纸上的诗意游走》这本书，不仅书名起得富有诗意，内容更是各有千秋、琳琅满目，把书拿在手上一看，更有一种耳目一新的感觉，再仔细阅读一下里面的文字，更是让人爱不释手。此书收录了六十余篇评论文章，这些文章有些是评论长篇小说的、小小说的、诗歌的，还有关于其他一些别的体裁的文章，这其中的作者，有的是他认识的，也有的是他不认识的，只是从作者一篇篇文章当中，他就了解了这些人的所有的文字。从他所写的这本书中，从这些字里行间，不难看出，每一篇，他都是用了心的，下了大功夫的。从阅读到深思，从叙述到剖析，每一篇文章的选项，每一个立意和选题，都能够很好地诠释出文章作者的原本心思和含义。如果，你能够静下心来，跟着作者的笔触，慢慢地游走品读，就犹如把作者的原本文章又重读了一遍，把高军写的评论与原有的文章结合在一起，更会让人有一种身心通透的感觉。

一个人，光有才能是不够的，有才能，还得有一颗耐得住寂寞和不畏困难、好学勤奋的心。高军就是这样一个人，他有才能，更有一种别人没有的刻苦劲头，所以，他会有成绩，会有一种让人攀比不了的高度和深度。他的孜孜不倦的探索和学习态度，他的一丝不苟的认真和刻苦钻研知识的精神，都值得我们学习。尤其是他对待文学这种坚守的信念，更值得我们尊敬和敬仰。

感谢高军的这本书，给我们的业余生活又增添了一些缺少不了的精神食粮。

——郭敏:《坚守的信念——读高军〈在纸上的诗意游走〉有感》,《阳都文学》2017年第2期

10～12日、17～19日，沂南电视台综合频道，在“阳都风”节目中以“阳都人物”的形式介绍高军的文学创作、组织开展的作协活动、对沂南文化的挖掘等方面的工作。

14日，临沂市作家协会文学理论与批评委员会在临沂大学成立，担任副主任。

23日，参加沂南县新华书店“我是朗诵者——2017阳都阅读季”开幕仪式，并接受记者采访，散文《永远的书香》被李克风朗诵。

文学评论《尺幅展大爱　寸心报春晖》获得“童星杯”第四届《洗砚池》文学奖二等奖。

5月

小说《支撑》收入《北京精短文学》2017年5月刊。

为徐国平小说集《我不是你缸里的鱼》(山东画报出版社2017年

版）作序。

《殊功异行　文笔不羁——关于万晓岩散文的思考》收入万晓岩散文集《低空飞行》（山东画报出版社 2017 年版）。

文学评论《叙事角度与形式追求——邵昌玺小小说创作简论》收入邵昌玺小说集《圆月亮》（山东画报出版社 2017 年版）。

文学评论《一部具有探索精神的童话新作——评〈鲁冰花园〉》发表于《临沂文艺》2017 年第 2 期。

9 日，参加砖埠镇诸葛亮庙会，撰写的《祭诸葛武侯文》在祭拜活动上由李遵刚宣读。

11 日，应邀参加《诗刊》社主办的“春天送你一首诗”大型诗歌朗诵会走进临沂信息工程学校活动。

28 日，组织举办走进双堠采风笔会，参观了气象物候园，瞻仰梭庄大青山突围纪念馆，到芳春剪纸艺术馆考察。

文学评论《震颤与沉思——读高军的小小说集〈一辈子也不说〉》（冯春明）收入其作品集《如是》（山东画报出版社 2017 年版）。

6 月

小说集《一辈子也不说》重版。

6 日，“寻找沂南县最美地名故事”征文揭晓，参加在民政局三楼办公室举行的颁奖仪式。

7 月

小说《徽章》被《微型小说选刊》2017 年第 15 期选载。

小说《飞来的木桶（外二篇）》（《支撑》《儿子》）发表于《红色讲坛》2017 年第 2 期。

12 日 23 时，苗得雨在济南逝世后，沂南县作家协会发出唁电。 苗长水回复：“谢谢家乡作家协会！ 已向我母亲和家人转达，一切放心勿念！ 苗长水谨此，2017 年 7 月 15 日。”同时，沂南县作家协会多人参加了苗得雨安葬仪式，并送了花圈。

散文《沂河拖蓝——怀念苗得雨先生》发表于《临沂日报》2017 年

7月21日第6版“银雀”。

民间故事《汉字功》《皇上寺》《石桥》《香炉石的来历》《大岱村石塔的秘密》《天水栈》《刀撞泉》《三水交汇有孝鱼》《淌钱石》《九股松的传说》《黄光崖的传说》发表于《阳都文学》2017年第3期。

8月

文学评论《世俗化取向与诗意化表达——李伶伶小小说创作简论》发表于《连山文艺》2017年第4期。

文学评论《2016年中国小小说综述》收入中国现代文学馆中国当代文学年鉴中心编《2016中国当代文学年鉴》(长江文艺出版社2017年版)一书。

9月

散文《高中岁月》(《借你一线灯光》《餐间读书会》《我们的失望，孩子的成长》《凌霄花开》)发表于《玉泉》2017年第3期。

书评《拯救班会灵魂和伦理——评山大华特卧龙学校班会课程化》发表于《全人教育》2017年第9期。

10月

民间故事《圣母冢的来历》《凤凰林的传说》《有雀树的高家店子》《郑板桥与竹泉村》《九顶莲花山为何又叫凤凰山?》《薄板台的传说》《石屋坟》《糠山和米山》《白衣庵为何变成了白佛寺?》《诸葛亮的琅琅读书声》发表于《阳都文学》2017年第4期。

考证文章《清末民初的界湖刘家巷子略考》《黄庭观变迁述说》《任家庄娘娘庙考释》发表于《阳都文学》2017年第4期。

27日，参加沂南县作家协会和《界湖街道志》办公室联合举办的高禄堂文学创作座谈会。

29日，参加冯春明散文集《如是》研讨会。

小说集《紫桑葚》列入江西高校出版社“全民微阅读系列”丛书，收入其近年创作的最新作品和部分代表作74篇。这部小说集非此前2003年黄河出版社出版的小说集《紫桑葚》之重版，所收作品也少有重复。这部小说集原拟名为《开另一朵花》(或《小丽的时尚生活》)，最后出版社决定用《紫桑葚》作为书名。

11月

小说《风光》发表于《小说月刊》2017年第11期。

小说《徽章》被《领导文萃》2017年第22期选载。

文学评论《阻断与打通——评夏立君〈时间的压力〉》发表于《临沂日报》2017年11月17日第A6版。

山东快书《风波》、小品《拆招》收入沂南县群众文艺创作小组编《群众文艺作品集》(棚改工作专辑)。

小说《忘不了的人》收入《小说选刊》杂志社、中国微型小说(小小说)创作基地、中共武陵区纪委、武陵区文联主编《2017“善德武陵”杯·全国微小说精品集》(湖南人民出版社2017年版)。

文学评论集《在纸上的诗意游走》获得临沂市第23届社会科学优秀成果奖三等奖。

主编的《沂南地名故事》一书由山东友谊出版社出版。

小说《支撑》发表于《中老年时报》2017年11月24日第6版。

27日，参加在沂南召开的“山东社科论坛——文化自信与诸葛亮文化传承学术研讨会”，向大会提交论文《浅论琅邪阳都诸葛氏家族文化特征》，并作大会发言。

12月

1日，获评中共山东省委组织部、中共山东省委宣传部、山东省财政厅、山东省人力资源和社会保障厅联合公布的第四批齐鲁文化之星。

文学评论《小小说内容创新漫谈》发表于《百花园》2017年增刊。

文学评论《世俗化取向与诗意化表达》发表于《连山文艺》2017年第4期(总第9期)。

6日，著名作家曹文轩来沂南期间，全程陪同。曹文轩认真翻阅并高度评价沂南县作家协会《阳都文学》杂志，挥笔题词：“文学小，世界大；世界小，文学大。——题赠《阳都文学》，曹文轩，二〇一七十二月六日。”

9～11 日，应邀参加在常德市武陵区举行的第五届武陵国际微小说节，并在 11 日的第五届武陵国际微小说节创作高峰论坛上作题为《小小说媒体创新何为？》的发言。

22 日，组织在沂南县新华书店举行《沂南地名故事》首发式。

24 日，由江苏省作家协会、《鍾山》杂志社主办的第二届“鍾山文学奖”暨 2017 鍾山读者年优秀读者奖颁奖典礼在南京举行，被评为优秀读者，并作了现场发言：

时入畅月，节过冬至，紫金山凝翠色，扬子江激雪波。“第二届《鍾山》文学奖”暨“《鍾山》读者年优秀读者”颁奖礼隆重举行，我作为一位读者代表来到历史文化积淀深厚的石头城领奖，深深感到了作为一位《鍾山》杂志读者的尊严和荣光，感谢文学，感谢《鍾山》杂志。

文学期刊是传承文化根脉的重要载体，是作家展示才华的舞台，是文学读者的神圣精神家园。我们都笃信文学具有的那触动心灵的力量。在《鍾山》杂志上，广大读者能倾听到时代脚步的回响，徜徉个性鲜明的文学人物画廊，感受锐利思想的灼人锋芒。读者和作者、编者虽然有时空的隔阂，大多未曾谋面，互不相识，但我们在文本中早已心灵相通！

尤其值得称道的是《鍾山》杂志开启了重视读者、尊重读者的先河。多少年中，我们的很多杂志，都是侧重选稿、编稿，很少能去考虑读者的感受和想法。其实，读者是文学产品的最终消费者，占有和征服多少读者才是决定刊物天地大小的重要因素。读者对一个刊物是否喜欢，喜欢到什么程度，是值得办刊人认真关注和思考的。培养、壮大读者群和引领文学消费导向，是事关刊物生存和发展的重要问题，是刊物应该自觉担当起来的义不容辞责任。文学的持续繁荣，文化根脉的更加发达，需要作者、编者和读者三个方面的共同努力，通力合作。《鍾山》杂志，持续举办的《鍾山》文学奖和读者年活动，让作者、编者和读者更加密切起来。

作为我个人，几十年来对具有包容气派和国际眼光的文学重镇《鍾山》是不断投注着含情目光的。上世纪八十年代，杂志刊登出了我们山东作家王兆军的中篇小说《拂晓前的葬礼》，让我在众多文学期刊中开始了对《鍾山》杂志的购买、收藏、阅读。刊物果然不让人失望，不久后又读到了四川作家朱晓平的小说《桑树坪纪事》和一大批优秀文学作品。文学大潮起起落落，有时候我也会四顾别处的风景，但对《鍾山》的牵挂一直是不绝如缕的。1998年开始，我又开始订阅《鍾山》杂志，莫言《长安大道上的骑驴美人》、阎连科《金莲，你好》继续带来新的审美享受，“伤痕文学”主要作家卢新华《细节》的刊出让人眼睛为之一亮，而方方的长篇小说《乌泥湖年谱》在1999年3、4期刊出但还是有删节也让我感到些许遗憾，但总体感觉还是让我对杂志继续充满喜爱和期待。去年，看到晓苏的小说题目《道德模范刘春水》，一下子让我感到了杂志的魄力，我未看小说就想到了很多问题，这是一个不好写、杂志也不好发表的题材，道德模范是我们树立的标兵呢，是宣传系统津津乐道的话题啊，如此敏感、如此深刻反映现实的作品《鍾山》杂志登载出来了，又一次让我对刊物充满敬意。这么一份有良知、有担当的文学期刊，怎能不去持续关注呢？

多年来因为对《鍾山》及其他文学刊物的阅读，也让我个人受益匪浅，自己也成了一个业余文学作者，出版了16本书，包括小说集、散文集、文学评论集，其中的《紫桑葚》一文还被收入了语文出版社出版的全国通用五年级上册《语文》课本在全国很多省区使用，并也成为我们《山东文学》杂志一个栏目的编辑。回顾一路走来的脚印，《鍾山》杂志的滋养和助力是不能忘怀的。

今后，我将一如既往地持续关注、阅读《鍾山》杂志，继续从中汲取养分，有了真正好的作品的时候也会来投稿的。

隆冬季节，雪花会不期而至，但冬至一阳生，春意已经在不远处孕育萌生。又一个新的春天就要在不久后到来，让我们共同努力，迎接更加姹紫嫣红的风景吧。

在下午的《鍾山》作者、读者座谈会上，就文学应对新媒体的思考与编者、作者进行了对话和交流：

新媒体时代，各种文学载体百舸争流，但文学的本质没有变，也不能变。优秀的文学作品应该坚持道德高地、思想高地，这样才能更好地滋润我们的心灵。

《沂南年鉴（2017）》由天津古籍出版社出版，用近七个页码全面介绍沂南县作家协会一年来的工作和创作情况，并在“艺文”部分收入高军的三篇小说《花鼓桥》《天水栈》《较量》，在“史海钩沉”部分收入《巴金与沂南》一文。

本年，担任齐鲁书社“民国文学名家精选集”（《鲁迅精选集》《老舍精选集》《徐志摩精选集》《林徽因精选集》《朱自清精选集》《郁达夫精选集》《萧红精选集》《许地山精选集》《沈从文精选集》《胡适精选集》）丛书编委。

继续为中国现代文学馆中国当代文学年鉴中心撰写《2017 年小小说综述》。

继续担任《山东文学》（上）“小小说擂台”编辑，全年累计编发稿件 48 篇。据不完全统计，有 25 篇（次）被转载。

2018 年　农历戊戌年

56 岁

1 月

小说《忘不了的人》收入陈永林主编《2017 年中国小小说精选》（长江文艺出版社 2018 年版）一书。

小说《忘不了的人》收入《微型小说选刊》杂志社主编《2017 年中国微型小说精选》（长江文艺出版社 2018 年版）一书。

小说《忘不了的人》收入作家网编，冰峰、陈亚美主编《2017 年中国年度微型小说》（漓江出版社 2017 年版）一书。

小说《飞来的木桶》发表于《小说月刊》2018 年第 1 期。

小说《苍耳子（外二篇）》（《咬春》《圆坟》）发表于《红色讲坛》2018 年第 1 期。

文学评论《山东小小说四十年》（一万字版）发表于《小小说作家》2018 年第 1 期。

文学评论《编纂地域文学作品集的意义——从张斌策划主编的〈银雀文丛〉说起》发表于《洗砚池》2018 年第 1 期。

五万字文学评论《山东小小说四十年》（两万字版）前半部分发表于《东昌月刊》2018 年第 1 期。

考证文章《“双堠”新考》发表于《阳都文学》2018 年第 1 期。

民间故事《盆泉》《黄花桥》《老子峪》《牛头山》《垛罗崮和垛罗蜂》《营后》《回龙庙》《侍郎宅》《泉子崖》《五彩山》《佛教遗迹的由来》《南北石门的传说》《冷泉和倒流泉》《牛皮岭》《三钉碑》发表于《阳都文学》2018 年第 1 期。

6日，参加临沂市作家协会“筑梦——2018全市文学工作座谈会”，主编的《阳都文学》杂志获得“临沂市首届优秀文学期刊”称号，个人获得“临沂市首届优秀文学编辑”称号。

沂南地域文化研究文集《沂南文化记忆》在1月中旬召开的县政协十届二次会议、县人大十七届二次会议上发放到与会人员手中，深受广大政协委员和人大代表欢迎。这是一部重要的材料汇编，具有很高的收藏价值，全书分为“红色文化”“历史记忆”“庙宇掠影”三部分，收入文化研究文章40篇，后附李遵刚《热爱　执着　究真》、高薇《浪花碎——也说高军与他的〈沂南文化记忆〉》两文，由县政协主席刘正生作序，县政协原副主席李遵刚撰文给予高度评价。

多年来，高军同志在坚持文学创作出版了近二十本小说、文学评论、散文等作品集的同时，不遗余力地自觉挖掘地域文化资源，取得了可喜的成绩。他撰写了几十篇诸葛亮以及三国文化研究论文，并不断关注、挖掘、研究着沂南地域文化的诸多方面，他的沂南地域文化研究专著《沂南文化记忆》有很多新的研究成果，现在这本书就要出版了，这是一件非常有意义的事情。

地域文化是指与环境相融合打上了地域烙印的源远流长、独具特色的文化，是一个区域范围内传承至今仍发挥重要作用的文化。沂南县人文荟萃，地域文化丰厚。从出土的大量文物资料可证明，早在几十万年前就有人类在此繁衍生息，并创造了灿烂的闪烁着熠熠光辉的历史悠久的文化。

最近这些年来，沂南地域文化研究风生水起，新的研究成果不断涌现。《沂南文化记忆》在已有研究的基础上，将沂南地域文化研究向前又推进了一步，是近年来有关沂南文化研究的一部不可多得的力作。

一、资料翔实，有很多新的发现

文献资料与田野调查资料的相互参照验证，是当前社会科学中方兴未艾的一种研究方法。《沂南文化记忆》的作者在查阅大量文献资料的同时，还努力从田野调查中获取相关资料作为补充，反映了他力图在区域文化研究中与主流学术界相接轨的想法。为了搞清楚有关问题，作者除了认真阅读有关材料外，同时尤为注重亲身调查，从民间搜集材料。比如《党怀英书写的沂南碑文》就是他深入农村获得线索的基础上，又到文博单位查阅有关文物，把问题的来龙去脉彻底弄清楚后写出来的。这一沂南重要文物，当地历来没有记录，多次文物普查也未被发现，是作者的深入挖掘让这一问题彻底呈现出来。再如有关沂南明朝女诗人高玉章及其诗集《玉映草》的问题，他就多次到沂水、沂源、临朐等地调查，并查阅了《高氏族谱》及其丈夫家族的《张氏族谱》，还有多个县的大量有关资料，才终于写出了《悠悠温凉河》一文。再比如《巴金与沂南》一文，是他持续关注这一问题三十余年的心血结晶，他多次到有关村庄调查走访，一次次多方查阅资料，最终将巴金来沂南这个谁也语焉不详的问题说得清晰起来。大量占有资料，使得作者在研究中通过罗列铺陈，将沂南文化的最新发现的要素，向读者娓娓道来，游刃有余。

众所周知，一项优秀的研究必须是建立在前人已有研究的基础之上又能够有所创新的作品。通观《沂南文化记忆》一书，作者在沂南文化研究上积极拓宽资料来源，提出的新见解甚多，在很多地方显示出很强的原创性、开拓性、奠基性特点。可以说，这是在全面把握已有研究成果的基础上，不断深入沂南文化研究的一项立意新颖的最新成果。

二、基础扎实，有很强的系统性

在《沂南文化记忆》出版之前，沂南文化研究已经取得了丰硕的成果，这给本书的撰写带来了很多挑战。好在作者在几十年的时间里，热心不减，持续关注沂南地域文化研究已经取得的丰硕的成果，努力站在一个更高的起点上，得出新的系统性见解。

这本书洞悉了许多沂南文化的核心精神。例如《刘品高〈说唱晴天传〉与王力〈晴天〉的渊源》一文，作者先发现了本县作者上世纪四十年代出版但已经绝版将近七十年的《说唱晴天传》，并通过研究写出了一系列介绍文章，让已经湮没在历史深处的作者和这本著作重见天日，随后他又探得了《说唱晴天传》与《晴天》的渊源关系以及两本书的相同和不同之处，对两本书又进行了系统的深入论述。再比如对刘遵和诗歌的发掘和研究也显得系统性很强，刘遵和是依汶镇隋家店村人，考中嘉庆进士，曾任户部主事，他的诗歌已经失传一百多年了。作者能几十年持续关注这个问题，终于从私人收藏的家族笔记本中发掘出来了十二首，并写出了系统性的研究文章，同样填补了历史文化的空白。

本书的三个部分也形成了一个有机的整体，能满足具有不同兴趣爱好的读者的不同需要。例如对红色文化感兴趣的，可以认真阅读“红色文化”部分；向往地域古代历史文化的，可以集中看“历史记忆”章节；那些对宗教感兴趣的读者，可以专门选择“寺庙掠影”进行阅读。当然，如果读者想要全面系统地了解沂南文化的方方面面，该书也能够提供足够的系统文化信息。

三、主线突出，将述论有机结合起来

地域文化首先在于具有明显的地域性。一个地区与另一个地区在文化形态上的不同，才使得我们中华民族的文化呈现多样化。一方文化影响一方经济，造就一方社会。《沂南文化记忆》一书分三部分论述沂南文化的各个组成要素，尽管彼此之间相互独立，但形散而神不散，有一条主线始终贯穿其中。这条主线，即是作者所认为的一方水土孕育一方文化，沂南文化是在中华核心主流文化基础上形成的地域文化的独特体态。这种文化，在一定程度上滋生了沂南区域文化及其社会经济的持续生命力，从而使得沂南社会及其文化影响区域有所发扬，有所开拓。作者始终将这条主线作为分析沂南文化各个组成要素的主导精神，显得有了深度。

研究地域文化，绝不是简单地发思古之幽情，地域文化一方面为地域经济发展提供精神动力、智力支持和文化氛围，另一方面通过与地域经济社会的相互融合，产生巨大的经济效益和社会效益，直接推动社会生产力发展。所以，必须高度重视挖掘地域文化资源，传承和弘扬地域文化中的精华内容和优秀因子，积极发展地域文化产业，实现区域经济社会的可持续发展。为此，我们一定要把地域文化发展放在当地经济社会发展的重要位置，开发利用好地域文化资源，培育新的经济增长点，推动经济社会持续、快速、协调发展。

——刘正生:《一部地域文化研究的力作》,《沂南文化记忆》,2017 年,序言第 1 页

高军的第十七本专著，是一本有别于他擅长的小说、散文、评论等文学体裁的文集，自名为《沂南文化记忆》。文集之文大致可归为三类：抗日战争时期与沂南有关的文化名人、事件原委的研究，清末民初地方名人、界湖商业规模和文化项目的研究，寺观祠庙源流的研究。文集内容与历史有关，类之旧时的杂史或现代的文史，但比杂史和文史更为可信，因为他是建立在严谨的考证基础上的。文集内容，从历史的坐标点来看，是一个个节点的零散的文化记忆，而非排陈有序的叙述历史。

正史，往往站在全局高度俯瞰历史，不可能面面俱到，有些内容涉及了也难免语焉不详，有些地方应该有所记载但遗漏了。也可能因著录者研究功力、活动范围、占有资料有限，难免失之偏颇或以讹传讹。高军在这方面的研究，可以说填补了沂南史志或文史的多处空白。

如《刘品高〈说唱晴天传〉与王力〈晴天〉的渊源》。刘品高是沂南县青驼东村人，解放战争之初，他把王力的中篇小说《晴天》改编成了鼓词《说唱晴天传》，并在沂南等解放区培训了一些盲人四处说唱，产生了很好的宣传效果，因此被组织给予物质奖励。这件事，党史不录，县志未书，文史没写，可以说是遗漏。我认为，若早挖掘出来，刘品高和他的《说唱晴天传》是可以载入《沂南县志》之《文化篇·著作与著述》的。

又如《袁玉贵与太平团略述》。太平团抗匪是清末发生在沂南县境内的一段真实历史，但从未有文字传播。高军以翔实的资料，写清

楚了袁玉贵组织太平团修建太平寨，率众抗匪活动的原委和经过。其人其事虽已远去，但太平寨遗迹犹在，记事碑碣尚存。袁玉贵与太平团抗匪一事，可为沂南人民团结抗匪的典范，其历史价值可与炫耀清政府剿灭捻军武功的枯骨冢并论，亦是应该载入地方志书的。

再如《巴金与沂南》。这是第一次被挖掘出来的重要史料。巴金是著名作家，但他来沂南的身份是“北方老根据地访问团华东分团”副团长。正是他及访问团来到沂南县访贫问苦形成的调查报告，引起了上级对革命老区人民渴望学习文化和缺医少药问题的重视，为沂南县争取到了专项资金，促成了沂南县中学和县医院的设立。另外，在中共沂南县委和沂南县人民政府为访问团举行的欢迎晚会上，访问团用从上海专门带来的放映机，放映了一场有声黑白故事片《钢铁战士》。可惜这一情节在《沂南县志》编辑时还没有被挖掘出来，不然临沂地区巡回放映队于1953年4月来界湖放映国产故事片《白毛女》，就不是沂南历史上的“首次”公开放映了。

地方史料的挖掘与研究，发现线索不容易，根据线索挖掘出来更不容易。做这些事情，不仅需要扎实的文化功底、缜密的思维能力、良好的史德修养，还要有发自内心的热爱、百折不挠的执着和探实究真的精神。唯此，才能从枯燥艰辛的工作中感受乐趣，在扑朔迷离的线索中追根求源，在人云亦云的定论中绳愆纠谬，在人迹罕至处觅获珍宝。

高军与《说唱晴天传》的联系，是一个偶然也是必然。他爱好光顾街头巷尾的书摊，遇到有存留价值的旧书总是倾囊而归。多年前他偶然见到一本破烂不堪但尚未残缺的旧书——《说唱晴天传》，粗略翻看后得知写的是发生在沂州府的故事，他不是视为古董珍藏之以待炫耀，而是从此开始了漫长地追踪研究工作。最初是多方搜集不同时期的版本，进行文句的比较性研究。继而追踪作者的人生履历，进行人物的考证性研究。在作者后人对《说唱晴天传》也没听说过的情况下，他根据一鳞半爪的线索，终于在济宁市档案馆找到了作者的档案，然后又沿着档案线索逆向追踪挖掘，最终把刘品高和他的《说唱晴天传》写入了《沂南文学史》。

高军与一门五抗的白氏家族的联系，是他热爱与执着的一个例证。抗日战争时期，苏村一个白姓家庭，曾被当时的沂东县政府誉为“一门五抗”，并授匾褒扬。这一段历史，沂南县党史挖掘不多。半个多世纪过去了，虽然当地人还津津乐道，但能说出个子丑寅卯的已没几个人了。为了弄清这段历史，高军除了在当事人家乡走访了解外，还捎道或专程去了本省的济南、莒县、蒙阴和外省的昆明、常州、四平等地，找当事人或他的后人座谈调查，去有关单位查阅档案资料。在掌握了翔实资料后，才写成了《“一门五抗”的革命家庭》一文。

诚然，文集中的多篇文章是参考了前人的考证文章写出来的，这一点他在文中大都有明确的交代。可贵的是，他不是简单的辑录，也不是在借鉴前人研究成果时照抄照转，而是梳理辨别，不仅补充了一些前人研究的遗漏，还纠正了一些人皆认为无误的说法。

如《清末民初界湖商号店铺变迁简述》，有些研究者认定说建国前界湖“有几家规模很小的商号和店铺，街道很窄，市面萧条”。为弄清界湖的商业发展历史，高军不仅对清末民初时段界湖的商号店铺名称进行了详尽的搜罗，而且根据调查结果进行了大致的分类，并对一些有影响的业主进行了解读。经过详细考证，他对原来流行的说法提出了异议，认为这仅是对一个很短的时段状况的结论，若是作为更长一点的时段状况的定论，“那就是很偏颇的”。这些研究结果，不仅是他多年走访积累和查阅资料所得，也与他多年来重视碑刻等文物研究有着重要的联系。《清末民初界湖商号店铺变迁简述》列举的商号商铺名称，就来自一块古碑——咸丰四年（1854）仲夏《重修南路西沟桥记》释读与研究的成果。这块古碑，曾立在那里百多年，有几人抄录过？有几人深入解读过？有几人联系界湖商业历史研究过？如若没有有心人关注这块石碑或类似历史遗存，关于界湖商业历史面貌记述的准确性岂不大打折扣！

又如《清末民初界湖袁家戏班》这篇文章，不仅是对唐天佑《界湖

“梨园”概况》和戴萍《沂南县界湖“长、春、富、贵”京剧科班史略》二文的梳理综合，也是查阅了《临沂百年大事记》和《中国京剧流派剧目集成》等六部京剧研究专辑的结果。不仅他对袁家戏班曾经演出剧目的考证性研究，旁征博引，扎实可信，可为定论之说，单是他搜集这六部京剧研究专著和详细阅读这些专著所下的功夫，就令人佩服。

历史是渐进的，有时又是急进的。渐进时容易保存下文献文物等资料，急进时则往往难以保存，甚至导致残缺或毁坏。军事冲突年代对文献文物带来的毁坏是灾难性的，和平建设时期由于对文化遗存重视不够带来的损毁也是令人痛心的。钩沉掩埋于历史尘埃之中有价值的史料，对于书写方志、编辑文史其意义自不待言，对于弥补方志、文史之阙如其意义也不可低估。抢救性地搜集和研究历经劫难尚存的文献文物很重要，胸怀一颗保留中华民族文脉和符号之心，给已有文物价值或将能形成文物价值的实物创造延存空间，待有志者研究和解读更为重要。有高军这类热情执着、认真缜密、喜欢究真的文化人的存在，是一个地方文化之幸。但愿有更多的这样的文化人出现。

对《沂南文化记忆》中的多篇文章我早就拜读过，结集后高军嘱我为之写点文字。我乐意向读者推荐此著，但又自觉才浅笔拙，恐勉强为文有添足之嫌，因而迟迟未敢应允。及至书稿送至手中，先睹为快之余，又顿生好多感慨，对高军于史志及文史的热爱执着与究真尤甚。于是不揣浅陋，将感慨梳理成文。

——李遵刚：《热爱 执着 究真》，《沂南文化记忆》，2017 年，第 195～198 页

这些年，因为作协的一些事，比如编辑《阳都文学》和报纸等，又因为近几年一起参与编纂《界湖街道志》，所以和高军的接触还是比较多的。接触多也就有更多机会目睹他对于地方文化的整理与挖掘，有时候只要时间允许，我也会和他一起去做一些这方面的工作。因此，当我拿过他即将出版的《沂南文化记忆》这本书的样稿时，随手翻开目录一看，首先感到的是熟悉和亲切。有那么多篇目中写到的地方，我

都曾经与他一起探访过，三皇庙遗址、刘鸣銮纪念碑和埋葬地、夏猛寺遗址、娘娘庙遗址、桃园寺遗址、洞阳观遗址、辉山崮上的太平团纪念碑所在地等等，现在想来当时也是凭着满腔热情参与的，打算回来后写点什么，但到头来大多不了了之。而今一看到高军如此丰富又严谨的文字，我在敬佩之余也生出许多惭愧。回想当时情景，仍是历历在目，想再试着写点什么时，也只能述说事情的大体过程而已，至于所考证事物的细枝末节却从未有过深入细致的研究，所以根本无法弄清楚。但毕竟与这本书有过一些渊源，当高军嘱我为此书写点东西时，我欣然接受，很想借此机会谈谈自己感受最为深刻的地方。

探寻桃园寺和正阳观是在 2016 年 6 月 22 日的上午，那天一大早我们就从县城出发了。平时也看过不少有关沂南历史文化古迹的资料书籍，但对于这两个地方我还是第一次听说。桃园寺和洞阳观虽然都在青驼镇境内，但一个在东南方向的石门村，一个在西面偏北的窝庄，相隔距离大约有二十里路。我们先去青驼镇政府找到文化站长，了解了一些有关这两个地方的情况。从青驼镇去桃园寺时要经过一段土公路，因为经常走大货车，路况十分差，有些地方被压下一个个大坑。当时我开着车，即使使出浑身解数，也无法将车平稳地开过这一段路，没有办法只好擦着头上的汗水下车，让别人代驾开过去。还好，桃园寺的遗址在一个大树林里，有浓密的树荫遮挡着，我们并没有感到有多热。空旷寂寞的树木中，一截截断裂残缺的石碑横七竖八地散落着，不知在这里沉睡了多少年。我们沉默着，翻看着这一块块断碑，想象着当年曾经繁盛的情景，似乎听到了弥漫在空中的一种似有似无正在飘散的余韵。在众多残破的石碑里有一块《重修桃园寺记》的碑引起了高军的注意，他蹲在那里好久，看了又看。王寿昌，原来是王寿昌写的呀……对于他念叨的这个名字我是陌生的，但见他喜形于色的样子，知道他肯定是有了新的发现，每当他有新发现时，总会不加掩饰地这样喜悦的。接着他告诉我说大戴村的法云寺里有一通碑，上面碑文《重修法云寺记》也是这个人写的，我这才恍然大悟，知道这肯定是个有些名气的人。当时他还讲了些王寿昌家族的事，我似懂非懂地听着，现在已经记不清了。为了弄清碑上的文字，高军对着找来的碑文拓片，逐字逐句地辨认校对，然后又与青驼镇里的文化站长再三交流，直到弄明白为止。我们顾不上休息，接着从桃园寺返回，又往青驼西北方石门村的洞阳观遗址而去。时间已经接近正午，一下车迎接我们的是一股扑面而来的热浪，踏着脚下茂盛的蒿草，穿过一片狭长的小树林，眼前出现了一片平整的庄稼地，刚出土不久的小玉米苗儿在浓烈的日头下都耷拉了脑袋。我们走在松软的土地上，在烈日的暴晒下汗水即刻湿透了全身，口干舌燥的我们抹一把额上的汗水，在田地里边走边看，几块碑被我们反复看了几遍。时令虽然还不到盛夏，但正午太阳光下的庄稼地里仍然十分炎热，热气从地里往上蒸腾，我们在滚滚热浪里来回走了很多趟。偶有一两老者躬身经过，见他们十分奇怪地望着我们，我便打趣说这么热的天，人家肯定奇怪，这几个人不在家里休息，跑到这里来干什么呢，说完我们像自我解嘲一样哈哈大笑。笑过之后，我们又重新提起了这个话题，彼此谈论着做这些事是否有意义。那个时刻，我望着眼前这几块字迹模糊的残旧石碑，突然觉得这些让人迷离的旧时代的物品，就像这夏日里不远处斑驳的树影，看起来恍恍惚惚。是啊，我们这么投入地来到这里，遭受这么多辛苦，到底是为了什么？要说什么现实的和深远的意义，却一点也没有，但内心里却是喜悦的，这喜悦算不算一种精神上的补偿呢？算不算一种意义？我们说笑着往回走，一道小水沟和一座小石桥又使得我们驻足，接着又在一道石堰上发现了几块似有字迹的旧石块，我们将其拆出来拿在手里观看着，想象着当年的洞阳观应该是什么样子。回望明亮的阳光照耀下的那片广阔的土地，只感觉时光正被一种无边无际的空寂与虚无包围，而我们也立即被淹没在其中了。

也是在 2016 年 6 月里的一天，我们去探访夏猛寺。夏猛寺在苏村镇的夏猛村，这原本是早知道的。汽车沿滨河路走着，本感觉这条路非常熟悉，但真正找一个地方时，才知道平时的记忆很多都是错误的。

在几个村子里穿来穿去地问，总算找到了目的地。夏猛寺里那块后唐时代的老碑，已经被村人放入墙窖，字迹难以辨认。高军说这碑文他也是有的，但还得再仔细地进行考证才行，用手机拍了许多照片，观看了寺庙内的殿堂，然后出寺门去寻找烈士刘鸣銮的墓地。原以为小杜家庄的刘鸣銮纪念碑那里就是埋葬烈士的地方，但到了那里才听高军说并不是那么回事，他也一次没到烈士墓地去过。既然来了就要找到烈士的坟墓，于是在当地遇到人便问，但都说不知道。最终高军打电话联系到门家庵子的一位知情者，我们又去了那人家里，但见他似乎刚喝过不少酒，在半醒半醉状态下领着我们找到了刘鸣銮的后人，才带领我们来到埋葬烈士的地方。其实，烈士牺牲在小杜家庄抗匪战斗中，在那里立了一块纪念碑，却埋葬在苏村街（好像是西南村）村外一片树木里，离纪念碑有着不近的一段路。听他的后人讲，这里曾经是烈士家的老林，但后来都嫌远，刘家老人去世也不往这里埋了，许多老坟在“文革”时期都被铲平了。如今，偌大的一片树林里，只剩下烈士这一座坟了。站在空荡荡的树林里，四下里望去，远处有几名老者在慵懒地下棋，散养的几只母鸡在草地上啄食，我们望着眼前这座孤零零的矮小的坟墓和一块宽几十厘米高不过一米的纪念碑，突然之间感到一种少有的凄凉和孤独。

去砖埠镇任家庄的娘娘庙是在 2016 年 12 月 14 日。在路上时高军就将早准备好的碑文给我们看，并且谈了一些有关娘娘庙的情况。一到那里我们就展开手里的碑文与碑上的文字进行对照，三个人分成两伙开始行动，我和种善东一伙。娘娘庙遗址上共有七通碑，因为碑是埋在地里的，最下面的字被掩埋在了土里，校对起来很困难。我们就用手将埋住碑的土往两边扒，碑文是露出来了，但仍然看不清楚，我们只好趴下身子去，将头埋到低处，脑袋都快贴到土坑里去了，碑文还是难以看清，于是就用手在碑上来回抹着，试图将碑文擦拭得清楚些，但还是无济于事。天越来越晚了，冷风直往脖子里灌，我感到浑身都冻透了，手也几乎没了知觉。种善东说，用水擦拭一下可能会清楚些。于是我赶紧跑到公路上将车内的矿泉水拿了来，把水倒在碑上，还好，碑上的文字果然清晰了些。但是，车上只有这一瓶水了，没办法我们只好去了临近一户人家，将他家的水桶提来了，将水舀了倒在石碑上，然后用手抹到字上，这样字迹便会稍微清楚点。就这样我们反复地做着这样的事，有几次种善东甩着手，说他手上的皮都要磨破了。直到天将黑时，我们才把两块碑文校对完毕。虽然挨冷受累，但我们的内心是欣喜的，因为经过辨认校对将原碑文中弄错的近十个字改正过来了。将水桶送还给人家时，那户人家的男主人正好回来了，听说他的父亲在这庙里当过和尚，我们又向他问了一些事，看看天色已晚，实在不能再待下去了，我们才匆匆告别。当我们向着停车的公路走去时，这才感到腿又疼又麻，浑身冻得直打哆嗦。站在公路上向下望去，那棵古老的银杏树立于苍茫暮色之中，竟有一种浓重的陌生感和神秘感，远处几朵青灰色的云正逐渐变暗，天边已经现出几颗零落的星辰。回到县城时，天已经黑透了，我把车送回家中，然后找到一个小酒馆，我们三个人将两瓶白酒喝了个精光。

类似的经历还能举出几例，比如去依汶镇孙隆村的幼儿园看垒在墙里的碑等，在这里不一一述说。高军《沂南文化记忆》里的每一篇文章的资料查证，都是费了不少周折的，其内情我也能说出一些。如考证《颜镇水母源流疏正》中的颜镇水母过程中，我就听到高军多次说过此事，拜访有学问的老学者、查阅《辞源》《辞海》《水经注》等，最终考证到颜镇原来就是离我老家不远的博山，而颜镇水母就是我老家的孝妇河发源地的颜文姜祠的颜神，颜神的塑像我是见过多次的，就是我们称颜奶奶的那位孝妇。这故事我是从小就熟知的，但和高军一起去三皇庙，也多次听他说费了不少事查找寻问，自己却是怎么也没往这方面考虑过，想来实在是太惭愧了，这终究是自己知识贫乏所致。我还亲眼见他为了弄清刘遵和这个人物和他的诗歌创作，曾经一次次找到收藏者查阅资料，手头只有一本手写的私塾先生的教本，被高军复印下来反复琢磨了多少日子，又三番五次找到书法家刘庆国等帮忙辨认字迹。

有一次我看到他们两个人头对头趴在案上，那种认真劲儿真是太少见了，我当时感动之余专门拍了几张照片发到了微信朋友圈里，大家看了后直呼惊奇。还有对于巴金来沂南的事的查证，高军光去单家庄就有五六次……这几年随着交往的增多，越来越发现高军的治学严谨和勤奋执着，刘遵和、刘品高、高名衡、王寿昌、巴金与沂南的渊源、袁玉贵与太平团、党怀英书写的沂南碑文等等，为了核实资料，他查阅了浩如烟海的书籍报章，访问了数不清的相关人员，把被岁月飘零的历史资料境况，像春蚕吐丝一样片片织补起来，由于他的不懈努力，这一个个湮灭于历史长河的故事才被一笔笔勾勒清楚。

到今年的九月，我与高军相识整整十年，在人的一生中，十年时间不算长，却也不算短。至今犹记初识时他送我的两本书，一本《小小说内外》，一本《紫桑葚》，也就是说那时他出过两本书，正值第三本书《山东小小说作家研究》酝酿出版之时。而十年之后的今天，加上这本《沂南文化记忆》，他的著作已经出版至 17 本了。这十年眼看着他每年都出版一两本专著，他辛勤的耕耘有目共睹，也结出了累累硕果，让我很是羡慕，也由衷为他欣喜。

前几天，在异乡的旅途中接过高军的《沂南文化记忆》样稿时，那个夜晚的雨一直下个不停。我将床头的台灯亮起，将书翻开摆在桌上，思绪也如窗外的雨丝，连绵不绝地往远处飘去。温暖柔和的光影里，灯座上那朵盛开的玉兰，片片花瓣幽幽地泛着暗红，隐约地映在窗外模糊的景致里，很久很久，都没有退去。而那些让人喜悦又难以忘怀的经历，此刻也如一朵朵细碎的浪花，在我的心头涌过来又涌过去……

——高薇:《浪花碎——也说高军与他的〈沂南文化记忆〉》,《沂南文化记忆》,2017 年,第 199～203 页

23 日，组织第二次“红色文化采风笔会”，参观了山东抗日民主政权创建纪念馆、沂蒙英模事迹陈列馆、沂蒙红嫂纪念馆等。

2月

五万字文学评论《山东小小说四十年》（两万字版）后半部分发表于《东昌月刊》2018年第2期。

4日，组织“迎新春文学发展座谈会”，为沂南县作家协会“第七届诸葛亮文学奖”获奖作者颁奖，总结2017年的作协工作，部署2018年作协工作，分析沂南文学现状，决心努力写出优秀作品。

6日，组织“旱苗得雨　故乡情深——纪念苗得雨先生座谈会”。苗得雨生前友好、家乡苗家庄村苗氏家族成员代表、县作家协会领导班子成员及部分会员参加了这一活动，大家深切回忆与苗得雨的交往，对他的为人为文给予高度赞扬，现场朗诵了苗得雨的代表作《旱苗得雨》等，提出了保护苗得雨故居、规划苗得雨广场、建设苗得雨博物馆等建议。

3月

小说《记住一块砖》收入冰峰编《2017中国年度作品（微型小说）》（现代出版社2018年版）一书。

小说《沂蒙老区二题》（《苍耳子》《圆坟》）发表于《小说月刊》2018年第3期。

主编《阳都文学》2018年第1期，本期主要内容为双堠采风笔会作品。

12日，《沂南文化记忆》获评由临沂市社会科学界联合会、《临沂日报》报业集团联合组织的第三届临沂市优秀社会科学普及读物评选活动一等奖，与贺小波主编的《沂南地名故事》获得三等奖。

14日，参加在临沂大学图书馆举行的“文学照亮生活”中国作家协会全民公益大讲堂暨优秀文学作品诵读会。

26日，参加在四川省社会科学院召开的四川省社会科学重点研究基地大禹研究中心和诸葛亮研究中心揭牌仪式暨学术座谈会。

4月

散文《沂河拖蓝——怀念苗得雨先生》发表于《阳都文学》2018年

第 2 期。

文学评论《山东小小说四十年》（上）发表于《阳都文学》2018 年第 2 期。

考证文章《岸堤元代进士张惟忠父子考证》《著名画家单应桂在岸堤局埠村》发表于《阳都文学》2018 年第 2 期。

小说《掌声》收入喻旭初主编《现代文阅读高效训练 88 篇》（七年级）（江苏凤凰少年儿童出版社 2018 年版）一书。

4 日下午，参加在沂南第四中学举行的校园文化发展座谈会，并作了报告。报告分为四个部分：一是沂南县作家协会及《阳都文学》出版发行情况；二是文学与地域文化（包括家庭文化、校园文化、村庄文化、乡镇文化、县域文化等）打造；三是文学能照亮并丰盈人生之路，培养丰富情感；四是写作中要当天才，不做庸才和蠢材——文学阅读与写好作文的关系。随后，进行现场互动，回答学生的提问，并向学校赠送 2017 年全 4 期和 2018 年第 1 期《阳都文学》，向学校图书馆赠送个人著作 2 套（共 12 本）。

散文《天会越来越亮》发表于《日照日报》2018 年 4 月 22 日第 A3 版。

23 日，著名作家黄亚洲在沂南参观和讲课期间，全程陪同。黄亚洲对《阳都文学》杂志给予高度评价，并欣然为《阳都文学》题写刊名，为刊物编辑选稿等工作提出中肯意见。

28 日，《天会越来越亮》获得中国出版集团有限公司、中国出版传媒股份有限公司举办的“我与中版好书的故事”征文优秀奖。

5 月

妻子张桂菊从沂南县朱家里庄初级中学退休。

小说《飞来的木桶》被《小小说月刊》2018 年第 5 期（上）“头题”选载。

小说《穿寿衣》《风光》收入凌鼎年主编《读家记忆 2017 年度优秀作品·小小说》（现代出版社 2018 年版）一书。

22 日，组织“走进蒲汪镇采风笔会”，认真挖掘蒲汪镇的历史文化和红色文化，征集当地民间故事，考证有关史实。后期又进行了多次进村入户走访。至 6 月 30 日，整理创作出 100 余篇作品。

23～25 日，山东省作协副主席、著名作家铁流为撰写纪念建党一百周年的长篇报告文学《靠山》，来沂南采访王换于的孙女于爱梅、明德英的女儿李长花等，并参观了沂蒙红嫂纪念馆、东辛庄王换于纪念馆等，陪同了部分行程。

27～29 日，参加在广西阳朔举办的第二十四届全国诸葛亮学术研讨会，向大会提交论文《诸葛亮与佛教之关系考》，并作了大会发言。

6 月

散文《难忘少时赶年集》发表于《日照日报》2018 年 6 月 3 日。

17 日，参加并主持在蒙阴县垛庄镇北庄举办的“沂南县作家协会赴北庄采风笔会”活动，参观了燕翼堂旧址、刘晓浦和刘一梦纪念馆、孟良崮战役纪念馆等。

文学评论《〈时间的压力〉：烛照围绕时间的生活世界》发表于《法治周末》2018 年 6 月 27 日。

7 月

小说《沂蒙老区二题》(《苍耳子》《圆坟》) 被《小小说月刊》2018 年第 7 期 (上) 选载。

小说《棉衣 (外二篇)》(《手势》《磕头》) 发表于《红色讲坛》2018 年第 2 期。

小说《那些身影》发表于《洗砚池》2018 年第 3 期。

文学评论《山东小小说四十年》(中) 发表于《阳都文学》2018 年第 3 期。

考证文章《浅论“八楼刘”家族的家风内涵》发表于《阳都文学》2018 年第 3 期。

14 日，陪同著名作家常芳在朱家林采风。

28 日，与韩国檀国大学诸葛亮研究学者李相敦开展交流活动，中央电视台《中国影像方志》摄制组对此进行了跟踪采访。

29日，参加了与中国现代文学馆张元珂博士的对话交流活动。张元珂博士就自己的学术道路，文学中的作者、作品、世界、读者的关系，新中国文学的曲折前行轨迹，何谓文学和文学创作诸问题作了主题学术报告，县作协部分成员就有关问题与张元珂博士进行互动交流。

从本月开始，高军、高薇开始“八楼刘文化之旅”，在蒙阴、沂南等地走访采写八楼刘故事，用了两个月左右的时间，写出八楼刘居住村庄地名故事、家族故事、人物故事、小说演义等百余篇，并吸收刘乃印、刘长永、张桂菊、高乔乔等人写作的故事。

8月

散文《北庄，北庄》发表于《临沂日报》2018年8月17日第7版。

9月

1～2日，诗人李林芳到马牧池乡定点深入生活，拟创作一部探访孟良崮战役发生地、感受革命战争年代的硝烟炮火、寻找乡村丰富的精神文化内涵的组诗《马牧池的枪声》，高军等陪同。

小说《紫桑葚》被《小小说月刊》2018年第9期上半月选载。

论文《明清时期琅邪阳都地区吟咏诸葛亮诗歌文化因素浅析》收入倪金谷、诸葛坤亨主编论文集《第23届全国诸葛亮学术研讨会论文集》(团结出版社2018年版)。

文学评论《世俗化取向与诗意化表达》被收入葫芦岛市文联编辑的《李伶伶作品研讨会资料》一书。

7～9日，参加第九届襄阳诸葛亮文化旅游节。

15日，组织并参加了《马牧池乡故事》搜集整理会议，决定用45天的时间采写80篇左右的传说故事和红色故事等。

小说《人面疮》被《小小说月刊》2018年第9期下半月选载。

20日，全程陪同著名作家沈石溪在沂南的活动。沈石溪为《阳都文学》题词：“生活之树常青，文学魅力永恒，祝阳都文学再创辉煌。”

10月

文学评论《山东小小说四十年》(下)发表于《阳都文学》2018 年第 4 期。

10 日，描写沂蒙山区革命战争年代生活的系列小说《那些身影》获得“华强杯”《洗砚池》第五届文学奖二等奖。

27 日，组织集中采访治疗不孕不育的著名医生李欣，决定出版《阳都文学》2018 年第 4 期。

11月

文学评论《徘徊与突破——2017 年小小说综述》收入中国现代文学馆中国当代文学年鉴中心编《2017 中国当代文学年鉴》(长江文艺出版社 2018 年版)一书。

学术论文《论诸葛亮与佛教之关系考》发表于《中国文化论衡》2018 年第 2 期。这是学术界第一次关注这个课题，具有重要的开拓意义。

11 日，参加与醉三国酒业联合举办的有奖征文采风笔会。

29 日，组织“红石寨菊花诗会”，参观红石寨菊花展，并举办了诗歌朗诵会，决定会后创作以《红石寨的菊花》为题的诗歌编入《阳都文学》杂志。

12月

文学评论《接地气的舞台力作——评柳琴戏〈崔家沟〉》发表于《洗砚池》2018 年第 4 期。

文学评论《关于历史文化的童话想象》收入著名童话作家鲁冰的《书圣传·诗圣传》(山东人民出版社 2018 年版)一书。

担任副主编的《界湖街道志》(上、下)一书由方志出版社出版，其中独立撰写了文化编、民俗宗教编、旅游编、艺文编、村居编中的夏庄工作片区 9 个村庄的文字。同时，艺文编中收入了小说《界湖，界湖》(包括《险方》《改方》《汇通》)、《祭诸葛亮文》(三篇)、关于界湖街道和商业的考证文章《清末民初界湖商号店铺变迁简述》等。

小说《紫桑葚》入选山东小小说学会评选的山东省纪念改革开放四十周年“四十年四十篇优秀小小说”。

与醉三国酒业联合举办的“品鉴沂南杯”征文大赛圆满收官，并在30日举行了隆重的颁奖会。其间，参观了生产车间、酒窖等，并举行了座谈会。

本年，主编《阳都文学》四期。

继续为中国现代文学馆中国当代文学年鉴中心撰写年度小小说综述。

继续担任《山东文学》（上）“小小说擂台”编辑。本年的选载情况未作详细统计，待考。

2019年　农历己亥年

57岁

1月

小说《苍耳子》收入陈永林主编《2018年中国小小说精选》（长江文艺出版社2019年版）一书。

小说《紫桑葚》收入冰峰主编《2018中国年度作品·微型小说》（现代出版社2019年版）一书。因《紫桑葚》重新被《小小说月刊》2018年9月上半月选载，故收入此书。

小说《推磨（外二篇）》（《交叉子》《香荷包》）发表于《红色讲坛》2019年第1期。

小说《其实我们都爱你（外三篇）》（《走娘家》《送灯》《回家》）发表于《阳都文学》2019年第1期。

诗歌《菊（二题）》（《你的名字》《风景》）发表于《阳都文学》

2019 年第 1 期。

散文《年集的变迁》收入中共沂南县委宣传部等编《1978～2018 我们一起走过“我与改革开放的故事”征文选编》。

《沂南县作家协会（2017）》《岸堤元代进士张惟忠考证》《党怀英书写的沂南碑文》《新发现的王普著作〈热学讲义〉》与小说《忘不了的人》《徽章》《记住一块砖》收入沂南县地方史志编纂委员会办公室编《沂南年鉴 2018》（山东齐鲁音像出版有限公司 2019 年版）。

26 日，参加依汶地域文化资源挖掘整理工作座谈会，随后深入各村走访座谈，开展采访活动。

散文《年集的变迁》发表于《沂南通讯》2019 年 1 月 30 日，并获得沂南县庆祝改革开放 40 年征文一等奖。

《山东文学》（下）2019 年停办，《山东文学》（上）恢复为《山东文学》（月刊）后，不再设置“小小说擂台”栏目，高军不再担任编辑。从 2012 年 5 月到 2018 年 12 月，连续担任 6 年零 7 个月的编辑，共编辑了 78 期（2018 年第 9 期未设“小小说擂台”栏目）“小小说擂台”。

2 月

小说《较量》收入马国兴、吕双喜主编《人间：陪一只蚂蚁去散步》（郑州大学出版社 2019 年版）一书。

主编的《沂南十年文学作品选》由团结出版社出版，是一部为庆祝沂南县作家协会成立十周年而选编的文学作品集。2008 年 11 月，沂南县作家协会成立，标志着沂南文学事业进入一个新的发展阶段。10 年来，沂南县作家协会组织了近百次文学活动，全县作者在全国重要文学期刊发表了大量文学作品，许多优秀作品进入各大出版社的年度精选本和各种重要文学选本等，许多作者出版了一本或数本个人作品集，一批批文学新人脱颖而出。该作品选共收集 28 名作家的 97 篇（首）作品，其中小说 21 篇、散文 40 篇、诗歌 35 首、文学评论 1 篇。这些作品从不同角度反映了全县文学创作水平，是全县文学作者和作品的优秀代表。

3 月

沂南县新闻中心与沂南县广播电视台合并，成立沂南县融媒体中心，成为沂南县融媒体中心副局级干部。

小说《学武》发表于《小说月刊》2019 年第 3 期。

组织为县作协常务理事、诗人种善东捐款活动。

纪实文学《一个笔记本中的关键词》与小说《较量》《意外的风波》收入《西山小区我的家》一书。

高军撰文、吕济智书丹的《重修雹泉庙碑记》刻碑立于蒲汪镇陡沟村雹泉庙。

高振主编的《临沂文学典藏》(共 21 卷)由中国文史出版社出版，小说《紫桑葚》收入“小说卷(二)”，文学评论《关于尤克利诗歌的几个关键词》收入“文学评论卷”，《竹泉村赋》收入“辞赋、碑文、楹联卷”。

30 日，组织的依汶镇地域文化资源挖掘整理工作完成，历时两个月，共采写出 100 余篇、24 万字的作品。

4 月

书评《史笔描英雄　妙心著文章——评李遵刚〈民族英雄王德林〉》发表于《临沂日报》2019 年 4 月 5 日第 A8 版“悦读”。

散文《法桐树下》发表于《沂南通讯》2019 年 4 月 19 日第 4 版“阳都风”。

文学评论《尺幅展大爱，寸心报春晖》和《乡土记忆　本真经营》收入冯连伟主编《水，在说》(山东文艺出版社 2019 年版)一书。

20～21 日，应邀参加在湖南常德举办的第六届武陵国际微小说节。

散文《春树暮云》发表于《临沂广播电视报》2019 年 4 月 25 日第 17 版。

27 日，组织了“走进国有林场采风活动”，采访了两名护林员，参观了北大山林场驻地、三山沟防火检查站、石崇崮、大风门、仙姑洞林区等。

5月

小说《学武》被《小说选刊》2019年第5期选载。

小说《学武》被《微型小说选刊》2019年第9期选载。

小说《紫桑葚》被收入任晓燕、秦俑主编“当代中国经典小小说”第一卷《第28个春天的卡布奇诺》(中国言实出版社2019年版)一书。

4日，组织走进国有林场采风笔会第二站——孟良崮林场，对孟良崮林场进行深度采访。

散文《春树暮云》发表于《沂南通讯》2019年5月10日第4版“阳都风”。

12日，组织走进国有林场采风笔会第三站——鼻子山林场，有关人员对鼻子山林场进行了深度采访。

18日，撰写的《祭诸葛武侯文》在第三届砖埠镇诸葛亮庙会的祭祀诸葛亮诞辰1838年活动中第三次被使用，由镇长胡乃文致祭辞。

岳希利撰写的消息《〈沂南十年文学作品选〉出版》发表于《沂南通讯》2019年5月22日第4版“阳都风”，对于《沂南十年文学作品选》一书的编辑、出版以及全书的内容等作了较为详细的报道。

散文《苹果园》发表于《临沂日报》2019年5月24日第7版。

25日，组织召开依汶镇地域文化搜集整理改稿会。

6月

散文《春云》发表于《临沂日报》2019年6月28日第A5版。

散文《春云》发表于《沂南通讯》2019年6月28日第4版。

短评《关于徐慧芬的两篇小说》发表于《故事会》2019年第6期。

文学评论《给梦想一个涅槃的机会——王印诗歌阅读随想》收入王印《我的桃花梦》(团结出版社2019年版)一书。

主编的《聚焦北庄：八楼刘故事》由成都时代出版社出版，收入相关民间故事87篇，岳希利撰写了书讯《一部记录沂蒙地域文化的历史书籍〈聚焦北庄：八楼刘故事〉出版发行》。

近日，沂南县作家协会主席高军主编的《聚焦北庄：八楼刘故事》，由成都时代出版社出版发行。

在历史的发展、文明的进程中，地域文化有着时代的烙印，而家族文化不可或缺。家族文化有着积极的社会力量，是中华文明的重要组成部分。家庭是社会的细胞，那种强调忠孝的家族文化理念，强调走出家庭、展开人生的价值观念，能激发强烈的爱国主义感情，增进爱国情操，增强民族团结的凝聚力。对于建设当代社会伦理也能发挥积极作用，对于促进社会进步及文化建设，都具有不可估量的重要价值。

《聚焦北庄：八楼刘故事》正是这样一部带有鲜明地域文化特色的书籍。“八楼刘”地域文化，是 400 年前江苏、山东一带刘氏家族涌现出的一个奇特宗族文化现象。到第六世，临沂、博山等地刘氏堂兄弟八人，不是各自分其父母的财产，而是在父辈的主持下，平均分配祖父母的家产，避免贫富不均的现象，体现了几代人尊老爱幼、亲密和谐的家风。后每个家族勤俭持家，家丁兴旺，各自建起了一座楼，故这兄弟八人及其后裔，被称为“八楼刘”。

本书共搜集整理 87 篇“八楼刘”故事，分为家族故事、人物传奇、乡土流韵等篇章。这些故事，包含着重要历史、社会、政治、文化等多方面的密码，包含着丰富的地域文化信息。我们有幸打开这座文化宝库的大门，并振叶寻根，观澜索源，对于开阔视野、充实人生，都有重要意义。

——岳希利:《一部记录沂蒙地域文化的历史书籍〈聚焦北庄：八楼刘故事〉出版发行》,《沂南通讯》2019 年 8 月 2 日第 4 版“阳都风”

7月

散文《小汪》发表于《鲁南商报》2019 年 7 月 2 日第 A8 版“鲁南文学”。

评论《读〈汉语大词典词目商补〉》发表于《中华读书报》2017 年 7 月 3 日第 8 版。

小说《推磨》发表于《小说月刊》2019 年第 7 期。

小说《马新潮》发表于《嘉应文学》2019 年第 7 期。

小说《推磨》被《小小说选刊》2019 年第 13 期“头题”转载。

小说《父与子》发表于《时代文学》2019 年第 4 期。

小说《琴殇（外二题）》（《绣花烟包》《叫好》）发表于《红色讲坛》2019 年第 2 期。

18 日，参加在山东德祥苑食品有限公司举行的王伟诗集《蓝色忧郁》出版座谈会。

评论《人物形象中辐射的正能量——浅评戴希小小说创作》发表于《天水晚报》2019 年 7 月 18 日第 13 版。

小说《改方》《大鞭子》收入黄俊雄(Harry J. Huang)英译巨著《新编中国小小说选集》(*A New Anthology of Chinese Short-Short Stories*)三部曲，这部巨著由加拿大多伦多 Bestview Scholars Publishing (卓识学者出版社)出版。其中，小说《改方》收入第二卷《讽刺、爱情与婚姻》(*Satire, Love and Marriage*) 第 83 页,《大鞭子》收入第三卷《惊奇、智慧与哲理》(*Surprises, Wisdom and Philosophy*) 第 274 页。

8 月

小说《推磨》被《小说选刊》2019 年第 8 期转载。

小说《父与子》被《小小说选刊》2019 年第 16 期转载。

小说《靠山脉》获“新健康杯”第四届世界华文微型小说大赛暨首届中华传统医学主题微型小说征文评奖二等奖。

9～13 日，在建三江垦区参加纪念习近平总书记考察建三江一周年全国著名作家写三江采访调研活动。

20 日，参加县作协与县纪委联合召开的“清廉沂南”主题征文座谈会。

散文《书堂映像》发表于《沂南通讯》2019 年 8 月 30 日第 4 版

"阳都风"。

9月

小说《父与子》被《微型小说选刊》2019年第17期转载。

《小小说二题》(《与狼对峙》《父亲的鞋子》)发表于《小说月刊》2019年第9期。

小说《与狼对峙(外一篇)》发表于《洗砚池》2019年第3期。

散文《书堂映像》发表于《娱乐体育·新老年》2019年第9期。

散文《书堂映像》发表于《临沂日报》2019年9月6日。

小说《画鸭》收入小说选刊杂志社、中国微型小说(小小说)创作基地编《新中国七十年微小说精选》(中国市场出版社2019年版)一书。

17～18日,参加在勉县举办的刘备称"汉中王"暨定军山之战1800周年学术研讨会,向大会提交论文《浅论诸葛亮"经营汉中"的人才谋略》,并作发言交流。

10月

为李庆余诗集《牧笛》(团结出版社2019年版)作序。

考证文章《"店子刘"家族的家风家训初探》收入中共沂南县委宣传部等编《我们传承好家风"家风家训征文选编"》。

散文《书堂映像》与小说《洗手》收入中共沂南县纪委等编《我们都是追梦人》。

小说《洗手》《乡长》收入中共沂南县纪委、沂南县监委编《清廉沂南文学作品选》。

11月

小说《与狼对峙》被《微型小说选刊》2019年第21期转载。

小说《与狼对峙》被《小小说选刊》2019年第22期转载。

小说《马新潮》被《微型小说选刊》2019年第22期转载。

《忘不了的人》被京极健史翻译为日文并发表于日本世界华文微型小说研究会主办的《莲雾》杂志2019年第12号。

小说《推磨》被设计为临沂市高三教学质量检测考试语文试题。

散文《其乐融融读经典》收入《语文主题学习 1 · 七年级下册 · 仰望星空》(上海教育出版社 2019 年版)一书。

6～8 日，参加在湖北襄阳召开的全国第二十五届诸葛亮学术研讨会，向大会提交论文《有关诸葛亮父母的几个问题辨析》，并在大会上作了学术报告。其间，还参观了古隆中武侯祠的古迹文物、襄阳古城、习家池等。

17 日，组织了第二届红石寨菊花诗会。

通讯《进退之间自况达——记砖埠镇老退伍军人高卓堂》发表于《沂南通讯》2019 年 11 月 19 日第 4 版。

12 月

书评《准确性 · 全面性 · 思辨性——读〈汉语大字典疏证札记〉》发表于《临沂日报》2019 年 12 月 2 日第 A8 版“银雀”。

小说《父亲的鞋子》被《微型小说选刊》2019 年第 23 期选载。

小说《推磨》被《微型小说选刊》2019 年第 24 期选载。

书评《〈沂蒙民俗〉简评》发表于《临沂日报》2019 年 12 月 6 日第 A12 版“银雀”。

论文《〈汉语大字典〉义项设置存在的问题及其修订对策研究——以〈《汉语大字典》(第二版)疏证札记〉为例》发表于《鲁东大学学报》(哲学社会科学版)2019 年第 6 期。

学术论文《浅论诸葛亮廉政思想与蜀汉现实的矛盾》发表于《中国文化论衡》2019 年第 2 期。

文学评论《2018 年中国小小说综述》收入中国现代文学馆中国当代文学年鉴中心编《2018 中国当代文学年鉴》(长江文艺出版社 2019 年版)。

2020 年　农历庚子年

58 岁

1 月

小说《过河》发表于《小说月刊》2020 年第 1 期。

《诸葛亮二十八讲》由四川大学出版社出版。该书由李遵刚作序，高薇作跋，附录了 5 篇《祭诸葛亮文》。

小说《与狼对峙》获得“鲁班杯”第六届《洗砚池》文学奖荣誉奖。

4 日，参加在临沂市文化中心（群星剧场）举行的“鲁班杯”第六届《洗砚池》文学奖颁奖典礼。

《“店子刘”家族的家风家训》发表于《沂南通讯》2020 年 1 月 10 日。

张元珂在《论沂蒙文学的当代性兼及沂蒙精神与沂蒙文学互源、互塑关系考察》(《中国文化论衡》2020 年第 1 辑）一文中对高军的小小说有所评价。

九十年代以后，特别是在 21 世纪第一个十年间，沂蒙文学发生了翻天覆地的变化，其对“当代性”的实践最突出表现在宏大叙事逐渐退场，而代之以在诗歌、散文（含报告文学）、小小说等领域内个人化写作风潮的兴起。“当代性”与九十年代沂蒙文学、新世纪沂蒙文学的深度关联突出表现在，彰显个体之“我”在“时间”里的独立性、主体性，以及由此而展开的对于沂蒙历史与现实的再反思、再书写。首先，以个人视角再述“红色沂蒙”，重塑沂蒙精神的当代品质。沂蒙革命历史堪称沂蒙文学的素材库。代表作有高军的小小说、苗长水的沂蒙山系列、铁流的《见证：中国乡村红色群落传奇》《一个村庄的抗战血书》、管虎的《斗牛》（电影剧本）等等。这种写作集历史考证、初心（信仰）追溯、可观的阅读（传播力）于一体，也形成了沂蒙文学特有的当代品质。其中，高军作为小小说领域内的领军人物，创作了大量以沂蒙革命历史、各类人物为题材的作品。个性化的人物，生动的细节，好看的故事，有教育意义的主题，等等，构成了高军小小说的几个突出特征。他的小小说继承了“红色沂蒙”叙事传统，又不乏鲜活的“当代性”，比较充分地表现了以“红色精神”为主导的沂蒙文化的地域魅力。

——张元珂：《论沂蒙文学的当代性兼及沂蒙精神与沂蒙文学互源、互塑关系考察》，《中国文化论衡》2020 年第 1 辑

2 月

小说《我的女友小倩》发表于《椰城》2020 年第 2 期。

小说《送灯》发表于《天池小小说》2020 年第 2 期。

小说《走娘家》发表于《嘉应文学》2020 年第 2 期。

散文“巴金在山东”系列之《巴金在莒县》发表于《日照日报》2020 年 2 月 23 日第 A3 版“副刊 · 文苑”。

《父与子》被设计为广州市执信中学 2020 年 2 月第二次检测语文试题。

3 月

小说《军礼》发表于《新老年》（双月刊）2020 年第 2 期。

小说《大米》发表于《小说月刊》2020 年第 3 期。

小说《走娘家》被《微型小说选刊》2020 年第 5 期转载。

《民间故事五篇》（《运粮庄》《人头峪》《薄板台》《水木兰桥》《被偷工减料的水木兰桥》）发表于《双月湖》2020 年第 2 期。

小说《三枚红印章》收入方圆主编“伴悦读 · 语文素养核心读本”

《美在瞬间》（七年级上第 4 册）（长春出版社、山东人民出版社 2020 年版）。

小说《军号声声》收入方圆主编“伴悦读·语文素养核心读本”《放飞白天鹅的梦》（九年级下第 1 册）（长春出版社、山东人民出版社 2020 年版）。

小说《支撑》收入方圆主编“伴悦读·语文素养核心读本”《田野的时尚》（九年级下第 2 册）（长春出版社、山东人民出版社 2020 年版）。

小说《红围巾》收入方圆主编“伴阅读·语文素养核心读本”《美好在人间》（九年级下第 3 册）（长春出版社、山东人民出版社 2020 年版）。

散文《封山红叶》收入方圆主编“伴阅读·语文素养核心读本”《喜欢自己努力的样子》（七年级下第 1 册）（长春出版社、山东人民出版社 2020 年版）。

散文《照螃》收入方圆主编“伴阅读·语文素养核心读本”《岁月传说》（九年级下第 4 册）（长春出版社、山东人民出版社 2020 年版）。

与高薇编著的《双堠民间故事》由团结出版社出版。

消息《高军新著〈诸葛亮二十八讲〉近日出版》（岳希利）发表于《沂蒙晚报》2020 年 3 月 17 日第 11 版。

消息《高军专著〈诸葛亮二十八讲〉近日出版》（岳希利）发表于《临沂日报》2020 年 3 月 20 日第 A8 版。

消息《高军新著〈诸葛亮二十八讲〉近日出版》（岳希利）发表于《沂南通讯》2020 年 3 月 20 日。

散文“巴金在山东”系列之《69 年前，巴金与“聚丰德”有一段缘》发表于《济南时报》2020 年 3 月 23 日第 A3 版“温故”。

4 月

散文“巴金在山东”系列之《巴金老人：舌尖上的沂蒙》发表于《济南时报》2020 年 4 月 6 日第 A13 版“温故”。

散文《沂南水由村：梁漱溟拜访于学忠》发表于《济南时报》2020年4月13日第A13版“温故”。

13日，在临沂客户端发表《沂南：山东首部镇域传说集正式出版发行》(岳希利)一文。

印象山东首部镇域传说集《双堠民间故事》由团结出版社正式出版发行。这本传说集是由山东作家高军、高薇编著，以双堠镇为范围搜集整理并正式出版的民间故事集。作为山东省首部由正式出版社出版的镇域民间故事集具有深刻的意义。

创作过程

高军、高薇皆为在省内外有重要影响的作家，都曾在双堠生活或工作过，对这里的一草一木都有着深深的乡愁。《双堠民间故事》是两位作者为广大读者献上的一道丰美的地域文化大餐。

经过两年多的努力，作者深入村庄进行采访调查，挖掘和整理出了近20万字的《双堠民间故事》。这是一部活生生的地方史录，它鲜明地表现了当地人的情感、悲欢、追求和对自然、社会、人生的认识；是双堠劳动人民口头创作并流传下来的珍品，亲切有趣而又神奇。《双堠民间故事》的出版，在推动沂蒙历史文化发展和陶冶人们情操方面，都会起到积极的影响和难以估量的作用。

作者将双堠的美丽与神奇，展开思绪飞扬的想象翅膀，把古老的传说故事，挥洒于笔下。如:《冷泉与倒流泉》《鬼谷子的脚印》《铁拐李与张铁峪》《鸭子嘴沟与钓鱼台》《尚店尚武》《七个水牛八个头》《泉子里的两只小绵羊》《一蓬菊花的故事》《盆泉村的前世今生》，等等，一个个动人故事或美丽传说，让我们看到了双堠过去的一桩桩奇异多彩的景象。

解读双堠

《康熙字典》释“堠”:“五里只堠，十里双堠。”可见“堠”是一个里程的标志。双堠，顾名思义就是两个“堠”。沂南县双堠，目前所知立村于明崇祯年间。王氏迁居于此，为村子起名时，发现该地东西各有一大土堆，即相距约十里之双堠，故命名所居地为“双堠”。

后因战乱频发，“堠”又有了更重要的瞭望敌情土堡和驻守兵军的意思和作用。明王玉峰《焚香记·传笺》：“忽闻胡骑透重关，千里纷腾起堠烟。”唐韩愈《路旁堠》：“堆堆路旁堠，一双复一只。迎我出秦关，送我入楚泽。”苏轼《荔枝叹》：“十里一置飞尘灰，五里一堠兵火催。”陆游《叙州》诗：“须信时平边堠静，传烽夜夜到西楼。”白居易《社日关路作》诗：“愁立驿楼上，厌行官堠前。”杜牧《渡吴江》诗：“堠馆人稀夜更长，姑苏城远树苍苍。”等等，这些文人骚客的名句，不仅让“堠”增添了战火烽烟的色彩，更让双堠之地积淀了丰厚的文化意蕴。

文化底蕴

双堠镇地处山东省沂南县西南部，具有悠久的历史文化底蕴，是一片历史的厚土和文化的沃土。境内在鲁昭公五年（公元前537）就发生过莒、鲁盆泉之战，这在我国现存最早的编年体史书《春秋》和《左传》中都有详细记载。双堠境内的朝山和云庆山有神秘而精美的石刻造像，著名的大青山战斗就发生在双堠西部的大青山一带，德国友人、太平洋学会记者汉斯·希伯牺牲在大青山战斗中。

在漫长的历史发展过程中，当地百姓创造了大量的物质财富，也创造了光辉灿烂的文化财富。在这样一个自然环境优美和历史文化丰厚的地方，坐落着160余个自然村庄，这些自然村庄和周边的山山水水，被聪明智慧的百姓赋予了形形色色的名字，而这些地名在经过不同时期的历史事件和人文兴衰中，又逐渐演变和生发出各种各样的传说故事。这些民间传说故事是从远古时代起，就在人们口头流传的一种以奇异的语言和象征的形式，讲述人与人、人与自然之间种种美丽而又神奇的关系，题材广泛而又充满幻想的叙事作品。双堠这些美丽而神奇的民间传说故事，是一颗颗璀璨的明珠，一直在绵延不绝的历史长河中熠熠生辉。

闻此有传说，美丽且神秘。

欲晓其中事，请君书中寻。

《诸葛亮二十八讲》序言（李遵刚）、后记（高军）发表于《沂蒙晚报》2020 年 4 月 17 日。

《双堠，有个美丽的传说——印象山东首部镇域传说集〈双堠民间故事集〉》（岳希利）发表于《沂南通讯》2020 年 4 月 17 日。

在绵延不断八百里的沂蒙山腹地，有一片又美丽又神秘的土地，那一个个充满故事和传说的地名，令人无限遐思和向往。它就是山清水秀的沂南县双堠镇。

近日，山东作家高军、高薇编著的《双堠民间故事》，由团结出版社正式出版发行。据悉，以乡镇地域范围搜集整理并正式出版的民间故事集在全国尚属少见，这也是山东省首部由正式出版社出版的镇域民间故事集。故而，《双堠民间故事》的出版更显示出其非凡意义。

双堠之“堠”为何意?《康熙字典》释“堠”：“五里只堠，十里双堠。”可见“堠”是一个里程的标志。双堠，顾名思义就是两个“堠”。沂南县双堠，目前所知立村于明崇祯年间。王氏迁居于此，为村子起名时，发现该地东西各有一大土堆，即相距约十里之双堠，故命名所居地为“双堠”。后因战乱频发，“堠”又有了更重要的瞭望敌情土堡和驻守兵军的意思和作用。明王玉峰《焚香记 · 传笺》：“忽闻胡骑透重关，千里纷腾起堠烟。”唐韩愈《路旁堠》：“堆堆路旁堠，一双复一只。迎我出秦关，送我入楚泽。”苏轼《荔枝叹》：“十里一置飞尘灰，五里一堠兵火催。”陆游《叙州》诗：“须信时平边堠静，传烽夜夜到西楼。”白居易《社日关路作》诗：“愁立驿楼上，厌行官堠前。”杜牧《渡吴江》诗：“堠馆人稀夜更长，姑苏城远树苍苍。”等等，这些文人骚客的名句，不仅让“堠”增添了战火烽烟的色彩，更让双堠之地积淀了丰厚的文化意蕴。

双堠镇地处山东省沂南县西南部，具有悠久的历史文化底蕴，是一片历史的厚土和文化的沃土。境内在鲁昭公五年（公元前537）就发生过莒、鲁盆泉之战，这在我国现存最早的编年体史书《春秋》和《左传》中都有详细记载。双堠境内的朝山和云庆山有神秘而精美的石刻造像，著名的大青山战斗就发生在双堠西部的大青山一带，德国友人、太平洋学会记者汉斯·希伯牺牲在大青山战斗中。双堠镇是一个物产丰富、景色优美的地方，蒙河水自西北往东南贯穿双堠镇的中间，将这片土地浇灌得更加肥沃富庶。境内山峰众多、山峦重叠，主要有五彩山、垛罗崮、大顶子、朝山、大青山等，海拔均在300～800米。位于蒙山山麓东端的五彩山，海拔762.8米，是沂南县的最高峰，它与周围诸峰共同组成景色秀美的彩蒙景区，属省级森林公园休闲度假区。

在漫长的历史发展过程中，当地百姓创造了大量的物质财富，也创造了光辉灿烂的文化财富。在这样一个自然环境优美和历史文化丰厚的地方，坐落着160余个自然村庄，这些自然村庄和周边的山山水水，被聪明智慧的百姓赋予了形形色色的名字，而这些地名在经过不同时期的历史事件和人文兴衰中，又逐渐演变和生发出各种各样的传说故事。这些民间传说故事是从远古时代起，就在人们口头流传的一种以奇异的语言和象征的形式，讲述人与人、人与自然之间种种美丽而又神奇的关系，题材广泛而又充满幻想的叙事作品。双堠这些美丽而神奇的民间传说故事，是一颗颗璀璨的明珠，一直在绵延不绝的历史长河中熠熠生辉。

高军、高薇不辞劳苦，经过两年多的努力，深入村庄进行采访调查，挖掘和整理出了近20万字的《双堠民间故事》。这是一部活生生的地方史录，它鲜明地表现了当地人的情感、悲欢、追求和对自然、社会、人生的认识；是双堠劳动人民口头创作并流传下来的珍品，亲切有趣而又神奇。《双堠民间故事》的出版，在推动沂蒙历史文化发展和陶冶人们情操方面，都会起到积极的影响和难以估量的作用。

作者将双堠的美丽与神奇，展开思绪飞扬的想象翅膀，把古老的传说故事，挥洒于笔下。如：《冷泉与倒流泉》《鬼谷子的脚印》《铁拐李与张铁峪》《鸭子嘴沟与钓鱼台》《尚店尚武》《七个水牛八个头》《泉子里的两只小绵羊》《一蓬菊花的故事》《盆泉村的前世今生》，等等，一个个动人故事或美丽传说，让我们看到了双堠过去的一桩桩奇异多彩的景象。

高军、高薇皆为在省内外有重要影响的作家，都曾在双堠生活或工作过，对这里的一草一木都有着深深的乡愁。《双堠民间故事》是两位作者为广大读者献上的一道丰美的地域文化大餐。

高军系山东省作家协会会员，现任沂南县作家协会主席。在《人民日报》《文艺报》《北京文学》《山东文学》等百余家报刊发表作品200余万字。作品多次被《小说选刊》《读者》等转载，入选《中国新文学大系》《新中国六十年文学大系》等300余个权威选本。个人已出版小说集、散文集、文学评论集、地域文化研究专著等18部。主编《沂南地名故事》《八楼刘故事》《依汶故事》《沂南文学作品选》等。《紫桑葚》收入语文出版社出版的全国通用小学教材《语文》（五年级上册），在全国十几个省区广泛使用。2017年12月1日，高军被评为山东省第四批齐鲁文化之星。

高薇系山东省作家协会会员，现任沂南县作家协会副主席。作品发表于《青春》《芒种》《山东文学》《时代文学》《小小说选刊》等刊物。近百篇作品入选《新中国六十年文学大系》《中国当代小小说大系》《最受中学生欢迎的100篇小小说》等多部权威选本。出版有小说集《看过晚霞的孩子》《云在青天》《最美的手》和散文集《流落街头的青春》等。

《双堠民间故事》内容丰富，文笔流畅，融故事性、趣味性、知识性为一体，具有强烈的感染力和耐人寻味的可读性，既能为我们的工作、生活提供方便，又能为后人了解双堠、研究双堠提供依据，也为人们了解双堠、认识双堠、研究双堠提供了具有一定价值的参考资料。这本书的问世，是我县地域文化方面挖掘整理工作的一项重要成果，对于双堠镇地域文化积淀和深度旅游开发都具有重要意义。

双堠，有个美丽的传说。

欲知双堠有哪些神秘的故事，请心藏好奇的读者朋友，赶紧打开《双堠民间故事》慢慢地探寻吧。

——岳希利：《双堠，有个美丽的传说——印象山东首部镇域传说集〈双堠民间故事集〉》，《沂南通讯》2020年4月17日第4版“阳都风”

消息《〈双堠民间故事〉出版发行》（董士君）发表于《临沂日报》2020年4月18日第A4版。

散文《梁漱溟夜过王家安子》发表于《济南时报》2020年4月20日第A13版“温故”。

散文《餐间读书会》发表于《沂南通讯》2020年4月24日第4版“阳都风”。

散文《梁漱溟的一顿500人沂蒙大餐》发表于《济南时报》2020年4月27日第A13版“温故”。

散文《苗得雨为〈界湖街道志〉题词的经过》《相逢便金石》《一次难忘的杭州之行》《编志创作两促进》《书缘》《几副春节对联里的关键词》《一点一滴总关情——苗得雨去世后的几个片段》《渝鲁深情》《乡梦逐春风》收入《〈界湖街道志〉编撰纪实》。

5月

小说《烤火》发表于《小说月刊》2020年第5期。

小说《掌声》《画鸭》被《故事会》（蓝版）2020年第5期配作者画像、简介和姚朝文评论《〈画鸭〉高过〈掌声〉的掌声》推介。

中国画坛专擅一景一物、一色一情的名家大师真如星河璀璨、竞秀争辉。八大山人画白眼鸟，郑板桥画墨竹和虾，徐悲鸿画奔马，李苦禅画毛驴，张大千画飞鹰，不一而足。我们的微篇小说领域里，有凌鼎年描茶垢，生晓清绘枣树，刘国芳摄黑蝴蝶，申平状红鬃马……还有早在二十世纪的八九十年代有个辽宁的薛涛写《一串墨点》。

但是，无论芭蕾舞家、画家还是作家，表现白天鹅、黑天鹅甚至雏鸡、小鸟者众夥矣，有如过江之鲫。可是，表现鸭子的却寥寥可数。哎，高军可就是这寥寥可数的人物里，能够化腐朽为新奇，而且活色生香的一位。看他下笔的笔锋，也是手工 DIY 的产物，不是流水线生产的果实；虽然初稿之后多事雕琢，细节处更颇费苦心，不是信笔拈来、一气呵成之物，但构思应当是无意识中多番酝酿而在某一次画坛艺友们云集啸聚山林或身处艺术品拍卖场中忽然产生的灵感，是思路豁然贯通的结晶。

一波三折，曲尽其情；杯弓蛇影，三重对折。《画鸭》沿用中国画技法中尺水生波的精髓，又能融入古典白话小说技法中长蛇灰线法的若隐若现和绵里藏针技法的点睛要旨，让作品里的四个人物彼此对照、折映，各有各的复杂内心，各有各的难言之隐，各自都给读者打开了进一步猜想的想象空间。

尤其是读者初读之时，误以为是当今盛名已久的高雪岩想给绘画裱糊匠李天祥铺路助其成名，再读以为高雪岩是依赖实际本领高于自己而声名不显的裱糊匠，三读才品出匠心过人的谜底——名画家高雪岩是裱糊匠再造生命的恩人，而恩人却又如此信赖后生、不留后手，不禁令人暗中猜想：这难得的人情艺谊背后又是什么非凡的动力呢？结尾点到为止地提示读者：解穴点在“师母”身上。至于师母与师父、师母与师傅之间，那就有更加神驰兴往的三角或多角关系了！

笔者于北疆、白山黑水和南海之滨执教卅载，《掌声》里的事就仿佛是自己身上发生的事。一边读着篇什一边禁不住暗暗对作者称奇。依据文本推测，作者也曾是教师出身。突然，亲切感油然而生。面对意想不到的尴尬场面，从站在讲台的教师第一人称角度展开叙述，远比第三、第二人称甚至从动物视点出发的第四人称都要亲切自然、真实动人又节省笔墨。当学生竟然敢在课前公然在教室黑板上板书“高老师是个坏老师”，这种考验对站在讲坛上的作者显然是一个棘手的考验，新教师会惊慌赧颜，中年教师会怒从中烧，老年教师会淡然视之，或要求学生课后到教师办公室谈话。但是，作者的处理方式在脑筋急转弯中体现出了高智商+高情商的机智——拿起粉笔，转身在黑板上从容地接续写出“吗?”。这是太极拳里四两拨千斤、借力卸力的高招哇。

结尾一句话的含义言近旨远:“近 10 年来，这 3 次掌声也仍时时回响在我的耳边。”话里有话，韵致再三:第一层意思，表现出我永驻学生们心中;第二层意思，如此高智商又敢于挑战教学的学生们各个出国成才，风云际会，可见强将手下无弱兵;第三层意思，自己教了那么多的学生却对这一个班级的学生记忆犹新，可见这些学生也真让自己不敢小觑;第四层含义，也淡淡地流露出作者的成就感和自鸣得意心理。

作者高军，实乃当今山东微篇小说界的文侠! 他也是中国微篇小说（即我国流行的微型小说）领域成名近三十年的资深作家了。2001 年深秋江西南昌微型小说全国年会期间，我们一见如故，畅叙泰山石刻、故居神迹，畅游庐山紫峰、蝴蝶仙泉，数日欢聚，小酌再三，文心笔谊洞开，神思夙愿齐飞。随后《故事会》《微型小说选刊》等名刊时不时转载他的佳作。我也断续写下旁批、偶感，随时推荐给自己的研究生、本科生作为我延续开设二十年特色课程“微篇小说欣赏与创作”的“当代名家佳作阅读清单”的一部分，在他们中不断流转。因为给国内外多所大学办讲座，这些推荐书目及作品复印件就年复一年地大量流转。可能是因为我的开卷考试题库里常常会有一道保留题干——“最感动我的某某体裁作品精读精解一例”，20 余年的积累可以编成一本小说鉴赏文丛了。但是，作品原文却被我身边“嘴馋”的弟子们常常流转再三后就舍不得还给老师了。因此，留下了遗失原作的缺憾。评论总要在发表前核对一下被评论作品的原文，我的这个陋习，反倒让许多断简残篇无法出笼了。许多朋友约我写稿，却成了虎头蛇尾的事。世纪大疫情迫使我居家开讲成了专业“主播”和“网红”，也省下通常每日三五小时的交通耗时虚空，每日阅读大量文学精品，恶补我平时无暇自由阅读的经典。这不，这两篇佳作，一读眼前一亮，再读兴味盎然，三读禁不住题笔披肝沥胆、援翰写心。在这个快餐文化盛行的时代，发现并推荐感动人的耐读作品，确乎是编辑部和评论工作者的时代使命。愿国内外文坛多涌现高军这样的作者，多多感动我！

姚朝文：《〈画鸭〉高过〈掌声〉的掌声——评山东微篇小说名家高军新作》，《故事会》2020 年第 5 期

散文《回望岸堤草青青》发表于《临沂日报》2020 年 5 月 8 日第 A5 版“银雀”。

8 日，组织举行为期两天的“朱家林——多彩田园，发现之旅”采风活动。陪同来自沂南、沂水、临沭、罗庄、蒙阴等县区的 27 名沂蒙作家，参观朱家林田园综合体，并与其进行座谈交流。

散文《借你一缕灯光》发表于《沂南通讯》2020 年 5 月 15 日第 4 版“阳都风”。

文学评论《行走的诗意——刘斌立微型小说漫谈》发表于《微型小说月报（创意写作版）》2020 年第 5 期（总第 115 期）。

考证文章《张仲久修复信量桥》发表于《沂南通讯》2020 年 5 月 29 日第 4 版“阳都风”。

民间故事集《汶河岸边：依汶故事》由吉林文史出版社出版。

小说《抓药》《人与羊》收入任晓燕、王彦艳主编“中国文化元素阅读丛书”《杏林》（大象出版社 2020 年版）。

6 月

散文《梁漱溟：骑着白马走沂蒙》发表于《济南时报》2020 年 6 月 1 日第 A13 版“温故”。

12 日，组织举办董爱英诗集《与影子书》出版座谈会。

通讯《长了翅膀的农产品——双堠镇电商发展情况扫描》发表于《沂南通讯》2020 年 6 月 19 日。

“政协委员谈体会”之《争做多面手，不断提升履职水平》发表于《联合日报》2020 年 6 月 29 日第 2 版。

小说《紫桑葚》收入任晓燕、王彦艳主编“我的颜色是红”小小说卷《我爱北京天安门》(大象出版社 2020 年版)。

小说《暖意》获得由山东省小小说学会、孔繁森同志纪念馆、天福陵园有限责任公司举办的“天福园杯”孔繁森廉正文学奖全国小小说大赛三等奖。

7 月

小说《怀抱》发表于《小说月刊》2020 年第 7 期。

小说《烤火》被《微型小说选刊》2020 年第 13 期选载。

散文《好大一棵树》发表于《红色讲坛》2020 年第 1 期(总第 9 期)。

散文《梁漱溟与蒙阴人公竹川的浓厚友情》发表于《济南时报》2020 年 7 月 6 日。

论文《清代以来沂南境内善德人物浅述》发表于《沂南通讯》2020 年 7 月 10 日。

书评《寻觅散落的汶水“明珠”——印象民间故事集〈汶河岸边:依汶故事〉》(岳希利)发表于《沂南通讯》2020 年 7 月 17 日第 4 版“阳都风”。

依汶，是一个依山傍水、风光旖旎的乡镇，坐落在山清水秀的沂蒙山区腹地，距沂南县城西约 10 公里。

汶河，好似一条玉带自岸堤水库流入沂南，贯穿依汶镇全境，后经大庄镇王家新兴村南汇入沂河。

6 月某日，好友高军送来一本自己新近出版的《汶河岸边：依汶故事》，并嘱我谈谈看法。细读之后，记下了这些印象。

创作离不开生活，生活需要作者实实在在地用脚步去丈量。这部 2020 年 5 月由吉林文史出版社出版的依汶民间故事集，是高军带领 8 位沂南作家和几位文学爱好者，于去年在沂南县依汶镇域内登山涉水、进村入户、调查采访的辛勤劳动成果。

依汶有着悠久的历史和丰厚的文化，《汶河岸边：依汶故事》的作者们，不辞辛劳地寻觅着这些散落在山乡村落、汶水岸边的一颗颗“明珠”。

下面是作者们在汶河岸边用心寻觅到的几颗“明珠”：

1.宋儒王应麟编写的《三字经》中“大小戴，注礼记”的故事，一直在这里流传，孙隆村现在还存有二戴祠里的几块石碑。

2.店子村的兴隆寺，正殿内粗大的顶梁立柱与墙壁间的夹柱，坚实不朽。立方体房梁上的绘画，至今色彩艳丽，龙飞凤舞，活灵活现。院内千年银杏树，枝繁叶茂，清香四溢。

3.隋家店村始建于宋代，朝廷曾在此设官方驿站。明代洪武年间，外族刘氏迁住村中。村民刘文翔之长子刘遵和，清朝嘉庆年间考中进士，官居户部主事。

4.清末秀才高嘉晋是高家中疃人，爱好绘画和雕刻，后专攻桃刻。他有两件作品于1915年在美国旧金山举行的巴拿马太平洋万国赛会上展出，并获银质奖牌。

5.著名物理学家、核物理学先驱王普，他家的老宅就在东贯头村。他1935年到德国柏林大学留学，作为唯一中国学者，参加了震惊世界的首次铀235裂变成功实验。

6.依汶是一片具有革命光荣传统的红色热土，沂南县第一个党小组在朱家里庄成立。

7.这里曾是八路军一一五师、鲁中区党委、沂蒙地委、沂南县委等领导机关的驻地。

8.徐向前、罗荣桓、陈光、肖华、罗舜初、周赤萍、胡奇才等老一批无产阶级革命家，在这里战斗过、生活过，谱写了一曲曲可歌可泣的动人壮歌。

9.隋家店村寺庙遗存野外的雕刻石狮子，北大山洞内的仙姑与玉皇塑像，安前庄村的老仙庵，团圆墁山前的九女坟，百子山前麓的皇姑庙……

一个个故事，一个个人物，一个个传说，就像一颗颗“明珠”闪闪发光，充满传奇，令人动容。

总观全书，在依汶地域流传的民间故事，既有神话、地方传说、人物传说，又有幻想故事、生活故事、鬼狐精怪故事等，门类齐全，内容广泛，囊括了人生和社会的方方面面，可谓无奇不有，包罗万象。这些故事内容大都健康向上，以教育人们心地善良、扶弱济贫、助人为乐为精神走向。其突出特点是极富人物针对性。比如书中的人物刘遵和就是个明显的例子，尤其是他前期生活在家乡的故事、传说，不仅数量多，而且传奇性也较充分。这些故事真实反映了家乡人民对刘遵和的认识和看法，对于研究刘遵和有着一定的借鉴作用。

依汶镇有很多在老百姓中有影响的地名，差不多都有一个或几个故事、传说。通过故事形式来讲述这些地名，对年长者可增强回忆，对年幼者可增长地名知识。书中这些故事、传说都被以朴素的方言讲述着动人的故事情节，读来令人难以忘怀。如:《运粮庄》的由来，就与北宋时期的穆柯寨及穆桂英、杨宗保有着千丝万缕的关系。《安保庄》的由来，就有着两个截然不同的故事。其一，相传明朝洪武年间，据守穆灵关的林将军被朱元璋四子燕王朱棣的军队打败，退到此地安全脱身。他便解甲归田，赐名该村为安保庄，居住下来繁衍生息。自此，村里姓林的人家多了起来。其二，是有一天晚上，一位受伤骑马的大将军经此路过，将军下马到小溪边找水喝，战马突然受到黑虎鸟的叫声惊吓，一跃而起，将背上的马鞍子一下子甩了下来。自那，黑虎鸟没有了，人们也觉得安全了，便把村子改名为鞍保村，后演变为安保村。这些地名故事生动地记述了当地的历史风情和地名来历。

依汶在战争年代是红色根据地，也是抗日和抗战的中心。当年，涌现出了大批模范堡垒村和英雄人物，作者们对这方面的故事进行了重点挖掘，以教育后人。如：双村“一门三烈士”、王洪兴王洪一王洪太三兄弟英勇抗日的事迹；埠口村 11 岁的抗日小英雄刘乃滨的事迹；五空桥村刘世矩不畏生死、三钻敌人铡刀的事迹；张家庄子村 15 岁的侦察英雄张小三智送情报的事迹；朱家裕子村拥军支前的故事；冯家村农村妇女智救女八路孔现玉的故事；大安子突围的故事等等，都从不同侧面记录了依汶人民为中国革命做出的无私奉献。

这些故事内容丰富，情节曲折生动，语言通俗易懂，风格异彩纷呈，有着丰富的史料性、知识性、趣味性、文学性，能唤醒人们分辨真善美和假恶丑，字里行间充满了正能量，能够鼓舞人们奋发向上。

《汶河岸边：依汶故事》共有 4 辑及附录，收集文章 109 篇，24 万字。内容包括红色记忆、民间故事、人物传奇、神话传说、考证文章等，这些故事传说全部来自沂南县依汶镇。

依汶镇党委、政府为《汶河岸边：依汶故事》的出版，给予了大力支持。为更好地开发当地文化资源，传承弘扬民间文化遗产，展示地方人文魅力，推动地域文化经济发展，依汶镇领导审时度势，特别邀请了高军、胡金华、郭敏、高薇、董士君、梁少华、张桂菊、武庆丽等沂南作家，对依汶镇地域文化资源进行了深入挖掘整理，使这本民间故事集得到尽快出版，为抢救镇域内的宝贵文化财富作出了重要贡献。

《汶河岸边：依汶故事》的主编高军是山东作家协会会员，现任沂南县作家协会主席。他不但发表了大量的高质量文学作品，还对地方史志、地名研究方面有较高的造诣。先后在《人民日报》《文艺报》《北京文学》《山东文学》等报刊发表作品 200 余万字。作品多次被《小说选刊》《读者》等转载，入选《中国新文学大系》《新中国六十年大系》等 300 多个权威选本，个人已出版小说集、文学评论集、散文集、地域文化研究专著 18 本。主编《沂南地名故事》《八楼刘故事》《沂南文学史》《沂南文学作品选》等。《紫桑葚》收入语文出版社出版的全国通用教材《语文》（五年级上册），在全国 10 多个省区广泛使用。

一方文化影响一方经济，文化与当地经济发展互相融合，会产生良好的经济效益和社会效益。我们相信，《汶河岸边：依汶故事》的出版，将对依汶的经济发展起到推动作用，并为当地文化事业的发展产生积极意义。

汶河岸边一颗颗"明珠"正发出闪亮的光芒，依汶大地一个个动人故事正等待您的品鉴。闲话后聊，请关心和热爱依汶的朋友赶紧打开这本《汶河岸边：依汶故事》，寻找自己心中的那颗"明珠"吧！

——岳希利：《寻觅散落的汶水"明珠"——印象民间故事集〈汶河岸边：依汶故事〉》，《沂南通讯》2020年7月17日第4版"阳都风"

8月

小说《转筋脉》发表于《天池小小说》2020年第8期。

小说《稻草人》发表于《小说月刊》2020年第8期。

小说《军礼》被《微型小说选刊》2020年第15期选载。

《军旅小小说二题》（《大米》《过河》）被《小小说选刊》2020年第15期选载。

散文《好大一棵树》发表于《沂南通讯》2020年8月5日第4版"阳都风"。

文学评论《生命的修行与信仰——评董爱英诗集〈与影子书〉》发表于《临沂日报》2020年8月21日。

小说《人面鸟》收入中国微型小说学会编《过目不忘：50则进入中考高考的微型小说（3）》（上海文艺出版社2020年版）一书。

小说《推磨》收入中国微型小说学会编《过目不忘：50则进入中考高考的微型小说（4）》（上海文艺出版社2020年版）一书。

小说《军号声声》收入中国微型小说学会编《过目不忘：50则进入中考高考的微型小说（8）》（上海文艺出版社2020年版）一书。

9月

小说《泡脚》发表于《小说月刊》2020年第9期。

小说《气症》发表于《天池小小说》2020年第9期。

小说《怀抱》被《微型小说选刊》2020年第18期选载。

4日，陪同省作协党组成员、副主席李军等一行四人，到孟良家园检查指导中国作协会议准备工作，调研基层文学创作情况，并作了发言。

散文《梁漱溟三到岱崮》发表于《济南时报》2020 年 9 月 7 日第 13 版“温故”。

散文“巴金在山东”系列之《一场半新戏》发表于《济南时报》2020 年 9 月 14 日第 13 版“温故”。

散文“巴金在山东”系列之《巴金四进单家庄》发表于《齐鲁晚报》2020 年 9 月 16 日第 A11 版“情未了 · 人文”。

散文《晨起泪盈巾》发表于《临沂日报》2020 年 9 月 18 日第 A8 版“银雀”。

《〈把母爱还给你〉读后感》（李阳林）发表于《盐城晚报》2020 年 9 月 19 日第 A8 版。

翻起高军著的《把母爱还给你》，就如同一道烙印，深深地震撼着我。 它以不到两千字的故事穿透了我的心灵深处。

这是一篇讲述“我”与母亲故事的文章。 她没有一双明亮的眼睛，“我”又要离开乡镇，去中学读书。 可因心理自卑，无法克服心中的恐惧，拒绝让母亲接送。 母亲长叹一声，想必心酸无比。 不！ 事情不应这样，她颠覆了恰似完美的过程。 确实，人应正视困难，正视缺陷，击败恐惧。 缺陷也不一定是瑕疵，是坚强乐观，是对人生态度的肯定，是道德修养在潜移默化中的不断提升。

今天，正逢母亲节。“谁言寸草心，报得三春晖？”我们又何尝体会不出母亲的艰难。 为了子女付出一切，换来的怎能是嫌弃？ 世界每一隅，从古至今，都在赞颂母爱。 因她哺育了一代又一代的国之栋梁，孩子们走进知识的殿堂，母亲默默地在身后深情注视。 她老了，皱纹爬满了额头，白了的鬓发遮不住她那曾经辉煌的青春，粗糙的双手也让人不忍直视。

母爱，是涓涓细流，唱着熟悉的歌谣，她的歌喉已不如当年清脆；

母爱，是天边的彩锦，装饰着蓝天，却已忘了自己将消逝于尽头。她不求回报却无私奉献。《把母爱还给你》便诠释了这特殊的爱，让我无法忘怀。

日月路小学五（6）班李阳林

指导老师：还艳

散文《梁漱溟三住沂蒙山洞》发表于《济南时报》2020 年 9 月 21 日第 13 版“温故”。

21 日，陪同参加“到人民中去”（第三期・山东临沂）实践活动的中国作协一行到沂蒙红嫂纪念馆参观学习。

10 月

小说《画鸭》被《民间故事选刊》2020 年第 10 期（上）选载。

小说《与狼对峙》被《民间故事选刊》2020 年第 10 期（下）选载。

小说《草药飘香》发表于《天池小小说》2020 年第 10 期。

6～7 日，参加在沂源沂河源桃花岛举行的第一届“五沂”笔会。

散文《晨起泪盈巾》发表于《沂南通讯》2020 年 10 月 16 日。

散文“巴金在山东”系列之《情有独钟的草帽》发表于《齐鲁晚报》2020 年 10 月 26 日第 A11 版“情未了・写作”。

小说《梅花图》发表于《济南日报》2020 年 10 月 27 日第 B3 版“趵突”，并获得该报举办的“鲁王工坊杯”首届山东省小小说大赛优秀奖。

小说《推磨》《父与子》发表于《阳都》（县政协主办）2020 年第 1 期。

11 月

女儿高乔乔通过公务员考试，进入沂南县医疗保障局工作。

小说《小麦》发表于《小说月刊》2020 年第 11 期。

小说《冯乐进》发表于《天池小小说》2020 年第 11 期。

散文“巴金在山东”系列之《葫芦棚下》发表于《齐鲁晚报》2020年11月4日第A11版“情未了·写作”。

散文“巴金在山东”系列之《巴金在沂蒙的良师益友》发表于《济南时报》2020年11月16日第13版“温故”。

散文“巴金在山东”系列之《途次莒县》发表于《齐鲁晚报》2020年11月16日第A11版“情未了·写作”。

散文“巴金在山东”系列之《途次莒县》发表于《沂南通讯》2020年11月20日第4版“阳都风”。

小说《梅花图》收入张全宝主编“精选小小说100篇”《大潮浪花》(环球出版社2020年版)一书。

苏怀庆主编，高军、高薇责编的《〈界湖街道志〉编撰纪实》(内部发行)一书，收入高军的《苗得雨为〈界湖街道志〉题词的经过》《相逢便金石》《一次难忘的杭州之行》《编制创作两促进》《书缘》《几副春节对联里的关键词》《一点一滴总关情——苗得雨去世后的几个片段》《渝鲁情深》《乡梦逐春风》等九篇有关《界湖街道志》的编撰札记。

12月

根据机构改革方案，沂南县新闻中心撤销，合并到沂南县融媒体中心，任沂南县融媒体中心副科级干部(管理八级)。

小说《蒋成善》发表于《天池小小说》2020年第12期。

小说《怀抱(外二篇)》(《泡脚》《小麦》)发表于《双月湖》2020年第4期(总第24期)。

散文《好大一棵树》发表于《红色讲坛》2020年第1期(总第9期)。

文学评论《多颗星星镶嵌成一方蓝天》发表于《青岛早报》2020年12月5日第15版“文艺评论”。

6日，参加沂南县作家协会与华龙电器有限公司联合举办的“华龙电器”杯十周年店庆征文大赛活动启动座谈会。

散文“巴金在山东”系列之《沂水情缘》发表于《齐鲁晚报》2020年12月7日第A11版“情未了·写作”。

散文“巴金在山东”系列之《品茶趵突泉》发表于《齐鲁晚报》2020年12月16日第A14版“情未了·写作”。

学术论文《“大庄高”家族家风浅述》发表于《沂南通讯》2020年12月25日第4版“阳都风”。

“政协委员谈体会”《争做多面手，不断提升履职水平》发表于《阳都》（县政协主办）2020年12月第2期。

26日，参加第三届沂蒙精神（“仁怀酱香”杯）文学奖启动仪式。

《青驼“唾沫膏”考略》《“失百子山惨案”初考》《飞来的木桶》等收入中共沂南县委党史研究中心、沂南县地方史志研究中心编《沂南年鉴（2019）》（山东齐鲁音像出版有限公司2020年版）。

本年，积极组织抗疫创作，为上级单位和媒体提供稿件，高军《口罩》、董士君《战疫前奏》、高薇《磕头》、郭敏《宅在家里》、尤克利《春风归来》、岳黎明《总有一束光》、王伟《逆行，为了更多的人》、种善东《最美的逆行》、苏嵋东《逆行者》、韩建亮《挂念》、王玉梅《致敬最美基层工作者》、安学武《前行路上不孤单》等，收入临沂市委宣传部、临沂市文联编辑印刷的《抗疫：2020抗击疫情临沂文艺在行动优秀作品集（文学、音乐、曲艺篇）》。

本年，孟良崮实验学校校史馆在“我的榜样我学习”专栏中，以“本校走出的作家——高军”为题，展示作家照片、简介。

小说《父与子》收入《微型小说选刊》杂志社选编《2019年中国微型小说排行榜》（百花洲文艺出版社2020年版）一书。

小说《学武》收入江冰编选《2019中国小小说年选》（花城出版社2020年版）一书。

小说《推磨》收入任晓燕、秦俑、赵建宇编选《2019中国年度小小说》（漓江出版社2020年版）一书。

小说《与狼对峙》收入陈永林选编《2019年中国小小说精选》（长

江文艺出版社 2020 年版）一书。

小说《父亲的鞋子》收入冰峰主编，作家网选编《2019 中国年度作品（微型小说）》（现代出版社 2020 年版）一书。

继续为中国现代文学馆中国当代文学年鉴中心撰写《2019 年小小说综述》。由于《2019 中国当代文学年鉴》不再出版，故未能刊出，但论述 2019 年度小小说创新特色部分，在中国微型小说学会网站推出。

2021 年　农历辛丑年

59 岁

1 月

学术论文《浅论琅邪阳都诸葛亮家族的家风特征》发表于《沂南通讯》2021 年 1 月 1 日第 4 版。

《天池小小说》决定自 2021 年始为高军开专栏，每月发表沂蒙红色题材小说 2 篇，全年发表 24 篇。主编黄灵香在第 1 期为“高军专栏”写了“卷首语”《风雨兼程》。

开始策划庆祝建党 100 周年专栏的时候，我第一时间想到了《紫桑葚》这篇作品。《紫桑葚》讲了一个战争中的故事，满篇的文字，却没有描写硝烟弥漫的残酷场景，有的，只是战争中一个温暖的细节，体现出作者高军的审美情感。

高军出生在沂蒙山区，一直在那里学习和工作，从小耳濡目染，听到了很多红色故事，有的故事就发生在他身边某个具体人物的身上，多年来，高军始终有意识地创作红色题材作品。集中阅读完高军的小小说作品，得以确认，高军有创作红色系列小小说作品的优势和实力。

高军告诉我，红嫂，不仅仅是那位用乳汁救伤员的明德英大姐，红嫂是沂蒙老区一个英雄群体。抗日战争和解放战争时期，在沂蒙地区，如沂蒙红嫂一样感人的事迹还有很多，一幕幕画面呈现在眼前，仿佛就发生在昨天，在他的脑海中挥之不去。他一直想用系列小小说作品的形式记录那段历史，传承沂蒙精神。

高军查阅了大量资料，从那些发黄的纸页中，读出了一个个属于他的故事，随后，投入大量精力专注红色系列小小说创作。多年来，红色题材创作可谓汗牛充栋，若要写出新意，取决于作者的立足点和创作兴奋点，具有相当的难度。高军努力从采访中，从档案资料中，挖掘那些别人忽视了的细微因素，从小处着眼，寻找独特且新鲜的细节，以此作为红色题材的支撑点。他没有简单地赞美笔下的人物，而是遵循小人物、小故事的写作思路，以他细腻的感知，强烈的关切，对浩繁往事的解读与重建，将情感融入舒缓的叙述中，语言平实，却蕴含功力。故事看似简单，通过故事展现出来的内涵却不简单。专栏 24 篇作品，既独立成篇，又可以形成一个系列。2021 年，《天池小小说》将这些作品以专栏的形式推出，形成较为完整的审美。

高军专栏的作品，具有明显的地域性，以及在地域性特征之下显现出来的广泛共鸣。专栏作品中的众多人物，在过去的岁月中，真实地存在着，通过高军的积蓄及解读，获得了鲜活的立体性。高军将沂蒙人的家国情怀刻进了心中，创作出的红色系列作品尽显沂蒙精神，以此回报生养他的沂蒙大地，同时，拓宽了小小说文体的精神疆域。

2021 年是十四五开局之年，作为文学期刊，持续发挥文化的带动和提升作用，是义不容辞的责任。推出红色题材作品，旨在让更多人读懂信仰的含义，感知信仰的力量，唤起广大读者心中深长而庄严的爱国热情。这是办刊人的追求，是我们生活和工作的意义所在，也是写作者的动力所在。

——黄灵香:《风雨兼程》,《天池小小说》2021 年第 1 期小说《虎头帽》《通腿儿》发表于《天池小小说》（半月刊）2021 年第 1 期“高军专栏”。

小说《过河》收入陈永林选编《2020 年中国小小说精选》（长江文艺出版社 2021 年版）一书。

小说《过河》被《微型小说选刊》2021 年第 1 期选载。

散文“巴金在山东”系列之《巴金走访山旺庄》发表于《济南时报》2021 年 1 月 4 日 A13 版“温故”。

散文“巴金在山东”系列之《巴金在沂南喝的一次早餐酒》发表于《济南时报》2021 年 1 月 11 日 A13 版“温故”。

散文“巴金在山东”系列之《两游大明湖》发表于《齐鲁晚报》2021 年 1 月 11 日 A10 版“写作周刊”。

评论《浓浓红土情——高军革命历史题材小说创作侧记》（高薇）发表于山东作家网作家在线“作家印象”，2021 年 1 月 13 日。

评论《浓浓红土情——高军革命题材小说创作侧记》（高薇）发表于《沂南通讯》2021 年 1 月 15 日第 4 版“阳都风”。

在 2020 年著名的《小说月刊》为高军开设单月沂蒙红色题材系列小说专栏后，从 2021 年第 1 期开始，《天池》杂志又开设高军以沂蒙山这片红土地为背景的革命历史题材小说专栏，每月推出 2 篇，全年将发表 24 篇。《天池》杂志也是享誉全国的知名文学刊物，平时要上篇稿子很费事，专栏稿要求更高，并且还限定是红色题材，这就更不容易。生长于沂蒙山区这片红土地上的高军，多年来对革命历史题材小说情有独钟，创作了大量这类作品。 他描写孟良崮战役中许世友关心群众的小说《紫桑葚》，在 2007 年就被语文出版社编入全国通用小学课本《语文》（五年级上册），一直在十几个省（区）使用，为他带来巨大声誉，这一系列成绩的取得，是与他从小受到的影响和多年来坚持不懈的努力分不开的。

一、三部半书的红色启蒙

高军小时候生活在孟良崮山下，七十多年前这里发生了震惊中外的孟良崮战役，他从小就是听着革命故事长大的。那时候他家后面住着一位善讲故事的老人，每到夜晚他就和小伙伴们去听老人讲故事，老人讲得最多的是革命历史题材长篇小说《儿女风尘记》，故事中小马一家的悲欢离合深深打动了他幼小的心灵，就在听老人讲述的过程中，他也激动地向父亲讨要书看。

“你听的《儿女风尘记》是一本长篇小说。”父亲一边说着，一边踩着凳子从高墙的一个担板上取下几本书，父亲将书递到他手里说：“只有自己读书，才会知道更多的故事。”

那几本书中就有《儿女风尘记》，另外还有《新儿女英雄传》《苦菜花》和一本缺少上册的《战斗的青春》（下）。这三部半书让他如获至宝，他从此开始磕磕绊绊读起小说来。那一年，他刚上小学三年级。

晚上，昏暗的煤油灯下，他如饥似渴地读着那三部半书，不认识的字就问，用了几个月时间，他竟然将这三部半书啃完了。就是这些革命故事，在他面前燃起一束亮光，这亮光就像一粒种子，埋在了他幼小的心田里。从此，他爱上了革命历史题材的文学作品，见了这类书就找来阅读。

二、勤学苦读筑就飞翔梦想

读中学后，他仍然时常沉浸于自己的梦想里，但那时看不到几本书。有一次他发现一位女同学有本《战斗的青春》（上），就激动得不得了。那时候男女同学都不说话，但他还是在回家路上鼓起勇气向女同学借书，书借到看完后实在不想还回去，还一次次与自己那本摆在一起，直到女同学向他索要时，才恋恋不舍地还给了人家。

考上师范后，城里的新华书店让他大开眼界。他怀着一颗激动的心，每周都往新华书店跑好几趟。那时候学校管吃住，但周末伙房停伙，学校会把一天半的生活费六毛五分钱发给学生。高军离家远，周末很少回家，却也不舍得将六毛五分钱全花在吃饭上。他一般用五分钱买一个腌菜疙瘩，再花两三毛钱买块锅饼，一天半的吃饭问题就解决了，省下的钱攒几周就能买本书。像《红日》《铁道游击队》《红岩》《林海雪原》《暴风骤雨》《红旗谱》等长篇小说，都是在那时买的。有时书店来了新书，但兜里钱不够，高军就让售货员拿过来看。有一次他一周去了三次新华书店，为的是看一本自己买不起的新书，当他让售货员隔着柜台拿第三次时，售货员生气地一转身走了。

师范毕业后高军被分配到重山公社（今属蒙阴县）当了一名老师，他的工资除留下点生活费外，全都用来买了书。他所工作的地方离公社驻地有四五里路，每到周末，他从不急着回家，而是先往相反方向的重山，到供销社的卖书门头看看是否有新书，然后才回家去。

多年的勤学苦读让他拥有了丰富的知识和写作的才能，小时候的梦想在心里蠢蠢欲动，于是他开始拿起笔来，一篇篇作品写出来，但投稿后大多石沉大海。

三、坚守初心，作品遍地开花

后来高军调到乡镇党委当了秘书，工作是非常忙碌的，但他忙里偷闲从没停止过买书读书，这期间他也一直坚持革命历史题材的文学创作，发表了《叫好》《相片》《绣花烟包》《石蛹》等。

1999年初，他调到朱家里庄乡工作，后来这个乡与依汶乡合并为依汶镇。朱家里庄是一个有着光荣革命历史的村庄，战争年代有大批青年走上革命道路，沂南县地方上第一个党员朱寿年就是朱家里庄村人，朱寿年也是沂水县第一任中共县委书记。高军不放过任何走访挖掘红色历史文化的机会，因为他心里有一个红色文化情结。有一次他在采访中得知，自己妻子的伯父早年就牺牲在这里。妻子家离这里只有几十里路，多年来家人只知道他是烈士，却从不知他具体是怎么牺牲的。这次采访对高军触动很大，也激起他强烈的创作欲望。抗日战争和解放战争时期，在沂南发生的战斗不计其数，有多位高级别的领导干部在这里战斗生活过，人民军队和群众铸造了深厚的情谊，他觉得自己有责任担负起挖掘红色故事、传承红色文化的担子。在采访调查的同时，高军又翻阅了大量资料，开始着手创作系列红色小说《红荷包》等。这些小说一经发表，就引起强烈反响。特别是《紫桑葚》发表后，很快被《小小说选刊》《读者》选载，还被选入多种选本。

俗话说天上不会掉馅饼，平日里他无论走到哪里，都带着笔记本和书，一有空闲就拿出书来读，一有感觉就马上记在本子上。如今，读书写作已经成为他的生活常态。

2017 年冬天，高军在济南上大学的女儿生病住进医院，当妻子陪护女儿的时候，他就在医院走廊和大厅里读书和构思小说。女儿住院一周的时间里，除晚上睡觉外，他就一直守在医院大厅走廊里，因为平时有大量积累，那几天里他在买来的一个笔记本上用圆珠笔完成了多篇小说草稿。后来，这些作品都发表在国内一些知名刊物上，有的还被翻译到国外。

高军的红色小说主要有两类，一类描写在沂蒙山区战斗生活过的领导干部，一类写战争中沂蒙百姓的无私奉献。第二类中更独具特色的是写沂蒙红嫂的小说，他塑造了多个乳汁救伤员的红嫂形象，她们有的是用乳汁为伤员疗眼疾，有的是用乳汁治伤口，还有的用乳汁做药引子……汗水浇灌出累累果实，几十年来他勤奋写作，已经出版的 10 本小说集中收入了 100 多篇红色小说，被《小说选刊》《小小说选刊》《微型小说选刊》《读者》等选载的也有近百篇。

这些红色小说为高军赢得声誉的同时，也给他带来巨大压力。创作这么多小说后，在内容和写法上再有所创新实在是难事，但他凭着坚定的信念和一往无前的追求精神，从别人忽略了的细微因素中挖掘，寻找独特和新鲜的细节，创作出一系列具有鲜明特色的红色小说作品。

高军对沂蒙山的山山水水和一草一木，对这片充满无私奉献精神的红色圣土，有着一种极深的感情。从他笔下的每一篇沂蒙红色小说里，都可以读出一种坚定不移的信仰，以及深长而庄严的爱党、爱军、爱国之情。

——高薇：《浓浓土地情——高军革命题材小说侧记》，《沂南通讯》2021 年 1 月

15 日第 4 版“阳都风”

散文“巴金在山东”系列之《巴金走访界湖完小》发表于《济南时报》2021 年 1 月 18 日 A13 版“温故”。

学术论文《浅述琅邪孝悌里颜氏家族家风》发表于《沂南通讯》2021 年 1 月 22 日第 4 版“阳都风”。

评论《浓浓红土情——高军革命题材小说创作浅评》（高薇）发表于《临沂日报》2021 年 1 月 22 日第 A5 版“银雀”。

散文“巴金在山东”系列之《巴金与汇泉楼》发表于《齐鲁晚报》2021 年 1 月 25 日 A11 版“青未了”。

人物纪实《天南地北阳都人张桂兴》（撰文并配照片）发表于《阳都》2021 年第 1 期（总第 3 期）。

调研报告《社会力量参与革命纪念地开发应注意几个问题》发表于《阳都》2021 年第 1 期（总第 4 期）。

人物纪实《天南地北阳都人张承才》（撰文并配照片）发表于《阳都》2021 年第 1 期（总第 4 期）。

人物纪实《天南地北阳都人张元珂》（撰文并配照片）发表于《阳都》2021 年第 1 期（总第 4 期）。

小说《虎头帽（外一篇）》（《通腿儿》）发表于《阳都》2021 年第 1 期（总第 4 期）。

调研报告《社会力量参与革命纪念地开发应注意几个问题》《争做多面手　不断提升履职水平》两篇文章收入 2020 年沂南县政协协商成果集锦《风景这边更好》。

小说《学武》获得 2019 年“善德武陵杯”全国微小说三等奖，并收入小说选刊杂志社、中国微型小说（小小说）创作基地、武陵区纪委监委、武陵区文联编《2019 年“善德武陵杯”全国微小说精品集》（中国市场出版社 2021 年版）。

小说《怀抱》被设计为江苏省扬州市 2020～2021 学年度高一上学

期语文期末试题。

2月

“梁漱溟在山东”系列之《梁漱溟为新四军捐资办报》发表于《济南时报》2021年2月1日第A12版“温故”。

小说《大米》收入任晓燕、秦俑、赵建宇选编《2020年中国年度小小说》(漓江出版社2021年版)一书。

小说《缸筏》《送鞋》发表于《天池小小说》(半月刊)2021年第3期。

“巴金在山东”系列之《济南的两处浴池》发表于《齐鲁晚报》2021年2月8日第A14版“青未了·写作”。

纪实文学《商海纵横　华龙腾飞——记沂南县华龙电器有限公司经理陈相华》发表于《沂南通讯》2021年2月19日第2版。

3月

人物评论《一位作家的教育情怀》(刘玉华)发表于《沂南通讯》2021年3月2日第4版“阳都风”。

小说《走娘家》收入作家网选编，冰峰主编《2020年中国年度微型小说》(漓江出版社2021年版)一书。

小说《山茧汗巾》《包子》发表于《天池小小说》(半月刊)2021年第5期。

散文《两场半新戏》发表于《齐鲁晚报》2021年3月29日第A13版“青未了”。

考证文章《翟翕武在沂南》发表于《沂南通讯》2021年3月31日第4版“阳都风”。

4月

小说《迎亲》《老爹》发表于《天池小小说》(半月刊)2021年第7期。

小说《冰雹》发表于《小说月刊》2021年第4期。

散文《山高水长浙鲁情——温州后生田清荣回沂蒙山寻亲记》发表

于《沂南通讯》2021 年 4 月 7 日第 2 版。

8 日，在蒙阴县岱崮镇军工文化园参加“岱崮地貌文化旅游发展研讨会”并作发言。

散文《山高水长浙鲁情》发表于《临沂日报》2021 年 4 月 9 日第 A8 版“银雀”。

13～16 日，在山西省运城市参加全国诸葛亮文化研究联会（运城）诸葛京“内移河东”考察座谈会。

散文《水塘崮抒怀》发表于《日照日报》2021 年 4 月 25 日第 A3 版“副刊 · 文苑”。

散文“巴金在山东”系列《情谊》发表于《齐鲁晚报》2021 年 4 月 26 日第 A10 版。

24～27 日，组织县作协用 4 天时间分别在蒲汪集、蒲汪中学、大王庄中学、大旺庄集免费发放《蒲汪民间故事》一书，累计发放近千本，受到村民和广大师生的热情欢迎。

散文《大崮顶游记》发表于《沂南通讯》2021 年 4 月 28 日第 4 版“阳都风”。

散文《孟良崮抒怀》发表于《企业文化》（连云港市企业文化学会主办）2021 年第 1 期（总第 222 期）。

主编的《蒲汪民间故事》由四川民族出版社出版。

5 月

小说《鹅毛翎》《二杆子》发表于《天池小小说》2021 年第 9 期（5 月上半月刊）。

小说《包子》被《小小说选刊》2021 年第 9 期“头题”选载。

评论《摭拾明珠记乡愁——〈蒲汪民间故事〉阅读印象》（岳黎明）发表于《沂南通讯》2021 年 5 月 6 日第 4 版“阳都风”。

8 日，参加市作协“永远跟党走，情系院东头”庆祝建党 100 周年红色经典诵读会暨党史学习教育活动。

散文《水塘崮抒怀》发表于《济南时报》2021 年 5 月 11 日第 14 版

“语闻”。

17日，参加第七届武陵国际微小说节，作品《学武》获得2019“善德武陵”杯·全国微小说精品奖。

22日，参加由临沂市作家协会“文学视角关注人生，以文字承载乡土情怀——百花名家散文书系”之《我要从所有天空夺回你》山东首场分享会。

散文“巴金在山东”系列之《河水新添三尺高》发表于《齐鲁晚报》2021年5月24日第A11版。

小说《迎亲》被《作家文摘》2021年5月25日第14版转载。

散文《写意石崇崮》发表于《临沂日报》2021年5月26日第A5版。

小说《怀抱》被设计为江苏省扬州市2020～2021学年度高一上学期语文期末考试现代文阅读题以及青铜峡市2021高二下开学考语文试题。

小说《大米》被设计为四川省遂宁市2021届高三下学期“二诊”六市联考语文试题、2021届高考语文黄金预测卷试题、新课标全国卷Ⅱ卷试题、资阳市高中2018级高考语文模拟试题、2021届四川省内江市高三下学期3月二模考试语文试题等。

评论《撷拾明珠记乡愁——〈蒲汪民间故事〉阅读印象》(岳黎明)发表于《阳都文学》2021年第1期。

讲好乡村故事，是留住乡愁记忆的最好方式之一。民间故事就像一颗颗明珠散落在村落深处，搜集这些文化之根、乡愁之魂，是城市化进程中居住在农村地区群众的迫切愿望。习近平总书记指出：“优秀传统文化是一个国家、一个民族传承和发展的根本，如果丢掉了，就割断了精神命脉。”乡村承载着中华民族世世代代的文化寄托和心灵守望，承载着丰富生动的传统文化和历史记忆，传承着中华文明的血脉，彰显着中华民族的智慧。因此，将散落的民间故事搜集整理出来，对于弘扬和传承地方优秀传统文化、留住乡愁记忆、提升新型城镇化和新农村建设文化内涵具有重要的现实意义。

新近出版的《蒲汪民间故事》就是在这个方面的又一次大胆探索和实践。该书于2021年4月由四川党建期刊集团四川民族出版社正式出版发行。本书共分五辑，其中故事105篇，考证文章3篇，碑文6篇，加上前言、跋和后记，很厚重的一本。这些故事有神话有传说，不乏有据可考的奇闻逸事以及抗日战争年代的红色故事。总之，不论是神话传说还是真人真事，经过人们的口头创作以及一代代的流传，渗透着广大劳动人民强烈的思想感情，凝结着人们的集体智慧，再加上后期的文学加工，故事情节扣人心弦，故事中的人物更加丰满，更加完美。本书中所有故事具有结构严谨、形象生动、语言精练、生活气息浓郁等特点。不管是精读还是泛读，都有不忍释卷之感。

此时此刻，我手捧这本书，闻着浓浓的书香，心中充满激动。虽然我只是参与过《蒲汪民间故事》的校稿，但知道此书的素材搜集与出版所遇到的重重困难，以及各位作者付出的大量心血。而今这本书终于正式出版，这是何等的可喜可贺!

从远古时期以来，民间故事一直随着人民生活的发展而发展，成为人民生活的精神寄托和良师益友，同时，也通过故事传承着真善美，鞭笞着假恶丑。这些故事经过无数人上百年甚至上千年删繁就简不断充实而成，凝结着劳动人民的集体智慧，具有较高艺术价值。

恩格斯曾对民间文学给予高度评价，他说:“民间故事书还有这样的使命:同《圣经》一样培养他的道德感，使他认清自己的力量，自己的权利，自己的自由，激起他的勇气，唤醒他对祖国的爱。”毫无疑问,《蒲汪民间故事》就具有这样的力量。本书中许多故事，不仅情节扣人心弦，而且充分反映了劳动人民当时的社会生活，同时丰富了人们各方面的知识，具有民俗和历史方面的研究价值。例如《圣母冢的来历》一篇，不但为人们释疑“圣母冢”这一村名的来历，还讲述了汉朝时期的一些历史知识，更歌颂了刘章及其母亲高尚美好的思想品格。

高军说："民间故事是宝贵的文化财富，全面、客观、科学地描述地域民间故事是我的追求。"他对文学的认真以及热爱有目共睹。在我的印象中，高军对文学事业有一种执着的追求，对于文学爱好者的提点、鼓励以及发现，也可圈可点，是一位真正的良师益友。他多年来一直笔耕不辍，且不论在国家级、省级等刊物上发表的作品数量之多，就他所出版的著作来说，已达二十余本。这样的成就令多少人望尘莫及！

高军对我的帮助也很大，从我对文学的爱好之初，到2012年帮我免费出版走发行渠道的两本单书号童话集，再到如今时常邀我参加一些文学活动，不断鼓励我找准自己的长处写出自己的风格。在他的帮助下，我也一直在努力、在进步。这些我会永记心间，感激之情更是无以言表。

《蒲汪民间故事》的后记中，该书主编高军记录着编者和作者们在搜集采访过程中，付出的极大热情和辛勤劳动。他们不但顶烈日、冒风雨，还要自己带水带饭，用了一个多月的时间，走遍蒲汪镇的山山水水和沟沟坎坎，搜集着散落在民间的故事。之后，又付出了更多的时间和精力，对故事加以整理、润色，取精华、去糟粕，最终才成就了这本厚重的《蒲汪民间故事》。回味着书中质朴的语言、古老的故事、淳厚的民俗民风，可以想象到他们虽然经历了那么多的困难和辛苦，可依旧甘之如饴、乐此不疲，更可以感知他们对文学的一腔挚爱。此行此举，令人感动，令人心生敬意。

民间故事表达了人们向往美好生活的淳朴愿望，记录了他们与天与地与兽与困难做斗争的过程以及所获得的一切，或精神上，或物质上，这对于人们来说，他们的失败和胜利，都值得讲述并加以流传。本书《龙凤地》一文中，那位从外地迁徙而来的王家带头人用机智的话语振作了处于疲惫、麻木状态中的族人，使得他们心中重新充满希望，后又通过勤劳的双手渐渐富裕起来。作者结句发人深省："将家族发达与否仅仅归结到风水肯定是不够的，命运的改变、生活水平的提高是奋斗出来的，有文化，有知识，诗书继世，忠厚传家，诚实劳动，努力创新，任何家族都会变得越来越好。”《寡妇泉》《大碌碡沟和小碌碡沟的传说》《莲花坟的传说》等故事都告诉人们，只要勤劳苦干，忠厚传家，与人为善，终会过上好日子；反之，则会事与愿违，难得善果。

《泉子崖》中，善良的小媳妇忍着饥渴每日劳作而得不到婆家的认可，最终却因救助一位奄奄一息的老婆婆这一善举而获得幸福；《扯弯地》中，淳朴的老于头以一颗善良的心灵守护着刘、于两家的世代友好；《玉皇庙的传说》中，那个八岁的男孩用善良感动了天上的神仙，使得玉皇山上有了永不干涸的水；《慈善婆婆》中的老婆婆因自己善举而使得家中日子越来越好，且人丁兴旺，世代安宁……这一个个精彩的故事，无不诉说着人们对忠厚、善良、勤劳的崇尚。

除了歌颂善良、鼓舞人奋发向上和积极进取的故事，本书还收录了许多鞭笞假恶丑的故事。例如《蚂蚁汪边“林半仙”》中的那个林半仙，虽有异能却专干坏事，终被响雷劈死；《菩萨专度友善人》中，体弱多病的吴相臣因善良获得神力，后又因傲慢自私而失掉神力；《先搁搁》中，吝啬刻薄的何高因品质低下，欺压良善而激起全村人的公愤，在老母亲出殡时受到村民的难为，又最终家道没落；还有《三兄弟》《说票人毛德胜》等故事，无一不在诠释着人们对那些损人利己、忘恩负义、贪婪自私等丑恶行为的鞭挞及深恶痛绝，并以此警示后人们。

读罢《伏羲女娲庙略述》一文，我心中颇有些震撼，蒲汪镇在我的印象中，只是一个小镇而已，那里的一个名不见经传的小村庄，竟然有着这般厚重的历史底蕴。这刷新了我对蒲汪镇的认知，同时，也对我县的地域文化及历史产生了极大的好奇心。

值得一提的是，我三岁多的儿子对本书中的许多故事也颇感兴趣。有一天晚上，我把《蒲汪民间故事》当作睡前故事读给他听，本以为只喜欢看绘本的他不会有兴趣，但没想到他听得津津有味，还不时提出问题。比如听到《善慈婆婆》这个故事时，他问“什么是慈善？”当听到《田秀峰的故事》时，他问：“田秀峰是不是一个很厉害的人？”尤其是听到《老中医刘继汉》时，他兴奋地说："我长大了也要读医书，给人看病！"由此可见，民间故事具有很强的穿透力，从幼儿到成人，都可以轻松领悟其中寓意，并且在扩大读者知识领域的同时，还在思想上和品德上起到良好的熏陶、引导作用。

本书中的好故事不胜枚举，大都引人入胜。勤劳善良的劳动人民用淳朴的智慧赋予了民间故事以五彩斑斓的生命，寄托着人们鲜明的爱憎和理想追求。而整理蒲汪民间故事的每一位作者，都应该得到称赞，此时此刻，且让我再次向他们致敬！

留住记忆，留住乡愁，最好的载体是故乡；故乡，最好的活化石是民间故事。用故事的形式传承和保护历史文化，把当地人民曾经的生产、生活历史展示给后人。老年人可借此找到过去的记忆，年轻人可因此感受到先辈的付出，让优秀的村风、家风得以传承，让人们故土留根、文脉传承，存留那一抹乡愁，让地域特色文化得以弘扬，既能助力脱贫攻坚，又能促进乡风文明。这散发着浓浓乡土味和乡愁味的故事一定会开出别样的花朵，丰富着人们的眼睛和心灵。

——岳黎明:《摭拾明珠记乡愁——〈蒲汪民间故事〉阅读印象》,《阳都文学》2021年第1期

30日，参加"长篇报告文学《百年沂蒙》座谈会"并作发言。

6月

小说《焊接》《揭锅》发表于《天池小小说》(上半月刊)2021年第11期。

小说《冰雹》被《小小说选刊》2021年第11期转载。

小说《鹅毛翎》被《微型小说选刊》2021年第12期转载。

小说《迎亲》被《中国当代文学选本》第6辑(中国言实出版社2021年版)转载。《中国当代文学选本》点评《迎亲》道：

高军的《迎亲》在精短的篇幅里赋予丰富内涵且颇多新意。作品

把人物放在故事和心理的多重矛盾冲突中进行考量，中间穿插了一个年幼单纯的二臭蛋传递话语活跃气氛，几个人物由对立走向和解，进而升华为真挚的祝福和感谢。

赋体散文《“爱尚沂南红色之旅”环线赋》发表于《沂南通讯》2021年6月2日第4版“阳都风”。

赋体散文《“爱尚沂南红色之旅”环线赋》发表于《临沂日报》2021年6月7日第A5版“银雀”。

散文“巴金在山东”系列之《沂南文化情缘》发表于《齐鲁晚报》2021年6月7日第A11版“青未了”。

4～7日，参加“冀鲁两省散文学会党史专题教育学习活动”。其间，先后到沂蒙红嫂纪念馆、孟良崮战役纪念馆、沂蒙红嫂明德英故居等地，重温革命激情，缅怀先烈伟绩，接受爱国主义教育。5日，陪同在沂南县沂蒙红嫂纪念馆参观活动。6日，参加了在临沂颐正园三楼祊河厅举行的“首届太行山沂蒙山红色散文创作对话活动”，在座谈会上作了发言。

散文《天会越来越亮》发表于《沂南通讯》2021年6月9日第4版“阳都风”。

散文《一封信与四本书》在临沂大学建校80周年校庆（2021年6月12日，临沂大学迎来80周年华诞）征文中获奖，并被收入作品集《临大故事》（临沂大学八十周年校庆文集）。

散文《巴金在沂南轶事》（含《四进单家庄》《两赶界湖集》）发表于《沂蒙史志》2021年第2期。

散文《情满和尚崮》配照片发表于《济南时报》2021年6月28日第12版“人文”。

散文《送你一片月光》发表于《阳都文学》2021年第1期。

赋体散文《“爱尚沂南红色之旅”环线赋》发表于《阳都文学》2021年第1期封三。

《“爱尚沂南红色之旅”环线赋》由中国书法家协会会员吴广晖书丹、王洪军镌刻于大风门广场一块大石头上。

纪实文学《商海纵横　华龙腾飞》发表于《阳都文学》2021 年第 1 期。

小说《斑疹先生》被京极健史翻译为日文，发表在日本世界华文微型小说研究会《莲雾》杂志 2021 年第 13 号。

散文《孟良崮散记》发表于《日照日报》2021 年 6 月 27 日第 A3 版“副刊 · 文苑”。

7 月

散文《巍巍大崮顶》发表于《廊坊日报》2021 年 7 月 5 日第 6 版“廊桥”。

小说《玉华》《蝴蝶》发表于《天池小小说》（上半月刊）2021 年第 13 期。

《“十七年”时期新时期建设的领路人和开拓者——记〈创业史〉中的共产党员梁生宝》发表于《传记文学》2021 年第 7 期。

小说《支撑》《军礼》收入《微型小说选刊》杂志社主编《寻找证明——庆祝中国共产党成立 100 周年微型小说作品精选》（百花洲文艺出版社 2021 年版）一书。

小说《锡壶》发表于《小说月刊》2021 年第 7 期。

小说《支撑》被《微型小说选刊》2021 年第 13 期转载。

小说《虎头帽》《送鞋》《迎亲》《鹅毛翎》《二杆子》被《小小说选刊》2021 年第 14 期在“头题”位置以“本期主题：沂蒙山小调”集中推出。一期杂志一次转载同一作者的 5 篇作品，这在杂志的历史上是很少见的。

散文《从“四分之一条牛腿”走来》发表于《企业文化》（连云港市企业文化学会主办）2021 年第 2～3 期（总第 222 期）。

国风在《沂南通讯》2021 年 7 月 7 日第 3 版发表文章《沂南作协“庆祝建党 100 周年”主题创作成绩显著》，对高军创作予以评价：

为迎接中国共产党成立一百周年这个隆重节日，沂南县作家协会早谋划、早部署，号召广大会员以史明志，吹响新征程的嘹亮号角，积极投身“庆祝建党 100 周年”主题创作，取得了显著成绩。……《小说月刊》在第 4 期和第 7 期分别发表了高军的小说《冰雹》《锡壶》，《天池小小说》杂志为他开辟专栏，每月发表两篇反映沂蒙山区革命题材的小说，到七月已发表 14 篇，先后被《小小说选刊》《微型小说选刊》转载多篇。《迎亲》还被《中国当代文学选本》第 6 辑转载，形成很大影响。《中国当代文学选本》是中国言实出版社为“中国政府出版品国际营销平台”量身定做的文学板块，其目的是及时向海外读者推荐和介绍中国当代最新文学创作成果，促进中国文学更好地走向世界。入选的文学作品，均为新近在国内报刊公开发表过，并且在广大读者中产生一定影响的优秀作品。同时他的小说《支撑》《军礼》被收入百花洲文艺出版社 2021 年 7 月出版的《寻找证明——庆祝中国共产党成立 100 周年微型小说作品精选》(《微型小说选刊》杂志社主编）一书。他的长篇研究文章《“十七年”时期新农村建设的领路人和开拓者——记〈创业史〉中的共产党员梁生宝》发表于 2021 年第 7 期《传记文学》61－70 页。他还撰写了《山高水长浙鲁情》发表于 4 月 9 日《临沂日报》，《情满和尚崮：两个家庭跨越半个多世纪的缘分》发表于 6 月 28 日《济南时报》，这是深入挖掘当地红色文化资源写成的报告文学。

8 月

小说《两个地瓜》《提篮站队》发表于《天池小小说》(上半月刊）2021 年第 15 期。

小说《揭锅》被《微型小说选刊》2021 年第 15 期转载。

散文《雨一直在下》发表于《临沂日报》2021 年 8 月 13 日第 A8 版。

散文《雨一直在下》《辉山崮纪游》发表于《沂南通讯》2021 年

8月16日第4版“阳都风”。

散文“巴金在山东”系列之《在潍坊》发表于《齐鲁晚报》2021年8月16日第A10版。

报告文学《山高水长晋鲁情》发表于《映像》2021年第8期。主编蒋殊在“卷首语”中评论说：

感恩，是一种美德。新近从鲁地传来的英雄与感恩的故事，令人落泪。只是，英雄是一位农家妇女，感恩者是曾在战场上杀敌的勇士。两人结识于1941年秋的沂蒙山区。时任山东纵队侦察员的山西浑源籍战士郭伍士受重伤后，得到山东沂水村民祖秀莲的鼎力救助，奇迹般活了下来。然而因为动荡，日军撤走不久后又在暗夜直接从山洞被抬到八路军战地医院，郭伍士只记住“张大娘”三个字。为了报恩，他在复员后主动留在当地，挑一担酒走遍沂蒙山区遍寻恩人，终于在15年后如愿重见，从此以“儿子”的身份，留在恩人身边为其养老送终。

《山高水长晋鲁情》，不是惊天动地的故事，却有感天动地的情谊。

19日，报告文学《山高水长晋鲁情》被“学习强国”山西学习平台推出。

散文《写意窦家崮》发表于《济南时报》2021年8月31日第13版“语闻·海右副刊”。

论文《有关诸葛亮父母的几个问题辨析》收入陈道斌主编《汉水之滨论诸葛——第二十五届诸葛亮学术研讨会论文集》（团结出版社2021年版）。

9月

小说《护送》《两个鸡蛋》发表于《天池小小说》（上半月刊）2021年第17期“高军专栏”。

小说《虎头帽》被《文摘周刊》2021年9月3日第13版“故事”

选载，并加“编者按”评价说，作为一篇“抗战故事，内容不落俗套，文意更加深刻，让人读后深思”。

5日下午，参与组织县作协与县文旅局联合举办的“讲好山东文物故事”写作座谈会。

7日，组织作者参观县博物馆、北寨汉墓博物馆等。随后，写出多篇作品参加由山东省文化和旅游厅主办、山东海岱传统文化研究发展中心承办的第四届“讲好山东故事”——“讲好山东文物故事，守护齐鲁文化根脉”征文大赛。

小说《两个地瓜》发表于《阳都》2021年第9期。

散文“巴金在山东”系列之《过诸城》发表于《齐鲁晚报》2021年9月20日第A12版。

散文《夏登黄石山》发表于《济南时报》2021年9月21日第13版“语闻”。

担任执行主编的《沂南县国有林场志》由线装书局出版，撰写了其中的“概述”“大事记”“概况”“机构”“党群组织”“人物”“后记”等部分，搜集整理了“艺文”部分，这一部分收入散文《春树暮云》《苹果树》，小说《走娘家》《送灯》《军礼》，考证文章《吉泰山石寨略述》《花之寺寻踪》《映旗山前尚庵寺》《沂南县国有林场寺庙文化浅述》等。

10月

小说《埋枪》《煎饼》发表于《天池小小说》（上半月刊）2021年第19期“高军专栏”。

论文《巴金第二次到青岛之说辨误》发表于《点滴》2021年第5期。

《悠悠岁月显真情》作为“序一”收入《烟云岁月——刘善坤回忆录》一书。

描写沂南县人民医院蔡建春的报告文学《石鸣风雨情》收入刘德山主编《国医鲁风：当代山东中医群星谱》（山东文艺出版社2021年版）

一书。

学术专著《诸葛亮二十八讲》（四川大学出版社 2020 年版）获得临沂市第二十七次社会科学优秀成果奖一等奖，为沂南县唯一获奖者，也是沂南县社会科学著作首次获得一等奖。

11 月

小说《豆荚崮》《抬花轿》发表于《天池小小说》（上半月刊）2021 年第 21 期“高军专栏”。

小说《大吉图》发表于《小说月刊》2021 年第 11 期。

散文“巴金在山东”系列之《两过景芝》发表于《齐鲁晚报》2021 年 11 月 8 日第 A15 版。

散文《田秀峰的故事》发表于《山东工人报》2021 年 11 月 10 日第 4 版“文学”。

27 日，组织了沂南县作家协会和沂南县文旅局联合在沂蒙影视基地召开的“沂南文物故事”采访座谈会，进一步挖掘沂南重要文物包含的故事性因素以写成系列文章，参观影视基地各展室，观看沉浸式情景演出，总结通报参加“讲好山东故事”征文沂南县取得被展示 10 篇、获奖 9 篇的优异成绩，并对本次写作的任务进行了分工。

主编的民间故事集《汶河岸边：依汶故事》获得临沂市第十届沂蒙文艺奖（文学类）三等奖。

12 月

小说《寒夜》《石花》发表于《天池小小说》（上半月刊）2021 年第 23 期“高军专栏”。本期，主编黄灵香写了卷首语《关于 2021》，对“高军专栏”作了小结：

2021 年，围绕庆祝中国共产党成立 100 周年，本刊策划了“高军专栏”。作者高军讲述了 24 个沂蒙老区的老故事，弘扬了战争年代铸就的伟大精神，深入挖掘了蕴含其中的丰富内涵和时代价值。专栏 5 篇作品同时被《小小说选刊》选摘，而《迎亲》则进入《中国当代文学选本》。

小说《红色沂蒙》(《渡河》《发纸马》)发表于《百花园》2021 年第 12 期。

小说《紫桑葚》发表于《乐居》2021 年总第 12 期“珍藏版”。

文学评论《冷热对视中的叩问》发表于《文艺报》2021 年 12 月 24 日第 3 版“文学评论”之“新作快评”。

散文《梁漱溟在菏泽》发表于《济南时报》2021 年 12 月 27 日第 14 版“温故”。

小说《敲钟的老人》收入中国微型小说学会、中国微小说(小小说)创作基地编《世纪微小说精选 100 篇》(中国言实出版社 2021 年版)一书。

小说《送鞋》《迎亲》收入练建安主编“红色小小说”系列《战马火龙驹》(福建少年儿童出版社 2021 年版)一书。

小说《紫桑葚》《军礼》收入练建安主编“红色小小说”系列《当兵的爸爸》(福建少年儿童出版社 2021 年版)一书。

小说《冰雹》被设计为湘豫名校 2021～2022 学年高三 8 月联考语文试题、广西名校大联考 2022 届高三上学期第一次大联考(入学摸底考试)语文试题(全国卷)等。

附　录

紫桑葚

高　军

“小鬼，怎么好像不太对头啊？”他四下里扫了一眼，问警卫员。

警卫员扭头向西面的山峰看了一下——每个山头硝烟滚滚，枪声炮声此起彼伏——就把两脚啪地一并：“报告首长，老乡都躲了，门没顾上锁。”

“唉，打仗嘛。”他若有所思地点点头，“咱们就在这里落脚吧，老乡的东西，我们要照管好啊。”

紧张忙碌过后，瞅点儿空隙，他走出房门，两手举过头顶，伸了个懒腰，然后看看田野里的青草和绿树，感到舒坦了一些。正想转回身去，钻进耳朵里的枪炮声中，似乎夹杂着一种若有若无的咝咝的声音。他仔细听了一阵，就来到西屋门口。警卫员立即跟了过来。他先敲了敲门，没动静，就慢慢推开虚掩着的秫秸扎的门。迎门是一个大秫秸箔箩，里面养着已长到一寸左右的蚕宝宝。一条条蚕虫，在蠕动着，叠压着，有的还把头抬起来，来回扭动几下。他笑了笑，慢慢退出来，又轻轻地把门关上。

回到正房的指挥所，他问了一下 25、26、27 师所在的具体位置，命令道：“不许从任何人手下漏掉一个敌人！”

他端起茶杯，举到嘴边，还没碰到嘴唇，又猛地放下，桌面被碰得响了一声，人们都抬起了头。他谁也没看，大声叫道：“警卫员！”

“到！”两个警卫员跑到他跟前，举手敬礼。

他严肃地看了他俩一眼："我命令你俩，马上去给我采一筐桑树叶子来，要干净，要肥实。"

警卫员稍一愣神，随即大声应道："是！"看着警卫员跑步出了院子，他的脸上露出一丝微笑。然后，又大步走到地图前，看了看部队目前所在的位置，轻轻地舒了一口气。

一个多小时过去了，两个警卫员还没回来。他默默地站起来，又慢慢地走到西屋门前。手刚伸到门上，又猛地缩回来。他自嘲地笑了笑，走到大门口："这两个小鬼，怎么搞的？"

又过了一会儿，门口传来怯怯的声音："报告首长！我俩没看到桑叶。"

他看了他俩一眼，见他们还喘着粗气，一副疲劳的样子，就把心里腾起的火强压下去，指指他俩，冷冷地问："怎么回事？"

警卫员回答："在方圆两公里之内我们找了一圈，没有桑树，所以……"

另一警卫员说："西边倒是有三棵桑树，但被炮火打得光秃秃的了，树上一片树叶也没有了。"

他锁着眉头，没吭声。过了半天，才又轻声说道："你俩再去一趟，要扩大搜索的范围。"他把手使劲儿往下一按，声音略大了一点儿，"但必须采到桑叶。"

"保证完成任务！"两人的眼角有点儿湿，敬礼后拿着筐又跑了出去。

四下里的炮火仍很激烈。他的心里有点儿为自己的警卫员担心，两个小鬼可要小心哟。他不敢分散自己的精力，又马上把注意力转回到对战事的考虑上。

太阳已经过午，当他再次抬眼往大门外看时，两个警卫员终于走进了视野。

两人抬着一大筐碧绿的桑叶回来了，脸上显露着兴奋的神情。

他走出来，高兴地说："给我给我，你俩快去喝口水。"

但警卫员并没有走，与他一起抬着桑叶来到西屋。

他瞅着一个个蚕宝宝，嘿嘿地笑着，慢慢抓起一把桑叶，反过来顺过去地看了看，没有杂质，只是叶柄上带着几个紫色的桑葚。他把桑葚摘下来，塞到警卫员的嘴里。

警卫员没防备，只好吃了："首长？"

他笑了："慰劳你俩一下。"

说着，他小心地把桑叶撒到笸箩里。蚕宝宝快速地蠕动起来。刷刷刷，绿油油的桑叶一会儿就被咬出一个个大豁口。他又抓起一把桑叶，摘下桑葚，放到旁边的一个小凳子上，再把桑叶撒给蚕宝宝。

警卫员看到首长非常投入，就咂咂嘴，小声说："首长，桑葚真好吃，您尝尝吧。"

他摇摇头："不，给房东的孩子留着吧。"

炮火越来越猛了……

不久以后，被写入战史的孟良崮战役胜利结束。

躲出去的房主人回来了，他发现自己养的蚕吃得很饱，旁边一只筐里还有小半筐桑叶。在一紫色的桑葚边，还压着一张纸条：

打扰了，感谢给我们留门。

许世友

1947.5.13

看到这里，老乡的眼睛湿润了。蒙胧中，他发现那堆紫桑葚更加鲜亮了。

怎样从小说里读出诗来
——浅评高军的小小说

尤克利

福克纳有言，短篇小说是最考验作家技巧的文学形式。毋庸讳言，短到极致的小小说由于篇幅的限制，蕴含的力度和容量受到弱化的同时，爆发力应相应增大，成为短篇小说里的“武林至尊”。

高军是近年来小小说舞台上比较活跃并有所建树的一位，最近阅读了他的大量旧作和部分新作，看到题材不一，风格多样，或是平淡的人间喜悦，或是淡淡的绵长忧伤，或是怒发冲冠式的愤慨，管窥之，宛然是当代小小说创作的一个样板。

学者梁多亮在《微型小说写作》中指出：“微型小说因为跟生活取零距离，它反映的几乎都是现实生活中的人和事，可以说很多微型小说都是因为生活中的一言一行、一颦一笑、一个画面、一个场景的触发而进行艺术构思、敷衍成篇的。”高军的小说，大多展现生活的一个截面，或者一个动态的过程，而不是史诗式的事无巨细。灵感附着在极其细微的小故事、小细节、小情感上，却让人难以释怀，心向往之。

高军的很多小说中，能清晰地看到他对生活的零度介入，情感不宣泄，不驳杂，不蔓不枝，有如聊天般的细腻叙事，让人一下子就走进了他所营造的小说世界。人文情怀的无意识表达成为他的小说的一个典型特征，他不是简单的弃恶扬善式的粗暴说教，而是将情感和个人意识融入细腻的话语里面，温情叙事成为其惯用的一种方法。《掌声》中展现的独特的教学模式，将本来接近于剑拔弩张的师生矛盾化为无形；《晒》中让人“有些憷头皮”的田老师突然展现出温情的一面，让人感觉到，此温情更显魅力;《总是长时间地望着你》里寂寞孤独的老头，人们误解他，斥之为色情狂，却不知他要的仅是一份关爱，人们以小人之心度之，变态的不是老头，而是周围自诩正经的众生。

同为一个写作者，我更钟情于高军的传奇题材和战争题材小说，虽然这部分小说在他的整个创作中所占的比重并不是很大，但是，从中很容易看出作者小说的地域性，以及在地域性特征之下显现出来的广泛的共鸣。

高军的地域性小说的渊薮有两个。众所周知，沂南古称阳都，是诸葛亮的家乡，相传特产为纶巾。另一方面，沂南又是当年沂蒙山区革命根据地的中心，有“小延安”之称。作者紧紧抓住沂南的两个最典型特征，将地域性特色融入小说创作中，有张有弛，足见其小小说创作的功底。

他没有大量书写诸葛亮，没有将视角放在我们耳熟能详的历史瞬间，而是将诸葛孔明拿来为我所用，依然是小人物小故事，依然是娓娓道来的小情节，仅仅只是围绕纶草这一具有悠远历史味道的野草，就写作了大量的传奇小小说。

高军的传奇小小说的开篇之作《纶草》，成为这类小说的一个典型。小说的情节很简单，纶草早已绝迹，唯有高洪连藏有一件明朝时的纶巾，有两个南方人要买，他说自己根本没有什么纶巾。南方人走后，村里人逐渐对高洪连异样起来，都觉得他有，让他拿出来看看，高家甚至遭窃，村人也很少再和他来往。高洪连为此疯了，人们又逐渐和他好起来。后来他逐渐好起来，当着众人的面把纶巾烧掉，“人们又都不理睬高洪连一家了”。

小说围绕一件纶巾，回环往复，将世态炎凉和小人物的战战兢兢刻画得淋漓尽致，耐人寻味。小小说的魅力其实并不在编故事上，而是在于挖掘作品的内涵，换言之，是提炼出作品的“核”或“魂”。故事很简单，通过故事展现出来的内涵才是真正立竿见影、开胸见骨的反思所在，我们不再感到这是一则逸闻趣事，它实际上也艺术地化为照出我们民族心理中落后、消极的劣根性的一面镜子。

对革命战争年代普通人的悲欢离合的书写构成了高军小说的又一个特色。他没有去简单地赞美，没有像大部分此类作家那样将意识形态掺杂在小说创作中，而是依然遵循小人物、小故事的写作思路。在他的小说中，战争仅仅只不过是一个背景，一个人物活动的舞台，更深层次的故事发生在战争之外，活在人的心里。

和刘玉堂等沂蒙山区作家类似，高军的小说也涉及一个名字——“红嫂”。《一辈子也不说》中的杏花，用自己的乳汁给伤员治病，她只有一个要求，就是身边的任何人，包括伤员自己在内，一辈子都不要把这件事情说出去。沂蒙红嫂的故事早已尽人皆知，再次写到这类题材，如果没有创新，则难免陷入俗套。文章末尾高军笔锋一转，寥寥数语，如此勾勒道：

> 后来，杏花的生活很艰难，妇女主任来到她家里，淌着眼泪说：“现在早已解放了，上边正到处里找红嫂，据说已经找到不少，杏花你也是啊，那事儿我就说了吧？”
>
> “不，”杏花使劲摇摇头，“一辈子也别说这事儿，咱不是早就说好了吗？”

文章到此，戛然而止，无尽遐思，留给读者。好的小说其实和诗歌一样，小说本身并没什么，关键在它的外延，外延无限宽广，人的遐思无限延伸，如此，便和所有的艺术形式一样，精品和赝品高下立判。

高军将其更多的小说归为“平民人物”“城乡舞台”两个类别，在我们每个人每天都经历的生活中，挖掘出细微但又极具典型性的生活场景。其小说语言平实淡雅又不乏诗意，绝无乖戾乖巧，冷僻生硬，让人在他的小说里忍不住读出拉呱的味道，好似一位慈善的好友在向你诉说一件故事。“满蕴着温柔，微带着忧愁，欲语又停留”，这是冰心在《诗的女神》中的一句话。小说中读出诗来，这似乎就是高军的小说语言、意境上的高超之处吧。而小小说最应具有的悬念、疾风斗转等特点也在他的拉呱中让我们时而牵肠挂念，时而眉头紧蹙，瞬息又风平浪静……

作为高军的忠实读者，无论他的小说《紫桑葚》入选全国小学课本，还是他荣获的 2006 年度中国小小说十大热点人物这一殊荣，我无不为他这些年来取得的成绩感到自豪，同时也祝愿他今后写出更加优异的作品——不为扬名立万，只为生养他的这片土地。

高军小小说印象

刘　英

著名小小说作家高军出生在沂蒙山区，先后在乡镇当过中学老师，又中途改辙易道成为乡镇干部，后又进入县直单位工作。生活角色的丰富多样性，使得高军积累了大量的生活素材，从而为他的小小说创作奠定了题材和意蕴的多种可能性。

高军的小小说采取了朴素、本真的叙事方式。所谓朴素，就是不凭借技巧，不故弄玄虚，而是用最通俗的语言，按照事情的发展，一切水到渠成，如行云流水。比如《桑老师》中的主角桑老师，有喜欢照镜子整理头发的板正习惯，可在那特定的年代，被人们看作神经病，被批评指责。可无论如何，他不改初衷，这种习惯保留了终生。50多岁时，桑老师因患癌症去世，很多人赶了去。“那曾经敲打过他的学校领导也到了，开口提醒着：‘给桑老师梳好头发啊。’”“很多人附和道：‘我们也是要说这个事儿的。’”就是在这样朴素的叙述中，完成了人们对于桑老师认识的转变，以及社会意识形态所发生的变化。

所谓本真，指的是一种原生态的叙事。文学文本中的真实，往往是一种净化了的真实。那些不符合常规、被认为离奇古怪的真实往往被无情地过滤到文学之外。高军的小小说叙事所追求的真实，则是一种未被处理的原始的民间存在。妇女解放是需要时间的，更不用说在沂蒙山这片相对来说比较落后的地区。守身如玉是20世纪三四十年代沂蒙山女人的宿命，可面对得了耳底子的战士们，《一辈子也不说》中的杏花勇敢地从羞涩中站出来，只是以她特有的方式，嘱咐妇女主任这种事“一辈子也不能说出来”。这种本真的叙事策略，更好地烘托了沂蒙山女人的伟大、真诚和奉献精神。

高军的小小说写作是一种诗性，一种浪漫气质的写作。著名作家张炜曾说：“作者在形成一部小说的过程中，首先是被启动和领受了一种诗意，进而在他的牵动下结构起整部作品。这样的结果就是一部小说具有了诗的品质。”虽然，张炜是针对长篇小说而言，但综观高军的小小说，每篇都在诗意地表达着作者的理想。尽管，高军采取的是一种朴素、本真的叙事方式，但这丝毫不影响他作品及作品中人物的诗意和浪漫特质。真正意义上的人应该是诗意且具浪漫气质的，也就是说具有生命的质地。高军的小小说提供了很多质地纯洁的诗意人。比如《金鸡钻石》中的周绍帮，在被日本鬼子挖出金鸡钻石后，虽然“脸色一下子变得煞白，浑身乱颤，眼看要晕倒，但他还是强忍住了，身子站得笔直”。一个内心短时间内做过剧烈运动的大写的中国人栩栩如生地展现在面前，财贝可被抢，但做人的尊严不可丢。《叫好》中的阳都名人袁顺祥面对日本军人的嚣张跋扈和挑衅，还是勇敢地喊出了叫好声，士可杀不可辱的儒家传统文化给了小日本强有力的回击。《紫桑葚》中的许世友，顶着战争的巨大压力，还念念不忘老百姓。通过采桑叶、留桑葚、写纸条等活动，一位共产党的高级干部的人性之美得到完美的展现。

如果说上边这些是代表了社会中的上层阶级，那么，高军也同样把眼光、笔触投向生活的底层。也就是说高军在他的小小说中追求一种平民气概。这种气概是通过描写最普通的人的存在，在充满杂色的社会现实中展示出一个民族生生不息的内在力量。由于高军是从农村中走出来的，所以他在作品中就有意无意地对下层平民投去深情的一瞥。看似精打细算且有点小气的在乡镇教学的王老师（《王老师》），到县城为学校办事时，面对被人群熟视无睹的乞讨老人，竟然大方地拿出20元钱，放到老人的碗里，不能不让“我”轧出自己的小来，从而凸显出王老师的人性之美。姑姑（《姑姑》）看到一女干部对一种黄色花格外喜欢，她弄明白了那是一种对母亲的眷眷思念之情。后来，女干部不幸被日本人杀害，姑姑不顾山路崎岖，到山顶采集黄花，花是采到了，却付出了沉重的代价，从此走路要靠拐杖。面对人们的耍笑，“姑姑头一昂：‘和你说不到一块儿去，狗嘴里能吐出象牙来。’”这一“昂”，昂出了姑姑的内心世界来，闪耀着东方女性的人性之光。《桑叶》中的老陈按照世俗眼光来看，是个地位卑微之人，也不过是个洗浴中心的搓澡人。但他乐乐哈哈地干着属于自己的工作，甚至从中发现了形而上的哲学理念：“我的意思是说，不管遇到什么事儿，只要想得开，及时把它丢下，就能放松了，澡就能洗得舒服了。”就这样，通过替人搓澡，一个走入歪门邪道的干部悬崖勒马。在高军的小小说中，这种着力渲染诗意化的平民情感，随处可见。这是否表达了高军这样的一种历史观：在社会的发展进程中，普通人的情感占据着重要位置，悲壮的或者是平淡的。这也是高军反复言说社会底层人物的原因吧，当然这其中内隐着他的人文主义的立场。

高军的小小说写作使用了沂蒙山方言。他的很多小小说，称得上民间叙事。方言正是民间叙事的最佳语言选择。其实，方言，在某种意义上，是最具有生命力的语言，也是真正的语言，它可以表现一个地域的神味（刘半农语）。普通话写作（写作语言）掠夺了太多太多的东西。为了还原真实，突出地域的神味，高军大胆采用了方言。小小说中随处可见的方言，激活了我对高军的小小说的阅读效应，有一种酣畅淋漓、欲罢不能、直达内心的感觉。因为，这种语言表达充满着生活的味道，是本真的原汁原味，其妙处是有些普通话所无法表达出来的。举几个例子，“天，上黑影了”，用来表达“傍晚”是不是恰当得很，那种太阳落山后整个天空大地呈现出的模模糊糊的意境被和盘托出。“屋子里拾掇得板板正正”，这“板板正正”是生活中的味道，民间的味道，又怎么是“整洁”或其他字眼能代替的呢？“玉米饼子就着香椿芽吃”中的“就着”很传神地表达出了沂蒙山人对吃的那种乐观豁达又素朴的态度，有饭可吃，有菜可“就”，生活就可以很美好。只是，社会发展到今天，那种素朴的东西却离我们越来越远了，这也正是作者所担心的。那个叫“马扎”的东西，在沂蒙山也有，但不叫马扎，而是叫“交叉子”，相比马扎来说，交叉子更体现出了这种坐具的本真，于是，高军便有了一篇名叫《交叉子》的小小说。当然，这样的语言不仅仅是表达的工具，更是成为作品内容的不可缺少的一部分。

高军生活经历的丰富性，小小说创作与评论的双面手性质，小小说的叙事策略，以及他勤于耕耘的姿态，注定了他的小小说会走向更宽阔的道路，也必定会产生更多的具有丰富可能性的小小说作品。这种可能性在他已写出的作品里已得到证明。

一溪山歌唱沂蒙

刘京科

简洁朴素的语言，生动传神的人物，围绕人物命运、人的心理变化而展现的一个个故事是那么鲜活，让我在阅读作家、评论家、学者高军的小说，掩卷沉思之时脑海中呈现出一种意象：一条哗哗流动的文学溪水，唱着沂蒙山歌欢快地向前流淌。

根植于沂蒙大地的高军，有着智慧的善于发现美的眼光。英雄的沂蒙山，纯美的自然和形形色色的人物，构成了那么多的生活元素，让他那善于发现的潜质得到释放，“贪婪”让他有了那么多的“粮食”。手中有“粮”，他这位有着独到手艺的“厨师”便用这些“得来全不费功夫”的生活积淀做成不同风味的精神食品，填着当代人文化需求胃口。他更像是一位有着深厚功力的“音乐家”，在一串串原生态的音符上附加一往情深，谱写出属于自己版本的纯美现代“山歌”，用一首首能登大雅之堂、灵动的“山歌”歌唱沂蒙山，歌唱伟大的沂蒙母亲，歌唱沂蒙山的一草一木，歌唱沂蒙山英雄的人民。

热爱是最好的老师。对文学的热爱，可以说高军虔诚而又执着。多年前在乡镇工作，他认真贯彻党的方针政策，积极做好上级交办的工作，把自己分管的一摊子做得有声有色，多为人民群众办好事、办实事。在加深着党和人民群众深厚感情的同时，有着高目标追求的他把乡里乡亲的喜怒哀乐，把见到的听来的那有着积极意义的故事用笔记录下来，勤奋而执着地在文学的田地里耕耘，用文学倾诉真情，用真情实现理想，在追求人生价值中享受美丽的过程，享受丰收的喜悦。他用手中的笔记录生活，赞美生活，歌唱生活。他用具有灵魂超导力的文学，把自己的灵魂超度到高尚。

当然，作为凡人的他也有烦闷的时候，但他手中有一把打开心灵窗口的钥匙，这把钥匙为他在烦闷的上空打开一扇窗子。

天才出自勤奋。创作是艰苦的，一篇好的作品问世，除了作家的灵气之外，还要付出很大的劳动。这种付出可谓挖空心思，为了写出好作品，在人物性格展现上，在事件的取舍上，在前后的安排上，都要绞尽脑汁地把每一个“音符”驾驭得恰到好处，特别是探讨人的生存，描写人物的命运。高军的创作从不“糊弄”，他清楚地知道，自己草率地完成作品，糊弄的不是读者，而是自己。每篇小说他都精雕细刻，反复思索，简洁到位，气息清新，刻画人物到位，成型后再放一段时间斟酌，直到修改到自己满意为止。

在高军看来，文学诱人磨人又缠人，几天没有东西可写，他的心就痒痒，这时的他饭也吃不香。夜来临，他坐在电脑前，逼自己进入写作的状态。他冥思苦索，从生活的积累中翻动那些有意义的故事，寻找那鲜活个性的人物，然后通过敲击键盘，把它变成文字，苦尽甜来，他的小说，有些篇什就是这样写成的。

文学创作需要热爱，更要有超出常人的定力。在今天的文学创作中，不添加任何成分，让一溪的山歌保持清纯，作家的境界尤为重要。高军深知要砍柴先把刀磨锋利的道理，他坚守文学的一方净土，不为物欲所动，从不急功近利。他的小说语言凝练、字面干净，校园文学系列、战争文学系列、阳都传奇系列、情感系列、乡村生活系列，我们把他的每一个系列排起来看，就是在现实生活中展现人物命运的一幅长卷。他创作的每一步都走得扎扎实实，他在剖析人物的灵魂之时，把一个个人物刻画得栩栩如生，取得了成绩也从不张扬。他不声不响、坚定而沉着地走在文学路上的举动，让那些打着文学旗号，心却很是浮躁、眼紧紧盯着一个“钱”字的所谓创作显得那样得轻浮和不恭，让那些随意乱写一气，甚至出卖人格、出卖灵魂、堆砌乌七八糟文字的人汗颜。对于这一点，不论一个作家还是作者，都需从高军的创作态度上反思自己。既然想创作让广大读者喜爱的作品，不反复推敲，没有呕心沥血、不达目的誓不罢休的劲头，作品就不会有生命力的久远！

写沂蒙，唱沂蒙，高军的作品透着对沂蒙山这片红色热土的热爱。他的小说描写战争题材的很多，特别是写到老一辈无产阶级革命家时，他总是满怀深情，那凝思、那兴奋，无不充满着敬仰。他让我们看到，他是在用真情讲述，字里行间都流淌着敬重。他在用感人的故事表现老一辈无产阶级革命家的风范，情思在清澈的溪水中泛起绚丽的浪花，他让伟人的那种非凡气度跃然纸上的同时，自己也走进了伟人的内心世界。随着品德与智慧的提升，心灵在接受着洗礼，他更加敬重伟人们那鞠躬尽瘁的精神，那驭千军万马于掌股之间的气度，那“要知松高洁，待到雪化时”的优秀品格，让他的眼界、胸怀更宽更广，追求的目标更远、更清晰。

写作视野的开阔，不拘泥于某个方面。在众多的流派之间，高军用感情写人物，用人物讲人生，用人生说社会。我们惊叹他那虽说不长，却精、却有着独到之处的神来之笔，他的文学之泉是那样的旺盛，旺盛得让我们“妒嫉”这些泉水汇成的小溪在九曲十八弯的大山套中，带上两岸的美丽风景，一路高歌着向我们走来，向大山外流去，把扑面的清新还给浮躁的人们，让他们惊呼：世上原来还有这么多的好东西。

硕果累累的小说创作，源于高军深厚的文化底蕴。多读书是他的良好习惯，他饱读诗书，涉猎广泛，学而不厌。他不但是一位全国很有影响的小小说作家，还是一位文学评论领域有着重要位置的评论家，他的《山东小小说作家研究》，填补了山东小小说评论集子的空白。

沂南是诸葛亮的故乡，在诸葛亮研究领域，高军同样有着不同凡响的收获。近几年来，他多次到湖北、陕西、浙江参加全国性的诸葛亮学术会议，他的诸葛亮研究从一个侧面入手，沉下心去，严谨而认真地默默地做着学问，多篇研究论文获得好评。

对初学写作者他又是那样的谆谆教诲，真正做到诲人不倦，为培养文学新人付出了心血。

高军的为人也和他的小说一样，简约而不简单。他做事大方，朴实善良，严谨坦诚，行为端正，身上有一股来自沂蒙大山的正义力量。正因为他心中有一片灿烂的阳光，和多年在基层领导位置上的锤炼，所以做事公道、认真干练，有一是一，有二是二，从不圈圈套套。他说话的语言如同小说的语言，简洁明了，没有废话，从不拖泥带水。

但他又是一位富于幽默、内心贮藏着大量幽默成分的人。只是他的幽默不随便用，他知道何时幽默，如何幽默。传统质朴的沂蒙山让他明晰做人的道理，更让他刚阳，让他一腔热血，让他饱蘸深情，让他富有正义，让他镜片后面的那双眼睛永远是那样的犀利却又是那样的亲和。

山歌的韵味是朴素的，她来自心灵的泉水，她出自对大山的热爱，她是对山的歌唱，对大山之上松的歌唱，对岩石的歌唱，她和着松涛，朵朵文学的浪花串成优美的音符，山歌和着鸟鸣，一溪春水哗哗啦啦流淌在沂蒙大地，从沂蒙山流向山外，汇入文学的大海。

一溪山歌唱沂蒙，高军让我们听到了高亢激扬且委婉悦耳的歌唱沂蒙、歌唱人生的歌声。